MARTIN CRUZ SMITH, considerado por el *Sunday Herald* como «uno de los mejores escritores de nuestro tiempo», ha ganado el premio Hammett de la International Association of Crime Writers en dos ocasiones, así como el Golden Dagger Award. *Parque Gorki*, su novela más famosa (también publicada en Zeta Bolsillo), ha sido un best seller en los años ochenta; se tradujo a numerosos idiomas y se llevó al cine. *Estrella Polar*, traducida al italiano, francés, alemán, danés y japonés, consagra a Arkady Renko como uno de los investigadores más fascinantes de la novela contemporánea.

Sus otros títulos incluyen *Rose, Red Square, Bahía de La Habana, Tokyo Station, El fantasma de Stalin* y *Tiempo de lobos*, esta última publicada por Ediciones B, que próximamente lanzará también su nueva novela *Three Stations*.

«Aquellos que esperaban ansiosamente el regreso de Renko, el investigador de la policía de Moscú, el saturnino y fumador inveterado de *Parque Gorki*, estarán contentos al saber que su héroe ha vuelto en plena forma.»

Publishers Weekly

«Imposible de soltar... Un libro de intrincada trama y estremecedor suspense, pero también una obra literaria ambiciosa, producto de una cuidadosa investigación.»

The Detroit New

ZETA

Título original: *Polar Star*
Traducción: Jordi Beltran
Ante la imposibilidad de contactar con el autor de la traducción, la editorial pone a
su disposición todos los derechos que le son legítimos e inalienables.
1.ª edición: octubre 2011

© 1989, Martin Cruz Smith
© Ediciones B, S. A., 2011
  para el sello Zeta Bolsillo
  Consell de Cent, 425-427 - 08009 Barcelona (España)
  www.edicionesb.com

Printed in Spain
ISBN: 978-84-9872-534-6
Depósito legal: B. 24.767-2011

Impreso por LIBERDÚPLEX, S.L.U.
Ctra. BV 2249 Km 7,4 Poligono Torrentfondo
08791 - Sant Llorenç d'Hortons (Barcelona)

Estrella Polar

MARTIN CRUZ SMITH

A E. M.

Agradecimientos

Doy las gracias al capitán Boris Nadein y a la tripulación del *Sulak*; al capitán Mike Hastings y a la tripulación del *Oceanic*; a Sharon Gordon, Dennis McLaughlin y William Turner por su hospitalidad en el mar de Bering. También recibí ayuda muy valiosa de Martin Arnold, Kathy Blumberg, capitán D. J. *(Jack)* Branning, Knox Burger, doctor Gerald Freedman, Beatrice Golden, profesor Robert Hughes, capitán James Robinson y Kitty Sprague.

Sobre todo, estoy en deuda con Alex Levin y con el capitán Vladil Lysenko por su paciencia.

Hay un buque factoría soviético que se llama *Estrella Polar*. Ni él ni el *Sulak* son el *Estrella Polar* del presente libro, que narra hechos ficticios.

AGUA

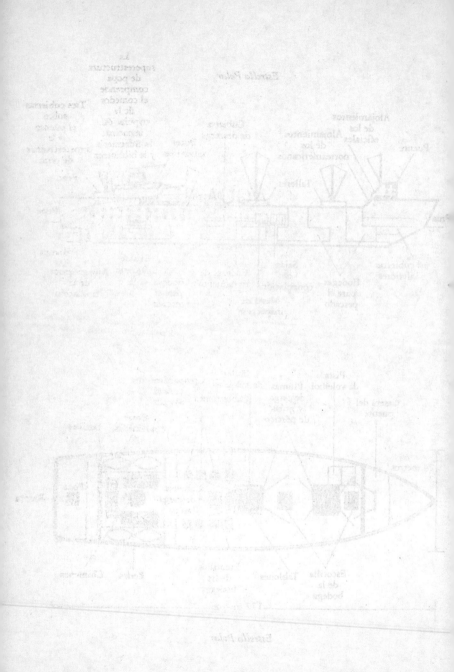

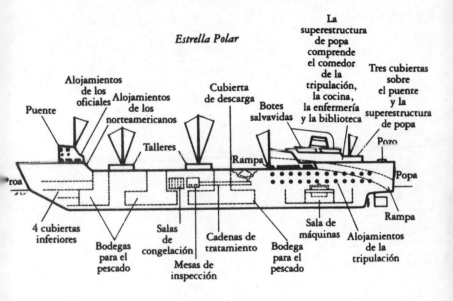

Estrella Polar

Puente — Alojamientos de los oficiales — Alojamientos de los norteamericanos — Talleres — Cubierta de descarga — Botes salvavidas — La superestructura de popa comprende el comedor de la tripulación, la cocina, la enfermería y la biblioteca — Tres cubiertas sobre el puente y la superestructura de popa — Pozo — Rampa — Popa — Rampa

Proa

4 cubiertas inferiores — Bodegas para el pescado — Salas de congelación — Mesas de inspección — Cadenas de tratamiento — Bodega para el pescado — Sala de máquinas — Alojamientos de la tripulación

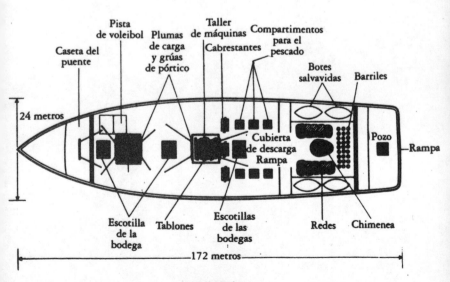

Caseta del puente — Pista de voleibol — Plumas de carga y grúas de pórtico — Taller de máquinas — Cabrestantes — Compartimentos para el pescado — Botes salvavidas — Barriles — Pozo — Rampa — Cubierta de descarga — Rampa

24 metros

Escotilla de la bodega — Tablones — Escotillas de las bodegas — Redes — Chimenea

172 metros

Estrella Polar

1

Como si fuera un animal, la red humeante subió por la rampa hasta quedar bajo la luz de las lámparas de sodio de la cubierta de descarga. Como si se tratara de un pellejo reluciente, matas de cintas rojas, azules y anaranjadas cubrían la red: «cabellos antirroce» cuyo fin era impedir que la red se enganchara en las rocas del fondo del mar. Como un aliento apestoso, la exhalación del frío del mar envolvía los cabellos en un halo de colores propios que brillaban en la noche llorosa.

Con un sonido sibilante, el agua de los cabellos de plástico caía sobre los tablones de madera que formaban la cubierta. Los peces pequeños, eperlanos y arenques, caían libremente. Las estrellas de mar caían como piedras. Los cangrejos, incluso los que estaban muertos, caían de puntillas. En el cielo, gaviotas y pardelas revoloteaban a la luz de las lámparas. El viento empezó a soplar en otra dirección y las aves formaron un remolino de alas blancas.

Normalmente, lo primero que se hacía era descargar el contenido de la red en los vertedores de proa, empezando por el extremo delantero y terminando por el posterior. Los dos extremos podían abrirse deshaciendo el nudo de un «abrochador», un cordón de nilón entrelazado con la red. Aunque los hombres estaban preparados para empezar a trabajar, con las palas en la mano, el capataz hizo un gesto con la mano para que se apartaran y se metió debajo del agua que chorreaba de los «cabellos» de plástico de la red, quitándose el casco para ver mejor. Las cintas de colores goteaban como pintura recién aplicada. Apartó los «cabellos» de la red y sus ojos escudriñaron la oscuridad en busca de la red más pequeña que todavía estaba en el mar, pero la niebla ya ocultaba el bote que había recogido las redes. El capataz sacó de su cinturón un cuchillo de doble filo, metió la mano entre los chorreantes cabellos de plástico y practicó un largo corte en el vientre de la red. Los peces empezaron a caer, de uno en uno y de dos en dos. Dio un último y furioso tirón al cuchillo y se apartó rápidamente.

Todo un banco de bacalao surgió de la red y fue a caer bajo la luz de las lámparas; lo habían atrapado en masa y los peces parecían monedas relucientes. Había también peces de cabeza grande y aspecto magullado; platijas rojas como la sangre en el lado del ojo, pálidas en el lado ciego; escorpinas cuyas cabezas parecían de dragón; más bacalaos, algunos hinchados como globos por efecto de la vejiga natatoria, mientras que otros habían reventado y eran ahora un montoncito de tejido suave y mucosidad rosácea; cangrejos del coral, peludos como tarántulas. El botín del mar nocturno.

Y una muchacha. Se deslizó con las extremidades sueltas, igual que una nadadora, junto con el pescado que salía de la red. Al caer sobre la cubierta, rodó perezosamente, los brazos atravesados, sobre un montón de lenguados, un pie descalzo enredado entre cangrejos. Era una mujer joven más que una muchacha. Tenía el cabello corto y llevaba la blusa y los tejanos en desorden, empapados y sucios de arena; no estaban preparados para volver al mundo del aire. El capitán apartó los cabellos que cubrían los ojos de la mujer y vio en ellos una expresión de sorpresa, como si la niebla iluminada por las lámparas del buque fuera de nubes de oro, como si hubiera subido en un bote que navegara hacia el cielo.

2

En su momento, al ser botado en Gdansk, las cuatro superestructuras del *Estrella Polar* eran de un blanco deslumbrante, y las plumas de carga y las grúas estaban pintadas de color amarillo caramelo. Las cubiertas se hallaban despejadas, había cadenas plateadas enroscadas en los chigres, y la fachada de las superestructuras formaba un ángulo atrevido. En su momento, de hecho, el *Estrella Polar* parecía un buque.

Veinte años de agua salada lo habían repintado de orín. En las cubiertas superiores se habían acumulado tablones de madera, barriles llenos de aceite lubricante y otros barriles vacíos para el aceite de pescado, redes y flotadores. De la chimenea negra con su franja roja, el color de la bandera soviética, surgía el humo oscuro de un diésel en mal estado. Ahora, visto desde lejos, al observar los costados maltrechos por los golpes de los pesqueros de arrastre que descargaban sus capturas en pleno temporal, el *Estrella Polar*, más que un buque factoría, parecía una combinación de fábrica y almacén de chatarra que había sido lanzada al mar, y, aunque costara creerlo, avanzaba entre las olas.

A pesar de todo, el *Estrella Polar* pescaba con eficiencia, de día y de noche. Mejor dicho, los que pescaban eran los pequeños arrastreros que luego entregaban sus redes al buque factoría para que en él preparasen el pescado: cortar las cabezas, sacar las tripas, congelar.

Desde hacía ya cuatro meses el *Estrella Polar* venía siguiendo a los pesqueros norteamericanos en aguas también norteamericanas, desde Siberia hasta Alaska, desde el estrecho de Bering hasta las islas Aleutianas. Era una empresa conjunta. Expresado de manera sencilla, los soviéticos aportaban los buques factorías y se quedaban con el pescado, mientras que los norteamericanos aportaban pesqueros de arrastre e intérpretes y se quedaban con el dinero, todo ello dirigido por una compañía que tenía su base en Seattle y era mixta: soviética y norteamericana. Durante todo ese tiempo la tripulación del *Estrella Polar* quizás habría visto el sol un par de días, pero, ya se sabe, el mar de Bering era conocido por el nombre de «la zona gris».

El tercer oficial, Slava Bukovsky, recorrió la cadena de tratamiento mientras los demás clasificaban la captura: el bacalao lo depositaban en una cinta transportadora que lo llevaba a las sierras; las caballas y las rayas, a la escotilla de la harina de pescado. Algunos pescados habían estallado, literalmente, al hincharse las vejigas natatorias durante la subida desde el fondo del mar, y sus fragmentos se pegaban como una mucosa a las gorras, los delantales impermeables, las pestañas, los labios.

Pasó junto a las sierras giratorias y llegó a la sección

de limpieza, donde había operarios a ambos lados de la cinta transportadora. Moviéndose como autómatas, la primera pareja rajaba el vientre de los pescados hasta el ano; la segunda pareja extraía los hígados y las tripas con una manga aspiradora; la tercera pareja limpiaba la piel, las agallas y las cavidades con chorros de agua salada; la última pareja daba al pescado un postrer repaso con otra aspiradora y colocaba el limpio y pulcro resultado en otra cinta que lo transportaba a los congeladores. Durante el turno de ocho horas, la limpieza del pescado levantaba una neblina de sangre y pulpa húmeda que cubría la cinta, los operarios y el suelo. Quienes se ocupaban de aquella tarea no eran los habituales héroes del trabajo, y de todos ellos el que menos podía considerarse como tal era el hombre pálido, de pelo negro, que se encontraba en el extremo de la cadena y cargaba el pescado en la última cinta transportadora.

—¡Renko!

Arkady limpió el agua sanguinolenta que quedaba en un vientre destripado, puso el pescado en la cinta que lo llevaría al congelador y tomó el siguiente. La carne del bacalao no era firme. Si no se limpiaba y congelaba rápidamente, no sería apto para el consumo humano y tendrían que dárselo a los visones; si no era apto para éstos, lo enviarían a África para alimentar a los que pasaban hambre. Tenía las manos entumecidas de tanto manipular pescado que no estaba más caliente que el hielo, pero al menos no tenía que manejar la sierra como Kolya. Cuando el mar estaba agitado y el buque empezaba a dar bandazos, se necesitaba mucha concentración para cortar un bacalao congelado y resbaladizo. Arkady había aprendido a meter la puntera de sus botas debajo de la mesa, y de este modo evitaba que sus pies resbalasen. Al empezar el viaje y al final, limpiaban toda la factoría con amoníaco, frotando y utilizando mangueras, pero mientras tanto en la sala de limpieza todo estaba resbaladizo a causa de las materias orgánicas, y el olor era muy fuerte. Hasta los chasquidos de la cinta, el gemido de la sierra y el quejido grave y profundo del casco eran los sonidos de un leviatán que resueltamente se tragaba el mar.

La cinta se detuvo.

—Tú eres el marinero Renko, ¿no es así?

Arkady tardó un momento en reconocer al tercer oficial, que no solía visitar las secciones situadas bajo cubierta. Izrail, el capataz de la factoría, se encontraba junto al interruptor de la fuerza. Llevaba varios suéteres, uno encima del otro, y la barba negra, de varios días, le llegaba hasta cerca de los ojos, que se movían de un lado a otro, impacientes. Natasha Chaikovskaya, una mujer joven y corpulenta, envuelta en un impermeable pero con el toque femenino del carmín en los labios, se inclinó discretamente para ver mejor los zapatos Reebok y los tejanos limpios del tercer oficial.

—¿No es así? —repitió Slava.

—No es ningún secreto —dijo Arkady.

—Esto no es una clase de danza para jóvenes Komsomoles* —dijo Izrail a Slava—. Si quieres hablar con él, llévatelo.

La cinta se puso en marcha de nuevo y Arkady siguió a Slava hacia la parte de popa, sorteando los regue-

* Miembros de la organización juvenil del Partido Comunista de la Unión Soviética. (*N. del T.*)

— 22 —

ros de suciedad y aceite de hígado de pescado que desembocaban directamente por el costado del buque.

Slava se detuvo para escudriñar atentamente a Arkady, como si quisiera ver detrás de un disfraz.

—¿Eres Renko, el investigador?

—Ya no.

—Pero lo fuiste —dijo Slava—. Con eso hay suficiente.

Subieron a la cubierta principal. Arkady supuso que el tercer oficial le conducía a presencia del oficial político o a registrarle el camarote, aunque esto último habría podido hacerlo sin él. Pasaron junto a la cocina, de donde salía el aroma humeante de los macarrones, doblaron hacia la izquierda en un punto donde un rótulo exigía «¡Incrementa la producción del sector agroindustrial! ¡Lucha por un incremento decisivo del suministro de proteínas de pescado!», y se detuvieron ante la puerta de la enfermería.

Vigilaba la puerta una pareja de mecánicos que lucían los brazaletes rojos de los «voluntarios del orden público». Skiba y Slezko eran dos delatores, un par de «babosas» según el resto de la tripulación. Cuando Arkady y Slava cruzaron la puerta, Skiba se sacó una libretita del bolsillo.

A bordo del *Estrella Polar* había un dispensario más grande que el de la mayoría de las ciudades de provincias: consultorio, sala de exploración, enfermería con tres camas, sala de cuarentena y quirófano. Slava condujo a Arkady hasta este último lugar. Cubrían las paredes armarios blancos con recipientes de vidrio en los que había instrumentos en alcohol. Un armarito rojo, cerrado con llave, guardaba cigarrillos y medicamentos, un carrito con un cilindro verde contenía oxígeno, y otro de color rojo, óxido nitroso. Había también un cenicero de pie y una escupidera de latón. De las paredes colgaban esquemas anatómicos y flotaba en el aire un fuerte olor a preparado astringente. En un ángulo podía verse un sillón de dentista, y en medio de la habitación, una mesa de operaciones de acero cubierta con una sábana. La sábana estaba empapada y se pegaba a la forma de mujer que había debajo de ella. Por debajo del borde de la sábana colgaban varias correas de sujeción.

Las portillas eran como espejos iluminados debido a la oscuridad exterior. Las 06.00: faltaba otra hora de trabajo antes de que amaneciese, y, como solía pasarle en ese momento de su turno, Arkady se sentía aturdido al pensar en el número de peces que había en el mar. Tenía la sensación de que sus ojos eran como dos portillas más.

—¿Qué quieres? —preguntó.

—Alguien ha muerto —anunció Slava.

—Eso ya lo veo.

—Una de las chicas de la cocina. Se cayó por la borda.

Arkady miró hacia la puerta y se imaginó a Skiba y Slezko en el otro lado.

—Y eso ¿qué tiene que ver conmigo?

—Es obvio. Nuestro comité sindical tiene que redactar un informe de todas las muertes, y yo soy el representante del sindicato. De toda la gente que hay a bordo, tú eres el único que tiene experiencia en casos de muerte violenta.

—Y de resurrección —dijo Arkady. Slava parpadeó—. Es algo que se parece a la rehabilitación, pero se supone que dura más. No importa. —Arkady contempló los cigarrillos que había dentro del armarito; eran *papirosis*, tubos de cartulina con bolitas de tabaco. Pero el armarito estaba cerrado con llave—. ¿Dónde está el médico?

—Echa un vistazo al cadáver.

—¿Tienes un cigarrillo?

Pillado por sorpresa, Slava rebuscó en su camisa y finalmente sacó un paquete de Marlboro. Arkady quedó impresionado.

—En ese caso, me lavaré las manos.

El agua del grifo tenía un color pardo, pero limpió la mucosa y las escamas que cubrían los dedos de Arkady. Una de las señales de los marineros veteranos eran los dientes manchados de tanto beber agua de depósitos oxidados. Sobre el fregadero estaba el primer espejo limpio en el que se había mirado desde hacía un año. Pensó que «resurrección» era una palabra, pero acabó decidiendo que «desenterrado» lo describía mejor. El turno de noche en un buque factoría le había dejado la piel totalmente incolora. Una sombra permanente parecía cubrirle los ojos. Incluso las toallas estaban limpias. Reflexionó sobre la conveniencia de ponerse enfermo alguna vez.

—¿Dónde fuiste investigador? —preguntó Slava mientras encendía el cigarrillo para Arkady, cuyo humo le llenó los pulmones.

—¿Tienen cigarrillos en Dutch Harbor?

—¿Qué clase de delitos investigabas?

—Tengo entendido que en una tienda de Dutch Harbor los montones de cigarrillos llegan hasta el techo. Y hay fruta fresca. Y aparatos estereofónicos.

Slava perdió la paciencia.

—¿Qué clase de investigador?

—Moscú —Arkady exhaló humo. Por primera vez dedicó toda su atención a la mesa—. Y no investigaba accidentes. Si se cayó por la borda, ¿cómo la recogisteis? En ningún momento oí que las máquinas se pararan para izarla. ¿Cómo llegó hasta aquí el cuerpo?

—No es necesario que lo sepas.

Arkady dijo:

—Cuando era investigador tenía que ver personas muertas. Ahora que soy un simple trabajador soviético sólo tengo que ver peces muertos. Buena suerte.

Dio un paso hacia la puerta. Fue como apretar un botón.

—La recogieron las redes —se apresuró a decir Slava.

—¿De veras? —Arkady sintió interés a su pesar—. Es extraño.

—Por favor.

Arkady se aproximó a la mesa y apartó la sábana. Incluso con los brazos echados hacia atrás por encima de la cabeza, la mujer era pequeña. La piel era muy blanca, como lavada con lejía. Aún estaba fría. La blusa y los pantalones aparecían muy pegados al cuerpo, como un sudario húmedo. Un pie calzaba un zapato de plástico rojo. Unos ojos castaños, apagados, miraban hacia arriba desde un rostro triangular. El cabello era corto y rubio, pero negro en las raíces. Tenía un lunar junto a la boca. Arkady le levantó la cabeza y la dejó caer de nuevo sobre la mesa. Le palpó el cuello, los brazos. Los codos estaban rotos, pero no especialmente magullados. Tenía las piernas rígidas. Despedía un olor a mar más fuerte que el de cualquier pescado. Había arena en el zapato; había tocado el fondo. En los antebrazos y las palmas de las manos se veían rasguños, probablemente causados por la red.

—Zina Patiashvili —dijo Arkady.

La mujer trabajaba en la cantina, donde servía patatas, col, compota.

—Parece diferente —observó Slava analíticamente—. Quiero decir diferente de cuando estaba viva.

Arkady pensó que la diferencia era doble. Un cambio provocado por la muerte y un cambio provocado por el mar.

—¿Cuándo cayó al agua?

—Hace un par de horas —informó Slava. Adoptó una pose de ejecutivo en la cabecera de la mesa—. Debía de estar apoyada en la barandilla y seguramente cayó al mar cuando estaban subiendo la red.

—¿Alguien la vio caer?

—No. Estaba oscuro. Y había mucha niebla. Probablemente se ahogó nada más caer al agua. O murió de la impresión. O quizá no sabía nadar.

Arkady volvió a apretar el cuello flácido y dijo:

—Es más probable que lleve muerta veinticuatro horas. El rigor mortis empieza por la cabeza, baja hasta los pies y desaparece siguiendo el mismo camino.

Slava se columpió levemente sobre los talones, pero no a causa del movimiento del buque.

Arkady dirigió una rápida mirada hacia la puerta y bajó la voz:

—¿Cuántos norteamericanos hay a bordo?

—Cuatro. Tres son representantes de la compañía; el otro es un observador del Departamento de Pesca de Estados Unidos.

—¿Saben lo que ha pasado?

—No —dijo Slava—. Dos se encontraban todavía en sus literas. El otro representante estaba en la barandilla de popa. Queda muy lejos de la cubierta. El observador estaba dentro, bebiendo té. Por suerte, el capitán del arrastrero actuó de forma inteligente y cubrió el cadáver antes de que alguno de los norteamericanos pudiera verlo.

—La red procedía de un pesquero norteamericano. ¿La gente del pesquero no vio nada?

—Nunca sabe lo que hay en la red hasta que nosotros se lo decimos. —Slava se puso a reflexionar—. Deberíamos preparar alguna explicación, por si acaso.

—Ah, una explicación. Trabajaba en la cocina.

—Sí.

—¿Intoxicación por ingerir alimentos en mal estado?

—No es eso lo que quiero decir. —El rostro de Slava se tiñó de rojo—. De todos modos el doctor la examinó cuando la trajimos y dijo que murió hace sólo dos horas. Si fueses un investigador tan bueno, seguirías en Moscú.

—Cierto.

Su turno ya había terminado, así que Arkady se fue al camarote que compartía con Obidin, Kolya Mer y un electricista llamado Gury Gladky. No había ningún marinero modelo. Gury estaba en la litera de abajo hojeando un catálogo de Sears. Obidin había colgado su tabardo en el armario y se estaba lavando las mucosas que se pegaban a la barba como las telarañas se pegan a un plumero. Una enorme cruz ortodoxa se balanceaba sobre su pecho. Su voz sonaba como un rugir de tripas, como sonaría la voz de un hombre que pudiera hablar tranquilamente desde la sepultura.

—Eso es la antibiblia —dijo a Kolya mientras miraba a Gury—. Eso es obra de un anticristo.

—Y ni siquiera ha visto «La imagen más nítida» —dijo Gury mientras Arkady se encaramaba a la litera de arriba. En sus ratos de ocio Gury siempre llevaba gafas oscuras y una chaqueta de cuero negro, como un aviador . ¿Sabes qué quiere hacer en Dutch Harbor? Ir a la iglesia.

—El pueblo ha mantenido una —dijo Obidin—. Es el último vestigio de la Santa Rusia.

—¿La Santa Rusia? ¿El pueblo? ¡Estás hablando de los aleutas, unos salvajes del carajo!

Kolya contaba macetas. Tenía cincuenta macetas de cartón, todas de cinco centímetros de ancho. Había cursado estudios de botánica, y oírle hablar del puerto de Dutch Harbor y de la isla de Unalaska era imaginar que el buque fondearía en el paraíso y Kolya podría pasearse a sus anchas por el jardín del Edén.

—Un poco de harina de pescado en la tierra irá bien —dijo.

—¿De veras crees que aguantarán todo el viaje de vuelta hasta Vladivostok? —A Gury se le ocurrió algo—: ¿Qué clase de flores?

—Orquídeas. Son más resistentes de lo que crees.

—¿Orquídeas norteamericanas? Serían un gran éxito, necesitarías ayuda al venderlas.

—Son iguales que las orquídeas de Siberia —replicó Kolya—. Eso es lo que importa.

—Todo esto era la Santa Rusia —insistió Obidin, como si la naturaleza se mostrara de acuerdo.

—Ayúdame, Arkady —rogó Gury—. ¿«Eso es lo que importa»? Tenemos un día en un puerto norteamericano. Mer, aquí presente, se lo pasará buscando las jodidas flores siberianas, ¡y Obidin quiere rezar con un hatajo de caníbales! Explícaselo; a ti te escucharán. Nos pasamos cinco meses en pleno océano, en este orinal lleno de mierda, a cambio de un solo día en el puerto. Debajo de mi litera tengo espacio para cinco aparatos estereofónicos y quizá cien cintas. O discos de ordenador. Se supone que todas las escuelas de Vladivostok tendrán Yamahas. Digo que se supone que las tendrán. Algún día. Así que cualquier cosa que sea compatible vale una fortuna. Cuando volvamos a casa no voy a bajar por la pasarela diciendo «Mirad qué traigo de Norteamérica» y enseñando macetas con flores siberianas.

Kolya carraspeó. Era el más bajito de los hombres que compartían el camarote y se sentía intranquilo como el pez más pequeño del acuario.

—¿Qué quería Bukovsky? —preguntó a Arkady.

—Ese Bukovsky me cae fatal. —Gury contemplaba atentamente la fotografía de un televisor en color—. ¡Mira esto! ¡Diecinueve pulgadas! ¿A cuánto equivalen? Yo tenía un televisor Foton en el piso. Estalló como una bomba.

—Los tubos no funcionan bien —dijo Kolya con humildad—. Todo el mundo lo sabe.

—Por eso tenía un cubo de arena junto al aparato, gracias a Dios —Gury sacó medio cuerpo de la litera para mirar a Arkady—. ¿Y bien? ¿Qué quería el tercer oficial?

Entre la litera de arriba y el techo quedaba el espacio justo para que Arkady se incorporara a medias. La portilla estaba abierta y dejaba ver una tenue línea gris. Amanecer en el mar de Bering.

—¿Conoces a Zina, que trabaja con los cocineros?

—La rubia —dijo Gury.

—Es de Vladivostok. —Kolya puso sus macetas en orden.

Gury hizo una mueca. Sus incisivos eran de porcelana y oro, decoración y trabajo de dentista a partes iguales.

—¿A Bukovsky le gusta Zina? ¡Pero si ella le haría un nudo en la polla y le preguntaría si le gustaban las galletitas saladas! A lo mejor le gustan.

Arkady se volvió hacia Obidin, de quien siempre podía esperarse algún juicio del Antiguo Testamento.

—Es un pendón —sentenció Obidin, y se puso a examinar los tarros colocados en línea en el fondo del ropero; en todas las tapas había un corcho y un tubo de caucho.

Destapó uno y al instante flotó en el aire el olor de las pasas en fermentación. Luego se puso a examinar un tarro que contenía patatas.

—¿Esto es peligroso? —preguntó Gury a Kolya—. Tú eres el científico. ¿Estos gases pueden provocar una explosión? ¿Existe algún vegetal o alguna fruta que Obidin no pueda usar para elaborar alcohol? ¿Te acuerdas de los plátanos?

Arkady se acordaba. El armario había olido a putrefacción, como una jungla tropical.

—Con levadura y azúcar, casi cualquier cosa puede fermentar —dijo Kolya.

—En los buques no deberían ir mujeres —observó Obidin. En el fondo del armario, colgado de un clavo, había un pequeño icono de san Vladimiro. Con el pulgar y dos dedos Obidin se tocó la frente, el pecho, el hombro derecho, el hombro izquierdo, el corazón, y luego colgó una camisa del clavo—. Rezo por nuestra liberación.

—¿De quién han de liberarnos? —preguntó Arkady, sintiendo curiosidad.

—De los baptistas, los judíos, los francmasones...

—Aunque me cuesta imaginar a Bukovsky y a Zina juntos —comentó Gury.

—Me gustó el traje de baño de Zina. Aquel día de permiso en Sajalin. ¿Os acordáis? —Una corriente de aguas calientes había llegado al norte desde el ecuador, creando unas pocas horas de falso verano—. ¿Os acordáis de aquel traje de baño de malla?

—Un hombre justo se cubre el rostro con una barba —dijo Obidin a Arkady—. Una mujer pudorosa no se exhibe en público.

—Ahora es pudorosa —dijo Arkady—. Ha muerto.

—¿Zina? —Gury se incorporó a medias, luego se quitó las gafas oscuras y se levantó hasta que sus ojos quedaron al mismo nivel que los de Arkady.

—¿Ha muerto? —Kolya miró hacia un lado.

Obidin volvió a persignarse.

Arkady pensó que probablemente los tres sabían más cosas de Zina Patiashvili que él mismo. De lo que más se acordaba él era del día de asueto en Sajalin, de aquel día en que Zina se había paseado en bañador por la pista de voleibol. A los rusos les encantaba el sol. Todo el mundo llevaba el bañador más pequeño posible para que su pálida piel recibiera la mayor cantidad de sol. Zina, sin embargo, tenía algo más que un bañador

minúsculo. Tenía un cuerpo occidental, una voluptuo-
sidad huesuda. En la mesa de la enfermería parecía más
bien un trapo mojado, sin nada que ver con la Zina que
se paseaba por cubierta y adoptaba poses apoyada en la
borda, las gafas de sol negras como una máscara.

—Se cayó por la borda. La red la recogió.

Los otros tres le miraron fijamente. Fue Gury quien
rompió el silencio:

—¿Y bien? ¿Qué quería Bukovsky de ti?

Arkady no supo cómo explicárselo. Cada uno de
ellos tenía un pasado. Gury siempre había sido un hombre de negocios, comerciando dentro y fuera de la ley.
Kolya había pasado del mundillo académico a un campo
de trabajo, y Obidin había zigzagueado del calabozo de
los borrachos a la iglesia. Arkady había vivido con hombres como ellos desde que abandonara Moscú; nada ampliaba el conocimiento de la humanidad como el exilio
interno. Moscú era una sosa colmena de *apparatchiks* en
comparación con la variada sociedad de Siberia. A pesar
de todo, se sintió aliviado al oír un golpe brusco en la
puerta del camarote y ver de nuevo la cara de Slava Bukovsky, aunque el tercer oficial, al entrar, hiciese una reverencia burlona y le hablara en tono despreciativo:

—Camarada investigador, el capitán quiere verte.

3

Viktor Sergeivich Marchuk no necesitaba uniforme ni galones para proclamar que era capitán. Fuera de la asociación de marineros de Vladivostok, Arkady había visto su rostro entre los retratos gigantescos de los principales capitanes de la flota pesquera del Extremo Oriente. Pero el retrato había suavizado la expresión de Marchuk y le mostraba con chaqueta y corbata, como si fuera el capitán de una mesa de despacho. El Marchuk de carne y hueso tenía una cara llena de ángulos de madera labrada toscamente y afilada por la barba negra y recortada de un individualista, y mandaba su buque vestido con el suéter de lana y los tejanos de un hombre aficionado a vivir al aire libre. En alguna parte de su pasado había sido un asiático; en alguna otra parte, un cosaco. El país entero se veía dirigido por una nueva raza de hombres de Siberia: economistas de Novosibirsk, escritores de Irkutsk y marineros modernos de Vladivostok.

Sin embargo, el capitán parecía desconcertado mientras contemplaba la confusión que había en su mesa de despacho: el expediente de un marinero, un código de señales y una tabla de cifras, papeles llenos de columnas de números, algunos con un círculo rojo a su alrededor, y una segunda página de letras. Marchuk apartó los ojos de ellas y miró a Arkady como si tratara de enfocarle bien. Slava Bukovsky se apartó discretamente del objeto de la atención del capitán.

—Siempre es interesante conocer a miembros de la tripulación. —Marchuk señaló el expediente con un movimiento de la cabeza—. «Ex investigador.» Envié un mensaje por radio pidiendo detalles. Marinero Renko, aquí tienes algunos detalles. —Un grueso dedo golpeó las letras descifradas—. Oficial investigador de la oficina del fiscal de Moscú expulsado por no ser digno de confianza políticamente. Visto luego en la metrópoli inferior de Norilsk, huyendo. No hay motivo para avergonzarse; algunos de nuestros mejores ciudadanos llegaron al este encadenados. Hasta que se reformen. En Norilsk fuiste vigilante nocturno. Como ex moscovita, ¿las noches te resultaban frías?

—Solía encender tres bidones de alquitrán y sentarme en el centro. Parecía un sacrificio humano.

Mientras Marchuk encendía un cigarrillo, Arkady miró a su alrededor. Había una alfombra persa en el suelo, un sofá empotrado en el rincón, una biblioteca náutica en estantes de corredera, un televisor, una radio y una mesa de despacho antigua, grande como una lancha salvavidas. En la pared, sobre el sofá, había una foto de Lenin dirigiendo la palabra a marineros y cadetes. Tres relojes indicaban la hora local, la de Vladivostok y la de Greenwich. El buque se guiaba por la hora de Vladivostok; el diario de a bordo se llevaba de acuerdo con la de Greenwich. En conjunto, el despacho del capitán parecía un estudio privado, cuya única diferencia fuese tener mamparos de color verde claro en lugar de paredes.

—Aquí dice que te echaron por destruir una propiedad del Estado. Supongo que se refiere al alquitrán. Luego conseguiste entrar a trabajar en un matadero.

—Arrastraba renos hasta donde se encontraban los matarifes.

—Pero, una vez más, aquí dice que te echaron por instigación política.

—Trabajaba con dos buriatos. Ninguno de ellos entendía el ruso. Puede que los renos se fueran de la lengua.

—Seguidamente apareces a bordo de un arrastrero de bajura en Sajalin. Esto, marinero Renko, me asombra de veras. Trabajar en uno de esos arrastreros viejos es como estar en la Luna. El peor trabajo a cambio de la peor paga. Los tripulantes son hombres que huyen de sus esposas, de la obligación de mantener a sus hijos, de delitos de poca monta; incluso puede que hayan cometido algún homicidio. A nadie le importa eso, porque necesitamos tripulaciones en la costa del Pacífico. A pesar de ello, helo aquí otra vez: «Despedido por ser indigno de confianza políticamente.» Por favor, cuéntanos qué hiciste en Moscú.

—Mi trabajo.

Con gesto brusco, Marchuk apartó el humo azul del cigarrillo.

—Renko, llevas casi diez meses en el *Estrella Polar*. Ni siquiera dejaste el buque cuando volvimos a Vladivostok.

Al desembarcar, un marinero tenía que pasar por la guardia de fronteras, las tropas fronterizas del KGB.

—Me gusta el mar —fue el comentario de Arkady.

—Soy el principal capitán de la flota del Extremo Oriente —dijo Marchuk—. Me dieron la medalla de héroe del trabajo socialista y ni siquiera a mí, repito, a mí, me entusiasma el mar. De todos modos, quería felicitarte. El doctor ha modificado sus cálculos. La chica, Zina Patiashvili, murió hace dos noches, no anoche. En su condición de representante del sindicato, el camarada Bukovsky, como es natural, se encargará de redactar el informe correspondiente.

—Sin duda el camarada Bukovsky sabrá estar a la altura de su tarea.

—Es muy voluntarioso. Sin embargo, un tercer oficial no es un investigador. Tú eres el único que tenemos a bordo.

—Parece un joven con iniciativa. Hace un rato ya supo encontrar la factoría. Le deseo suerte.

—Seamos adultos. El *Estrella Polar* tiene una tripulación de doscientos setenta marineros de cubierta, mecánicos y trabajadores de la factoría como tú. Cincuenta tripulantes son mujeres. Somos como un pueblo soviético en aguas norteamericanas. La noticia de una muerte en circunstancias extrañas en el *Estrella Polar* siempre encontrará oídos interesados. Es importantísimo que nadie saque la impresión de que encubrimos algo o de que el asunto no nos interesa.

—De modo que los norteamericanos ya lo saben —dedujo Arkady en voz alta.

Marchuk le concedió el tanto.

—Su jefe me ha visitado. La situación resulta todavía más complicada debido a que esta infortunada muchacha murió hace dos noches. ¿Hablas inglés?

—Hace mucho tiempo que no practico. De todos modos, los norteamericanos que hay a bordo hablan ruso.

—Pero tú no bailas.

—Recientemente no he bailado.

—Hace dos noches celebramos un baile —recordó Slava a Arkady—. En honor de los pescadores de todas las naciones.

—Yo todavía estaba limpiando pescado. Sencillamente asomé la cabeza cuando iba a ocupar mi puesto.

—El baile se había celebrado en la cantina. Desde la puerta, lo único que Arkady consiguió ver fueron figuras que daban saltos bajo las luces que reflejaba una bola de espejos—. Tú tocabas el saxofón —le dijo a Slava.

—Teníamos invitados —explicó Marchuk—. Había dos pesqueros norteamericanos amarrados junto al *Estrella Polar* y algunos pescadores norteamericanos asistieron al baile. Es posible que quieras hablar con ellos. No entienden el ruso. Desde luego, esto no es una investigación. La investigación la llevarán a cabo las autoridades competentes, como suele decirse, cuando volvamos a Vladivostok. Sin embargo, la información hay que recogerla ahora, mientras la gente todavía tenga la memoria fresca. Bukovsky necesita que le ayude alguien que tenga experiencia en esta clase de asuntos y que domine el inglés. Será hoy solamente.

—Con todo el respeto —dijo Slava—, puedo hacer preguntas con corrección total y sin ayuda de Renko. Debemos tener presente que este informe será estudiado por la flota, por departamentos del Ministerio, por...

—Recuerda —le advirtió Marchuk— el pensamiento de Lenin: «¡La burocracia es mierda!» —y volviéndose hacia Arkady, añadió—: La marinera Patiashvili estuvo en el baile que se celebró más o menos a la hora en que tú dices que murió. Nos consideramos afortunados por tener a alguien con tus conocimientos a bordo del *Estrella Polar*, y damos por sentado que tú también piensas que es una suerte que se te ofrezca una oportunidad de servir a tu buque.

Arkady miró aquel revoltijo de papeles que cubrían la mesa.

—¿Y qué hay de mi fiabilidad política o de la falta de ella?

La sonrisa de Marchuk resultó sumamente llamativa debido al contraste con la barba.

—Tenemos un experto en lo que se refiere a tu fiabilidad. Slava, nuestro amigo el camarada Volovoi ha mostrado cierto interés por el marinero Renko: no queremos empezar nada sin Volovoi.

En la cantina se daban dos sesiones de cine diarias. Desde fuera, lo único que Arkady podía ver eran imágenes borrosas en una pantalla instalada en la tarima donde Slava y su conjunto habían tocado dos noches antes. Un avión estaba aterrizando en un aeropuerto en el que destacaban unos edificios modernos: un aeropuerto extranjero. Unos coches se detuvieron ante la entrada de la terminal: coches de lujo, un tanto anticuados y con algunos golpes, pero decididamente norteamericanos. Voces con acento norteamericano se llamaban unas a otras «míster tal» o «míster cual». La cámara enfocó unos zapatos puntiagudos, extranjeros.

—Vigilancia en el extranjero —dijo alguien, saliendo de la cantina—. Que si la CIA esto, que si la CIA
aquello... De ahí no salen.

El que acababa de hablar era Karp Korobetz. Corpulento, de frente estrecha, Korobetz era capataz y
parecía una de aquellas estatuas gigantescas que habían
erigido después de la guerra: el soldado empuñando el
fusil, el marinero disparando su cañón, como si la victoria la hubiese conquistado el hombre primitivo. Era
el trabajador modelo del *Estrella Polar*.

En el salón había un tablero que llevaba la cuenta de
la competición entre las tres guardias: cada semana se
entregaba un gallardete dorado a la vencedora. Se con-
cedían puntos por la importancia de la captura, por la
calidad del pescado tratado, por el porcentaje del importantísimo cupo. El equipo de Karp ganaba el gallardete un mes tras otro. Como el equipo de Arkady en la
factoría tenía el mismo turno, ganaba también. «¡Ali-
mentando al pueblo soviético construís el comunismo!», decía una inscripción en la parte superior del
tablero. ¡Se refería a él y a Karp!

El capataz sacó un cigarrillo. La gente que trabajaba
en cubierta no se fijaba mucho en la que trabajaba bajo
ella. Apenas miró a Slava. En la pantalla, unos paquetes
blancos pasaban de manos de un agente secreto a otro.

—Heroína —observó Karp.

—O azúcar —dijo Arkady.

El azúcar también era difícil de encontrar.

—El capataz Korobetz fue quien encontró a Zina
—aclaró Slava, cambiando de tema.

—¿A qué hora la encontraste? —preguntó Arkady
dirigiéndose a Karp.

—Serían las tres de la madrugada.

—¿Había algo más en la red?

—No. ¿Por qué haces tú las preguntas? —preguntó a su vez Karp.

Su expresión había cambiado, como si una estatua hubiera abierto los ojos.

—El marinero Renko pasa por tener experiencia en asuntos de esta clase —explicó Slava.

—¿Experiencia en caer por la borda? —preguntó Karp.

—¿La conocías?

—Sólo la veía por aquí. Servía la comida —el interés de Karp iba en aumento. Probó el nombre de Arkady como si fuera una campana—. Renko, Renko... ¿De dónde eres?

—De Moscú —contestó Slava por Arkady.

—¿De Moscú? —Karp soltó un silbido de admiración—. Debes de haberla jodido de verdad para acabar aquí.

—Pero aquí estamos todos, orgullosos trabajadores de la flota del Extremo Oriente —dijo Volovoi, uniéndose a ellos y sin quitar ojo a otro recién llegado, un chico norteamericano pecoso y melenudo que se les acercaba tímidamente—. Entra, entra, Bernie —invitó Volovoi en tono de apremio—. Es una película de espías. Muy apasionante.

—Quieres decir que nosotros somos los malos, ¿verdad?

Bernie tenía una sonrisa borreguil y sólo se le notaba un poco de acento.

—¿Qué esperabas? Si no, no sería una película de espías —ironizó Volovoi.

—Tómatela como si fuera una comedia —sugirió Arkady.

—Eso. —A Bernie le gustó la idea.

—Entra, por favor, que te divertirás —le animó Volovoi, aunque ya no reía—. El camarada Bukovsky te conseguirá un buen asiento.

El primer oficial acompañó a Arkady a la biblioteca del buque, una habitación en la que el lector tenía que ponerse de lado para pasar entre las estanterías. Era interesante ver qué autores estaban representados en una colección tan limitada. Jack London* era popular, como lo eran también los relatos de guerra, la ciencia ficción y un género literario que llamaban «romances con tractor». Volovoi ordenó a la bibliotecaria que saliera y se sentó ante su mesa de despacho, apartando el cubretetera, los tarros de pegamento y los libros con el lomo roto, a fin de tener espacio para el expediente que llevaba en la cartera de mano. Arkady siempre había procurado no cruzarse con el oficial político, colocándose detrás de todos en las reuniones y evitando los espectáculos que se ofrecían a la tripulación. Era la primera vez que los dos se encontraban a solas.

Aunque Volovoi era el primer oficial del buque y normalmente llevaba una chaqueta de lona y botas, jamás tocaba el timón, una red o una carta de navegación. Ello se debía a que un primer oficial era el oficial político. Había un oficial jefe que se ocupaba de asuntos más vulgares relacionados con la pesca y con la navegación. Resultaba muy confuso. El primer oficial Volovoi era

* Novelista y aventurero norteamericano (1876-1916). *(N. del T.)*

responsable de la disciplina y de la moral; de los letreros pintados a mano que proclamaban «El tercer turno gana el gallardete de oro de la competición socialista»; de dar las noticias todas las tardes por la radio del buque, mezclando los telegramas dirigidos a tripulantes que, llenos de orgullo, se enteraban así de que acababan de ser padres en Vladivostok, con noticias procedentes de la revolucionaria Mozambique; de organizar sesiones de cine y torneos de voleibol; y, lo más importante de todo, de redactar una evaluación laboral y política de todos los miembros de la tripulación, del capitán para abajo, y de entregarla luego a la sección marítima del KGB.

No es que Volovoi fuese un tipo débil. Era el campeón de levantamiento de pesas del buque, uno de esos pelirrojos que siempre tienen los ojos inyectados en sangre, cuyos párpados y labios aparecen siempre cubiertos de eccema, cuyas manos carnosas y bien curvadas están cubiertas de vello dorado. Los tripulantes llamaban «inválidos» a los oficiales políticos porque no trabajaban de verdad, pero Fedor Volovoi era el «inválido» más sano que Arkady había visto en su vida.

—«Renko —leyó Volovoi, como si se estuviera familiarizando con un problema—. Investigador jefe. Despedido. Expulsado del partido. Rehabilitación psiquiátrica.» Como puedes ver, dispongo del mismo expediente que tiene el capitán. Destinado a trabajos en la sección oriental de la República rusa.

—Siberia.

—Sé dónde está la sección oriental. También observo que tienes sentido del humor.

—Básicamente en eso he estado trabajando durante los últimos años.

—Muy bien, porque también tengo un informe más completo. —Volovoi puso un expediente más grueso sobre la mesa—. Hubo un caso de asesinato en Moscú. Por alguna razón, al final tú mataste al fiscal de la ciudad. Fue un final inesperado. ¿Quién es el coronel Pribluda?

—Un oficial del KGB. Habló por mí en la investigación que decidió no presentar acusaciones contra mí.

—También te expulsaron del partido y te tuvieron en observación psiquiátrica. ¿Ésta es la suerte que corre un hombre inocente?

—La inocencia no tuvo nada que ver en el asunto.

—¿Y quién es esa Irma Asanova? —Volovoi leyó el nombre.

—Una ex ciudadana soviética.

—Te refieres a una mujer a la que ayudaste a desertar y que desde entonces ha hecho correr rumores difamatorios acerca de tu suerte.

—¿Qué dicen esos rumores? —preguntó Arkady—. ¿Han llegado muy lejos?

—¿Has estado en contacto con ella?

—¿Desde aquí?

—Veo que ya te han interrogado antes.

—Muchas veces.

Volovoi hojeó el expediente.

—«Poco fiable desde el punto de vista político...», «poco fiable». Permíteme que te diga lo que me hace gracia a mí como primer oficial. Dentro de pocos días estaremos en Dutch Harbor. Todos los que vamos en este buque bajaremos a tierra e iremos de compras con una sola excepción: tú. Porque todos los que vamos en este buque tenemos un visado de primera con una sola excepción: tú. Debo suponer que sólo tienes un visado de segunda porque las personas que se ocupan de estos asuntos saben que no se puede confiar en ti, que no se te puede permitir que bajes a tierra en un puerto extranjero y te mezcles con extranjeros. A pesar de ello, eres el hombre que el capitán quiere que ayude a Bukovsky, incluso que le ayude a hablar con los norteamericanos que llevamos a bordo o los que tripulan los arrastreros. Esto es una broma o, por el contrario, algo muy serio.

Arkady se encogió de hombros.

—El humor es una cosa tan personal...

—Pero ser expulsado del partido... —Arkady pensó que al inválido le gustaba hacer hincapié en lo de la expulsión.

La expulsión y el exilio eran lo de menos; el verdadero castigo, el temor de todo *apparatchik*, era perder el carnet del partido. A Molotov, por ejemplo, lo denunciaron porque había redactado las listas de miles de víctimas de Stalin. Pero no se vio en verdaderos apuros hasta que le retiraron el carnet.

—Pertenecer al partido era un honor demasiado grande. No podía soportarlo.

—Eso parece. —Volovoi hojeó otra vez el expediente. Quizá las palabras eran demasiado dolorosas. Alzó los ojos hacia los estantes de libros, como si ninguna de las historias que éstos contenían pudiera ser tan vergonzosa—. El capitán es miembro del partido, por supuesto. Sin embargo, al igual que muchos capitanes de buque, tiene una naturaleza decidida, una personalidad que disfruta arriesgándose. Es sagaz para la pesca, para sortear icebergs, sencillamente desviándose a estribor o a babor. Pero la política y la personalidad humana son más complicadas, más peligrosas. Desde luego, quiere saber qué le ocurrió a la muchacha muerta. Todos queremos saberlo. Nada es más importante. Por esto es importantísimo que la investigación que llevemos a cabo se controle como es debido.

—No es la primera vez que oigo algo por el estilo —reconoció Arkady.

—Y no hiciste caso. Entonces eras miembro del partido, un funcionario importante, un hombre que ostentaba un título. Veo en tu expediente que hace casi un año que no bajas a tierra. Renko, estás prisionero en este buque. Cuando volvamos a Vladivostok, mientras tus compañeros de camarote se reúnen con sus chicas o con sus familias, a ti te recibirá la guardia de fronteras, una rama de la seguridad del Estado. Lo sabes muy bien, porque, de lo contrario, hubieses abandonado el buque la última vez que volvimos a casa. No tienes hogar, no tienes a donde ir. Tu única esperanza es recibir una evaluación muy positiva del *Estrella Polar*. Y yo soy el oficial encargado de redactarla.

—¿Qué quieres?

—Espero —dijo Volovoi— que me informes con detalle, discretamente, antes de presentar tu informe al capitán.

—Ah. —Arkady agachó la cabeza—. Bueno, no es una investigación; se trata sólo de hacer preguntas durante un día. Yo no soy el encargado.

—Slava Bukovsky no habla inglés, de modo que es obvio que algunas de las preguntas las formularás tú. Hay que hacer preguntas, hay que averiguar la verdad, antes de que podamos llegar a una conclusión apropiada. Es importante que no se dé ninguna información a los norteamericanos.

—Haré cuanto pueda. Es lo único que está a mi alcance. ¿Te gustaría que el veredicto fuese de muerte por accidente? Ya hemos hablado de ingestión de alimentos en mal estado. ¿Qué me dices de homicidio?

—También es importante proteger el nombre del buque.

—El suicidio tiene muchas variantes.

—Y la reputación de la desdichada trabajadora.

—Podríamos declarar que todavía vive y nombrarla reina del día del pescador. Lo que tú quieras. Redacta el informe y lo firmaré ahora mismo.

Volovoi cerró lentamente la carpeta, la guardó dentro de su cartera, echó la silla hacia atrás y se levantó. Sus ojos inyectados en sangre enrojecieron un poco más a la vez que su mirada se volvía más fija, la reacción instintiva de un hombre al divisar a un enemigo natural.

Arkady sostuvo su mirada y pensó: «Yo también te conozco a ti.»

—¿Puedo retirarme?

—Sí —la voz de Volovoi se había vuelto seca—. Renko —añadió en el momento en que Arkady daba media vuelta para irse.

—¿Sí?

—Pienso que lo que se te da mejor es el suicidio.

4

Zina Patiashvili yacía sobre la mesa con la cabeza apoyada en un bloque de madera. En vida había sido bonita, con el perfil casi griego que a veces poseían las muchachas georgianas. Labios carnosos, gráciles el cuello y las extremidades, vello negro en el pubis y rubios los cabellos. ¿Qué había querido ser? ¿Una escandinava? Se había sumergido en el mar hasta tocar el fondo y había vuelto sin señales visibles de descomposición aparte de la quietud de la muerte. Tras la tensión del rigor mortis, toda la carne se había aflojado sobre los huesos: los senos reposaban flácidamente sobre las costillas, la boca y la mandíbula aparecían flojas, los ojos se veían apagados debajo de los párpados entreabiertos y la piel mostraba una palidez luminosa. Y el hedor. El quirófano no era ningún depósito de cadáveres, con la correspondiente provisión de formaldehído, y el cuerpo bastaba para llenar la habitación de un olor que hacía pensar en la leche agria.

Arkady encendió un segundo Belomor con la colilla del primero y volvió a llenarse los pulmones. El tabaco ruso, cuanto más fuerte, mejor. En un gráfico médico trazó cuatro siluetas: de frente, de espalda, el costado derecho, el izquierdo.

Zina pareció levitar bajo el destello de la cámara de Slava, y luego, al desvanecerse su sombra, posarse nuevamente sobre la mesa. Al principio el tercer oficial no había querido asistir a la autopsia, pero Arkady había insistido para que Slava, que ya se mostraba hostil, no pudiera decir luego que los resultados habían sido decididos de antemano o eran incompletos. Si se trataba de un último vestigio de orgullo profesional, el propio Arkady no sabía si reír o sentir asco. ¡Las aventuras de un destripador de pescado! En ese momento, mientras Arkady se sentía enfermo, Slava sacaba fotos como un periodista gráfico de la agencia Tass, un periodista endurecido por los combates.

—En conjunto —decía el doctor Vainu—, este viaje ha sido muy decepcionante. En tierra hacía un buen negocio con los sedantes. Valeryanka, Pentalginum, incluso píldoras extranjeras. Pero las mujeres de este buque son un hatajo de amazonas. Ni siquiera ha habido muchos abortos provocados.

Vainu era un joven tísico que generalmente recibía a los pacientes vestido con ropa de estar por casa y en zapatillas, pero para hacer la autopsia se había puesto una bata con manchas de tinta en el bolsillo. Como siempre, fumaba un cigarrillo tras otro, mezclándolos con píldoras contra el mareo. Sostenía el cigarrillo entre el dedo anular y el meñique, por lo que cada vez que daba una chupada la mano le cubría la cara como si fuese una máscara. En una mesa lateral tenía sus instrumentos quirúrgicos: bisturíes, pinzas, grapas, una pequeña sierra giratoria para las amputaciones. En el estante inferior de la mesa había un recipiente de acero que contenía la ropa de Zina.

—Lamento lo de la hora de su muerte —añadió despreocupadamente Vainu—, pero ¿qué persona en su sano juicio iba a creer que un arrastrero la recogería más de un día después de caer por la borda?

Arkady trataba de fumar y dibujar al mismo tiempo. En Moscú la autopsia propiamente dicha la llevaba a cabo un patólogo y el investigador se limitaba a entrar y salir. Había laboratorios, equipos de especialistas en medicina forense, un aparato profesional y la seguridad que daba el trabajo habitual. Una de la cosas que le habían consolado durante los últimos años era pensar que nunca tendría que ver a más víctimas. Desde luego, no tendría que ver a una chica sacada del mar. Debajo del hedor de la muerte se notaba otro olor rancio, de agua salada. Era el olor de todos los pescados que habían bajado a la factoría del buque, y ahora era también el de la muchacha recogida por la misma red, con el pelo revuelto y manchas moradas en los brazos, las piernas y los senos.

—Además, es muy arriesgado calcular la hora de la muerte basándose en el rigor mortis, especialmente en climas fríos —prosiguió Vainu—. Es solamente una contracción causada por reacciones químicas después de la muerte. ¿Sabíais que, si se corta un filete de pescado antes de que aparezca el rigor mortis, la carne se encoge y se vuelve dura?

A Arkady se le cayó la pluma de la mano y su bota la golpeó al agacharse para recogerla.

—Cualquiera diría que ésta es su primera autopsia. —Slava recogió la pluma y examinó la mesa con ojos clínicos. Luego se volvió hacia el doctor—. Parece muy magullada. ¿Crees que fue a dar contra la hélice?

—Pero no tenía la ropa destrozada. Fueron puñetazos y no la hélice. Lo sé por experiencia —dijo Vainu.

¿La experiencia de Vainu? Había aprendido a tratar huesos rotos y a practicar apendicectomías. Para todo lo demás recurría a linimentos o aspirinas porque, según él, la enfermería trataba principalmente casos de alcohol y drogas. Por eso la mesa estaba provista de correas de sujeción. Hacía un mes que al *Estrella Polar* se le había terminado la morfina.

Arkady leyó la parte superior del gráfico:

—«Patiashvili, Zinaida Petrovna. Nacida 28/8/1961, en Thilisi, R. S. S. de Georgia. Estatura: 1,60 m. Peso: 48 kg. Pelo: negro (teñido de rubio). Ojos: castaños.»

Entregó la tablilla a Vainu y empezó a dar la vuelta a la mesa. Del mismo modo que un hombre al que aterran las alturas concentra su atención en los peldaños de uno en uno, Arkady habló despacio, pasando de un detalle a otro.

—Doctor, ¿harás constar que tiene los codos rotos? La pequeñez de las magulladuras induce a pensar que la fractura se produjo después de la muerte y cuando la temperatura del cuerpo era baja —aspiró hondo y flexionó las piernas del cadáver—. Indica lo mismo en el caso de las rodillas.

Slava dio un paso al frente, enfocó la cámara y tomó otra foto, escogiendo los ángulos como un director de cine en su primera película.

—¿Estás usando color o blanco y negro? —preguntó Vainu.

—Color —repuso Slava.

—En los antebrazos y las pantorrillas —continuó Arkady— indica un estancamiento de sangre. No se trata de magulladuras. Probablemente el estancamiento se debe a la postura en que quedó después de morir. Indica lo mismo para los senos. —La sangre estancada en los pechos parecía un segundo par de areolas de color amarillento. Arkady se dijo que aquello era demasiado, que no podía soportarlo, que debería haberse negado—. En el hombro izquierdo, en el mismo lado de la caja torácica y en la cadera hay algunas magulladuras leves y espaciadas de modo regular —tomó una regla de la mesa del laboratorio—. En total diez magulladuras visibles, separadas por unos cinco centímetros.

—¿No puedes sostener la regla con más firmeza? —preguntó Slava en tono quejoso, y seguidamente tomó otra foto.

—Me parece que nuestro ex investigador necesita un trago —dijo Vainu.

Arkady accedió en silencio. Las manos de la chica tenían el tacto de la arcilla fría y blanda.

—No hay señales de uñas rotas ni de tejido desgarrado debajo de ellas. El doctor tomará muestras y las examinará con el microscopio.

—Una copa o una muleta —dijo Slava.

Arkady dio una larga chupada al Belomor antes de abrir la boca de Zina por completo.

—No veo magulladuras ni cortes en los labios y la lengua. —Cerró la boca y echó la cabeza de la muerta hacia atrás para mirar en sus ventanas y fosas nasales. Apretó el dorso de la nariz, luego levantó los párpados apartándolos de los iris elípticos—. Indica decoloración del blanco del ojo izquierdo.

—Y esto ¿qué quiere decir? —preguntó Slava.

—No hay señales de un golpe directo —prosiguió Arkady—. Posiblemente contusión en la parte posterior del cráneo, a causa de un golpe. —Colocó a Zina sobre un costado y retiró los cabellos de la nuca; estaban rígidos a causa de la sal. La piel aparecía magullada, negra. Tomó la tablilla de manos de Vainu y dijo—: Córtala.

El doctor escogió un bisturí y, sin dejar de fumar un cigarrillo en el que había mucha ceniza, practicó una incisión a lo largo de las vértebras cervicales. Arkady sostuvo la cabeza entre las manos mientras Vainu hurgaba.

—Hoy es tu día de suerte —dijo el doctor secamente—. Indica aplastamiento de una primera vértebra y de la base del cráneo. Esto debe de ser un pequeño triunfo para ti. —Miró de reojo a Arkady y luego miró la sierra—. Podríamos sacar el cerebro para estar seguros. O abrir el pecho y comprobar si tiene agua de mar en las vías respiratorias.

Slava sacó una foto del cuello y se irguió, tambaleándose un poco.

—No.

Arkady dejó la cabeza del cadáver apoyada sobre el bloque de madera y le cerró los ojos. Luego se frotó las manos en la chaqueta y encendió un tercer Belomor con el segundo, chupándolo ferozmente; a continuación rebuscó entre las prendas de vestir que había en el recipiente de acero. De haberse ahogado, hubiera encontrado desgarros en la nariz y la boca de la muchacha; hubiera habido agua en el estómago y también en los pulmones, y al moverla seguiría expulsando agua como una esponja. Además, Vladivostok disponía de investigadores y técnicos que gustosamente trocearían el cadáver y analizarían hasta sus elementos atómicos. El recipiente contenía un zapato de plástico rojo de fabricación soviética, unos pantalones de gimnasia, holgados y de color azul, unas braguitas, una blusa de algodón blanco con una etiqueta de Hong Kong y un pasador que decía I ♡ L. A. («Amo Los Ángeles»). La chica era internacional. En un bolsillo de los pantalones había una cartulina azul, completamente empapada, que en otro tiempo había sido un paquete de Gauloises. También un naipe, la reina de corazones. Una muchacha romántica, Zina Patiashvili. Y un resistente condón soviético. Romántica, pero también práctica. Volvió a mirar el rostro cerúleo, el cuero cabelludo que ya empezaba a retirarse de las raíces negras del pelo rubio. La chica estaba muerta y había dejado atrás su vida de fantasía. Arkady siempre se enfurecía en las autopsias; se enfurecía con las víctimas además de con los asesinos. Por qué algunas personas no se pegaban un tiro en la cabeza momentos después de nacer?

El *Estrella Polar* navegaba en círculo, siguiendo a los pesqueros. Arkady, moviéndose inconscientemente, procuró recuperar el equilibrio. Slava hizo lo mismo, tratando de no tocar la mesa.

—¿Vas a perder tu pie marino? —preguntó Vainu. El tercer oficial le miró fijamente.

—Estoy bien.

Vainu sonrió con afectación.

—Por lo menos deberíamos sacarle las vísceras —dijo a Arkady.

Arkady sacó las prendas de vestir del recipiente. Estaban manchadas de sangre de pescado, rasgadas por las espinas, como cabía esperar después de viajar en una red. Podría haber habido una mancha de aceite en una de las rodilleras de los pantalones. Extendió la blusa y observó que en la pechera había unas manchas diferentes, y un corte en lugar de una rasgadura.

Volvió a ocuparse del cadáver. Había una coloración granate en las extremidades, los senos y alrededor del ombligo. Tal vez no todo era sangre estancada; quizá se había precipitado al decirlo, sólo para poder alejarse del cuerpo. En efecto, al apretar el vientre cerca del ombligo vio una punzada, una herida estrecha, de unos dos centímetros de longitud, causada por un cuchillo. Justamente la clase de herida que cabía esperar de un cuchillo de pescador. Todos los que iban en el *Estrella Polar* tenían un cuchillo con mango de plástico blanco y hoja de doble filo, de veinte centímetros de largo, que se usaba para destripar el pescado o para cortar las redes. En todo el barco había rótulos que aconsejaban: «Estad preparados para casos de emergencia. Llevad siempre el cuchillo encima.» Arkady tenía el suyo en el armario.

—Deja, eso ya lo haré yo. —Vainu empujó a Arkady con el codo para que se apartase.

—Has encontrado un chichón y un arañazo —dijo Slava—. ¿Y qué?

Arkady replicó:

—Es más de lo que se encuentra en estos casos, aunque la caída sea desde una altura considerable.

Vainu se apartó de la mesa con pasos vacilantes. Arkady pensó que debía de haber abierto la herida un poco más, porque de ella surgían unos pocos centímetros de intestino de color gris tirando a morado. El intestino continuó saliendo como si tuviera vida propia, en medio de un borboteo de agua salada y un líquido blancuzco.

—¡Una mixina del cieno!

Mixina o lamprea. Podía llamarse de las dos maneras y era una forma de vida primitiva, pero eficiente. A veces la red subía una platija de dos metros de largo, un animal que debería haber pesado un cuarto de tonelada y que no era nada salvo un saco de pellejo y huesos y un nido de anguilas de cieno. La parte exterior del pescado podía aparecer intacta; las anguilas entraban por la boca o por el ano y se abrían paso hasta el vientre. Cuando aparecía una anguila en la factoría, las mujeres salían corriendo en todas direcciones y no volvían a ocupar sus puestos hasta que los hombres la mataban a golpes de pala.

La cabeza de la anguila, un muñón sin ojos, con cuernos carnosos y boca fruncida, se movía de un lado a otro contra el estómago de Zina Patiashvili; luego la anguila entera, larga como un brazo, aparentemente interminable, salió de ella, se retorció en el aire y fue a parar a los pies de Vainu. El doctor le dio una cuchillada con el bisturí y el instrumento se partió en dos contra el suelo. El médico se puso a patear, luego tomó otro cuchillo de la mesa. La anguila daba tremendos coletazos, rodaba de un lado a otro de la habitación. Su principal defensa era un líquido blancuzco y viscoso que impedía agarrarla. Una sola anguila podía llenar un cubo con aquel líquido y podía esconder su alimento en él, pues ni siquiera un tiburón se atrevía a tocarlo. La punta del cuchillo se partió y saltó por los aires, produciéndole un corte en la mejilla a Vainu. El doctor dio un traspié, cayó de espaldas y vio cómo la anguila se acercaba a él retorciéndose.

Arkady salió al pasillo y volvió con un hacha de bombero, la alzó en el aire y golpeó la anguila con el extremo romo. A cada golpe el animal daba coletazos, ensuciando todo el suelo. Arkady perdió el equilibrio por culpa de la viscosidad, lo recuperó, dio una vuelta al hacha y partió la anguila en dos. Ambas mitades siguieron retorciéndose independientemente hasta que Arkady cortó cada una de ellas en otros dos trozos. Los cuatro se movían en medio de los charcos de substancia viscosa y sangre.

Vainu, apenas teniéndose en pie, se acercó al armarito, sacó los instrumentos del frasco esterilizador y vertió el alcohol en dos vasos, uno para Arkady y otro para él mismo. Slava Bukovsky se había ido. Arkady creía recordar vagamente que el tercer oficial se había precipitado hacia la puerta instantes después de que apareciese la anguila.

—Éste es el último viaje que hago —musitó Vainu.

—¿Por qué nadie se dio cuenta de que no estaba en su puesto de trabajo? —preguntó Arkady—. ¿Padecía alguna enfermedad crónica?

—¿Zina? —Vainu sujetaba el vaso con ambas manos—. Ella no.

Arkady apuró de un trago su propio vaso. Un poco antiséptico, pero no estaba mal.

Se preguntó qué clase de médico solía haber en los buques factoría. Desde luego, no tenían facultativos que sintieran curiosidad por toda la variedad de disfunciones físicas, de partos, de enfermedades infantiles, de dolencias geriátricas. En el *Estrella Polar* no existía siquiera el habitual riesgo marítimo de las enfermedades tropicales. El trabajo de un médico en aguas del Pacífico norte era aburrido, por esto atraía a borrachos y a médicos recién salidos de la facultad, aunque estos últimos eran destinados en contra de su voluntad a los barcos que surcaban aquellas aguas. Vainu no era ni una cosa ni otra. Era estoniano, de una república del Báltico donde consideraban a los rusos como si fueran tropas de ocupación. No era hombre que sintiese mucha simpatía por la tripulación del *Estrella Polar*.

—¿No sufría mareos, jaquecas, desvanecimientos ¿Ningún problema de drogas? ¿No la trataste por nada?

—Ya has visto los expedientes. Absolutamente limpios.

—En tal caso, ¿a qué se debe que la ausencia de esta trabajadora tan sana no sorprendiera a nadie?

—Renko, tengo la impresión de que eres el único hombre de a bordo que no conocía a Zina.

Arkady asintió con la cabeza. También él estaba sacando aquella impresión.

—No olvides tu hacha —dijo Vainu cuando Arkady echó a andar hacia la puerta.

—Me gustaría que examinases el cadáver en busca de señales de actividad sexual. Tómale las huellas dactilares y extrae sangre suficiente para determinar su tipo. Me temo que tendrás que limpiarle el interior del abdomen.

—¿Y si...? —El doctor miró fijamente los pedazos de la anguila.

—De acuerdo —dijo Arkady—. Quédate el hacha.

Slava Bukovsky se hallaba inclinado sobre la barandilla. Arkady se colocó junto a él, como si estuvieran tomando el aire. En la cubierta de descarga, montones de lenguados amarillos esperaban a que las palas los arrojaran por el conducto que desembocaba en la factoría.

Una red de nilón norteamericana aparecía colgada entre dos plumas de carga, y una aguja para redes —una lanzadera de punta hendida— colgaba de una red a medio remendar. Arkady se preguntó si sería la red que había recogido a Zina. Slava tenía los ojos clavados en el mar.

A veces la niebla surtía el mismo efecto que el aceite en el agua. La superficie estaba totalmente en calma, negra, y unas cuantas gaviotas revoloteaban sobre un arrastrero que Arkady podía distinguir sólo porque las embarcaciones norteamericanas tenían unos colores tan vivos como señuelos para pescar. El que veía ahora estaba pintado de rojo y blanco y los tripulantes llevaban impermeables amarillos. Se mecía, apareciendo y desapareciendo por detrás de la popa del *Estrella Polar*, cuyo casco herrumbroso se alzaba doce metros sobre el pesquero. Por supuesto, los norteamericanos sólo pasaban unas semanas lejos del puerto, mientras que el *Estrella Polar* tardaba medio año en volver. El pesquero norteamericano era un juguete en el agua; el *Estrella Polar* era todo un mundo independiente.

—Eso no suele suceder en las autopsias —comentó Arkady en voz baja.

Slava se secó la boca con un pañuelo.

—¿Por qué la acuchillarían si ya estaba muerta?

—En el estómago hay bacterias. La cuchillada fue para que saliesen los gases e impedir que flotara. Puedo arreglármelas solo durante un rato. ¿Por qué no esperas hasta que te encuentres mejor?

Slava se apartó de la barandilla, irguió el cuerpo y dobló el pañuelo.

—Todavía soy el encargado. Lo haremos todo como en una investigación normal.

Arkady se encogió de hombros.

—En la investigación normal de un caso de homicidio, cuando encuentras el cadáver examinas el lugar con una lupa y detectores de metal. Mira a tu alrededor. ¿Hay alguna ola en particular que quieras examinar?

—Deja de hablar de homicidio. Darás pábulo a rumores.

—Con esas heridas no puedo dejar de hablar de homicidio.

Puede que se las causara la hélice —dijo Slava.

—Sí, si alguien la usó para golpearla en la cabeza.

—No había señales de lucha... tú mismo lo dijiste. El mayor problema es tu actitud. No voy a permitir que tu postura antisocial me comprometa.

—Camarada Bukovsky, no soy más que un trabajador salido de la factoría. Tú eres un emblema del radiante futuro soviético. ¿Cómo puedo comprometerte yo?

—No me vengas a mí con el cuento de que eres un trabajador. Volovoi me ha hablado de ti. Armaste una gorda en Moscú. El capitán Marchuk ha cometido una locura al llamarte.

—¿Por qué? —Arkady sentía verdadera curiosidad.

—No lo sé —Slava parecía tan confundido como Arkady.

En lo tocante al espacio y la distribución, el camarote de Zina Patiashvili era igual que el de Arkady: cuatro personas compartían lo que podía pasar por una cámara de descompresión bastante cómoda con cuatro literas, una mesa y un banco, un ropero y un lavabo. El ambiente propiamente dicho era distinto. En lugar de sudor masculino, el aire contenía una mezcla potente de perfumes que rivalizaban unos con otros. En lugar de las fotos de chicas ligeras de ropa de Gury y el icono de Obidin, decoraban la puerta del ropero postales cubanas, pueriles tarjetas de felicitación del día internacional de la mujer, fotos de niños luciendo las bufandas de alguna organización juvenil y fotos de astros de cine y músicos recortadas de las revistas. Había una foto risueña de Stas Namin, el rollizo astro del rock soviético. Otra mostraba la expresión ceñuda de Mick Jagger.

—Ésa era de Zina —Natasha Chaikovskaya señaló la foto de Jagger.

Las otras ocupantes del camarote eran «madame» Malzeva, la trabajadora de más edad de la sección de la factoría donde trabajaba Arkady, y una muchachita uzbeca que se llamaba Dynama en honor de la electrificación del Uzbekistán. La familia no le había hecho ningún favor a la pobre inocente, ya que en partes más avanzadas de la Unión Soviética una «dinama» es un ligue que se deja invitar a cenar por un hombre y luego, con la excusa de ir al lavabo, se despide a la francesa. Las amigas, movidas por la compasión, la llamaban Dynka. Sus ojos eran negros y de expresión ansiosa, en equilibrio sobre unos pómulos enormes. Llevaba el pelo recogido en dos colas de caballo que parecían alas negras.

Para una ocasión tan triste, Natasha había renunciado a pintarse los labios y, a modo de solución intermedia, lucía una peineta grande. A sus espaldas la llamaban «Chaika», nombre de una limusina de carrocería voluminosa. De un solo apretón hubiera podido estrujar a

Stas Namin; Jagger no hubiera tenido la menor probabilidad de salir vivo. Era una lanzadora de pesos con alma de Carmen.

—Zina era una buena chica, una chica popular, la alegría del buque —dijo madame Malzeva. Como si estuviera de recibo en su salón, llevaba un chal adornado con borlas y remendaba un cojín de raso en el que aparecían bordadas las palabras «Visitad Odessa»—. Dondequiera que hubiese risa, allí estaba nuestra Zina.

—Zina era buena conmigo —dijo Dynka—. A veces bajaba a la lavandería y me traía un bocadillo.

—Era una honrada trabajadora soviética a la que se echará mucho de menos. —Natasha era miembro del partido y tenía la correspondiente capacidad de hablar como una grabación magnetofónica.

—Estos testimonios son valiosos —dijo Slava.

Una de las literas de arriba aparecía deshecha. En una caja de cartón pensada para contener treinta kilos de pescado congelado había prendas de vestir, zapatos, una casete estéreo y cintas, rulos y cepillos para el pelo, una libreta de tapas grises, una foto instantánea de Zina en traje de baño, otra en la que aparecían ella y Dynka, y un joyero de las Indias Orientales cubierto con un paño de color y pedacitos de espejo. Sobre la litera, un rótulo enmarcado y atornillado al tabique indicaba el puesto que correspondía al ocupante en caso de alarma. El de Zina estaba con los bomberos en la cocina.

Arkady adivinó enseguida de quiénes eran las otras literas. Una mujer de edad ocupaba siempre una de las literas de abajo, en este caso una adornada con cojines de otros puertos —Sochi, Trípoli, Tánger—, de tal manera que madame Malzeva podía reposar sobre un mullido atlas. La litera de Natasha contenía una selección de folletos con títulos como, por ejemplo, «Las consecuencias del desviacionismo socialdemócrata» y «Para lograr un cutis más limpio». Quizá comprender una cosa llevaba a la otra; sería un gran avance propagandístico. En la litera de Dynka, una de las de arriba, había un camello de juguete. Las mujeres, más que los hombres, habían convertido el camarote en un verdadero hogar, lo suficiente para que Arkady tuviera la sensación de ser un intruso.

—Lo que nos interesa —dijo Arkady— es saber cómo la desaparición de Zina pasó inadvertida. Vosotras compartíais este camarote con ella. ¿Cómo es posible que no reparaseis en su ausencia durante un día y una noche?

—Era una muchacha tan activa... —comentó Malzeva—. Además, tenemos turnos diferentes. Mira, Arkasha, nosotras trabajamos de noche. Ella trabajaba durante el día. A veces pasaban días sin que viéramos a Zina. Cuesta creer que nunca volveremos a verla.

—Debes de haberte llevado un disgusto. —En el cine, cuando daban películas de guerra, Arkady había visto a madame Malzeva llorar cuando mataban alemanes. Todos los otros espectadores chillaban «¡Chúpate ésa, alemán de la mierda!», pero Malzeva sollozaba.

—Me pidió que le prestara el gorro de ducharme y nunca me lo devolvió. —La anciana alzó sus ojos secos.

—Nos iría bien conocer el testimonio de sus demás compañeras —sugirió Slava.

—¿Qué me dices de sus enemigos? —preguntó Arkady—. ¿Crees que alguien querría hacerle daño?

—¡No! —exclamaron a coro las tres mujeres.

—No hay necesidad de hacer preguntas de esta clase —advirtió Slava.

—Olvídala. ¿Qué otras cosas eran de Zina? —Arkady examinó el montaje fotográfico que decoraba la puerta del armario.

—Su sobrino. —El dedo de Dynka señaló la instantánea de un chico de cabellos negros que sostenía un racimo de uvas grandes como higos.

—Su actriz. —Natasha señaló una foto de Melina Mercouri, que aparecía con expresión malhumorada y envuelta en humo de cigarrillo.

Arkady se preguntó si Zina se veía a sí misma como una griega de carácter hosco.

—¿Algún novio? —preguntó Arkady.

Las tres mujeres se miraron como si estuvieran consultándose; luego Natasha contestó:

—Ningún hombre en especial, que nosotras sepamos.

—Ninguno —dijo Malzeva.

—No. —Dynka soltó una risita.

—Confraternizar con todas las compañeras es lo mejor que se puede hacer —dijo Slava.

—¿La visteis en el baile? ¿Vosotras estuvisteis en el baile? —preguntó Arkady.

—No, Arkasha, a mi edad una ya no asiste a los bailes —respondió Malzeva, desempolvando cierta coquetería—. Y olvidas que la factoría continuó tratando pescado durante el baile. Natasha, ¿no estabas enferma cuando el baile?

—Sí. —Al ver que Slava, antiguo músico, se sobresaltaba, Natasha añadió—: Puede que entrara a echar un vistazo.

«Luciendo un vestido», adivinó Arkady.

—¿Tú estuviste en el baile, Dynka? —preguntó Arkady.

—Sí. Los norteamericanos bailan como monos —dijo la chica—. Zina era la única que sabía bailar como ellos.

—¿Bailaba con ellos? —le preguntó Arkady.

—A mí me parece advertir cierta sexualidad poco sana cuando los norteamericanos bailan —dijo madame Malzeva.

—El propósito del baile era fomentar la amistad entre trabajadores de ambas naciones —contestó Slava—. ¿Qué importa con quién bailó si el accidente lo sufrió después del baile?

Arkady vació el contenido de la caja sobre la litera de Zina. Las prendas de vestir eran extranjeras y estaban muy gastadas. Nada en los bolsillos. Las cintas eran de los Rolling Stones, los Dire Straits e intérpretes por el estilo; la casete era Sanyo. No había ningún documento de identidad, ni esperaba encontrarlo; la cartilla de cobros y el visado estarían en la caja fuerte del buque. Sobre la litera había lápices de labios y perfumes. ¿Cuánto tiempo persistiría el perfume de Zina Patiashvili en el camarote? En el joyero había un collar de perlas cultivadas y medio mazo de naipes, todos de la reina de corazones. También un fajo de «rosas», billetes de diez rublos, sujetos con una gomita. Examinar los efectos personales requeriría más tiempo del que tenía en ese momento. Volvió a meterlo todo en la caja.

—¿Todo está aquí? —preguntó—. ¿Todas sus cintas?

Natasha aspiró aire por la nariz.

—Sus preciosas cintas. Siempre utilizaba sus auriculares. Nunca las compartía.

—¿Qué tratas de encontrar? —preguntó Slava en tono imperioso—. Estoy cansado de que prescindas de mí.

—No prescindo de ti —replicó Arkady—, pero tú ya sabes lo que sucedió. Yo soy más corto de entendederas y tengo que hacer las cosas paso a paso. Gracias —dijo a las tres mujeres.

—Eso es todo, camaradas —concluyó Slava en tono decidido. Levantó la caja—. Yo me encargo de esto.

Al llegar a la puerta, Arkady se detuvo y preguntó:

—¿Se divirtió en el baile?

—Es posible —dijo Natasha—. Camarada Renko, quizá deberías asistir a un baile alguna vez. A los intelectuales les convendría mezclarse con los trabajadores.

Arkady no alcanzó a adivinar por qué Natasha le había puesto la etiqueta de intelectual; la sección de limpieza de pescado no era un lugar donde proliferasen los filósofos. Había en la expresión de Natasha algo de mal agüero que Arkady quería evitar, de modo que le preguntó a Dynka:

—¿Parecía mareada? ¿Enferma?

Dynka dijo que no con la cabeza y sus trenzas se mecieron con el movimiento.

—Se la veía feliz cuando se fue del baile.

—¿A qué hora se fue? ¿Adónde iba?

—A popa. No sé qué hora era; la gente todavía bailaba.

—¿Con quién iba?

—Estaba sola, pero se la veía feliz, como una princesa en un cuento de hadas.

Era una fantasía mucho mejor que la que hubiera inventado un hombre. Aquellas mujeres creían estar surcando los mares con todas las intrigas normales en un apartamento de mujeres, como si no fuera posible caer al ancho mar y, sencillamente, desaparecer. Durante los diez meses que Arkady llevaba a bordo había tenido la impresión creciente de que el océano era un vacío hacia el que las personas podían verse arrastradas en cualquier momento. Las personas tenían que aferrarse a sus literas y asirse a lo que fuera para conservar la vida si salían al aire libre.

Cuando llegaron a cubierta, Slava y Arkady encontraron a Vainu con el cuerpo doblado sobre la barandilla, la bata sucia de sangre y cieno. El hacha yacía a sus pies. El doctor alzó dos dedos.

—... más —dijo bruscamente, y de nuevo volvió el rostro de cara al viento.

Un vacío o un pozo donde hay demasiada vida. Elegid lo que os guste más.

5

Arkady siguió gustosamente a Slava hacia popa. Casi podía ver la escena: una figura solitaria junto a la barandilla, un pesquero a media distancia, el mar negro fundiéndose con la niebla gris. Era un cambio después de la claustrofobia.

—Echa un vistazo por ahí —dijo Slava—. Dicen que eres un experto.

—Bueno. —Arkady obedeció la orden y se volvió, aunque no había mucho que ver; cabrestantes y abrazaderas iluminados por tres lámparas que incluso a mediodía brillaban como lunas ponzoñosas.

En medio de la cubierta había una escalera abierta que conducía a un descansillo situado directamente encima de la rampa de popa. Las rampas de popa eran una característica de los modernos pesqueros de arrastre: la rampa del *Estrella Polar* empezaba en la línea de flotación y formaba un túnel que subía hasta la cubierta de descarga situada en el otro lado de la superestructura de popa. Lo único que Arkady podía ver de la rampa era la parte que quedaba debajo del pozo, y lo único que alcanzaba a ver de la cubierta de descarga era la parte superior de las plumas de carga y las grúas más allá de la chimenea. Alrededor de ésta había barriles de aceite, cables de repuesto y estachas. En la cubierta de botes había lanchas salvavidas colgadas de pescantes. A un lado se almacenaba material para caso de alarma: hachas de bombero, un pico, garfios y palas, como si pudiera combatirse el fuego igual que se lucha contra tropas extranjeras.

—¿Y bien? —apremió Slava—. Según la chica, Zina se dirigía hacia aquí. Como un personaje de cuento de hadas.

Se detuvo a media zancada y, bajando la voz, dijo:

—Susan.

—¿Su-san? —preguntó Arkady. Era un nombre que se prestaba a pronunciar como si fuese ruso.

—¡Chist! —Slava se ruborizó.

La figura que estaba junto a la barandilla vestía una chaqueta de lona con capucha, pantalones sin forma y botas de goma. Arkady siempre había evitado a los norteamericanos. Raramente bajaban a la factoría, y en cubierta Arkady tenía la sensación de que le estaban vigilando, que esperaban que tratara de establecer contacto con los norteamericanos, que les comprometiese, cuando no que se comprometiera a sí mismo.

—Está tomando una red.

Slava obligó a Arkady a detenerse a una distancia respetuosa.

De espaldas a ellos, Susan Hightower hablaba por una radio que sostenía en la mano. Parecía alternar las respuestas en inglés al *Eagle* con las instrucciones en ruso al puente del *Estrella Polar*. El pesquero iba acercándose, empujado por las olas. Al oírse un traqueteo abajo, Arkady se asomó al pozo y pudo ver un cable con boyas rojas y blancas que se arrastraba por la pendiente herrumbrosa de la rampa.

—Si Susan está trabajando —dijo—, podemos hablar con los otros norteamericanos.

—Es la representante jefe. Por pura cortesía, primero tenemos que hablar con ella —insistió Slava. ¿Cortesía? Ahí estaban los dos, tiritando y sin que nadie les hiciera caso, pero Slava era presa de los convencionalismos sociales.

En el agua, el cable se tensó a lo largo de veinticinco, cincuenta, cien metros, cada boya flotando en la cresta de su propia ola. Cuando el cable alcanzó toda su extensión, el pesquero norteamericano se acercó al costado de babor y siguió navegando al mismo ritmo que el buque factoría.

—Esto es muy interesante —anunció Slava con entusiasmo.

—Sí. —Arkady se volvió de espaldas al viento.

En aquella longitud no había tierra entre el Polo Norte y el Polo Sur, y las brisas se levantaban rápidamente.

—Ya sabes que en la flota soviética nos acercamos mucho para transbordar el pescado —prosiguió Slava—. Hay barcos con el casco abollado de...

—Sí —dijo Arkady—, los cascos abollados son el distintivo de la flota soviética.

—Este sistema que nos enseñaron los norteamericanos, el que consiste en que los cascos no se toquen, es más limpio, pero también más complicado y exige mayor habilidad.

—Como el coito entre arañas —dijo Susan sin volver la cabeza.

Arkady contempló admirado la operación. Desde el arrastrero un pescador de brazos fuertes lanzó un garfio encima del cable de arrastre. Otro pescador hizo pasar el cable a lo largo de la borda hasta la popa, donde una red llena de pescado cubría la angosta cubierta del arrastrero.

—Van a establecer la conexión —dijo Susan por radio, hablando en ruso.

¿«Como el coito entre arañas»? Arkady pensó que la comparación era interesante. Un orinque era un cable relativamente delgado. No sólo había cierta distancia entre las dos embarcaciones, sino que, además, las dos se movían en direcciones opuestas. Si se separaban demasiado, el cable se partiría a causa de la tensión; si no se separaban lo suficiente, la red no saldría del pesquero o caería al fondo, donde la fuerza de la tensión también podía romper el cable, con la consiguiente pérdida de aparejo y pescado por valor de cien mil dólares norteamericanos.

—A punto de entrar —dijo Susan cuando la red salió de la cubierta del arrastrero.

Al instante, el peso de la captura hizo que el *Estrella Polar* aflojara la velocidad medio nudo. El arrastrero cambió su rumbo y empezó a alejarse mientras los cabrestantes del buque factoría comenzaban a recoger el cable.

Susan apenas miró a Arkady cuando éste se colocó a su lado junto a la barandilla. Arkady pensó que debía de llevar varios jerséis y pantalones unos sobre otros para aparecer tan deforme, ya que su rostro era delgado.

Tenía los ojos de color castaño y la expresión concentrada de una equilibrista a quien el resto del mundo le importa un comino.

—Cincuenta metros —decía en ruso.

Las gaviotas empezaban a congregarse sobre el buque. Era el misterio de siempre: en un momento dado no se veía ni un pájaro y luego, súbitamente, aparecían decenas de ellos, como si la niebla fuera la capa de un ilusionista.

Detrás de su vanguardia de boyas, la red surcaba las aguas hacia el *Estrella Polar*, la cabellera de plástico anaranjado y negro, reluciente y mojada. Detrás de ellos, uno de los encargados de la operación cruzó la cubierta y bajó corriendo la escalera hasta ocupar su puesto en el descansillo situado sobre la rampa. El cable delgado se alzó, tenso y chorreando agua. Las boyas rebotaban sobre la rampa. Arrastrada por su brida de acero, la red surgió del agua y fue a posarse en el borde inferior de la rampa.

—¡Más despacio! —ordenó Susan en ruso.

El *Estrella Polar* redujo su velocidad hasta casi ponerse al pairo. Era necesario proceder con cuidado al recoger treinta toneladas de pescado que perdía su capacidad de flotar y pesaba el doble al salir del agua. Un poco más de tensión en el cabrestante que tiraba de la red hacia el buque, y el cable podía partirse. Por otro lado, una parada en seco podía arrojar la red hacia la hélice. Poco a poco el cable colocó la carga sobre la rampa mientras el buque seguía navegando con gran lentitud. La red llena de pescado se detuvo como si estuviera agotada, chorreando agua mientras de ella salían cangrejos y estrellas de mar.

—¿Eres de la factoría? —preguntó Susan a Arkady.

—Sí.

—El misterioso hombre de las profundidades.

Slava tiró de Arkady hacia la barandilla de la escalera.

—No la molestes ahora.

Desde lo alto de la escalera miraron hacia el encargado de la operación mientras la puerta de seguridad de la rampa se alzaba y dos hombres con casco, chaleco salvavidas y cables alrededor de la cintura arrastraban gruesos cabos de rampa abajo, hacia la red. Cuanto más se acercaban a ésta, más se curvaba la rampa hacia el agua. Un reflector iluminaba el punto donde la rampa llegaba a su fin y esperaba el vientre de la red.

Uno de los dos hombres gritó, resbaló y se aferró al cable salvavidas. Era un marinero llamado Pavel y tenía los ojos en blanco a causa del miedo.

El encargado le animó desde el descansillo:

—Pareces un borracho en una pista de baile. A lo mejor te gustaría tener unos patines.

—Karp —dijo Slava en tono de admiración.

Los hombros de Karp parecían a punto de reventar su jersey. Volvió su voluminosa cabeza hacia ellos y sonrió, mostrando varios dientes de oro. Él y su equipo estaban trabajando un turno extra, otro de los motivos por los cuales eran los favoritos del primer oficial.

—¡Ya veréis cuando lleguemos a la región de los hielos! —chilló dirigiendo la voz hacia arriba—. ¡Entonces Pavel patinará de verdad en la rampa!

Arkady recordó la red a medio remendar que había visto poco antes en la cubierta de arrastre.

—¿Tú cortaste la red para sacar a Zina? —preguntó a Karp.

—Sí. —El oro desapareció de la sonrisa—. ¿Qué pasa?

—Nada. —Sencillamente, a Arkady le parecía interesante que Karp Korobetz, aquel encargado ejemplar, se hubiera arriesgado a perder una costosa red norteamericana en vez de vaciarla de pescado y esperar hasta que el cuerpo de Zina saliese.

En la rampa, Pavel forcejeaba para desenganchar la brida de su red con el fin de que su colega pudiera enganchar en ella los garfios de los cabos gruesos y aliviar el orinque del peso de la red. Una cosa era que un cable se partiera y diese fuertes bandazos en cubierta, y otra cosa muy distinta que el accidente se produjese en una rampa cerrada, donde un cable partido podía hacer mucho daño.

—¿Estuviste en el baile, Karp? —preguntó Arkady.

—¡No! —gritó Karp—. Oye, Renko, no contestaste a mi pregunta. ¿Por qué te trincaron?

Arkady adivinó un leve acento moscovita.

—¿Algún problema? —preguntó Susan, volviéndose hacia ellos.

Pavel volvió a caer, y esta vez llegó a la mitad de la distancia que le separaba de la red antes de que el cable le salvara. Una ola subió por la rampa y levantó la red, de tal modo que ésta se balanceó indolentemente sobre el pescador. Arkady había visto morir a algunos hombres por esa causa. El peso de la captura impedía que respirasen y durante la mitad del tiempo la red quedaba sumergida. El compañero de Pavel se puso a gritar y a tirar de la soga, pero, estando Pavel bajo veinte toneladas de pescado y red, no consiguió que se moviera. Los gritos no servían para nada. Otra ola rompió sobre la red, que se movió un poco más, como una morsa aplastando a su cría. Al retroceder, la ola tiró de la red hacia el mar y el cable se partió.

Karp saltó desde el descansillo sobre la red. ¿Qué más daban otros cien kilos comparados con toneladas? Al llegar la siguiente ola, se encontró sumergido en agua helada hasta la cintura, aferrándose a la red con una mano mientras tiraba de Pavel con la otra, al mismo tiempo que reía sin parar. Pavel se encaramó a la red, escupiendo agua, mientras el capataz subía hasta la brida y ayudaba a enganchar los garfios. Todo terminó en un segundo. Lo que llamó la atención de Arkady fue que Karp no había vacilado en ningún momento; se había movido tan rápidamente que, más que un acto de valor, salvarle la vida a otro hombre había parecido un ejercicio gimnástico en la barra.

El pesquero de arrastre volvió a colocarse en la estela del *Estrella Polar*, esperando el informe de la captura: tantas toneladas, tantos lenguados, tantos cangrejos, tanto barro. Las gaviotas revoloteaban sobre la entrada de la rampa, esperando que algún pescado escapase de la red.

—Lo último que necesitamos aquí es a alguien de la sección de limpieza —dijo Susan a Slava—. Llévalo a mi camarote.

En cuanto los garfios quedaron enganchados, Karp y sus hombres subieron rápidamente por la rampa, paso a paso, aferrándose a un solo cable salvavidas. La red empezó a moverse detrás de ellos. El *Estrella Polar* tenía asignado un cupo de cincuenta mil toneladas de pescado. Tantas toneladas de filetes congelados, tantas de harina de pescado, tantas de aceite de hígado para

una nación carente de proteínas, que necesitaba forti-
ficar los músculos que estaban edificando el comunismo. Un diez por ciento, pongamos por caso, se perdía
a bordo durante el proceso de congelación; otro diez
por ciento se repartía entre el administrador del puerto y el director de la flota; y un último diez por ciento
se derramaba por los caminos sin asfaltar que llevaban
a pueblos donde podía o no podía haber un refrige-
rador en funcionamiento que salvara los filetes que
quedaban después de tanto viajar. No era extraño que
la red subiera ansiosamente hacia la cubierta de descarga.

Slava condujo a Arkady hacia la proa pasando por
la cubierta de descarga y los medios del buque y el hangar pintado de blanco del taller de máquinas.

—¿No te sorprende su acento? ¡Es tan bueno! —comentó Slava—. Susan es una mujer fantástica. Habla el
ruso mucho mejor que esa chica uzbeca... ¿Cómo se
llama?

—Dynka.

—Eso, Dynka. Ya nadie habla el ruso.

Era cierto. Los *yupies* rusos, en particular, hablaban
el cada vez más popular «ucraniano del Politburó».
Desde los tiempos de Jruschov, los dirigentes del país,
todos ellos nacidos en Ucrania, hablaban un ruso tosco,
titubeante, pronunciando las uves como si fueran uves
dobles, hasta que toda la gente del Kremlin empezó a
expresarse como si hubiera nacido en Kiev.

—Pronuncia tu nombre —pidió Arkady.

—Slava.

Slava le miró con expresión suspicaz.

—No sé qué pasa, pero siempre pareces estar tramando algo.

En la franja oscura donde la niebla se juntaba con el horizonte, se divisaban las luces de otro arrastrero que estaba faenando.

—¿Cuántos pesqueros llevamos con nosotros? —preguntó Arkady.

—Normalmente llevamos una flota de cuatro: el *Alaska Miss*, el *Merry Jane*, el *Aurora* y el *Eagle*.

—¿Estuvieron todos en el baile?

—No. El *Alaska Miss* esperaba una tripulación de relevo y el *Aurora* tenía un problema con el timón. Como habíamos dejado de pescar hasta el día siguiente y como pronto vamos a hacer escala en Dutch Harbor, decidieron adelantar la arribada a puerto. Al baile sólo asistieron los tripulantes de dos pesqueros, de los dos que tenemos ahora.

—¿Tenéis un buen conjunto?

—No es el peor —dijo Slava con prudencia.

La cubierta de proa estaba dividida entre una pista de voleibol a un lado y una cubierta de carga que Arkady y Slava cruzaron. La pista de voleibol estaba cubierta con redes. A pesar de ello, a veces una pelota se escapaba y caía al mar; entonces el capitán hacía que el *Estrella Polar* virase en dirección al puntito que se mecía en las olas, tarea que venía a ser como empujar una cerda gigantesca por un campo completamente embarrado. Las pelotas de voleibol escaseaban en el mar de Bering.

Los norteamericanos que se encontraban a bordo vivían a proa, en la cubierta situada debajo de los camarotes de los oficiales y del puente. Susan aún no había llegado, pero los otros tres se encontraban reunidos en el camarote de la mujer. Bernie era el chico pecoso que Arkady había encontrado delante de la cantina con Volovoi. Su amigo Day llevaba gafas con montura de acero que acentuaban su aire de intelectual inquieto. Ambos representantes vestían tejanos y jerseyes sucios, pero aun así superiores a cualquier prenda de vestir confeccionada en Rusia. Lantz era un observador del Departamento de Pesca, cuya misión consistía en vigilar que el *Estrella Polar* no capturara algo que por su tipo, sexo o tamaño estuviera prohibido. Se disponía a empezar su turno, por lo que llevaba un mono impermeable, camisa a cuadros con mangas de caucho, un guante de goma en una mano y otro guante de cirujano en el bolsillo de la camisa, colgando como si fuera un pañuelo. Parecía medio dormido, arrellanado en el banco empotrado, encogido porque era muy alto, con un cigarrillo en la boca. Mientras esperaban a Susan, Slava habló con los tres hombres en ruso, con la facilidad y el entusiasmo con que hablan los amigos, la gente de la misma edad, los compañeros del alma.

El camarote de Susan no era mucho mejor que los alojamientos de la tripulación. Dos literas en lugar de cuatro, las dos para ella sola, ya que era la única norteamericana que había a bordo. Había un frigorífico ZIL que llegaba hasta la cintura y se notaba el aroma metálico del café instantáneo. Una máquina de escribir y cajas de manuscritos en la litera de arriba y, metidos en cajas de cartón, libros de Pasternak, Nabokov, Blok. Arkady vio ediciones en ruso que se habrían vendido en unos segundos en cualquier librería soviética, o por cientos de rublos en alguna callejuela de Moscú. Era como encontrar cajas llenas de oro. Se preguntó si Susan podía leerlos.

—Vuelve a explicarme quién es éste, por favor —pidió Day a Slava.

—Nuestros trabajadores están capacitados para tareas muy diversas. El marinero Renko trabaja en la factoría, pero tiene experiencia en la investigación de accidentes.

—Es terrible lo de Zina —comentó Bernie—. Era estupenda.

Lantz expulsó una anilla de humo y preguntó perezosamente en inglés:

—Y tú ¿cómo lo sabes?

—¿Qué le pasó? —preguntó Day.

Arkady gruñó para sus adentros al escuchar la contestación de Slava:

—Parece que Zina se encontró mal, salió a cubierta y quizá perdió el equilibrio.

—¿Y quizá volvió a subir en una red? —preguntó Lantz.

—Exactamente.

—¿Alguien la vio caer? —preguntó Bernie.

—No —reconoció Slava. El error principal de los investigadores novatos era la tendencia a responder a preguntas en lugar de hacerlas—. Es que estaba oscuro, y además había niebla, después del baile. Zina estaba sola. Estas cosas pasan en el mar. Ésta es toda la información que tenemos por ahora, pero si vosotros sabéis algo más...

Ayudar a Slava era igual que perseguir a una liebre. Los tres norteamericanos se encogieron de hombros y dijeron al unísono:

—No.

—Teníamos que esperar a Susan, pero no creo que debamos hacer más preguntas —dijo Slava a Arkady.

—A mí no se me ocurre ninguna —dijo Arkady y, pasando al inglés, agregó—: Habláis muy bien el ruso.

—Es que todos hemos pasado por la universidad —explicó Day—. Nos enrolamos para perfeccionar el ruso.

—Y me impresiona ver lo bien que conocíais a nuestra tripulación.

—Todo el mundo conocía a Zina —dijo Bernie.

—Era una chica que despertaba muchas simpatías —apuntó Day.

Arkady pudo ver que Slava traducía mentalmente, procurando no quedar rezagado.

—Trabajaba en la cocina de la tripulación —dijo Arkady a Day—. ¿Os servía la comida?

—No, nosotros comemos en el comedor de oficiales. Zina trabajaba allí al principio del viaje, pero luego la trasladaron.

—La veíamos en cubierta... en la parte de popa, para ser exactos.

—¿Donde está vuestro puesto?

—Así es. Siempre hay un representante de la compañía en popa durante la operación de transbordar el pescado. Zina salía a observarnos.

—¿A menudo?

—Desde luego.

—¿Tu puesto es...? —Arkady se volvió hacia Lantz con aire de pedir disculpas.

—La cubierta de descarga.

—¿Estabas de guardia cuando depositaron en cubierta la red en la que se encontraba Zina?

Lantz se sacudió ceniza de cigarrillo del jersey y se incorporó a medias. Para ser tan alto, su cráneo era pequeño y llevaba un peinado propio de narcisista.

—Hacía frío. Estaba dentro tomando un poco de té. Los marineros de cubierta saben que tienen que avisarme cuando una red llena de pescado sube por la rampa.

Incluso bajo cubierta, en medio del estruendo de la factoría, Arkady sabía que estaban subiendo una red cargada por la rampa, debido al ruido penetrante del cabrestante hidráulico y también porque las máquinas del buque dejaban de funcionar a «media velocidad» para hacerlo «muy despacio» en el momento en que la red salía del agua; luego, cuando subía por la rampa, las máquinas funcionaban de nuevo a «media velocidad». Cuando dormía, también notaba si estaban subiendo pescado a bordo. No había habido necesidad de que alguien llamara a Lantz para que dejara el té y saliese.

—¿Lo pasasteis bien en el baile? —preguntó Arkady.

—Fue un baile magnífico —dijo Bernie.

—Especialmente el conjunto de Slava —comentó Day.

—¿Bailasteis con Zina? —indagó Arkady.

—A Zina le interesaban más los de la pandilla de las motocicletas —explicó Lantz.

—¿Pandilla? —se interesó Arkady.

—Los pescadores —aclaró Bernie—. Pescadores norteamericanos, no los vuestros.

—Chico, tu inglés es realmente bueno —dijo Day—. ¿Eres de la factoría?

—De los que destripan pescado —precisó Susan, entrando en el camarote y tirando la chaqueta sobre una litera. Se quitó una gorra de lana y su cabellera rubia, espesa y corta, quedó en libertad—. Habéis empezado sin mí —dijo a Slava—. Yo soy la representante jefe. Sabes que no debéis hablar con mis muchachos no estando yo presente.

—Lo siento, Susan. —Slava estaba arrepentido.

—Mientras quede bien claro...

—Sí.

Era obvio que ahora Susan llevaba la voz cantante, con los modales imperiosos que las personas bajitas utilizaban a veces para colocarse en el centro de una situación. Sus ojos recorrieron rápidamente todo el camarote, pasando revista.

—Estábamos hablando de Zina y del baile —informó Bernie—. El marinero Renko, aquí presente con Slava, dice que no tiene ninguna pregunta que hacer, pero yo creo que sí tiene algunas.

—En inglés —dijo Susan—. Lo he oído. —Se volvió hacia Arkady—. ¿Quieres saber quién bailó con Zina? ¿Quién sabe? Estaba oscuro y todo el mundo daba botes. Estás bailando con una persona y al cabo de un segundo te encuentras bailando con tres. Bailas con hombres o con mujeres o con unos y otras a la vez. Es como jugar al waterpolo sin agua. Ahora hablemos de ti. Slava me ha dicho que tienes experiencia en casos de accidente.

—El camarada Renko prestó servicios como investigador en la oficina del fiscal de Moscú —dijo Slava.

—¿Qué investigabas? —preguntó Susan a Arkady.

—Accidentes muy graves.

La mujer le miró atentamente, como si Arkady estuviera sometiéndose a una prueba para interpretar un papel en el teatro y la cosa no le estuviese saliendo bien.

—¡Qué oportuno que estuvieras limpiando pescado en la factoría de este buque! ¿Un investigador venido nada menos que de Moscú? ¿Que domina el inglés? ¿Limpiando pescado?

—El empleo está garantizado en la Unión Soviética —replicó Arkady.

—Estupendo —ironizó Susan—. Te sugeriría que todas tus otras preguntas te las guardases para hacérselas a ciudadanos soviéticos. Zina es un problema soviético. Si me entero de que has vuelto a abordar a alguno de los norteamericanos destinados en este buque, iré directamente a hablar con el capitán Marchuk.

—No hay más preguntas —concluyó Slava, y empujó a Arkady hacia la puerta.

—Tengo una última pregunta. —Arkady se volvió hacia los hombres y preguntó—: ¿Tenéis ganas de llegar a Dutch Harbor?

Sus palabras aliviaron un poco la tensión.

—Dos días más y estaremos allí —dijo Bernie—. Iré al hotel, pediré la mejor habitación, me sentaré en la bañera llena de agua caliente y me beberé seis cervezas heladas.

—¿Su-san? —A Arkady le gustaba pronunciar el nombre de esa manera, convirtiéndolo en un nombre ruso.

—Dentro de dos días me habré ido —dijo ella—. En Dutch Harbor habrá un nuevo representante y yo tomaré el avión y me iré a California, lejos de la niebla. De modo que ya os podéis despedir de mí ahora.

—Los demás volveremos —aseguró Day a Slava—. Nos quedan otros dos meses de pesca.

—De pesca y nada más —prometió Slava—. Se acabaron las preguntas. Deberíamos tener siempre presente que somos camaradas de a bordo y amigos.

Arkady recordó que durante el viaje de ida desde Vladivostok el *Estrella Polar* efectuó ejercicios de camuflaje y de limpieza de radiaciones. Todos los marineros soviéticos sabían que en la caja fuerte de su capitán había un paquete precintado que debía abrirse al recibo de una señal cifrada indicando que había guerra; el paquete contenía instrucciones sobre cómo debían evitar los submarinos enemigos, dónde establecer contacto con amigos y qué debían hacer con los prisioneros.

6

Generalmente, a Arkady no le gustaba montar en las atracciones, pero en ese momento estaba disfrutando. No era nada del otro jueves. La jaula de transporte tenía una cadena a guisa de puerta y, debajo, un neumático para amortiguar la brusquedad del aterrizaje, pero se alzó de la cubierta del *Estrella Polar* con un agradable tirón del cable de la grúa, meciéndose mientras subía; durante un momento, colgada en el aire, pareció una gigantesca jaula de pájaros que hubiese emprendido el vuelo. Luego se apartaron del costado del buque y comenzaron a descender hacia el *Merry Jane*. Al lado del alto casco del buque factoría todos los pesqueros parecían diminutos, aunque el *Merry Jane* tenía cuarenta metros de eslora. Lucía la característica proa elevada de los arrastreros del mar de Bering, caseta de gobierno también en proa y una chimenea, un mástil lleno de antenas y lámparas, una cubierta de madera con su propia grúa a un lado y, en la popa, una rampa y una grúa de pórtico con tres redes pulcramente enrolladas. El casco estaba pintado de azul con bordes blancos; la caseta de gobierno, de blanco con bordes azules, y la embarcación parecía un juguete mientras rozaba la negra defensa lateral del *Estrella Polar*. Tres pescadores enfundados en impermeables sostuvieron la jaula al descender ésta sobre la cubierta. Slava desenganchó la cadena y fue el primero en apearse. Arkady le siguió; por primera vez desde hacía casi un año se encontraba fuera del buque factoría. Fuera del *Estrella Polar* y a bordo de un barco norteamericano. Los pescadores competían entre sí por estrecharle la mano con fuerza, al mismo tiempo que en tono entusiasmado le preguntaban:

—¿*Fala portugués*?

Había dos Diegos y un Marco, todos bajitos y morenos, con los ojos sentimentales de los que han tenido que emigrar de su tierra natal. Ninguno de ellos hablaba una palabra de ruso; tampoco sabían mucho inglés. Slava dijo a Arkady que se apresurara a subir los peldaños de la caseta de gobierno, donde les aguardaba el capitán Thorwald, un noruego de cara sonrosada y corpulento como un oso.

—Parece cosa de locos, ¿no es cierto? —dijo Thorwald—. Es de propiedad norteamericana, eso es todo. Los portugueses pasan diez meses del año pescando aquí, pero tienen familia en Portugal. Es sólo que aquí ganan una fortuna comparado con lo que podrían ganar en su país. Lo mismo me ocurre a mí. Bueno, yo vuelvo a casa para tomar la pala y quitar la nieve de delante de la puerta, y ellos vuelven a casa a freír sardinas. Pero dos meses en tierra son suficientes para nosotros.

El capitán del *Merry Jane* llevaba un pijama abierto que permitía ver unas cadenillas de oro que reposaban sobre la pelambrera roja del pecho. Los rusos afirmaban descender de los incursores vikingos; «russ» significaba «rojo» y hacía referencia al pelo de los invasores. Thorwald daba la impresión de ser un hombre que no iba a despertarse por menos que un ataque vikingo.

—Al parecer, no hablan inglés —observó Arkady.

—Así no se meten en líos. Conocen su trabajo, de modo que no tienen mucha necesidad de conversación. Puede que sean unos cabroncetes, pero son los mejores después de los noruegos.

—Bonito elogio —apostilló Arkady—. Hermoso barco.

El lujoso puente de mando era por sí solo una revelación. La mesa de las cartas de navegación estaba lacada y despedía un bonito brillo, como de ágata; cubría el suelo una alfombra mullida, tan mullida como si fuera para un miembro del comité central; y a cada lado de la consola amplia y acolchada había una rueda con su propia silla alta, tapizada y giratoria. La silla del lado de estribor aparecía rodeada de luces de diversos colores que indicaban la proximidad de bancos de peces; también había pantallas de radar y registros digitales de radio.

Thorwald metió la mano dentro de los pantalones del pijama para rascarse.

—Sí, es un barco sólido, construido para navegar por el Bering. Ya veréis cuando lleguemos a la región de los hielos. Traer hasta aquí un barco como el *Eagle* es, a mi modo de ver, una verdadera locura. Lo mismo que traer mujeres.

—¿Conocías a Zina Patiashvili? —preguntó Slava.

—Cuando pesco, pesco. Cuando follo, follo. No mezclo las dos cosas.

—Muy acertado —dijo Arkady.

Thorwald, sin hacer caso del comentario, prosiguió:

—No conocía a Zina y no fui a ningún baile porque estaba en la cámara de oficiales con Marchuk y Morgan tratando de indicarles dónde debían echar las redes. A veces pienso que lo que pretenden los rusos y los norteamericanos no es pescar, bien mirado.

Slava y Arkady bajaron a la cocina, donde la tripulación se hallaba reunida para comer bacalao salado y beber vino, lo que distaba de ser el menú de mediodía en un buque soviético. Pescar era un trabajo arduo, pero de nuevo llamaron la atención de Arkady las comodidades del *Merry Jane*: los fogones grandes con barras correderas que impedían que los alimentos volaran por los aires cuando el mar estaba picado, la mesa forrada para que la vajilla y los cubiertos no se deslizasen, la banqueta acolchada, la cafetera sujeta por medio de una correa. Había algunos toques hogareños: colgado de un cordón de lámpara, un modelo de madera de un velero con ojos pintados en la proa; un cartel en el que se veían unas casas enjalbegadas junto a una playa. Muy diferente de la cocina del arrastrero de bajura en el que Arkady había servido y que faenaba en la costa de Sajalin. En él, la tripulación tenía que comer con los chaquetones puestos porque no había espacio para quitárselos, y todo —las gachas de avena, las patatas, la col, el té— sabía a moho y a pescado.

Mientras comían, los portugueses miraban una cinta de vídeo. Después de saludar cortésmente con la cabeza, no mostraron más interés por sus visitantes. Arkady se hizo cargo. Si alguien iba a hacerles preguntas, ese alguien tenía que hablar su lengua. Al fin y al cabo, cuando los rusos aún navegaban en barcos de remos, los portugueses tenían un imperio que se extendía por todo el mundo. En la pantalla se escuchaba la narración histérica y se veía la actividad lánguida de un partido de fútbol.

—¿Zina Patiashvili? —preguntó Slava—. ¿Alguno de los presentes conoce a Zina? ¿Alguien sabe algo de ella? —Se volvió hacia Arkady—. Esto es perder el tiempo.

—El fútbol —dijo Arkady, sentándose.

El Diego que estaba al lado de Arkady le sirvió un vaso de vino tinto.

—*Campeonato do mundo*. ¿Tú?

—Guardameta —Arkady se dio cuenta de que habían pasado veinte años.

—Delantero. —El pescador se señaló con un dedo; luego indicó al otro Diego y a Marco—. Delantero. Defensa. —Seguidamente apuntó el televisor con el dedo—. Portugal blanco, inglés rayas. Malo.

Los tres pescadores se estremecieron cuando una figura con camiseta a rayas se separó de las demás y marcó un gol. Arkady se preguntó cuántas veces habrían visto la cinta de aquel partido. ¿Diez veces? ¿Cien? Durante un viaje largo los hombres tienden a contar la misma historia una y otra vez. El vídeo era la tortura de la alta tecnología, una tortura más refinada.

Aprovechando un momento en que Diego apartaba los ojos del televisor, Arkady le mostró la foto instantánea en la que se veía a Zina y a Dynka.

—Has robado la foto —dijo Slava.

—Zina.

Arkady observó cómo los ojos del pescador se deslizaban de una mujer a la otra, sin detenerse en una más que en otra. Se encogió de hombros. Arkady mostró la foto a los otros dos tripulantes y obtuvo la misma reacción, pero entonces el primer Diego pidió que volviera a enseñársela.

—No baile —dijo a Arkady—. *A loura da Rússia. A muffler com os americanos.* —Su tono se volvió apasionado—. *¿Entende? Com americanos.*

—Bailó con los norteamericanos. Ya me lo había figurado —dijo Arkady.

—*Beba, beba* —Diego volvió a llenarle el vaso.

—Gracias.

—*Muito obrigado* —le enseñó a decir Diego.

—*Muito obrigado.*

—*Meo pracer.*

Arkady se agarró a la barra central mientras la jaula de transporte descendía hacia el segundo arrastrero. Slava parecía cada vez más desdichado, como un pájaro encerrado en una jaula con un gato.

—Esto está trastornando el programa de trabajo.

—Tómatelo como unas vacaciones —sugirió Arkady.

—¡Ja! —Slava miró con expresión seria una gaviota que revoloteaba cerca de uno de los agujeros de desagüe del *Estrella Polar*, esperando que por él salieran desperdicios—. Sé qué estás pensando.

—¿Qué? —preguntó Arkady, desconcertado.

—Que, como me encontraba en el estrado, podía ver con quién estaba Zina. Pues te equivocas. Cuando estás en el estrado tocando, las luces dan directamente en los ojos. Pregúntales a los otros miembros del conjunto. Te dirán lo mismo. No podíamos ver a nadie.

—Pregúntales tú —dijo Arkady—. Tú eres el que manda.

El *Eagle* era más pequeño que el *Merry Jane*, rojo y blanco, con la cubierta más cerca del agua, una grúa lateral y otra grúa de pórtico con un solo carrete. Otra diferencia fue que ni un solo pescador se encontraba en cubierta para recibirlos. Sus pies se posaron en tablones donde no había nada salvo los restos de la última captura: platijas muertas, cangrejos esqueléticos.

—No lo entiendo —dijo Slava—. Normalmente se muestran tan amistosos...

—¿Tú también notas algo? —preguntó Arkady—. Cierta frialdad. A propósito, ¿qué lengua hablan aquí? ¿El sueco? ¿El español? ¿Qué clase de americanos serán éstos?

—Piensas ponerme en una situación embarazosa, ¿no es así?

Arkady miró a Slava de pies a cabeza.

—Llevas puestos los zapatos de hacer deporte, los tejanos. Eres la viva imagen del joven comunista. Me parece que ya estamos preparados para presentarnos ante el capitán.

—Menudo ayudante me ha tocado en suerte; un verdadero fugitivo.

—Peor; alguien que no tiene nada que perder. Usted primero, por favor.

El puente del *Eagle* era más reducido que el del *Merry Jane* y no estaba alfombrado ni había en él rastros de laca, pero, eso aparte, se parecía más a lo que Arkady había supuesto que sería el puente de un pesquero norteamericano: una verdadera cápsula espacial con multitud de lucecitas de colores distintos instaladas alrededor de la silla del capitán; un círculo de pantallas de radar y el verde catódico de los instrumentos de localización de bancos de peces, que aparecían en las pantallas transformados en nubes móviles de color anaranjado. Del techo colgaban radios, con sus números de rubí flotando en la estática de los canales abiertos. Las caperuzas de cromo de la aguja náutica y del repetidor relucían como el cristal de tanto bruñirlas. En conjunto, brillo sin desorden.

El hombre sentado en la silla del capitán hacía juego con su entorno.

Los pescadores solían ser hombres llenos de cicatrices causadas por cuchillos, espinas y sogas desgastadas, además de curtidos por el frío y el aire marino, pero Morgan parecía desgastado por algo más cortante. Estaba delgado hasta rozar lo esquelético, el pelo prematuramente encanecido. Aunque llevaba una gorra y una camiseta, tanto él como el puente de su barco hacían pensar en el orden que se ve en un monasterio. El capitán daba la impresión de ser un hombre que alcanzaba la mayor felicidad cuando se encontraba solo y controlándolo todo. Cuando se levantó de su silla, Slava le saludó con la cabeza, sumisamente, y Arkady pensó que el tercer oficial habría sido un buen perro.

—George, te presento al marinero Renko. Llámale Arkady, si así lo prefieres. —Slava se volvió hacia Arkady y añadió—: El capitán Morgan.

El capitán apretó brevemente la mano de Arkady.

—Lamentamos lo de Zina Pishvili.

—Patiashvili.

Slava se encogió de hombros como si el nombre fuese ridículo o realmente no tuviese importancia.

—¿Pashvili? Lo siento. —Morgan se dirigió a Arkady—: Es que no hablo ruso. Las comunicaciones de barco a barco pasan por los representantes de la compañía a bordo del *Estrella Polar*. Quizá deberías pedirle a un representante que se reuniera con nosotros, porque en estos momentos estamos perdiendo tiempo de arrastre y eso equivale a perder dinero. ¿Puedo ofreceros algo de beber? —Sobre el cofre donde guardaba las cartas de navegación había una bandeja con tres vasos bajos y una botella de vodka soviética. Mejor que la que los soviéticos bebían en su país: era vodka de calidad destinada a la exportación. Levantó la botella un milímetro de la bandeja, como si estuviera midiendo el mínimo de hospitalidad—. ¿O acaso tenéis prisa?

—No, gracias. —Slava sabía captar una indirecta.

—¿Por qué no? —preguntó Arkady.

Slava habló con voz sibilante:

—¿Primero vino, ahora vodka?

—Es como la víspera de Año Nuevo, ¿no? —dijo Arkady.

Morgan sirvió medio vaso a Arkady y, con expresión aturdida, otro para sí mismo. Slava se abstuvo.

—*Nazdrovya* —dijo Morgan—. ¿No se dice así?

—Salud —replicó Arkady.

Arkady se bebió su vaso de tres tragos; Morgan, de uno solo, al que siguió una sonrisa que puso al descubierto una dentadura excelente.

—No queréis un representante de la compañía —dijo.

—Procuraremos pasar sin él.

Lo último que deseaba Arkady era que Susan participara en su conversación.

—Bien, Arkady; pregunta ya.

Morgan parecía tan seguro de sí mismo, que Arkady se preguntó qué le haría perder la compostura.

—¿Este barco es seguro?

Slava se sobresaltó.

—Oye, Renko, eso...

—No importa —dijo Morgan—. Es un barco del golfo, de veintidós metros de eslora, con aparejo para el mar del Norte. Eso quiere decir que se construyó para que atendiese a las plataformas de perforación del golfo de México, y que luego fue reacondicionado para que viniese a pescar aquí arriba aprovechando el auge de la captura del cangrejo. Cuando el negocio de los cangrejos se fue a pique, le instalaron la grúa de pórtico para que se dedicara a la pesca de arrastre y le pusieron algunas planchas de más para que pudiese navegar entre los hielos. Los gastos principales se hicieron en lo que realmente cuenta, la electrónica. No tenemos toda la tradición de nuestro amigo de cabeza redonda, el que manda el *Merry Jane*, ni de sus tres enanitos, pero pescamos más que ellos.

—¿Conocías a Zina?

—Sólo de vista. Siempre se mostraba amistosa; saludaba con la mano.

—¿Bailaste con ella?

—Personalmente no tuve el gusto de bailar con ella. Me encontraba en la sala de oficiales repasando las cartas de navegación con mis buenos amigos los capitanes Marchuk y Thorwald.

—¿Te gusta la pesca conjunta?

—Es emocionante.

—¿Emocionante? —A Arkady nunca se le había ocurrido que fuera emocionante—. ¿En qué sentido?

—Cuando zarpemos de Dutch Harbor iremos a la región de los hielos. Los capitanes soviéticos son intrépidos. El año pasado una flota pesquera vuestra, toda ella, cincuenta barcos, quedó bloqueada por el hielo a la altura de Siberia y casi la perdisteis toda. Si perdisteis un buque factoría, y si la tripulación no se hundió con él fue sólo porque los hombres pudieron cruzar el hielo.

—Eran barcos soviéticos —comentó Arkady.

—En efecto, y yo no quiero terminar como un barco soviético. No me interpretes mal, los rusos me caéis bien. Ésta es la mejor pesca conjunta. Los coreanos roban la mitad de todas las capturas. Los japoneses son demasiado orgullosos para hacer trampas, pero se muestran más fríos que el pescado —Morgan era la clase de hombre que sonreía mientras se replanteaba una situación—. Oye, Arkady, ¿a qué se debe que no recuerde haberte visto nunca en el *Estrella Polar*? ¿Es que eres oficial de la flota o trabajas en el Ministerio o qué?

—Trabajo en la factoría.

—Destripando pescado —precisó Slava.

—¿Hablando el inglés con soltura e investigando accidentes? Me parece que tu preparación es demasiado buena para limpiar pescado. —En los ojos de Morgan había una expresión sincera que les dijo a Slava y Arkady que el norteamericano les tomaba por un par de embusteros—. ¿Fue un accidente?

—No cabe la menor duda de ello —confirmó Slava.

Morgan tenía los ojos clavados en Arkady. Su mirada se desplazó hacia la red que en ese momento colgaba ociosamente de la grúa de pórtico; luego se movió hacia dos tripulantes ataviados con sendos monos impermeables, que subían por la escalera exterior desde la cubierta, y, finalmente, volvió a posarse en Arkady.

—De acuerdo. Ha sido una visita deliciosa. Recordad sólo que éstas son aguas norteamericanas.

El estrecho puente quedó abarrotado cuando entraron los pescadores. Eran los norteamericanos que habían despertado la curiosidad de Arkady al oír que Lantz los llamaba «la pandilla de las motocicletas». En la Unión Soviética, donde dos ruedas encadenadas a un motor de explosión eran el símbolo de la libertad personal, a los motoristas los llamaban «rockeros». Las autoridades procuraban siempre que los rockeros utilizaran velódromos autorizados, pero las pandillas se escapaban como mongoles empeñados en echar una cana al aire, se hacían los amos de pueblos enteros y luego se esfumaban antes de que llegara una patrulla motorizada de la milicia.

El más corpulento de los dos pescadores tenía el rostro cetrino, los ojos hundidos y los brazos fuertes y colgantes de alguien que se ha pasado mucho tiempo acarreando cubos llenos de cangrejos y redes. No era un hombre afable. Miró a Arkady de la cabeza a los pies.

—¿Quién es este tío mierda?

—Esto, Coletti —le explicó Morgan—, es una empresa conjunta. El hombre que acompaña a nuestro viejo amigo Slava habla el inglés muy bien; hasta podría darte clases. De modo que cuidado con lo que dices.

—Renko, éste es Mike. —Slava presentó al pescador más joven, un aleuta de agradables facciones asiáticas en un rostro ancho—. Mike es la abreviatura de Mijaíl.

—¿Un nombre ruso? —preguntó Arkady.

—Aquí arriba los nombres rusos son muy frecuentes. —La voz de Mike era suave, titubeante—. Antes había por aquí muchos cosacos locos.

—Hubo un tiempo en que las Aleutianas y Alaska pertenecían a los zares —dijo Morgan a Arkady—. Tú deberías saberlo.

—¿Hablas ruso?

El pescador era alguien que podría haber hablado con Zina.

—No. Es que a veces usamos locuciones rusas —explicó Mike— sin saber qué significan realmente. Por ejemplo, si te golpeas un dedo con el martillo, ¿comprendes? O cuando vamos a la iglesia, porque una parte de los oficios es en ruso.

—Todavía hay una iglesia rusa en Dutch Harbor —aclaró Slava.

El aleuta se arriesgó a mirar de reojo a Coletti antes de decir:

—Sentimos de veras lo de Zina. Cuesta creerlo. Cada vez que cargábamos una red llena de pescado ella nos saludaba alegremente desde popa. Con lluvia o con sol, de noche o de día, siempre estaba allí.

—¿Bailaste con ella? —preguntó Arkady.

Coletti se adelantó.

—Todos bailamos con ella.

—¿Y después del baile?

—Cuando nos fuimos el baile aún no había terminado —Coletti tenía la cabeza ladeada y miraba fijamente a Arkady.

—¿Zina seguía bailando?

—Se marchó antes que nosotros.

—¿Parecía enferma? ¿Bebida, mareada, aturdida o algo así? ¿Tal vez nerviosa, preocupada, temerosa?

—No.

Coletti respondía a las preguntas igual que un miliciano de Moscú, el tipo de hombre que no daba ninguna información voluntariamente.

—¿Con quién se marchó? —preguntó Arkady.

—¿Quién sabe? —contestó un hombre que acababa de subir las escaleras que comunicaban la cocina con el puente.

El recién llegado enarcó las cejas fingiendo enfado, como si la fiesta hubiese empezado sin él. Un anillo de oro adornaba su oreja izquierda y llevaba el pelo largo, recogido en una cola de caballo atada con una cinta de cuero. El pelo de su barba era fino, casi de mujer, como el de un actor joven. No hizo ademán de estrecharle la mano a nadie porque se estaba limpiando las suyas con un trapo grasiento.

—Soy Ridley, el maquinista. Quería añadir mi propio pésame al de los demás. Zina era una chiquilla estupenda.

—Entonces, ¿hablaste con ella en el baile? —preguntó Arkady.

—Pues… —Ridley hizo una pausa, con aire de pedir disculpas—. Vuestro capitán nos agasajó generosamente en cuanto subimos a bordo: salchichas, cerveza, coñac... Luego visitamos a los norteamericanos, a Susan y sus muchachos. Somos viejos amigos, de modo que hubo más cerveza y más vodka. Por lo que tengo entendido, vuestro reglamento prohíbe tener bebidas alcohólicas a bordo, pero el alcohol corre a chorros cada vez que visito el *Estrella*. Además, está el factor tiempo. El *Estrella* se guía por la hora de Vladivostok; es decir, nos lleva tres horas de adelanto. Vosotros empezáis los bailes a las nueve de la noche. Para nosotros eso es medianoche. A esa hora nos relajamos a base de bien.

—¿El baile estuvo bien?

—El mejor conjunto de rock and roll del mar de Bering.

Slava meneó la cabeza, empujado por la fuerza de la adulación.

—La verdad —añadió Ridley en tono de estar confesándose— es que pienso que causamos molestias cuando subimos al *Estrella Polar*. Nos emborrachamos y tratamos de estar a la altura de nuestra reputación de norteamericanos alocados.

—No, no —rechazó Slava.

—Sí, sí —insistió Ridley—. ¡Los rusos sois tan hospitalarios! Nosotros nos ponemos morados a fuerza de beber y vosotros nos recogéis del suelo sin dejar de sonreír un solo momento. Yo estaba tan bebido que tuve que volver temprano.

Toda tripulación tenía un líder natural. Incluso en el estrecho espacio del puente del *Eagle*, Coletti y Mike dieron un paso perceptible hacia el maquinista.

—¿Nos hemos visto antes? —preguntó Arkady.

—Ridley pasó dos semanas en el *Estrella Polar* —explicó Slava.

Ridley asintió con la cabeza.

—El viaje anterior a éste. La compañía quiere que nos familiaricemos con las técnicas soviéticas. Puedo decirte que, después de trabajar con vuestros aparatos, mi buena opinión de los pescadores soviéticos mejoró.

Arkady recordó que le habían señalado a Ridley.

—¿Hablas ruso?

—No, nos entendíamos por señas. Los idiomas no

son mi fuerte. Mira, tenía un tío que vivía con nosotros. Le dio por estudiar el esperanto, la nueva lengua internacional. Finalmente encuentra a una mujer que también estudia el esperanto. En el estado de Washington debían de ser unos cinco. El caso es que ella viene a visitarnos y nos encontramos todos reunidos en la salita esperando el gran momento, el momento de escuchar a dos personas hablando el esperanto; hubiera sido como vislumbrar el futuro. Tardamos unos diez segundos en darnos cuenta de que no se entienden en absoluto. Ella le pide que le acerque el vino, él le dice qué hora es. Lo mismo pasaba conmigo y los rusos. Lo siento. Sólo por curiosidad, ¿serviste en Afganistán?

—Era demasiado mayor para cumplir con mi «deber internacionalista» —contestó Arkady—. ¿Tú serviste en Vietnam?

—Demasiado joven. Bueno, el caso es que ni siquiera recuerdo haberme despedido de Zina. ¿Que ocurrió? ¿Desapareció?

—No; volvió.

A Ridley le gustó la respuesta, como si hubiera encontrado a alguien con quien valía la pena hablar.

—¿De dónde volvió?

—Según tengo entendido —dijo Morgan, intentando que la conversación discurriera de nuevo por cauces convencionales—, nuestra red recogió su cuerpo y lo encontraron al abrirla en el *Estrella Polar*.

—¡Dios mío! —exclamó Ridley—. Debió de ser tremendo. ¿Cayó por la borda?

—Sí —confirmó Slava.

Coletti señaló a Arkady.

—Quiero oírselo decir a él.

—Es demasiado pronto para asegurarlo —contestó Arkady.

—¡Y una mierda! —estalló Coletti—. No sabemos qué le ocurrió a Zina. No sabemos si dio el salto del ángel o qué, pero nos marchamos de aquel buque de mierda mucho antes de que pasara algo.

—Coletti. —El capitán Morgan se colocó delante de él—. Algún día te abriré la cabeza sólo para ver lo pequeño que es tu cerebro.

Ridley dio un empujoncito a Coletti para que se calmase.

—Eh, que aquí somos todos amigos. Tómatelo con calma, como hace Arkady. ¿Ves cómo nos está observando?

—Sí. —Morgan se fijó en ello y, dirigiéndose a Arkady, dijo—: Perdónanos. Lo que le pasó a Zina, fuera lo que fuese, fue una tragedia, pero esperamos que no afecte la empresa conjunta. Todos creemos en ella.

—Nos quedaríamos sin trabajo si se fuera al cuerno —razonó Ridley—. Y nos gusta hacer nuevos amigos, escuchar a Slava tocar su saxo o explicarnos qué es la *perestroika* y cómo toda la Unión Soviética, de arriba abajo, adopta nuevas formas de pensar.

«Nuevas formas de pensar» era una consigna de los nuevos hombres del Kremlin, como si a los cerebros soviéticos se les pudieran cambiar los cables igual que se hace con los circuitos eléctricos.

—¿Tú piensas de alguna forma nueva? —preguntó Ridley a Arkady.

—Lo intento.

—Un hombre importante como tú tiene que estar al día.

Slava dijo:

—Es sólo un trabajador de la factoría.

—No. —Coletti habló como si tuviera alguna información especial—: Hace años fui poli y puedo oler a otro. Es un poli.

Subir en una jaula por el casco del *Estrella Polar* era como flotar por delante de una gran cortina de acero supurante.

Slava estaba furioso.

—Hemos quedado como un par de cretinos. Esto es un asunto soviético, no tiene nada que ver con ellos.

—No parece tenerlo —reconoció Arkady.

—Entonces, ¿por qué estás tan alegre?

—Porque pienso en todo el pescado que no he visto hoy.

—¿Sólo por eso?

Arkady miró hacia abajo por entre los barrotes de la jaula, en dirección al pesquero.

—El *Eagle* tiene el casco bajo. Yo no me metería entre los hielos a bordo de un barco como ése.

—¿Y tú qué sabes de arrastreros? —preguntó Slava.

Pensó en el arrastrero de Sajalin. Capturado a los japoneses durante la guerra, era un barco pequeño, un casco de madera porosa alrededor de un viejísimo motor diésel. Cuando la pintura se desprendía, aparecían fantasmales indicaciones en japonés. No costaba nada encontrar plaza en un barco que, en buena lógica, debería haberse hundido mucho antes, especialmente cuando las instrucciones del capitán eran sencillas: abarrotar la bodega de salmón hasta que el barco empezara a hacer agua. Por ser el último mono, destinaron a Arkady al agujero de la estacha; cuando recogían la red tenía que correr agachado, dando vueltas y más vueltas, enrollando una estacha llena de alambres desgastados. Cuando la estacha llenaba el agujero tenía que andar a cuatro patas, como una rata en un ataúd; luego salía a ayudar a sacudir la red. Al segundo día apenas podía levantar las manos, aunque cuando hubo aprendido el truco se le desarrollaron los hombros por primera vez desde que le licenciaran del ejército.

Por supuesto, la lección que aprendió en aquel barco sucio y pequeño fue que los pescadores tenían que ser capaces de moverse en un espacio reducido durante largos períodos de tiempo. Todo lo demás —saber de dónde venía el viento o remendar redes— no significaba nada si un hombre irritaba a sus compañeros de a bordo. Arkady nunca había visto en el pequeño pesquero tanto antagonismo como acababa de presenciar en el rutilante puente del *Eagle*.

La jaula se balanceaba por culpa de la agitación de Slava.

—Has tenido un día de fiesta; es todo lo que querías.

—Ha sido interesante —reconoció Arkady—. Tratar con norteamericanos representa un cambio.

—Pues te prometo que no volverás a salir del *Estrella Polar*. ¿Qué vas a hacer ahora?

Arkady se encogió de hombros.

—Había mucha gente que estaba de servicio, de servicio especial, durante el baile. Preguntaré si alguien vio a Zina en cubierta o abajo. Intentaré averiguar a qué hora se fueron los norteamericanos. Hablaré con personas que asistieron al baile. Y con mujeres que trabajaban con ella en la cocina. Quiero hablar otra vez con Karp.

—Cuando hayamos hablado con las mujeres nos separaremos —decidió Slava—. Yo me encargaré de Karp. Tú habla con los tripulantes de abajo; se ajusta más a tu estilo.

La jaula se apartó del costado del buque y empezó su descenso hacia la conocida y escrofulosa cubierta, hacia los barriles apilados alrededor de la chimenea, como los desperdicios que la marea alta deja en la playa.

—Los has puesto de mal humor —dijo Slava—. Los tripulantes del *Eagle* suelen portarse de maravilla. Susan generalmente es un ángel. ¿Por qué todo el mundo está tan nervioso? Estamos en aguas norteamericanas.

—Un barco soviético es territorio soviético. Tienen motivos para estar nerviosos.

7

Sonaron unas trompetas mientras unas líneas blancas salían de una estrella roja. Natasha apretó un botón y en la pantalla apareció la esfera de un reloj, blanca sobre un fondo azul. Volvió a apretar el botón y apareció el logotipo del «Novosti», el noticiario de la televisión, luego la imagen muda de un hombre que leía noticias atrasadas ante dos micrófonos; apretó de nuevo el botón hasta que la pantalla del televisor mostró la imagen de una chica enfundada en un ceñido traje de gimnasta. La chica era esbelta, con pecas en la nariz, pendientes en forma de aro y trenzas color latón. Empezó a moverse como un sauce doblándose a impulsos de un ventarrón.

En la cantina del buque, de cara al resplandor de la televisión y del grabador de vídeo, con ropa apropiada para hacer aeróbic, veinte mujeres del *Estrella Polar* se inclinaron a regañadientes como otros tantos robles recios. Cuando la muchacha de la pantalla se inclinaba hacia delante hasta tocarse las rodillas con la nariz, ellas se limitaban a hacer una breve inclinación, y cuando la muchacha corría un poquito, con pies ligeros, ellas armaban tanto ruido como un rebaño enfurecido. Aunque la trabajadora de la factoría Natasha Chaikovskaya se encontraba delante, detrás de ella, no muy lejos, estaba Olimpiada Bovina, la enorme cocinera jefe del buque. Como una cintilla en una caja enorme, una cinta de color azul claro adornaba la frente de Olimpiada. El sudor goteaba de la cinta, se acumulaba alrededor de los ojillos y resbalaba como lágrimas por las mejillas de la mujer mientras ésta imitaba a la acróbata grácil e incansable de la pantalla.

Al llamarla Slava por su nombre, Olimpiada abandonó sus trotes y bufidos; los abandonó con tristeza y a regañadientes, como una masoquista. Hablaron con ella en la parte de atrás de la cantina. Olimpiada tenía la voz afrutada de una mezzosoprano.

—Pobre Zina. Una sonrisa ha desaparecido de la cocina.

—¿Era muy trabajadora? —preguntó Slava.

—Y alegre. Tan llena de vida... Le gustaba bromear. Detestaba remover los macarrones. Preparamos macarrones con frecuencia, ¿sabéis?

—Lo sé —dijo Arkady.

—Así que decía: «Mira, Olimpiada, haz un poco más de ejercicio, que te irá bien.» La echaremos de menos.

Slava dijo:

—Gracias, camarada Bovina, ya puedes...

—¿Era una chica activa? —preguntó Arkady.

—Desde luego —repuso Olimpiada.

—Joven y atractiva. ¿Un poquito inquieta?

—Era imposible retenerla en un solo lugar.

Arkady dijo:

—El día después del baile no vino a trabajar. ¿Mandaste a alguien a buscarla?

—Necesitaba a todo el mundo en la cocina. No puedo permitir que todas mis chicas recorran el buque de un lado para otro. Soy una trabajadora responsable. ¡Pobre Zina! Temí que estuviera enferma o cansada por culpa del baile. Las mujeres somos diferentes, ¿sabéis?

—Hablando de hombres... —dijo Arkady.

—Los mantenía a raya.

—¿Quién ocupaba el primer lugar de esa raya?

Olimpiada se ruborizó y soltó una risita a la vez que se cubría la boca con la mano.

—Os parecerá irrespetuoso. No debería decirlo.

—Por favor —insistió Arkady.

—No lo dije yo, sino ella.

—Dínoslo, por favor.

—Dijo que seguiría el espíritu del Congreso del Partido y democratizaría sus relaciones con los hombres. Ella lo llamaba «reestructurar a los varones».

—¿No había uno o dos hombres en especial? —preguntó Arkady.

—¿En el *Estrella Polar*?

—¿Dónde iba a ser?

—No lo sé. —Olimpiada se volvió súbitamente discreta.

Slava dijo:

—Nos has ayudado mucho, camarada Bovina.

La cocinera jefe, resoplando, volvió a ocupar su puesto en la clase. La muchacha de la pantalla extendió los brazos y los hizo girar; parecía lo bastante ligera como para volar. Gracias al poder de la televisión, la joven bailarina se había convertido en el ideal de las mujeres de todo el país, un icono reluciente, móvil. Aseadas mujeres letonas, asiáticas que vivían en tiendas de fieltro y colonizadoras de las tierras vírgenes veían el programa y copiaban sus movimientos. Gracias al vídeo, las señoras del *Estrella Polar* podían hacer lo mismo, aunque al ver sus anchas espaldas y sus brazos poderosos y extendidos, Arkady no pensó en pájaros, sino en una escuadrilla de bombarderos a punto de despegar.

El aparato de vídeo era un Panasonic, una de las presas capturadas por el buque en su última visita a Dutch Harbor, y lo habían adaptado a las frecuencias soviéticas. En Vladivostok había un floreciente mercado negro de vídeos japoneses. No era que los vídeos soviéticos, como el Voronezh, el mejor de todos, no fuesen buenos —eran estupendos para las cintas soviéticas—, sino que sencillamente las máquinas soviéticas no podían grabar programas. Además, del mismo modo que las vías de los ferrocarriles soviéticos son más anchas que las extranjeras, con lo que se impide una invasion en tren, los vídeos soviéticos funcionaban con una cinta de mayor tamaño, lo que evitaba la entrada de pornografía extranjera en el país.

—¡Mujeres! —Slava estaba asqueado—. Reducir a un nivel tan trivial una cosa tan importante como es la reestructuración. Y ya estoy harto de que hagas preguntas y te vayas en direcciones diferentes. Tengo mis propias ideas y yo necesito tu ayuda.

Olimpiada miró por encima del hombro y pudo ver cómo Slava salía de la cantina hecho una furia. Natasha dejó de mirar el televisor y clavó sus negros ojos en Arkady.

De niño, Arkady tenía soldaditos de plomo: la caballería del heroico general Davydov, la artillería del astuto mariscal de campo Kutuzov y los ceñudos granaderos del gran ejército de Napoleón, todos guardados en una caja debajo de la cama, donde se mezclaban unos con otros cuando la sacaba, jugaba con las piezas y volvía a meterlas en su lugar. Al igual que las bajas en un campo de batalla auténtico, pronto perdían su pintura original y Arkady volvía a pintarlos, cada vez peor.

Skiba y Slezko le hacían pensar en un par de aquellos granaderos hacia las postrimerías de sus carreras: feroces, el mentón salpicado de rosa y gris, algunos dientes de oro, idénticos salvo que el pelo de Skiba era negro mientras que el de Slezko era gris. Estaban en la cubierta intermedia, el mismo lugar donde habían estado durante el baile, vigilando la jaula de transporte que trasladaba a los pescadores norteamericanos desde sus botes o los devolvía a ellos.

—¿El *Merry Jane* estaba amarrado al *Eagle* y éste lo estaba a nuestro costado de estribor? —preguntó Arkady.

—Preferimos contestar al tercer oficial —replicó Skiba.

—Puedo decirle al capitán que os habéis negado a responder a mis preguntas.

Skiba y Slezko recorrieron la cubierta con los ojos y luego se miraron el uno al otro hasta tomar una decisión telepática.

—En privado —exigió Slezko.

Entró en la superestructura y los demás le siguieron. Bajaron unas escaleras, dieron la vuelta a un taller de máquinas y entraron en un cuarto húmedo y mal iluminado en el que había lavabos y cubículos. Los lavabos eran de color pardo a causa del agua del buque; los cubículos tenían bancos de cemento con agujeros. En Moscú los soplones siempre querían encontrarse en lavabos públicos; de hallarse en algún desierto, un soplón desenterraría un retrete para poder hablar con él.

Skiba cruzó los brazos y se apoyó en la puerta como si estuviera temporalmente en manos del enemigo.

—Responderemos a una o dos preguntas.

—¿Los barcos estaban colocados como he descrito hace un momento? —preguntó Arkady.

—Sí. —Slezko cerró la portilla.

—Cronológicamente, de acuerdo con nuestra hora, ¿cuándo se fueron los norteamericanos? —Arkady abrió la portilla.

Skiba consultó una libreta.

—El capitán y la tripulación del *Merry Jane* volvieron a su barco a las 23.00 y se alejaron inmediatamente. Un tripulante del *Eagle* volvió al suyo a las 23.29; luego otros dos y el capitán se fueron a las 23.54. El *Eagle* se marchó a las 00.10.

—Cuando los arrastreros se pusieron en marcha, ¿hasta dónde llegaron? ¿Un centenar de metros? ¿Se perdieron de vista?

—Había demasiada niebla para distinguirlo —dijo Slezko después de pensárselo mucho.

—¿Algún soviético salió a despedir a los norteamericanos?

Mientras Skiba consultaba su libreta, los ojos de Arkady se posaron en los periódicos que había en cestas junto a los cubículos; los arrugados titulares del de arriba anunciaban «Atrevida refor...» y «Nueva época de...». Skiba carraspeó.

—La representante jefe Susan salió a cubierta con ellos. El capitán Marchuk le estrechó la mano al capitán Morgan y le deseó buena pesca.

—Nada de confraternización indebida. ¿No había nadie más?

—Nadie —repuso Skiba.

—¿A quién más visteis en cubierta después de las 22.30?

—Oh. —Skiba hojeó su libreta, confundido pero también enfadado, como si ya supiera que iba a salir una pregunta sorpresa—. Del capitán ya te he hablado. A las 22.40, los norteamericanos Lantz y Day se encaminaron hacia popa. —Se volvió para asegurarse—. A las 23.15, lo hizo la camarada Taratuta. —Era la mujer encargada del alojamiento del capitán y de la cocina.

—¿En qué dirección?

Slezko alzó la mano izquierda y luego la derecha; Skiba miró hacia la puerta y luego hacia otro lado.

—Hacia popa... —empezó Slezko.

—... a proa —terminó Skiba.

—Nuevas formas de pensar. Esto ¿qué quiere decir? —preguntó Gury—. Las viejas formas querían decir Brezhnev...

—No —le corrigió Arkady—. Puede que signifiquen Brezhnev, pero no hay que pronunciar su nombre. Brezhnev ya no existe; sólo existen los problemas de las viejas formas, el obstruccionismo y la pereza.

—Resulta confuso.

—Tanto mejor. Un buen líder tiene desconcertado al pueblo por lo menos durante la mitad del tiempo.

Gury se había pasado un mes leyendo dos libros norteamericanos sobre el mundo de la empresa, *En busca de la excelencia* y *El ejecutivo al minuto*, proeza de concentración que era religiosa si se consideraba lo poco que entendía el inglés. Arkady había traducido gran parte de aquellas crónicas de la codicia empresarial, y la colaboración les había convertido en buenos amigos, al menos en opinión de Gury.

En ese momento Arkady contemplaba cómo Gury probaba condones en una bañera. Los usuarios los llamaban «chubasqueros» y se servían en sobres de papel que contenían dos condones enrollados en polvo de talco. El polvo producía como un pequeño estallido cuando Gury hinchaba el condón, lo ataba y lo sumergía en el agua. Una película de talco cubría su chaqueta de cuero.

El lugar que Gury había escogido para el examen era un depósito de combustible vacío. Aunque en teoría lo habían limpiado, flotaba en el aire un olor acre y también la promesa de un dolor de cabeza provocado por el petróleo. A falta de vodka, muchos marineros esnifaban vapores; luego los encontraban riendo o llorando de forma incontenible o bailando solos y chocando con las paredes.

«O entregados a nuevas formas de pensar», supuso Arkady.

Las burbujas eran grandes como las del champán, y subían hasta la superficie de la bañera atravesando la capa de talco. Gury estaba furioso.

—Falta de control de calidad. Falta básica de compromiso de gestión y de integridad del producto.

Arrojó el condón sobre un montoncito cada vez mayor de preservativos probados y rechazados, desenvolvió otro, lo hinchó y lo sostuvo bajo el agua. Su plan no consistía en comprar sólo radios y casetes en Dutch Harbor, sino que también pensaba sacar tantas pilas como pudiera en recipientes elásticos e impermeables que fuesen fáciles de esconder en un bidón de petróleo.

Obtener condones no era difícil; Gury estaba encargado del almacén del buque. El problema estaba en que el KGB tenía espías a los que ni siquiera Volovoi conocía. Al parecer, siempre había alguien que sabía lo del libro en el cubo de arena o las medias de nilón en el compartimento del ancla. A no ser, claro está, que el propio Gury fuese uno de los oídos extras del Comité de Seguridad del Estado. Arkady recordaba que en todas partes había encontrado a un soplón: en Irkutsk, en el matadero, incluso en Sajalin. Al zarpar de Vladivostok a bordo del *Estrella Polar* sencillamente había dado por sentado que uno de sus compañeros de camarote era un espía, pero lo mismo daba si se trataba de Gury, de Kolya o de Obidin, la paranoia no podía luchar siempre contra la amistad. Ahora todos parecían camaradas.

—¿Cómo lograrás meter las pilas a bordo? —preguntó Arkady—. Registrarán a todo el mundo al volver al buque. A algunos incluso los obligarán a desnudarse.

—Ya se me ocurrirá algo.

A Gury siempre se le estaba ocurriendo algo. Lo más reciente era un libro que enseñaría a todo el mundo nuevas formas de pensar en sólo un minuto.

—Lo absurdo —prosiguió— es que me declararon culpable de reestructuración. Lo que hacía yo era eliminar la planificación estatal, ofrecer iniciativas...

—Te declararon culpable de comprar ilegalmente un tostador de café propiedad del Estado, de vender café particularmente y de mezclar los granos con un cincuenta por ciento de otros granos.

—Era un empresario prematuro y nada más.

Las burbujas seguían subiendo a la superficie y reventando.

—Le vendías condones a Zina —dijo Arkady.

—Zina no era una chica dispuesta a correr riesgos. —Guy arrojó el último fracaso sobre los demás, tomó otro y estornudó—. Al menos riesgos de esta clase.

—¿Los compraba con regularidad?

—Era una chica activa.

—¿Con quién?

—¿Con quién no? Eso no quiere decir forzosamente que fuera un pendón; no aceptaba dinero; no le gustaba sentirse obligada. Ella era quien elegía. Una mujer moderna. ¡Ajá! —Arrojó un condón sobre los que podían usarse—. La calidad va mejorando.

—¿De veras es ésa la dirección en que va el país? —preguntó Arkady—. ¿Una nación de empresarios clasificando felizmente condones, coches, muebles de diseño?

—Y eso ¿qué tiene de malo?

—La gran visión de Rusia que tuvo Gogol era la de una troika corriendo alocadamente por la nieve, levantando chispas, mientras las demás naciones de la Tierra contemplaban la escena llenas de asombro. La tuya es la del maletero de un coche repleto de casetes estereofónicos.

Guy sorbió aire por la nariz.

—Son las nuevas formas de pensar. Yo me atengo a ellas. Es obvio que tú no.

—¿Quiénes eran los amigos de Zina? —preguntó Arkady.

—Hombres. Se acostaba contigo; luego se negaba a acostarse contigo otra vez, pero sin herir tus sentimientos.

—¿Mujeres?

—Se llevaba bien con Susan. ¿Has hablado con ella?

—Sí.

—Es fantástica, ¿verdad?

—No está mal.

—Es hermosa. ¿Sabes que a veces un buque deja una estela bioluminiscente? A veces veo el mismo resplandor cuando paso por algún lugar del buque donde ella ha estado momentos antes.

—¿Una estela bioluminiscente? Quizá podrías embotellarla y venderla.

—Esa dureza que hay en ti me tiene preocupado —dijo Gury—. Desde que sé que fuiste investigador te veo con otros ojos. Es como si hubiera otra persona dentro de ti. Mira, lo único que quiero es ganar dinero. La Unión Soviética está a punto de salir del siglo XIX, y va a haber... —Se dio cuenta de que agitaba un condón en la mano mientras hablaba, lo dejó y suspiró—. Todo va a ser diferente. Me ayudaste tanto con aquellos libros... Si pudiéramos combinarlos con las palabras inspiradoras del partido...

Arkady conocía los tópicos a pesar suyo. El partido los había lanzado como una lluvia de pedruscos que iban subiendo hasta los tobillos, hasta las rodillas.

—¿La clase trabajadora, la vanguardia de la reestructuración, el análisis científico, ensanchar y al mismo tiempo profundizar la victoria ideológica y moral?

—Exactamente. Pero no como tú lo has dicho. Yo

creo en la reestructuración. —Gury se percató de que volvía a agitar un condón en el aire—. En todo caso, ¿no crees que deberíamos dejar atrás el estancamiento y la corrupción? —Vio que Arkady miraba de reojo la bañera—. Bueno, yo no llamaría corrupción a esto..., corrupción de verdad. La hija de Brezhnev hacía contrabando de diamantes, organizaba orgías, follaba con un gitano. ¡Eso sí es corrupción!

—¿No hay ningún hombre especial en la vida de Zina?

—Empiezas a hablar como un investigador y eso es lo que me da miedo. —Gury comprobó otro condón—. Ya te he dicho que era muy demócrata. Diferente de las otras mujeres. Permíteme que te dé un consejo. Averigua qué es lo que quieren oír y luego les dices exactamente eso. Si te pones serio, Arkady, te clavarán en una cruz como al Cristo de Obidin. Tómatelo a la ligera.

Gury parecía sinceramente preocupado. Eran compañeros de camarote y camaradas, ambos con un pasado turbulento. Arkady se preguntó quién era él para despreciar las aspiraciones de otro hombre, dado que él no tenía más aspiración que pasar inadvertido y sobrevivir. ¿De dónde salía su actitud santurrona? Creía haberla eliminado hacía mucho tiempo.

—Sí, tienes razón —admitió—. Pensaré de una forma nueva.

—Muy bien. —Gury, sintiéndose aliviado, sumergió otro condón—. De una forma nueva y, a ser posible, provechosa.

Arkady decidió probarlo a modo de experimento.

—Oye, no te limites a disimular el olor para que la guardia de fronteras no lo descubra. Prueba otro método. Cuando lleguemos a Vladivostok, engaña a los perros haciéndoles oler otra cosa. Recoge un poco de orina de perro o de gato y échala sobre algunas cajas de embalaje.

—Me gusta la idea —dijo Gury—. El nuevo Arkady. Todavía hay esperanza para ti.

8

Era de noche cuando Arkady volvió al camarote del capitán. Las paredes color verde mar daban a la habitación un apropiado aspecto submarino. Alrededor de la mesa, en la que había una reluciente colección de vasos y botellas de agua mineral, se encontraban sentados Marchuk, el primer oficial Volovoi y un tercer hombre que no era mucho más alto que un niño. Tenía los párpados oscuros de no dormir, el cabello revuelto como una yacija de paja y de su boca colgaba una pipa de marinero apagada. Lo que le convertía en un hombre notable era que Arkady nunca le había visto hasta entonces.

Slava ya había empezado a hablar. Tenía un saco de lona a sus pies.

—Después de visitar el *Eagle*, conferencié con el primer oficial Volovoi. Acordamos que, con la ayuda de los activistas del partido en el buque y de algunos voluntarios, conseguiríamos sondear a la tripulación del *Estrella Polar* y determinar dónde estaban todos los tripulantes la noche en que desapareció Zina Patiashvili. En dos horas llevamos a cabo tan enorme tarea. Averiguamos que nadie vio a la marinera Patiashvili después del baile. Hicimos indagaciones especiales entre las compañeras de trabajo de la camarada Patiashvili, tanto para acallar los rumores como para obtener respuestas. Hay personas cuyo primer instinto es convertir los accidentes en escándalos.

—Asimismo —intervino Volovoi—, era necesario tener en cuenta nuestra insólita situación, trabajando con ciudadanos extranjeros en aguas extranjeras. La confraternización indebida de tales extranjeros, ¿fue un factor relacionado con la trágica muerte de esta ciudadana? Había que afrontar los hechos. Había que hacer preguntas duras.

Arkady pensó que no estaba mal, que él había estado corriendo por todo el buque mientras Slava y el inválido preparaban un discursito.

—Una y otra vez —dijo Slava— estas sospechas se disiparon. Camaradas, no hay testimonio que pese más, ante cualquier tribunal socialista, que los pensamientos de los trabajadores que laboraban codo con codo con la difunta. Una y otra vez, en la cocina me dijeron: «Patiashvili nunca perdió un día de trabajo» y —Slava bajó la voz en señal de respeto— «Zina era una buena chica». Sus compañeras de camarote se hicieron eco de sentimientos parecidos. Citaré sus palabras: «Era una honrada trabajadora soviética y la echaremos mucho de menos.» Eso lo dijo Natasha Chaikovskaya, miembro del partido y trabajadora condecorada.

—A todos les serán alabadas sus sinceras manifestaciones —aseguró Volovoi.

Ninguno de los presentes había saludado aún a Arkady. Se preguntó si debía desaparecer o convertirse en parte del mobiliario. Otra silla hubiera sido útil.

—De nuevo recabé la ayuda del camarada Volovoi —dijo Slava al capitán—. Pregunté a Fedor Fedorovich: «¿Qué clase de chica era Zina Patiashvili?» Me contestó: «Joven, llena de vida, pero políticamente madura.»

—Ejemplo típico de la juventud soviética —sentenció Volovoi.

Para asistir a la reunión se había puesto un reluciente chándal típico de los oficiales políticos; Arkady no se había parado a pensar hasta ese momento que el pelo rojo y corto del primer oficial parecía la barba del hocico de un cerdo.

Slava dijo:

—El capataz que encontró el cadáver se llevó una fuerte impresión.

—Korobetz —recordó Volovoi a los demás—. Su equipo va en cabeza de la competición socialista del buque.

—Interrogué a Korobetz y a sus hombres. Aunque sólo la había visto en la cantina, también él recordaba a una trabajadora que servía con generosidad.

«¿El puré de patatas?», se preguntó Arkady.

Como si pudiera leer el pensamiento, el inválido le dirigió una mirada breve y malévola antes de seguir recitando su parte del dúo.

—De todos modos, debemos afrontar el misterio de lo que le sucedió la noche de su muerte. No sólo por ella, sino por todos sus camaradas, para que puedan superar este desdichado suceso y dedicar todos sus esfuerzos a fines productivos.

—Justamente. —Slava no podía estar más de acuerdo—. Y esto es lo que hemos conseguido hoy. Hemos comprobado que Zina Patiashvili asistió al baile que se celebró en la cantina aquella noche. Yo mismo formaba parte del conjunto de música, y puedo dar testimonio del calor que la gente que baila activamente genera en un espacio cerrado. Esto me llevó a preguntar entre las mujeres de la tripulación que asistieron al baile si en algún momento se sintieron incómodas por culpa del calor. Algunas contestaron que sí, que tuvieron que salir de la cantina en busca del aire fresco de la cubierta. Entonces volví a la enfermería y le pregunté al médico del buque si Zina Patiashvili se había quejado alguna vez de mareos o jaquecas. Su respuesta fue afirmativa. Con anterioridad a eso, el doctor Vainu había practicado la autopsia de la difunta. Le pregunté si había encontrado señales de violencia que pudieran no ser accidentales. «No», me dijo. «¿Había señales que le resultaran difíciles de explicar?», le pregunté. «Sí, había una coloración en el torso y en las extremidades, y magulladuras espaciadas de forma uniforme a lo largo de las costillas y las caderas, y que él no podía explicarse. Además, había una pequeña punzada en el abdomen.

»Camaradas, no hay ningún misterio. Yo mismo reconstruí los pasos de Zina Patiashvili la noche de su desaparición. No fue vista en los pasillos que conducían a su camarote, ni en la cubierta de descarga. El único lugar adonde pudo haber ido era a la popa. Si hubiera caído por la borda directamente al agua, sí, las señales que había en su cuerpo serían difíciles de explicar. Sin embargo, a solas y en la oscuridad, Zina Patiashvili no cayó por la barandilla lateral, sino por la barandilla que rodea la escalera abierta que hay sobre la rampa de popa, golpeándose la parte posterior de la cabeza al rodar por las escaleras. Al deslizarse peldaños abajo también se magulló el torso y las extremidades.

Arkady pensó que era un «también» muy oportuno. Marchuk estudió atentamente el informe de la autopsia que tenía sobre la mesa. Arkady se apiadó de él. Viktor Marchuk no habría sido capitán sin tener carnet del partido, y no le hubieran dejado pescar con norteamericanos de no haber sido un activista. Era un hombre ambicioso, pero también un buen capitán. El invitado anónimo que ocupaba la tercera silla apoyó la cabeza en la mano. Mostraba la expresión esclarecida de la persona que realmente disfrutaba de las notas falsas que se oían en un recital de piano dado por un aficionado.

—Hay un descansillo en aquella escalera —dijo Marchuk.

—Exactamente —corroboró Slava—, y allí quedó tendido el cuerpo de Zina Patiashvili mientras continuaba el baile. Yacía con el cuerpo apretado contra la barandilla exterior del descansillo, lo que explica las magulladuras de las costillas y las caderas. Luego, cuando terminó el baile y en el *Estrella Polar* se reanudó el trabajo, el movimiento del buque hizo rodar el cuerpo. Como sabéis, nuestros proyectistas dirigen sus esfuerzos a construir los buques más seguros del mundo para nuestros marineros soviéticos. Por desgracia, no pueden preverse todos los accidentes. No hay ninguna barandilla de protección en el lado interior del descansillo. Zina Patiashvili rodó sin que nada la detuviera y fue a caer sobre la rampa. Más arriba de ésta hay una puerta de seguridad cuyo objeto es proteger a quien caiga desde la cubierta de descarga pero no a quien se precipite desde el pozo. Inconsciente y sin poder gritar, Zina Patiashvili se deslizó por la rampa hasta sumergirse en el mar.

Slava relató su conclusión como si fuera una obra de teatro radiofónico. Muy a su pesar, Arkady se imaginó la escena: la muchacha de Georgia con sus pantalones tejanos y su pelo aclarado saliendo de la habitación llena de humo y calurosa donde se celebraba el baile; sintiéndose mareada, clavando la mirada en el suave olvido de la niebla, retrocediendo imprudentemente hacia la barandilla del pozo... No, con toda franqueza, no le cabía en la cabeza. No era propio de Zina, la muchacha que llevaba la reina de corazones en el bolsillo; no lo habría hecho sola, de aquel modo.

El capitán Marchuk preguntó inesperadamente:

—¿Qué piensas de esta teoría, camarada Renko?

—Muy emocionante.

Slava siguió hablando.

—No necesito explicarles a unos marineros veteranos como vosotros que Zina Patiashvili duraría muy poco en unas aguas tan gélidas. ¿Cinco minutos? Diez, como mucho. El único interrogante que queda por aclarar es la herida del abdomen, una herida sobre la que el marinero Renko nos llamó la atención. Renko, sin embargo, no es pescador y no está familiarizado con las artes de la pesca de arrastre. ¿Alguna vez ha manipulado un cable desgastado tras arrastrar cuarenta toneladas de pescado por las rocas del fondo del mar?

«Pues sí», pensó Arkady, pero no quiso interrumpir al tercer oficial, que poco a poco iba acercándose al apogeo de su discurso o, cuando menos, al final. Slava abrió el saco que yacía en el suelo, sacó un trozo de cable de acero, de un centímetro, y lo alzó con aire triunfal. En varios puntos del cable los hilos de acero sobresalían como pinchos.

—Un cable como éste, desgastado como éste —dijo Slava—. Es un hecho que el cuerpo de Zina Patiashvili subió en la red. Nosotros, los marineros, sabemos que la red es arrastrada por cables desgastados. Sabemos que los cables vibran cuando arrastran la red por el agua y que los hilos que sobresalen los convierten virtualmente en sierras. Eso fue lo que le produjo un corte a Zina Patiashvili. Fin del misterio. Una muchacha fue a un baile, al cabo de un rato se sintió acalorada, salió a cubierta, sola, en busca de aire, cayó por la borda y, lamento decirlo, murió. Pero eso y nada más que eso es lo que pasó.

Slava mostró el trozo de cable a Volovoi, que aparentó interesarse mucho por él, y al desconocido, que lo apartó con un gesto de la mano, y finalmente lo enseñó a Marchuk, que estaba ocupado leyendo un nuevo documento. El capitán parecía un felino acariciándose la barba negra y recortada mientras leía atentamente el papel.

—Según tu informe, recomendaste que no se hicieran más indagaciones a bordo y que de resolver los interrogantes que quedasen pendientes se encargaran las autoridades competentes en Vladivostok.

—Así es. Por supuesto, la decisión te corresponde a ti.

—Si no recuerdo mal, había otras recomendaciones —terció Volodoi—. Sólo pude examinar el informe unos momentos.

—En efecto —respondió Slava en tono obediente. A Arkady le pareció realmente maravilloso, casi tan bueno como una partida de tenis de mesa—. Si alguna lección hay que aprender de este trágico incidente es que la seguridad jamás puede pasarse por alto. Propongo dos recomendaciones en firme. La primera: que durante los actos sociales que se celebren de noche unos voluntarios se encarguen de vigilar los dos lados de la cubierta de popa. La segunda: que, en la medida de lo posible, dichos actos sociales se celebren de día.

—Me parecen unas recomendaciones muy útiles y estoy seguro de que se estudiarán con gran interés en la próxima asamblea plenaria del buque —dijo Volovoi—. El buque entero te debe agradecimiento por la labor que has efectuado, por la minuciosidad y la rapidez de tu investigación, y por la naturaleza realista y clarividente de tu conclusión.

Los aristócratas de Tolstoi hablaban un francés efervescente. Los nietos de la Revolución hablaban un ruso afanoso y mesurado, como si cada palabra midiera tantos centímetros que, al colocarlas todas en fila, se llegara inevitablemente a un consenso; un ruso que se hablaba con cortesía y sobriedad porque el genio de la democracia soviética hacía que todas las reuniones como aquélla alcanzasen una unanimidad propia de camaradas. Un trabajador, por ejemplo, se presentaba ante un comité de fábrica y señalaba que estaban produciendo coches con tres ruedas; o un peón agrícola informaba al comité de la granja de que estaban produciendo terneras con dos cabezas. Semejantes noticias jamás impedían que un comité sereno y experimentado marchara en una única formación.

Marchuk bebió unos sorbos de un vaso, encendió otro cigarrillo, un Player's de humo aromático y extranjero, y, con la cabeza baja, estudió el informe. El ángulo de la cabeza acentuaba la forma asiática de sus pómulos. El capitán parecía un hombre hecho para someter la taiga, no para encararse con la jerga burocrática. El desconocido del jersey sonreía pacientemente, como si participara en la reunión por casualidad, pero no tuviera mucha prisa en dejarla.

Marchuk alzó la vista.

—¿Llevaste a cabo esta investigación con el marinero Renko?

—Sí —respondió Slava.

—Sólo veo tu firma al pie.

—Es que no tuvimos oportunidad de hablar antes de esta reunión.

Marchuk hizo un gesto indicando a Arkady que se acercara un poco más.

—¿Tienes algo que añadir, Renko?

Arkady reflexionó unos instantes y dijo:

—No.

—Entonces, ¿quieres firmar el informe? —Marchuk le ofreció una gruesa estilográfica, una Monte Cristo, apropiada para un capitán.

—No.

Marchuk volvió a colocar la caperuza de la pluma en su sitio. La cosa iba a resultar más complicada.

El inválido se sirvió un poco más de agua y dijo:

—Dado que el marinero Renko no hizo el grueso del trabajo, y dado que las recomendaciones son puramente las del tercer oficial, la firma de Renko no es necesaria.

—Veamos. —Marchuk se volvió nuevamente hacia Arkady—: ¿No estás de acuerdo con la conclusión de que los cabos sueltos los aten los chicos de Vladivostok?

—No.

—Entonces, ¿con qué no estás de acuerdo?

—Sólo... —Arkady buscó las palabras exactas—. Sólo con los hechos.

—Ah.

Por primera vez el desconocido del jersey se incorporó, como si por fin acabara de oír una palabra en una lengua que entendía.

—Perdona —dijo Marchuk—. Marinero Renko, éste es el ingeniero eléctrico de la flota Hess. Le he pedido al camarada Hess que aportase su inteligencia a la reunión de esta noche. Explícanos, a él y a mí, cómo puedes no estar de acuerdo con los hechos y sí estarlo con la conclusión.

El *Estrella Polar* no había avistado la flota desde hacía seis semanas y no volvería a verla hasta transcurridas cuatro. Arkady se preguntó dónde se habría escondido Hess, pero concentró su atención en la pregunta que acababan de hacerle.

—Zina Patiashvili murió la noche del baile —dijo Arkady—. Dado que nadie la vio bajo cubierta, camino de su camarote, es probable que o bien fuera a otro compartimento situado en la superestructura de popa o, como dice el tercer oficial, a la cubierta de popa. Sin embargo, alguien que se desmaya cae al suelo, no echa a correr para poder saltar por encima de una barandilla que llegaría a la altura de las costillas de Zina.

»En una persona que ha perecido ahogada se encuentran una señales características, ninguna de ellas presente en el cuerpo de Zina, y cuando le abran los pulmones en Vladivostok no encontrarán ni gota de agua salada. Las señales características observadas en el cuerpo (la lividez de los antebrazos, las pantorrillas, los senos y el vientre) sólo aparecen después de la muerte, por permanecer a gatas durante cierto tiempo, y las magulladuras de las costillas y las caderas no son resultado de apoyarse en una barandilla, sino de haber sido empujada violentamente contra unas protuberancias duras. Fue muerta en el *Estrella Polar* y escondida a bordo. En cuanto a la herida del vientre, se la hicieron con un cuchillo afilado, de un solo golpe. No había arañazos ni señales de sierra, y sangró poco. Los hechos son que antes de ser arrojada por la borda la apuñalaron para impedir que subiera flotando hasta la superficie. Otra prueba de que el corte no fue causado por la red que la subió a bordo es que estuviera en el fondo del mar, a una profundidad de treinta brazas, la suficiente para que unas mixinas penetrasen por la herida y anidaran en su cuerpo.

—Tu informe no dice nada de anguilas —dijo Marchuk a Slava.

Los pescadores detestaban a las mixinas.

—¿Sigo? —preguntó Arkady.

—Por favor.

—Sus compañeras de trabajo afirman que Zina Patiashvili trabajaba sin parar, pero los norteamericanos dicen que salía a popa cada vez que el pesquero *Eagle* entregaba una red, fuera de día o de noche. A menudo eso coincidía con la guardia de Zina, lo que quiere decir que dejaba su trabajo cuando le daba la gana y volvía al cabo de media hora.

—¿Insinúas que los soviéticos mentimos y los norteamericanos dicen la verdad? —preguntó Volovoi como si no estuviera seguro de una distinción.

—No. Zina pasaba todos los bailes en compañía de los norteamericanos del *Eagle*, bailando y charlando con ellos. No creo que una mujer salga corriendo hasta la popa en plena noche o bajo la lluvia para saludar a todos los hombres de un pesquero; en todo caso, lo hará para saludar a un solo hombre. Sin duda los norteamericanos mienten sobre quién puede ser ese hombre.

—¿Quieres decir que uno de nuestros muchachos estaba celoso? —preguntó Marchuk.

—Eso sería una calumnia —afirmó Volovoi, como si no hubiera nada más que decir al respecto—. Por supuesto, si hubo negligencias en la cocina, si alguna de las trabajadoras abandonó su puesto, recibirá una seria reprimenda.

—¿Un poco de agua? —Marchuk ofreció la botella a Volovoi.

—Sí, gracias.

Las burbujas danzaron en el vaso del inválido: en la sonrisa de Marchuk había una expresión amenazadora, pero las palabras seguirían siendo soviéticas, ecuánimes y prácticas.

—El problema —dijo Marchuk, definiéndolo— son los norteamericanos. Estarán atentos por si llevamos a cabo una investigación en serio.

—Así se hará —aseguró Volovoi—. En Vladivostok.

—Naturalmente —reafirmó Marchuk—. Sin embargo, nos encontramos en una situación poco común y quizás haya que hacer algún esfuerzo más inmediato. —Ofreció un cigarrillo al inválido.

Todo seguía dentro de los límites de un debate a la soviética. A veces se producían crisis apremiantes, por ejemplo cuando se acercaba fin de mes y la única manera de cumplir el cupo consistía en fabricar coches con tres ruedas. El equivalente en un pesquero era cumplir el cupo de toneladas transformando toda la captura, mala o buena, en harina de pescado.

—El doctor se mostró de acuerdo con el camarada Bukovsky —señaló Volovoi.

—El doctor... —dijo Marchuk, tratando de tomarse la sugerencia en serio—. El doctor se equivocó incluso al calcular la hora de la muerte, según recuerdo. Buen médico para los sanos, no tan bueno para los enfermos o los muertos.

—Puede que el informe tenga algunos defectos —reconoció Volovoi.

Lleno de pesar, Marchuk se dirigió a Slava.

—Con perdón, pero el informe es una mierda —y, volviéndose hacia Volovoi, añadió—: Estoy seguro de que lo hizo tan bien como pudo.

El último buque ruso que había visto el *Estrella Polar* era un carguero que se había llevado tres mil toneladas de lenguado, cinco mil toneladas de bacalao, ocho mil toneladas de harina de pescado y cincuenta toneladas de aceite de hígado a cambio de harina, jamones, coles, latas de película, correo personal y revistas. Arkady, que estaba entre la gente en cubierta aquel día, no había visto subir a bordo a ningún ingeniero eléctrico de la flota.

Debajo de su pelambrera, el rostro de Anton Hess era mitad frente y el resto se apretujaba en un hemisferio sur de cejas redondeadas, nariz afilada, grueso labio superior y hoyuelo en el mentón, todo iluminado por unos ojos azules y afables. Parecía un director de coro alemán, alguien que hubiese colaborado con Brahms.

Sin dejar el tono mesurado de la autoridad soviética de hechos expuestos a regañadientes, el primer oficial había decidido pasar a la ofensiva.

—Marinero Renko, para nuestro buen gobierno, ¿es cierto que te despidieron de la oficina del fiscal de Moscú?

—Sí.

—¿También es cierto que te expulsaron del partido?

—Sí.

Hubo una pausa sombría y apropiada para un hombre que acabara de confesar que padecía dos enfermedades incurables.

—¿Puedo hablar sin tapujos? —suplicó Volovoi a Marchuk.

—Adelante.

—Desde el principio fui contrario a que este trabajador participara en una investigación, especialmente si en ella se veían envueltos nuestros colegas norteamericanos. Tenía ya en mi poder un expediente lleno de información negativa relativa al marinero Renko. Hoy he enviado por radio un mensaje al KGB de Vladivostok pidiendo más información, porque no quiero juzgar a este marinero injustamente. Camaradas, tenemos a un hombre de pasado turbio. Nadie quiere decir qué fue exactamente lo que ocurrió en Moscú; lo único que dicen es que se vio envuelto en la muerte del fiscal y en la deserción de una ex ciudadana. Asesinato y traición, he aquí la historia del hombre que tenéis ante vosotros. Por esto corre de un empleo a otro en toda Siberia. Miradle bien... No ha prosperado.

Arkady reconoció que era cierto. Sus botas sucias

de escamas y lodo seco no eran el calzado propio de un hombre próspero.

—De hecho —prosiguió Volovoi, como si tuviera que hacer un esfuerzo supremo para que las palabras acudiesen a sus labios—, le estaban buscando en Sajalin cuando se enroló en el *Estrella Polar*. No dicen por qué le buscaban. Tratándose de un hombre así, podría ser por un millón de cosas. ¿Puedo hablar con sinceridad?

—Faltaría más —respondió Marchuk.

—Camaradas, en Vladivostok no examinarán lo que le ocurrió a una chica tonta que se llamaba Zina Patiashvili, sino que investigarán si hemos mantenido la disciplina política a bordo. Vladivostok no comprenderá por qué en una investigación tan delicada hemos metido a un sujeto como Renko, un hombre cuyas ideas políticas inspiran tan poca confianza, que no se le permite desembarcar cuando arribamos a un puerto norteamericano.

—Excelente observación —reconoció Marchuk.

—A decir verdad —agregó Volovoi—, tal vez lo prudente sería no permitir que ningún tripulante bajase a tierra. Llegaremos a Dutch Harbor dentro de dos días. Quizá lo mejor sea no conceder permisos a nadie.

El rostro de Marchuk se ensombreció al oír la sugerencia. Se sirvió un poco más de agua, estudiando la columna plateada de líquido.

—¿Después de cuatro meses de navegación? Para eso han estado navegando, para ese único día en el puerto. Además, nuestra tripulación no es el problema; no podemos impedir que los norteamericanos bajen a tierra.

Volovoi hizo un gesto de indiferencia.

—Los representantes informarán a la compañía, sí,

pero la mitad de la compañía es de propiedad soviética. La compañía no hará nada.

Marchuk apagó su cigarrillo y mostró una sonrisa en la que había más ironía que humor. Daba la impresión de que la etiqueta se estaba agotando.

—Los observadores darán cuenta al gobierno, que es norteamericano, y los pescadores harán correr toda suerte de rumores. Dirán que he ocultado un asesinato en mi buque.

—Una muerte es una tragedia —dijo Volovoi—, pero una investigación es una decisión política. Considero un error emprender más investigaciones a bordo. Tengo que consultarlo con el partido.

En un millar de comunas, fábricas, universidades y tribunales tal vez se acababan de pronunciar las mismas palabras en el mismo instante, porque ninguna reunión seria de administradores o fiscales podía considerarse completa sin que finalmente alguien hablara en nombre del partido, momento en que las sutilezas del debate terminaban, y aquella palabra decisiva, ineludible, disipaba el humo de los cigarrillos.

Sólo que esta vez Marchuk se volvió hacia el hombre sentado a su derecha.

—¿Tienes algo que decir, camarada Hess?

—Pues... —dijo el ingeniero eléctrico de la flota, como si acabara de ocurrírsele algo. El timbre de su voz era como un instrumento de madera con la lengüeta rota y habló directamente a Volovoi—. En otro tiempo, camarada, todo lo que dices hubiera sido correcto. A mí me parece, no obstante, que la situación ha cambiado. Tenemos un dirigente nuevo que ha pedido más iniciativa y un examen más sincero de nuestros errores. El capitán Marchuk es un símbolo de estos líderes jóvenes y sinceros. Creo que deberíamos prestarle apoyo. En cuanto al marinero Renko, también yo pedí información por radio. No fue acusado de asesinato ni de traición. De hecho, consta en su expediente que el coronel Pribluda del KGB respondió por él. Puede que Renko sea temerario en política, pero su capacidad profesional jamás se ha puesto en duda. Asimismo, hay una consideración que se impone a todas las demás. Éste es un programa conjunto que hemos emprendido con los norteamericanos. No todo el mundo se siente feliz al ver que soviéticos y norteamericanos trabajamos juntos. ¿Qué le ocurrirá a nuestra misión? ¿Qué será de la cooperación internacional si se dice por ahí que a los soviéticos que confraternizan con norteamericanos les abren el vientre a cuchilladas y los arrojan por la borda? Debemos hacer un esfuerzo sincero y auténtico, no sólo en Vladivostok. El tercer oficial Bukovsky posee mucha energía, pero carece de experiencia en asuntos de esta clase. Ninguno de nosotros la tiene exceptuando al marinero Renko. Procedamos con mayor confianza; averigüemos qué ocurrió.

La escena le pareció curiosa a Arkady, como si estuviera presenciando la resurrección de los muertos. Por una vez, el inválido no había pronunciado la última palabra en un debate.

Volovoi dijo:

—A veces hay que pasar por alto los rumores desagradables del momento. Ésta es una situación que debe controlarse en vez de removerla o darla a conocer. Pensadlo bien. Si Patiashvili fue asesinada, como sostiene insistentemente el marinero Renko, entonces tenemos un asesino en nuestro buque. Si fomentamos una investigación a bordo, lo mismo da que se haga de forma inteligente que inepta, ¿cuál será la reaccion natural de esta persona? Ansiedad y miedo... De hecho, el deseo de escapar. Una vez en Vladivostok, eso no le hará ningún bien, ninguno en absoluto; una investigación como es debido en nuestro propio puerto la encontrará ya en nuestras manos. Aquí, en cambio, la situación es diferente: en alta mar, los pesqueros norteamericanos y, lo más peligroso de todo, un puerto norteamericano. El celo prematuro aquí puede empujar a acciones desesperadas. ¿No sería posible, hasta lógico, que un criminal, temiendo ser descubierto, abandonara su grupo en Dutch Harbor e intentara zafarse de la justicia soviética pidiendo asilo político? ¿No es eso lo que empuja a muchos de los llamados desertores? Los norteamericanos son imprevisibles. Una situación, cuando se politiza, se desmanda, se vuelve un circo, la verdad compite con las mentiras. Por supuesto, andando el tiempo recuperaríamos a nuestro hombre, pero ¿es ésta la forma correcta en que debe actuar un buque soviético? ¿Asesinato? ¿Escándalo? Camaradas, nadie discutiría que esta tripulación, en circunstancias normales, merece bajar a tierra después de cuatro meses de arduo trabajo en el mar. Sin embargo, no quisiera ser yo el capitán que arriesgara el prestigio y la misión de toda una flota para que su tripulación pudiera comprar zapatos de deporte y relojes de fabricación extranjera.

Después de un trabajo de pala tan inmaculado por parte del inválido, Arkady creyó que el asunto volvía a estar enterrado. Hess, no obstante, replicó enseguida:

—Debemos separar las cosas que nos preocupan.

Una investigación a bordo crea una situación anormal, y una situación anormal impide que se concedan permisos para bajar a tierra. A mí me parece que una cosa puede resolver la otra. Nos falta un día y medio para llegar a Dutch Harbor, es decir, tiempo suficiente para sacar conclusiones más definidas acerca de la muerte de esa pobre chica. Si dentro de treinta y seis horas sigue pareciendo sospechosa, entonces podemos decidir que a los tripulantes no se les permite bajar a tierra. Si no, que pasen su día de asueto, que bien merecido se lo tienen. Tanto si hacemos una cosa como si hacemos la otra, nadie se fugará, y seguirá esperándonos una investigación en toda regla cuando volvamos a Vladivostok.

—¿Y si fue un suicidio? —preguntó Slava—. ¿Y si se tiró por la borda, por el pozo o por donde fuese?

—¿Qué dices tú al respecto? —preguntó Hess a Arkady.

—El suicidio es siempre algo dudoso —contestó Arkady—. Existe el delincuente suicida que denuncia a sus compinches antes de encerrarse en el garaje y poner el coche en marcha. O el suicida que escribe «A tomar por el culo el sindicato de escritores soviéticos» en la pared de la cocina antes de meter la cabeza en el horno de gas. O el soldado que dice «Consideradme un buen comunista» antes de cargar contra una ametralladora.

—Lo que estás diciendo es que el elemento político es siempre diferente —observó Hess.

—¡El elemento político lo determinaré yo! —exclamó Volovoi—. Sigo siendo el oficial político.

—Sí —admitió Marchuk con frialdad—. Pero no el capitán.

—En una misión tan delicada...

—Hay más de una misión —dijo Hess, interrumpiendo a Volovoi.

Se produjo una pausa y pareció que todo el buque hubiera virado en una dirección nueva.

Marchuk ofreció un cigarrillo a Volovoi, y la llamita del encendedor iluminó un abanico de capilares en los ojos del primer oficial. Volovoi exhaló humo y dijo:

—Bukovsky puede redactar otro informe.

—Bukovsky y Renko se complementan bien, ¿no te parece? —preguntó Hess.

Volovoi se agachó hacia delante mientras el consenso, meta del proceso de toma de decisiones en la Unión Soviética, pasaba por encima de él.

Marchuk cambió de tema.

—No paro de pensar en esa chica en el fondo del mar, en las anguilas. Renko, ¿qué probabilidades había de que una red la encontrase? ¿Una entre un millón?

La participación de Arkady en la reunión había sido una orden, pero también un honor, como si a uno de los dedos de los pies lo hubieran invitado a tomar parte en las deliberaciones del cerebro. La pregunta de Marchuk era un gesto que servía para demostrar esa inclusión.

—Una entre un millón es la probabilidad de que el camarada Bukovsky y yo encontremos algo —dijo Arkady—. Vladivostok tiene investigadores y laboratorios de verdad, y allí saben lo que tienen que encontrar.

—Lo que importa es la investigación que se lleve a cabo aquí y ahora —precisó Marchuk—. Infórmame de los hechos a medida que los averigües.

—No —replicó Arkady—. Estoy de acuerdo con el camarada Volovoi. Es mejor dejarlo para Vladivostok.

—Me hago cargo de tu resistencia. —El tono de Marchuk revelaba comprensión—. Lo importante es que puedas redimirte...

—No necesito redimirme. Accedí a pasarme un día haciendo preguntas. El día ya ha terminado. —Arkady echó a andar hacia la puerta—. Buenas noches, camaradas.

Marchuk se levantó, atónito. La estupefacción dio paso a la rabia de un hombre poderoso cuyas buenas intenciones se han visto traicionadas. Mientras tanto, Volovoi permanecía sentado, sin poder dar crédito a semejante cambio de suerte.

—Oye, Renko, ¿dices que alguien mató a esta chica y no quieres averiguar quién fue? —preguntó Hess.

—No creo que pudiera averiguarlo... y no me interesa.

—Te lo ordeno —le apremió Marchuk.

—Y yo me niego.

—Olvidas que estás hablando con tu capitán.

—Y tú olvidas que estás hablando con un hombre que se ha pasado un año destripando pescado en tu buque. —Arkady abrió la puerta—. ¿Qué puedes hacerme? ¿Qué podría ser peor que destripar pescado?

9

El viento había empujado la niebla hacia atrás hasta formar un denso banco con ella. Arkady cruzaba la cubierta con la intención de acostarse cuando vio a Kolya, su compañero de camarote, apoyado en la barandilla. Cuando la noche era despejada, Kolya siempre salía a cubierta, como si hubieran encendido la Luna sólo para él. Sus cabellos aparecían ensortijados alrededor de un gorro de lana mientras su larga nariz señalaba los fenómenos.

—Arkasha, he visto una ballena. Sólo la cola, pero se sumergió en línea recta, lo que quiere decir que era una ballena gibosa.

Lo que Arkady admiraba de Kolya era que, a pesar de que el botánico se había visto obligado a abandonar tierra firme, continuaba recopilando datos científicos. Era valiente como un monje que, pese a su mansedumbre, estuviese dispuesto a ser torturado por sus creencias. Reluciente en sus manos, como una pequeña trompa, tenía uno de sus bienes más preciados: un anticuado y bruñidísimo sextante de latón.

—¿Has terminado con el capitán? —preguntó.

—Sí.

Kolya tuvo la delicadeza de no hacerle más preguntas. No le preguntó, por ejemplo, por qué no les había dicho a los amigos que había sido investigador en otro tiempo; tampoco por qué ahora no lo era; ni qué había averiguado sobre la muchacha muerta. En vez de ello, comentó alegremente:

—Muy bien. Entonces puedes ayudarme. —Entregó un reloj a Arkady. Era de plástico, digital y japonés—. El botón de arriba sirve para iluminarlo.

—¿Por qué haces esto? —preguntó Arkady.

—Porque así la mente permanece activa. ¿Preparado?

—Preparado.

Kolya acercó un ojo al telescopio del sextante y dirigió el instrumento hacia la Luna al mismo tiempo que movía la alidada a lo largo del arco. En cierta ocasión había explicado a Arkady que los sextantes tenían el encanto de ser arcaicos, sencillos y complicados al mismo tiempo. En esencia, un par de espejos montados en el arco hacían que una imagen de la Luna bajase hasta el horizonte y el arco señalaba a cuántos grados de un ángulo recto con el horizonte se encontraba la Luna en ese preciso instante.

—Señala.

—10.15.31.

—22.15.31. —Kolya hizo la conversión a horas náuticas.

De joven, cuando estaba encuadrado en la organización juvenil, una vez Arkady había practicado la navegación astronómica. Recordó que estaba rodeado de almanaques náuticos, tablas de reducción, papel para tomar notas, cartas de navegación y reglas de paralelas. Kolya lo hacía todo mentalmente.

—¿Cuántos almanaques te has aprendido de memoria? —preguntó Arkady.

—El Sol, la Luna y la Osa Mayor.

Arkady miró al cielo. Las estrellas aparecían inmensamente brillantes y lejanas, con colores y profundidad, como una noche llameante.

—Allí está la Osa Menor. —Arkady miró en línea recta hacia arriba.

—La Osa Menor siempre la verás ahí —dijo Kolya—: En esta latitud nos encontramos siempre bajo la Osa Menor.

Cuando hacía cálculos, los ojos de Kolya mostraban una expresión fija, reconcentrada, una especie de felicidad total. Arkady adivinó que estaba restando la refracción de la Luna, sumando el paralelaje, pasando a la declinación de la Luna.

—Has estado demasiado tiempo bajo la Osa Menor. Te has vuelto majareta —comentó Arkady.

—No es más difícil que jugar al ajedrez con los ojos vendados. —Kolya incluso sonrió para demostrar que podía hablar mientras pensaba.

—No te paras nunca a pensar que el sextante se basa en la idea de que el Sol gira alrededor de la Tierra.

Kolya titubeó durante un segundo.

—A diferencia de algunos sistemas, funciona.

Quedó fijada una declinación; el cerebro de Kolya repasaría las tablas aprendidas de memoria. Era el tipo de actividad a la que sólo podía dedicarse una personalidad silenciosamente maníaca, como buscar ballenas

en la oscuridad. Aunque no estaba tan oscuro. El oleaje levantaba los reflejos de la Luna, y el mar parecía respirar lentamente, acompasadamente.

Durante sus primeros meses en el mar, Arkady había pasado mucho tiempo en cubierta escudriñando las
aguas en busca de delfines, leones marinos y ballenas,
sólo para ver cómo se movían. El mar daba la ilusión de
escapar. Pero al cabo de un tiempo comprendió que todos aquellos seres que nadaban de un lado a otro tenían
algo que a él le faltaba: un propósito.

Volvió a mirar la Osa Menor y su larga cola que terminaba en la Polar, la Estrella del Norte. Según un cuento popular ruso, la Polar era en realidad un perro enlo-
quecido que estaba atado con una cadena de hierro a la
Osa Menor, y si la cadena se rompiese alguna vez, sería
el fin del mundo.

—¿No te pones furioso, Kolya, al pensar que tú,
que eres botánico, te encuentras aquí, a centenares de
kilómetros de tierra?

—Sólo a un centenar de brazas del fondo del mar.
Y siempre hay más tierra. Las islas Aleutianas siguen
creciendo.

—Me parece que eso es ver las cosas a largo pla-
zo...

Arkady se dio cuenta de la inquietud de su amigo;
Kolya siempre se inquietaba cuando veía a Arkady deprimido.

—¿Alguna vez te has parado a pensar cuánto nos
cuestan los Volovois de este mundo? —Kolya quería
cambiar de tema, como si un buen acertijo fuese siempre un bálsamo—. ¿Qué nos pagan?

—Creía que estabas observando la Luna.

—Puedo hacer ambas cosas. ¿Qué nos pagan?

La pregunta era complicada. La paga del *Estrella Polar* se repartía basándose en un coeficiente que iba de 2,55 partes para el capitán a 0,8 para un marinero de segunda. Había luego un coeficiente polar de 1,5 por pescar en mares árticos, una bonificación del diez por ciento por un año de servicio, otro diez por ciento por alcanzar el cupo del buque y otra bonificación de hasta el cuarenta por ciento por sobrepasar el cupo. El cupo lo era todo. Podía aumentarse o reducirse después de que el buque saliera de puerto, pero generalmente se aumentaba porque el administrador de la flota recibía su bonificación basándose en lo que ahorrara en concepto de salarios de los marineros. La travesía hasta los caladeros debía durar un número determinado de días, y toda la tripulación perdía dinero cuando el capitán se metía en una tempestad; de ahí que a veces los buques soviéticos siguieran navegando a toda máquina a pesar de la niebla y del mar embravecido. En conjunto, la escala salarial de un pescador soviético era sólo un poco menos complicada que la astronomía.

—Alrededor de trescientos rublos mensuales para mí —conjeturó Arkady.

—No está mal. Pero ¿has tenido en cuenta a los norteamericanos? —le recordó Kolya.

Debido a la presencia de norteamericanos a bordo, las reglas laborales eran diferentes: un cupo inferior y un ritmo más lento para que los visitantes fueran testigos del humanitarismo de la industria pesquera soviética.

—¿Lo dejamos en trescientos veinticinco rublos?

—Trescientos cuarenta para un marinero de primera. Doscientos setenta y cinco para ti. Cuatrocientos setenta y cinco para un primer oficial como Volovoi.

—Para animar a cualquiera —comentó Arkady.

Pero le divertía el virtuosismo de su compañero de camarote, y Kolya sonreía orgulloso, como un malabarista pidiendo que añadieran otra bola a las que ya estaban en el aire.

—Hay casi veinte mil arrastreros y buques factoría soviéticos con sus correspondientes oficiales políticos, ¿no es así? Pagándoles un salario medio de sólo cuatrocientos rublos al mes, nos sale un desembolso total de ocho millones de rublos anuales para estos inválidos totalmente inútiles. Eso sólo para la flota pesquera; si contamos que la Unión Soviética tiene...

—¡Pescar! ¡Estamos aquí para pescar y no para cultivar las matemáticas, camarada Mer!

Volovoi salió de las sombras de un tambucho, el chándal iridiscente bajo la luz de la luna. Había algo especialmente jactancioso en su forma de andar, y Arkady se dio cuenta de que el primer oficial le había seguido con aire de triunfo desde el camarote del capitán. Como de costumbre, Kolya miró automáticamente hacia otro lado.

Volovoi alargó la mano y tomó el sextante.

—¿Qué es esto?

—Es mío —dijo Kolya—. Estaba calculando la altura de la luna.

Volovoi dirigió una mirada suspicaz hacia la luna.

—¿Para qué?

—Para saber nuestra posición.

—Tu tarea es limpiar pescado. ¿Para qué necesitas conocer nuestra posición?

—Por pura curiosidad. Es un sextante antiguo, una pieza de museo.

—¿Dónde están tus cartas de navegación?

—No tengo ninguna carta.

—¿Quieres saber a qué distancia estamos de Norteamérica?

—No. Sólo quería saber dónde estábamos.

Volovoi abrió la cremallera de la parte superior del chándal y metió el sextante dentro.

—El capitán sabe dónde estamos. Con eso hay suficiente.

El inválido se alejó sin decir una sola palabra a Arkady; no era necesario.

A acostarse tocaban.

El camarote estaba negro como una tumba, una morada apropiada. Kolya se acurrucó con sus macetas mientras Arkady se quitaba las botas y luego se encaramaba a su litera, envolviéndose los hombros con una sábana muy ceñida. El perfume avinagrado de los mejunjes caseros de Obidin llenaba el aire. Se durmió sin tiempo a aspirar aire por segunda vez. Era un sueño que parecía un vacío sin luz, un sueño que conocía bien.

En el jardín de circunvalación de Moscú, cerca de la biblioteca infantil y del Ministerio de Educación, se alzaba un edificio de tres pisos con una valla de color gris, el instituto Serbsky de psiquiatría forense. Coronaban la valla unos alambres delgados que no podían

verse desde la calle. Entre la valla y el edificio patrulla-
ban guardias con perros a los que se había enseñado a
no ladrar. En el segundo piso del edificio estaba la sección cuatro. A lo largo del pasillo con pavimento de
parquet había tres salas generales que Arkady sólo vio
el día de su llegada y el día de su partida, ya que lo man-
tuvieron en el fondo del pasillo, en una celda «de aislamiento» en la que había una cama, un retrete y una
bombilla de luz mortecina. A su llegada fue bañado por
dos ordenanzas, dos mujeres viejas vestidas de blanco;
otro paciente le afeitó la cabeza, los sobacos y el pubis,
para que estuviese limpio y sin pelo cuando compare-
ciera ante los doctores. Luego lo vistieron con un pijama a rayas y una bata sin cinturón. No había ninguna
ventana, ni día ni noche. El diagnóstico fue «síndrome
preesquizofrénico», como si los doctores pudieran pre-
decirlo sin temor a equivocarse.

Le administraron una inyección subcutánea de ca-
feína para que le entrasen ganas de hablar, y después le
pusieron otra inyección de sodio barbital en la vena del
brazo para debilitar su voluntad. Sentados en taburetes
blancos, con cara de preocupación, los doctores le preguntaban:

—¿Dónde está Irma? Tú la querías; sin duda la echas
de menos. ¿Teníais planeado encontraros? ¿Qué crees
que estará haciendo ahora? ¿Dónde crees que está?

Pasaban de un brazo a otro y luego a las venas de las
piernas, pero las preguntas eran siempre las mismas,
igual que el humor que allí reinaba. Como no tenía idea
de dónde se encontraba Irma ni de lo que estaría haciendo, respondía detalladamente a todo, y, como los
doctores estaban convencidos de que sabía más, pensa-

ban que ocultaba algo. Les dijo que se engañaban, y ello no le hizo ningún bien.

Naturalmente, la frustración desembocó en castigos. El favorito era la punción lumbar. Le ataron a la cama con correas, le limpiaron el espinazo con tintura de yodo, y con un golpe vigoroso le clavaron la aguja. La punción fue una experiencia doble: el tremendo dolor de la aguja que le hurgaba y luego, durante horas, unos espasmos que eran exactamente iguales a la cómica reacción de la pata de una rana al recibir una corriente eléctrica.

Fue un trabajo arduo para todo el mundo. Al cabo de un tiempo, optaron por vestirlo sólo con un albornoz para que fuese más fácil llegar a las venas. Los doctores se quitaban las batas y hacían su trabajo vestidos de uniforme, que era de color azul oscuro, con las charreteras rojas de la milicia.

Entre una sesión y la siguiente le administraban aminacina para que se mantuviera callado. Tan callado estaba, que a través de dos puertas cerradas e insonorizadas podía oír las pisadas de zapatillas en el pasillo durante el día y el crujir de los zapatos de los guardianes durante la noche. La luz permanecía encendida en todo momento. La mirilla de la puerta se abría: era la ronda del doctor.

—Es mejor que hables con nosotros y te libres de esta paranoia. Si no lo haces, siempre habrá más preguntas, otro interrogador cuando menos lo esperes. Te volverás loco de verdad.

Era cierto, pues se daba cuenta de que estaba perdiendo el control de sí mismo. De vez en cuando le llegaba desde la calle la sirena de un coche policial o de los bomberos, bocinazos amortiguados por el cemento, y ponía mala cara como un muerto cuya sepultura ha sido profanada. «Dejadme en paz.»

Arkady se retorció, atado con las correas.

—¿Qué significa «síndrome preesquizofrénico», si puede saberse?

Su pregunta animó al doctor, que sonrió de oreja a oreja.

—También lo llaman «esquizofrenia perezosa».

—Tiene que ser terrible —reconoció Arkady—. ¿Cuáles son sus síntomas?

—Son muy variados. Suspicacia y resistencia a mostrarse comunicativo... ¿Los reconoces? ¿Abatimiento? ¿Grosería?

—Después de las inyecciones, sí —confesó Arkady.

—Tendencia a discutir y arrogancia. Un interés anormal por la filosofía, la religión o el arte.

—¿Y la esperanza?

—En algunos casos, desde luego.

La verdad era que los interrogatorios le infundían esperanza sencillamente porque no le hubiesen llevado allí si Irma no hubiera estado bien. Nada gustaba más al KGB que descartar a una desertora diciendo que era «otra emigrante que hacía de camarera», o que «Occidente no es un lecho de rosas, ni siquiera para las putas», o «La estrujaron hasta dejarla seca y luego la echaron, y ahora quiere volver, pero, por supuesto, es demasiado tarde». Cuando le preguntaron si trataba de ponerse en comunicación con ella, su esperanza creció al tiempo que se preguntaba si Irma había intentado comunicarse con él.

Cambió de táctica para proteger a Irma. No quería decir nada, ni cuando más débil estuviera, de modo que procuró pensar en ella lo menos posible. En cierto sentido, los doctores crearon la esquizofrenia que habían predicho. Le animó saber que Irma seguía viva, pero procuró borrar el recuerdo de su rostro, dejar en su memoria un espacio vacío.

Aparte del albornoz, Arkady tenía un jarro de esmalte verde, el obsequio perfecto, algo que uno no podía tragarse y tampoco utilizarlo para cortarse las venas o ahorcarse. A veces colocaba el jarro delante de la puerta para que los doctores lo volcasen al entrar. Luego no lo hacía durante una semana, lo justo para sembrar un poco de incertidumbre entre el personal. Un día entraron en grupo y se llevaron el jarro.

Esta vez utilizaron insulina. La insulina era el tranquilizante más primitivo; de hecho, provocaba un coma.

—Entonces, nosotros te lo diremos. Está casada. Sí, esta mujer a la que proteges no sólo disfruta del lujo con que rodean a los traidores, sino que, además, vive con otro hombre. Se ha olvidado de ti.

—Ni siquiera nos escucha.

—Nos oye.

—Prueba con digitalina.

—Podría sufrir una conmoción. Entonces no tendríamos nada.

—Fíjate en su color. Dentro de un minuto tendrás que golpearle el pecho.

—Está fingiendo. Renko, está fingiendo.

—Se ha puesto blanco como la nieve. Eso no es fingir.

—Mierda.

—Será mejor que se la des enseguida.

—Bueno, bueno. ¡Joder!

—Mírale los ojos.

—Se la estoy dando.

—Los tipos como él se te pueden escapar de entre las manos, ya lo sabes.

—¡Maldito cabrón!

—Sigo sin encontrarle el pulso.

—Mañana estará bien. Entonces empezaremos otra vez; eso es todo.

—No le encuentro el pulso.

—Mañana hablará como un periquito, ya lo verás.

—Ni rastro del pulso.

—Sigo pensando que finge.

—Yo pienso que ha muerto.

No, sólo se estaba ocultando en una lejanía profunda.

—Sólo medio muerto —juzgó un visitante. Su nariz chata se arrugó al husmear el aire astringente de la celda de aislamiento—. Voy a llevarte a alojamientos más rigurosos, lejos de este balneario.

Como reconoció la voz, Arkady no hizo ningún esfuerzo por enfocar con los ojos la gruesa cabeza eslava con ojillos de cerdo y quijadas que parecían salir de un uniforme marrón y rojo con las insignias del KGB.

—¿El mayor Pribluda?

—Coronel Pribluda. —El visitante señaló las charreteras nuevas; luego arrojó una bolsa de papel al ayudante que entró corriendo—. Vístele.

Siempre era estimulante ver el efecto que un bruto vestido con el uniforme apropiado podía surtir, incluso en el mundillo médico. Arkady había creído que estaba perdido para siempre, como una larva en el centro de una colmena, pero en diez minutos Pribluda lo sacó a la calle: vestido con unos pantalones y envuelto en un abrigo que, desde luego, era dos tallas mayor que la que le correspondía. Tiritaba bajo la nieve, hasta que Pribluda, con gesto despreciativo, le obligó a subir a un coche.

El coche era un Moskvitch muy abollado al que le faltaban los limpiaparabrisas y el espejo retrovisor; no era un Volga con matrícula oficial. Pribluda se apartó del bordillo rápidamente, mirando adelante y atrás por la ventanilla abierta, luego echó la cabeza hacia atrás y rio estruendosamente.

—No soy mal actor, ¿eh? A propósito, tienes un aspecto fatal.

Arkady se sentía ridículo. Mareado por la libertad y agotado por el breve paseo, iba recostado en la portezuela.

—¿No tenías papeles para que me dieran de alta?

—En los que constase mi nombre, no. No soy tan estúpido, Renko. Cuando se den cuenta, tú ya estarás fuera de Moscú.

Arkady volvió a mirar las charreteras de Pribluda.

—¿Te han ascendido? Mi enhorabuena.

—Gracias a ti. —Pribluda tenía que sacar la cabeza por la ventanilla y volver a meterla para conducir al mismo tiempo que conversaba—. Me hiciste quedar muy bien cuando volviste. Esa chica... que se vaya y se venda por las calles de Nueva York. ¿Qué secretos de Estado conocía? Te comportaste como un buen ruso; hiciste lo que tenías que hacer y luego volviste.

Algunos copos de nieve se posaban en el pelo y las cejas de Pribluda, dándole aspecto de cochero.

—El problema es el fiscal. Tenía muchos amigos.

—También él era del KGB.

A lo largo de una manzana de casas, Pribluda se hizo el ofendido.

—Así que ya ves —dijo finalmente—. La gente cree que sabes más de lo que sabes en realidad. Por su propia seguridad, tienen que escurrirte como si fueras un trapo, hasta sacar la última gota, y no me refiero a gotas de agua.

—¿Dónde está Irma? —preguntó Arkady.

Pribluda sacó una mano por la ventanilla y quitó la nieve del parabrisas sin dejar de conducir. Más allá de donde se encontraban, un automóvil Wartburg, construido en la Alemania oriental, una especie de bañera puesta al revés, hizo un giro de sesenta grados completo sobre las vías del tranvía.

—¡Fascista! —El coronel se metió un cigarrillo en la boca y lo encendió—. Olvídala. Para ti es como si hubiera muerto... peor que muerto.

—Eso quiere decir que está muy enferma o muy sana.

—Para ti no tiene importancia.

El coche cruzó una entrada y rebotó al pasar por algo que al principio, por encontrarse en el centro de Moscú, Arkady no creyó que pudieran ser carriles, pero luego vio fugazmente una estación de maniobras con plataformas que permitían a los camiones pasar por encima de los raíles. Había numerosos trenes bajo la nieve, como una hueste acorazada, con vagones plataforma cargados con rollos de cable, tractores y paredes prefabricadas medio cubiertas por la nieve. A lo lejos, aparentando alzarse bajo la nieve que caía, se alzaban las agujas góticas de la estación de Yaroslav, la entrada de Oriente. Pribluda detuvo el automóvil entre dos trenes de pasajeros, uno con la locomotora corta propia de las líneas de cercanías, el otro con los vagones largos y rojos del Rossiya, el Expreso Transiberiano. A través de las ventanillas Arkady pudo ver a los pasajeros ocupando sus asientos.

—Bromeas.

—En Moscú estás rodeado de enemigos —dijo Pribluda—. No estás en condiciones de protegerte, y yo no podré salvarte dos veces... Aquí, no. Lo mismo ocurriría en Leningrado, Kiev, Vladimir..., en cualquier lugar cercano. Es necesario que vayas a donde nadie quiera seguirte.

—Me seguirán.

—Pero serán uno o dos en vez de veinte, y tú podrás continuar sin detenerte. Tú no lo comprendes; aquí ya estás muerto.

—Y allí será como si lo estuviera.

—Eso es lo que te salvará. Créeme, sé cómo funcionan sus cerebros.

Arkady no podía negar que era cierto; la línea que había entre Pribluda y «los demás» era bastante fina.

—Dos o tres años nada más —dijo el coronel—. Con el nuevo régimen todo está cambiando... aunque no siempre para mejorar, en lo que a mí se refiere. Como sea, dales una oportunidad de olvidarte y luego vuelve.

—Sí, ha sido una buena comedia —reconoció Arkady—, pero me has sacado con demasiada facilidad. Habrás hecho un pacto.

Pribluda paró el motor, y durante un momento no se oyó nada salvo la nieve que caía, toneladas de copos de nieve que cubrían suavemente la ciudad.

—Para salvarte la vida. —El coronel estaba exasperado—. ¿Qué tiene eso de malo?

—¿Qué les has prometido?

—Que no habrá ningún contacto, ni siquiera la posibilidad de un contacto, entre tú y ella.

—Sólo de una manera podías prometerles que ni siquiera existiría la posibilidad de un contacto.

—Deja de jugar al interrogador conmigo. Siempre pones las cosas difíciles. —Debajo de la gorra, Pribluda tenía unos ojillos hundidos como clavos. Resultaba extraño ver en ellos una expresión cohibida—. ¿Soy tu amigo o no? Vamos.

En cada uno de los vagones había un martillo y una hoz dorados y una placa que rezaba «Moscú-Vladivostok». Pribluda tuvo que ayudar a Arkady a subir los altos escalones del andén hasta alcanzar una sección de «clase dura». Familias exóticas con gorros y bufandas de vivos colores se encontraban acampadas en colchones enrollados, sus literas ocupadas por electrodomésticos nuevos que aún no habían sacado de las cajas de embalaje; eran artículos que sólo podían comprar en Moscú. Niños de piel morena atisbaban entre cortinillas enrolladas como colgaduras de adorno. Algunas mujeres abrían sus fardos, y los olores de cordero frío, kefir y queso llenaban el aire. Estudiantes que iban a los Urales amontonaban sus esquíes y guitarras. Pribluda habló con la revisora, una mujer corpulenta que llevaba una especie de gorra de piloto civil y una falda corta. Al volver, metió en el abrigo de Arkady un billete directo, un sobre lleno de rublos y un permiso de trabajo de color azul.

—Todo está arreglado —concluyó Pribluda—. Unos amigos te recogerán en Krasnoyarsk y te pondrán en un avión para Norilsk. Tendrás un empleo de vigilante, pero es mejor que no te quedes mucho tiempo. Lo principal es que llegues más allá del Círculo Ártico; una vez logrado este propósito, hacerte volver les causaría demasiadas molestias. No es para toda la vida, sino sólo para unos cuantos años.

Arkady nunca había odiado a nadie tanto como en otro tiempo odiara a Pribluda, y sabía que éste le correspondía. Pese a ello, en aquel momento estaban tan cerca de ser amigos como podían estarlo. Era como si todos viajaran por el mundo en la oscuridad, sin saber adónde iban, siguiendo ciegamente un camino que daba vueltas, subía y bajaba. La mano que te empujaba hacia abajo un día te ayudaba a subir al siguiente. El único camino recto era... ¿Qué? ¡El tren!

—Lo del ascenso lo he dicho en serio —dijo Arkady—. Me alegro.

En el andén, una hilera de revisores levantaba banderolas para indicar que el expreso se disponía a salir. La locomotora soltó sus frenos de aire, y un temblor recorrió todo el convoy. Sin embargo, el coronel no acababa de irse.

—¿Sabes qué dicen? —sonrió.

—¿Qué dicen? —preguntó Arkady.

Pribluda no era hombre conocido por su humor.

—Dicen que algunas aguas son demasiado frías incluso para los tiburones.

Si el hospital le había dejado aturdido, la cochera de Norilsk le dejaba aterido de frío. Para evitar la congelación, dejaba los camiones con el motor en marcha toda la noche, funcionando con gasóleo siberiano, el más barato de la Tierra. O encendía una hoguera debajo del bloque del motor, pero procurando que las llamas no alcanzaran la tubería del combustible. El problema consistía en que la superficie era en realidad una tenue capa de musgo y tierra sobre el gélido suelo que, al fundirse y volver a congelarse alrededor de las hogueras, se transformaba en un cenagal helado.

Una noche, durante su segundo mes en el empleo, Arkady estaba preparando una hoguera en el espacio muerto que había debajo de una excavadora Belarus, que tenía diez ruedas y parecía una casa de hierro, cuando vio unas figuras que se aproximaban desde lados opuestos del patio. Los camioneros llevaban botas, chaquetas acolchadas y gorras. Las dos figuras vestían abrigo y se cubrían con sombrero y caminaban con cuidado por el hielo lleno de surcos. La que andaba a lo largo de un montón de carbón recogió un zapapico y siguió caminando. No eran raros los robos de material para la construcción, sagrada propiedad del Estado; por eso había vigilantes como Arkady. Pensó que podían llevarse lo que quisieran. Los dos hombres se apostaron en las sombras. La temperatura era de diez grados bajo cero y Arkady empezaba a helarse. Era como quemarse en un asador. Se metió un guante en la boca para impedir que los dientes le castañeteasen. En medio de la oscuridad pudo ver que los dos hombres tiritaban, los brazos cruzados, dando saltitos, la respiración cristalizándose y flotando a la deriva hasta el suelo. Finalmente, cansados de esperar, se dieron por vencidos y se acercaron al fuego que ardía en una lata de petróleo. El zapapico cayó al suelo, rebotó y fue a dar contra la rodilla del hombre, pero éste pareció no sentir nada. El otro tenía tanto frío que lloraba, y las lágrimas se helaban y se convertían en franjas céreas que surcaban su rostro. Intentó fumar, pero las manos le temblaban demasiado para sacar un cigarrillo, y derramó la mitad del paquete sobre la lata y el hielo. Finalmente, caminando despacio, con el cuerpo tan doblado y los pasos tan vacilantes como si un viento fuerte les diese de cara, se alejaron. Arkady oyó una caída: un impacto amortiguado y una maldición dolorida. Al cabo de un minuto oyó que las portezuelas de un coche se cerraban y un motor se ponía en marcha.

Arkady se arrastró sobre los codos hasta la lata encendida. Echó queroseno en el fuego y vodka en su estómago, y por la mañana no volvió a su albergue. Se dirigió al aeropuerto y tomó un avión hacia el este, adentrándose más en Siberia, como un zorro en busca de bosques más espesos.

Estaba fuera de peligro. Con la escasez de mano de obra que había en Siberia, cualquier hombre fuerte recibía doble paga por colocar traviesas de ferrocarril, serrar hielo o sacrificar renos; y nadie hacía preguntas, pues los administradores de Siberia también tenían sus cupos. Un hombre que cortaba hielo con una sierra mecánica, su propia cara cubierta de escarcha, podía ser un alcohólico, un delincuente, un vagabundo o un santo. ¿Qué más daba? Una vez cumplido el cupo, un *apparatchik* local comparaba los nombres con los de una lista de personas por las cuales se interesaba la milicia o el KGB. Pero cada uno de los campos de trabajo era un puntito minúsculo en una masa de tierra cuya extensión doblaba la de China. Los habitantes de Siberia, sólo quince millones, se encontraban ante mil millones de chinos envidiosos. ¡Por eso los trabajadores eran tan preciados! Cuando llegaba algún agente de la Seguridad del Estado, Arkady ya se había ido.

Lo interesante era que, aunque Irma había nacido en Siberia, jamás veía a ninguna mujer que se le pareciese, en ninguno de los pueblos y campos de trabajo por los que pasaba. Desde luego, no la vio entre los uzbecos y los buriatos, ni entre las mujeres que rodeaban las mezcladoras de cemento como otras tantas lecheras alrededor de una vaca. Tampoco la vio entre las jóvenes princesas del Komsomol* que acudían a posar a bordo de tractores durante seis meses y luego, cumplido el cupo de trabajo voluntario de su vida, tomaban el avión para volver a casa.

Pese a ello, cuando le venía en gana podía tener la certeza de que la próxima mujer que saltara de un camión al barro de un campo de trabajo, la chaqueta abierta, un pañuelo sujetándole el pelo, la fiambrera en la mano, sería Irma. De un modo u otro Irma había vuelto y, debido a una serie de coincidencias increíbles, había llegado al mismo lugar donde se encontraba él. Su corazón quedaba paralizado hasta que la mujer al-

* Véase la nota de la página 22. (*N. del T.*)

zaba el rostro. Entonces estaba seguro de que Irma sería la siguiente. Era como un juego de niños.

Así no pensaba en ella.

Al finalizar el segundo año, huyendo de la guardia de fronteras en Sajalin, pasó al continente y tomó un tren hacia el sur y, después de tanto tiempo, de nuevo subió al rojo Expreso Transiberiano. Pero esta vez viajó en la plataforma porque olía como una red de pescador. Al atardecer llegó a Vladivostok, «el Señor del Océano», el principal puerto de la Unión Soviética en el Pacífico. Personas bien vestidas y bien alimentadas circulaban a la luz de farolas altas y acanaladas. Las motos entablaban carreras con los autobuses. Enfrente de la terminal, una estatua de Lenin apuntaba hacia el Cuerno de Oro, la bahía de Vladivostok, y en la azotea situada por encima de la frente de acero de Lenin relucían unas letras de neón dando la bienvenida: «¡Adelante, hacia la victoria del comunismo!»

¿Adelante? Tras dos años de exilio, Arkady tenía diez rublos en el bosillo; el resto de su dinero estaba en la isla. Pasar la noche en un albergue para marineros costaba sólo diez cópecs, pero tenía que comer. Siguió los autobuses hasta la administración marítima, donde un tablero daba detalles de todos los buques civiles cuyo puerto de origen era Vladivostok. Según el tablero, el buque factoría *Estrella Polar* había zarpado ese mismo día, pero mientras vagaba por los muelles vio que seguía cargando mercancía y combustible. Bajo la luz de los focos, las grúas de pórtico izaban a bordo barriles que acababan de ser inspeccionados por la guardia de fronteras, veteranos del ejército a los que el KGB equipaba con uniformes de color azul marino. Sus perros husmeaban todos los barriles, aunque costaba entender cómo podían los animales descubrir algo en medio de los múltiples olores del puerto, el de gasóleo y el de amoníaco de las plantas de refrigeración.

Por la mañana, Arkady fue el primer hombre que entró en el hogar del marinero, donde un escribiente reconoció que el *Estrella Polar* seguía en el puerto y necesitaba un trabajador para la factoría. Llevó su permiso de trabajo a una habitación con puerta de acero para que se lo sellara la sección marítima del KGB, y también firmó un papel que decía que la deserción de un marinero soviético era una traición. En la mesa de despacho había dos teléfonos negros para comunicar con oficinas locales y uno rojo para hablar directamente con Moscú. Arkady se sorprendió de que no tomaran tantas precauciones en el caso de la navegación de cabotaje. Se dijo que los teléfonos negros no representaban ningún peligro, a menos que los usaran para llamar a Sajalin. Si alguien se tomaba la molestia de comprobar su nombre por medio del teléfono rojo, no llegaría más lejos de donde estaba.

—Hay norteamericanos —advirtió el capitán encargado de atenderle.

—¿Cómo? —Arkady estaba distraído mirando los teléfonos.

—Que hay norteamericanos en el buque. Bastará con que actúes de forma natural y con que te muestres amistoso, pero sin excederte. De hecho, lo mejor es no decir nada de nada. —Selló el permiso de trabajo sin leer siquiera el nombre que constaba en él—. No quiero decir que tengas que esconderte.

Esconderse... ¿Cuántas veces se había escondido

ya? Primero en la profunda lejanía de la sala psiquiátrica. Y después de que Pribluda lo hiciera resucitar, en Siberia y en el buque, comportándose como un ser inerte, medio muerto.

Ahora, dormido en su estrecha litera, se preguntó a sí mismo:

«¿No sería bueno volver a vivir?»

Zina Patiashvili había vuelto nadando. Quizás él también podría hacerlo.

10

Por la mañana, tras ducharse y afeitarse, Arkady se dispuso a recorrer la larga distancia que le separaba de la caseta de gobierno y del camarote del ingeniero eléctrico de la flota; iba en busca de consejo.

—Estás de suerte —dijo Anton Hess—. Acabo de terminar el servicio. Estaba preparando un poco de té.

Su alojamiento no era mayor que los camarotes de la tripulación, sólo que lo ocupaba un hombre en lugar de cuatro y había espacio para una mesa de despacho y un mapa de pared que parecía indicar la posición de todas las flotas pesqueras soviéticas en el Pacífico norte. Sobre la mesa, en vez de un samovar, había una cafetera como en cualquier piso de Moscú.

El aspecto de Hess era el que Arkady recordaba haber visto una vez en los tripulantes de un submarino que acababa de volver de un viaje polar: los ojos enrojecidos y desorbitados; los pasos cansinos e inseguros. El hombrecillo tenía los cabellos de punta y desordenados, como si acabara de atacarle un gato, y su jersey olía a tabaco de pipa. De la cafetera caían gotas negras y grasientas. Sirvió dos tazones, añadió una generosa ración de coñac de una botella y dio un tazón a Arkady.

—¡Al diablo los franceses! —exclamó.

—Eso, ¡al diablo! —coreó Arkady.

Fue como si el café le diera una patada al corazón, que empezó a latir ansiosamente. Hess suspiró y se sentó despacio en una silla. Luego los ojos fatigados se clavaron en un tubo de vidrio vertical que llegaba hasta la cintura, tenía un soporte y un cordón y servía para tomar baños de rayos ultravioleta. Luz solar. Vitamina D. Durante el invierno siberiano los niños se colocaban en círculo alrededor de tubos como aquél. La cara pálida de Hess sonrió.

—Mi mujer insistió en que lo trajera. Me parece que quiere creer que estoy en el Pacífico sur. ¿Qué tal el té?

Llamaba «té» al café, «franceses» a los norteamericanos. Hess tenía una facilidad para llamar a engaño que a Arkady se le antojó apropiada.

No existía el cargo de ingeniero eléctrico de la flota; era un título de conveniencia que permitía a un funcionario del KGB o del servicio de información de la marina trasladarse de un buque a otro. Lo que estaba por ver era a cuál de estos organismos pertenecía el afable Anton Hess. El mejor indicador era Volovoi, el oficial político, que miraba a Hess con una mezcla de respeto y animosidad. Asimismo, en esos tiempos el KGB tendía a ser un club estrictamente ruso, donde un apellido como Hess constituía un inconveniente. La marina tendía a dar ascensos a los buenos profesionales, excepto a los judíos.

En el mapa, Alaska suspiraba por Siberia. ¿O era al

revés? Fuera como fuese, arrastreros soviéticos salpicaban el mar desde Kamchatka hasta Oregón pasando por el arco de las islas Aleutianas. Arkady nunca se había fijado en lo bien cubierta que estaba la costa norteamericana. Por supuesto, en las empresas conjuntas soviético-norteamericanas los arrastreros soviéticos hacían las veces de buques factoría; cada flota compartía su grupo de pesqueros norteamericanos. Sólo un buque factoría grande como el *Estrella Polar* podía operar independientemente con su propia familia de pesqueros norteamericanos. El punto rojo que representaba el *Estrella Polar* aparecía a unos dos días al norte de Dutch Harbor y alejado de otras flotas.

—Camarada Hess, te pido disculpas por darte la lata.

Hess meneó la cabeza, agotado pero indulgente.

—No tiene importancia. Haré cuanto pueda por ti.

—Muy bien. Vamos a suponer que Zina Patiashvili no se acuchilló, golpeó y tiró por la borda accidentalmente.

—Veo que has cambiado de parecer. —Hess estaba encantado.

—Y vamos a suponer que investigamos el asunto. No será una investigación de verdad, con detectives y laboratorios, sino con los escasos recursos de que disponemos.

—Tú.

—Entonces, debemos tener en cuenta la posibilidad de que averigüemos algo, una posibilidad bastante remota. O de que descubramos muchas cosas, y entre ellas algunas inesperadas. Aquí es donde necesito tu consejo.

—¿De veras? —Hess inclinó el cuerpo hacia delante; su actitud invitaba a la comunicación.

—Mira, mi visión es la de un hombre que destripa pescado en la bodega de un buque y, por lo tanto, es muy limitada. Tú, en cambio, piensas en términos de todo el buque, incluso de toda la flota. El trabajo de un ingeniero eléctrico de la flota debe de ser difícil. —«Especialmente tan lejos de la flota», pensó Arkady—. Tú estarías al corriente de factores y consideraciones de los que yo no sé nada. Quizá de factores de los que no debería saber nada.

Hess frunció el ceño como si no acertara a adivinar cuáles podían ser dichos factores.

—¿Quieres decir que podría haber alguna razón para no hacer preguntas? Y si hubiera tal razón, ¿insinúas que no hacer ninguna pregunta en absoluto sería preferible a interrumpirse cuando has empezado a hacerlas?

—Yo no hubiera podido expresarlo mejor —aprobó Arkady.

Hess se frotó los ojos, sacó la petaca y llenó su pipa. Era una pipa de marinero diseñada para no estorbar al fumador mientras estudiaba cartas de navegación. La encendió dando breves chupadas de aire y haciendo un ruido que recordaba el de un radiador.

—No se me ocurre ninguna razón de esa clase. Parece que la muchacha era corriente, joven, un tanto fácil. Pero tengo una solución para lo que te preocupa. Si encuentras algo especialmente insólito, algo que te inquiete, tómate la libertad de acudir a mí antes que a nadie.

—Podría encontrarlo en un momento en que fuera difícil localizarte.

«Después de todo —pensó Arkady—, anoche ni siquiera conocía tu existencia.»

—El *Estrella Polar* es un buque grande, pero sigue siendo un buque y nada más. El capitán Marchuk o su oficial principal saben siempre dónde estoy.

—¿Su oficial principal? ¿No te refieres al primer oficial?

—No, el camarada Volovoi, no. —La idea hizo sonreír a Hess.

A Arkady le habría gustado saber más acerca de él. Durante cientos de años, Rusia había invitado a comunidades alemanas a instalarse a orillas del Volga, a cultivar la región y elevar su tono; pero durante la gran guerra patriótica, es decir, la Segunda Guerra Mundial, Stalin, anticipándose a la invasión fascista, de la noche a la mañana había arrancado de allí a aquellas gentes y las había enviado a Asia.

Hess miró a Arkady con la misma atención.

—Tu padre era el general Renko, ¿no es así?

—Sí.

—¿Dónde cumpliste el servicio militar?

—En Berlín.

—¿De veras? ¿Y qué hacías allí?

—Me pasaba el día sentado en una estación de radio, escuchando a los norteamericanos.

—Estuviste en el servicio de información.

—No exageres.

—Pero seguías los movimientos del enemigo. No cometiste ningún error.

—No provoqué ninguna guerra accidentalmente.

—Ésa es la mejor prueba de que hiciste bien tu trabajo. —Hess se alisó el pelo, pero volvió a levantársele, como una barba hirsuta—. Bastará con que me digas lo que necesitas.

—Necesitaré que se me dispense de mis obligaciones habituales.

—Desde luego.

Arkady siguió hablando sin que la voz se le alterase, pero lo cierto era que cada palabra hacía que la sangre circulase precipitadamente por sus venas y produjera una sensación a la vez vergonzosa y embriagadora.

—Puedo trabajar con Slava Bukovsky, pero necesitaré un ayudante elegido por mí mismo. Tendré que interrogar a la tripulación, incluidos los oficiales.

—Todo me parece razonable, si se hace discretamente.

—Y también tendré que interrogar a los norteamericanos, si es necesario.

—¿Por qué no? No hay motivo para que no cooperen. Después de todo, esto no es más que una investigación preliminar; más adelante se efectuará la de Vladivostok.

—Parece que no me llevo bien con ellos.

—Creo que el camarote de la representante principal está directamente debajo del mío. Puedes hablar con ella ahora mismo.

—Parece que todo lo que digo la pone de mal humor.

—Estamos todos juntos aquí, pescando pacíficamente. Háblale del mar.

—¿Del mar de Bering?

—¿Por qué no?

Hess estaba sentado con las manos apoyadas en el vientre, como un pequeño Buda alemán. Se le veía demasiado cómodo. ¿Sería del KGB? A veces había que hurgar mucho para averiguar algo. Arkady dijo:

—Oí hablar por primera vez del mar de Bering a los ocho años. Teníamos la enciclopedia. Un día recibimos por correo una página nueva. A todos los suscriptores de la enciclopedia les enviaron la misma página nueva, junto con instrucciones para suprimir el artículo dedicado a Beria y añadir información nueva e importantísima sobre el mar de Bering. Por supuesto, en aquel momento a Beria ya le habían fusilado y había dejado de ser un héroe de la Unión Soviética. Fue una de las pocas veces en que vi a mi padre verdaderamente feliz. Cortarle la cabeza a la policía secreta le llenó de satisfacción.

Si Hess era del KGB, la entrevista terminaría en ese mismo momento. Sin embargo, sonrió forzadamente, como el hombre cuyo nuevo perro ha salido mordedor.

—Tú mataste al fiscal de Moscú, a tu jefe. Volovoi no mintió en eso.

—Fue en defensa propia.

—Murieron otras personas también.

—No las maté yo.

—Un alemán y un norteamericano.

—Sí, es verdad.

—Fue un asunto feo. También ayudaste a una desertora.

—No fue así realmente. —Arkady se encogió de hombros—. Tuve la oportunidad de decirle adiós con la mano.

—Pero tú no te fuiste. Al final demostraste que seguías siendo ruso. Con eso contamos. ¿Has visto las focas?

—¿Las focas?

—En invierno. Se esconden debajo de la capa de hielo cerca de un agujero, y sólo salen para respirar. ¿Las has visto? ¿No es lo que estás haciendo tú en estos momentos?

Al ver que Arkady no contestaba, Hess dijo:

—No deberías confundir al KGB ni confundirnos a nosotros. Confieso que a veces parecemos duros. Cuando yo era cadete, hace muchos años, en tiempos de Jruschov, hicimos estallar un artefacto de hidrógeno en el mar Ártico. Era una bomba de cien megatoneladas, la mayor que se había hecho estallar hasta entonces e, incluso, hasta ahora. En realidad, se trataba de una cabeza nuclear de cincuenta megatoneladas envuelta en una cápsula de uranio para doblar su rendimiento. Una bomba muy sucia. No avisamos a los suecos ni a los finlandeses y, desde luego, tampoco a nuestra propia gente, que siguió bebiendo leche bajo esta lluvia radiactiva que era mil veces peor que la de Chernobil. Avisamos a nuestros pescadores que navegaban por el Ártico. Yo iba a bordo como tercer oficial, y mi misión consistía en manejar un contador Geiger sin decir nada a las demás personas que iban a bordo. Pescamos un tiburón que dio una lectura de cuatrocientos roentgenios. ¿Qué podía decirle yo al capitán..., que arrojase su cupo por la borda? La tripulación hubiese hecho preguntas y habría corrido la voz. Pero se lo hicimos saber a los norteamericanos y el resultado fue que Kennedy se asustó lo suficiente como para sentarse a la mesa de negociación y firmar un tratado prohibiendo las pruebas nucleares.

Hess dejó que su sonrisa se apagara y sostuvo la mirada de Arkady, del mismo modo que un verdugo podía mostrarle brevemente su rostro profesional a un hijo. Luego volvió a sonreír.

—Bueno, el caso es que para la mayoría de la tripulación navegar en el *Estrella Polar* no es distinto de trabajar en cualquier fábrica, exceptuando el aspecto positivo de visitar un puerto extranjero y el negativo de los mareos. Para algunos, sin embargo, existe el atractivo de la libertad. Es el aura del mar inmenso. Estamos lejos del puerto. La guardia de fronteras se encuentra en el otro confín de la Tierra y estamos en el mundo de la flota del Pacífico.

—¿Esto quiere decir que cuento con tu apoyo o que no cuento con él?

—Desde luego, cuentas con él —respondió Hess—. Con mi apoyo y con mi creciente interés.

Al salir del camarote, Arkady vio a Skiba y a Slezko, los soplones, escabulléndose al final del pasillo.

«Caminad, no corráis. Cuidado con tropezar —pensó Arkady—. No se os vayan a partir los labios antes de decirle al inválido qué marinero ha visitado el alojamiento del ingeniero eléctrico de la flota. Llevad la noticia como si fuera un tazón de té del propio Hess. No derraméis ni una gota.»

Susan estaba sentada ante la mesa de su camarote, con la cabeza apoyada en una mano y el humo del cigarrillo enroscándose en su cabellera. De hecho, era una pose muy rusa, poética, trágica. Slava estaba con ella y los dos comían pan y sopa que Arkady sospechó que el tercer oficial había traído directamente de la cocina.

—¿No interrumpo? —preguntó Arkady—. No pensaba entrar, pero como tenías la puerta abierta...

—Tengo establecido que mi puerta está abierta cuando me visitan hombres soviéticos —dijo Susan—. Incluso cuando traen desayunos extraños.

Sin la chaqueta y las botas era prácticamente una chica. Los ojos castaños y el cabello rubio formaban un contraste interesante, pero difícilmente cabía calificarlos de incomparables. Su rostro no presentaba la forma completamente ovalada ni los pómulos eslavos de las mujeres rusas. El cigarrillo resaltaba una boca más carnosa y alrededor de los ojos aparecían las primeras líneas que hacían que una mujer fuese más real. Pero estaba demasiado delgada, como si la comida soviética no surtiera efecto en ella. Desde luego, la sopa era un líquido pastoso con salpicaduras de grasa. De vez en cuando pescaba algún hueso y lo dejaba caer otra vez en el plato.

—Es mantequilla dulce —le dijo Slava—. Le dije a Olimpiada que nada de ajo. Bueno, tienes que visitar el lago Baikal. Contiene el dieciséis por ciento del agua dulce que hay en el mundo.

—¿Cuánta contiene esta escudilla? —preguntó Susan.

Arkady empezó a hablar:

—Me estaba preguntando si...

Slava aspiró hondo. Si Arkady iba a echar a perder la intimidad de un refrigerio civilizado, el tercer oficial se lo haría pagar.

—Renko, si tienes alguna pregunta, deberías haberla hecho ayer. Me parece que en la factoría te están llamando.

—Ya me he fijado —dijo Susan—. Siempre estás «preguntándote» algo. ¿De qué se trata esta vez?

—¿Te gusta la pesca? —preguntó Arkady.

—¿Que si me gusta la pesca? Cielos, seguramente me encanta o no estaría aquí, ¿de acuerdo?

—Entonces hazlo así. —Arkady le quitó la cuchara de la mano—. Pesca. Si quieres los huesos, haz lo que haces y rastrea el fondo. Pero todo está en un nivel diferente. La col y las patatas están un poco más arriba.

—En el Baikal hay focas indígenas..., peces ciegos... —Slava procuraba no perder el hilo de su monólogo—. Numerosas especies de...

—Pescar una cebolla es más difícil —explicó Arkady—. Tienes que recurrir a un arrastre pelágico entre dos aguas para dar con ella. ¡Ya está!

Sacó una cebolla con aire triunfal. Una perla quemada.

—¿Qué me dices de la carne? —preguntó Susan—. Esto es un estofado de carne.

—En teoría. —Arkady le devolvió la cuchara.

Susan se comió la cebolla.

Slava perdió la paciencia.

—Renko, a esta hora estás de servicio.

—Puede que la pregunta te parezca tonta —dijo Arkady a Susan—, pero me estaba preguntando qué llevabas puesto en el baile.

Susan rio a su pesar.

—Desde luego, no llevaba el vestido de gala.

—¿El vestido de gala?

—Miriñaque y corpiño. No importa, digamos que llevaba mi indumentaria básica de camisa y tejanos.

—¿Camisa blanca y tejanos azules?

—Sí. ¿Por qué lo preguntas?

—¿Saliste del baile a tomar aire fresco? ¿Quizá saliste a cubierta?

Susan guardó silencio.

Apoyó la espalda en el mamparo y le miró atentamente con una expresión de desconfianza confirmada.

—Sigues haciendo preguntas relativas a Zina.

Slava también se indignó.

—¡Eso se acabó! Tú mismo lo dijiste anoche.

—Bueno. Esta mañana he cambiado de parecer.

—¿A qué viene esa fijación con los norteamericanos? —dijo Susan—. En este buque factoría hay cientos de soviéticos, pero tú vienes una y otra vez a interrogarnos. Eres igual que mi radio; funcionas al revés. —Con el cigarrillo señaló un altavoz instalado en un ángulo del camarote—. Al principio me preguntaba por qué no funcionaba. Luego me encaramé y encontré un micrófono. ¿Ves? Sí funcionaba, sólo que no de la forma que yo creía. —Ladeó la cabeza y expulsó humo que flotó hacia Arkady como una flecha—. Cuando baje a tierra en Dutch Harbor, se acabaron las radios y los detectives de imitación. Nunca más. ¿Alguna otra pregunta?

—Yo no sabía nada de esto —aseguró Slava a Susan.

—¿Te llevarás tus libros? —preguntó Arkady.

En la litera de arriba estaban la máquina de escribir y las cajas llenas de libros que Arkady había admirado en otra ocasión. Lo que la poesía soviética y el papel higiénico tenían en común era la escasez, que se debía a las deficiencias de la industria papelera, pese a disponer de los bosques más extensos del mundo.

Susan preguntó:

—¿Quieres uno? Aparte de ser destripador de pescado e investigador, ¿eres aficionado a los libros?

—A algunos libros.

—¿Qué autores te gustan? —preguntó ella.

—Susan es escritora —dijo Slava—. A mí me gusta Hemingway.

—Los escritores rusos —dijo Susan a Arkady—. Eres ruso y tienes alma rusa. Nómbrame a uno.

—Tienes tantos...

«Hay más libros que en la biblioteca de a bordo», pensó.

—¿Akhmatova?

—Naturalmente —Arkady se encogió de hombros.

Susan recitó:

—«"¿Qué quieres?", pregunté. "Estar contigo en el infierno", dijo él.»

Arkady continuó con el verso siguiente:

—«Alzó la mano delgada y acarició ligeramente las flores. "Dime cómo te besan los hombres. Dime cómo besas tú."»

Slava miró a Susan, luego a Arkady.

—Éste se lo sabe de memoria todo el mundo —dijo Arkady—. La gente se aprende las cosas de memoria cuando no es posible comprar libros.

Susan dejó caer el cigarrillo en la sopa, se puso de pie, tomó el primer libro que encontró a mano en la litera de arriba y se lo arrojó a Arkady.

—Aquí tienes un regalo de despedida. Se acabaron las preguntas, se acabó el «me estaba preguntando»... Ha sido una suerte que no hayas aflorado a la superficie hasta ahora, cuando falta poco para finalizar el viaje.

—Bueno —sugirió Arkady—, de hecho, puede que tu suerte haya sido mayor que la mía.

—¿Por qué lo dices?

—Porque ibas vestida igual que Zina. Si alguien la arrojó por la borda, es una suerte que no te arrojara a ti por error.

11

El camarote de la difunta Zina Patiashvili era íntimo como un sueño; por el simple hecho de encender la lámpara, Arkady tuvo la sensación de ser un intruso.

Dynka, por ejemplo, venía de una raza de uzbecos y allí estaba su propio camello de juguete, un camello bactriano, de una Samarcanda en miniatura, de pie en la almohada de su litera de arriba. Estaban también los cojines bordados de madame Malzeva, oliendo a talco y a pomada todos ellos. Su álbum de postales extranjeras mostraba alminares y templos semiderruidos. Un retrato en relieve de Lenin vigilaba la litera de Natasha Chaikovskaya, pero había también una foto intantánea de una madre que sonreía tímidamente a unos girasoles gigantescos, así como una foto de Julio Iglesias en papel lustroso.

Los mamparos del camarote aparecían teñidos de un romántico color granate por un carillón de cristal que colgaba delante de la portilla. La estancia resultaba un poco mareante: una concha de nautilo llena de colores, de pliegues interiores y cojines, de perfumes contrapucstos y tan fuertes como el incienso, de vida apretujada en un compartimento de acero. Se veían más fotos que la vez anterior, como si la desaparición de Zina hubiese eliminado las trabas que restringían la libertad de las otras tres ocupantes del camarote. La puerta del armario estaba adornada con más trabajadores uzbecos y siberianos de la construcción, rielando bajo el reflejo acuoso del carillón.

Estaba mirando debajo del colchón a rayas de Zina cuando llegó Natasha. Llevaba un chándal de color azul, húmedo; la indumentaria universal del deporte soviético. El sudor cubría sus mejillas como gotitas de rocío, pero el toque del lápiz de labios aparecía fresco.

—Me recuerdas un cuervo —dijo a Arkady—. Un carroñero.

—Eres observadora.

Arkady no le dijo qué le recordaba ella: su sobrenombre de Chaika, como las grandes limusinas. Una Chaika jadeante, cubierta con una lona azul.

—Estaba haciendo ejercicio en cubierta y me dijeron que querías verme aquí.

Arkady llevaba unos guantes de goma que había sacado de la enfermería, por lo que el sentido del tacto requería toda su capacidad de concentración. Al abrir un corte que había en el colchón, por él salió una cinta para casete cuyo estuche decía «Van Halen». Hurgó un poco más dentro del colchón y encontró otras tres cintas y un pequeño diccionario inglés-ruso. Al hojearlo, vio varias palabras subrayadas con lápiz. Las líneas mostraban el trazo firme de una colegiala y todas las palabras tenían algo que ver con la sexualidad.

—¿Algún avance importante? —preguntó Natasha.

—No del todo.

—¿No tiene que haber dos testigos en un registro policial?

—Esto no es un registro oficial; se trata de mí y nadie más. Puede que tu compañera de camarote sufriese un accidente y puede que no. El capitán me ha ordenado que lo averigüe.

—¡Ja, ja!

—Eso mismo pienso yo. En otro tiempo fui investigador.

—En Moscú. Me lo han contado todo. Te viste envuelto en una intriga antisoviética.

—Bueno, ésa es una versión. Lo que importa es que durante el último año he estado en la bodega de este buque. Ha sido un honor, por supuesto, participar en el proceso de preparación de pescado para el gran mercado soviético.

—Nosotros alimentamos a la Unión Soviética.

—¡Maravillosa consigna! Sin embargo, como no esperaba que se produjera esta crisis en particular, no he conservado mis habilidades de investigador.

Natasha frunció el ceño como si estuviera examinando un objeto sin acabar de saber cómo debía manipularlo.

—Si el capitán te ha encomendado una tarea, deberías cumplir su orden con alegría.

—Sí. Pero hay otra limitación. Natasha, tú y yo trabajamos juntos en la factoría. Tú has expresado la opinión de que algunos de los hombres que trabajan allí son unos intelectuales blandengues.

—Serían incapaces de encontrarse la polla si no la tuvieran siempre en el mismo sitio.

—Gracias. ¿Tú procedes de un linaje diferente?

—Dos generaciones de trabajadores especializados en la construcción de centrales hidroeléctricas. Mi madre estuvo en el embalse de Bratsk. Yo fui jefa de brigada en la central hidroeléctrica de Bochugany.

—Y eres trabajadora condecorada.

—La Orden del Trabajo, sí —Natasha aceptaba los cumplidos con rigidez.

—Y miembro del partido.

—Tengo ese alto honor.

—Y una persona cuya inteligencia e iniciativa no han sido valoradas como se merecen.

Arkady recordó que, al perder Kolya un dedo en la sierra y salpicarlo todo de sangre —su cara, el pescado y los compañeros—, Natasha se había apresurado a hacerle un torniquete con su bufanda, luego le había obligado a echarse con los pies en alto y le había vigilado fieramente hasta la llegada de una camilla. Cuando se lo llevaron a la enfermería, Natasha empezó a buscar a gatas el dedo cortado con el fin de que pudieran coserlo en su sitio.

—La estimación del partido es suficiente. ¿Por qué me has hecho bajar aquí?

—¿Por qué dejaste tu empleo en la construcción para dedicarte a limpiar pescado? En los embalses ganabas el doble, además de la bonificación por trabajar en el Ártico, en algunos casos. Estabas al aire libre y eso siempre es más sano que permanecer en la bodega de un buque.

Natasha se cruzó de brazos y sus mejillas se tiñeron de rubor.

Un marido. Naturalmente. En las obras había más

hombres que mujeres, pero no era lo mismo que en un buque, donde más de doscientos hombres sanos se veían atrapados durante meses con unas cincuenta mujeres, la mitad de ellas abuelas, lo que daba una proporción de diez a una. Natasha estaba siempre recorriendo la cubierta enfundada en su chándal o en su abrigo adornado con pieles de zorro o, cuando hacía buen tiempo, en un vestido estampado que le daba aspecto de camelia enorme y amenazadora. Arkady se avergonzó de ser tan obtuso.

—Porque me gusta viajar —dijo Natasha.

—Lo mismo que a mí.

—Pero cuando arribamos a un puerto extranjero, tú no bajas a tierra; te quedas en el buque.

—Soy un purista.

—Lo que pasa es que tienes un visado de segunda clase.

—Eso también. Lo que es peor: tengo una curiosidad de segunda clase. Me he sentido tan contento en la factoría, que no he participado plenamente en la vida social y cultural de a bordo.

—Los bailes.

—Exactamente. Es casi como si no hubiera estado aquí en absoluto. No sé nada de las mujeres ni de los norteamericanos... ni, para ser más concreto, de Zina Patiashvili.

—Era una honrada trabajadora soviética a la que echaremos mucho de menos.

Arkady abrió el armario. Las prendas de vestir estaban colocadas en colgadores y siguiendo el orden de propietaria: los vestidos de talla juvenil de Dynka, los desaliñados vestidos de madame Malzéva, el gigantesco vestido de noche rojo de Natasha, además de sus vestidos de verano y sus chándales de colores claros. Se llevó una decepción al ver la ropa de Dynka, porque esperaba encontrar algunos bordados de colores alegres o pantalones dorados, lo propio de una muchacha uzbeca, pero lo único que vio fue una chaqueta china.

—Ya os llevasteis la ropa de Zina —dijo Natasha.

—Sí, la dejasteis preparada con mucha pulcritud.

En tres de los cajones del armario había ropa interior, medias, pañuelos para la cabeza, píldoras, hasta un traje de baño en el cajón de Natasha. El cuarto cajón estaba vacío. Arkady comprobó la parte posterior y la inferior de los cajones por si había algo pegado con esparadrapo.

—¿Qué estás buscando? —preguntó Natasha.

—No lo sé.

—Menudo investigador estás tú hecho.

Arkady sacó un espejito del bolsillo y lo usó para mirar debajo del lavabo y del banco, donde también podía haber algo pegado con esparadrapo.

—¿No vas a echar polvitos para encontrar huellas dactilares? —preguntó Natasha.

—Eso vendrá después. —Buscó debajo de las literas, dejando el espejito apoyado en los libros que había en el colchón de Zina—. Lo que necesito es alguien que conozca a la tripulación. Alguien que no sea otro oficial o una persona como yo.

—Soy miembro del partido, pero no soy una chivata. Ve y habla con Skiba o con Slezko.

—Lo que necesito es un ayudante y no un soplón. —Arkady volvió a abrir el armario—. En un camarote como éste no hay muchos sitios donde esconder cosas.

—Esconder ¿qué?

Notó que Natasha se ponía tensa a su lado. Ya lo había notado otras veces. Natasha pareció inclinarse al abrir Arkady su cajón por segunda vez. Era el traje de baño, por supuesto, un biquini verde y azul que no podría pasarse más arriba de la rodilla. Era el atuendo que Zina llevaba, junto con las gafas de sol, aquel día caluroso.

En un buque el código moral era como el código en una cárcel. El peor delito —más horrible que el asesinato— era el robo. En cambio, se consideraba natural repartirse las pertenencias de alguien que hubiera muerto. De todos modos, tener el traje de baño y ocultarlo podía costarle a Natasha su sagrado carnet del partido.

—Apuesto a que en tu camarote pasa lo mismo que en el mío —dijo Arkady—. Todo el mundo anda siempre prestando y tomando prestadas cosas de los demás, ¿no es así? A veces resulta difícil saber de quién es tal o cual cosa, ¿no? Me alegro de que hayamos encontrado esto.

—Era para mi sobrina.

—Lo comprendo.

Arkady puso el biquini sobre la cama. En el espejo vio que los ojos de Natasha permanecían clavados en el armario. Observarla por el espejo le hizo sentirse avergonzado, pero no disponía de tiempo ni de medios para llevar a cabo una investigación ética, científica. Volvió a colocarse junto a Natasha y examinó nuevamente la ropa colgada en el armario. Generalizando un poco, podía decirse que las rusas adultas experimentaban una metamorfosis que les proporcionaba un volumen digno de Rubens que las protegía de los inviernos del norte.

Zina había nacido en Georgia, era del sur. De sus tres compañeras de camarote, la única que hubiese podido usar sus vestidos era la pequeña Dynka, y la única prenda con el toque de atrevimiento propio de Zina era la chaqueta china de Dynka, que estaba acolchada y era de color rojo. En la mayoría de los puertos extranjeros había tiendas de escasa categoría especializadas en los artículos baratos que estaban al alcance de los marineros y pescadores soviéticos. Con frecuencia las tiendas se encontraban en barrios pobres y alejados del puerto, y podía verse a grupos de soviéticos caminar kilómetros y kilómetros para ahorrarse el importe de un taxi. Un recuerdo excelente era una chaqueta como aquélla, de color rojo, con dorados dragones orientales y bolsillos que se cerraban por medio de corchetes de presión. El problema residía en que era el primer viaje de Dynka y todavía no habían hecho escala en ningún puerto. Pensando un poco, no habría tenido necesidad de usar el espejito. Se sentía realmente avergonzado.

Cuando Arkady descolgó la chaqueta, los ojos de Natasha se agrandaron como los de una niña al ver a su primer mago.

—¿Y esto? —dijo Arkady—. ¿Zina le prestó esto a Dynka antes del baile?

—Sí. —En tono más firme añadió—: Dynka jamás robaría nada. Zina andaba siempre pidiendo que le prestasen dinero y nunca lo devolvía, pero Dynka no sería capaz de robar.

—Eso es lo que he dicho.

—Zina nunca se la ponía. Siempre estaba haciendo algo con ella, pero nunca se la ponía a bordo. Decía que la tenía guardada para Vladivostok.

Las palabras fueron pronunciadas en tono de alivio. No hubo más miradas de reojo hacia el armario.

—¿Haciendo algo con ella?

—Cosiéndola. Remendándola.

A Arkady la chaqueta le parecía nueva. Se puso a palparla y a examinarla bien. La etiqueta decía «Hong Kong. Rayón».

—¿Tienes un cuchillo?

—Aguarda un segundo. —Natasha encontró uno en un delantal colgado junto a la puerta.

—Deberías llevar siempre el cuchillo encima —le recordó Arkady—. Hay que estar preparado para casos de apuro.

Palpó la parte posterior y las mangas, luego apretó el borde del cuello y el dobladillo. Al cortar el borde por el centro, una piedra del tamaño de un caramelo le cayó en la palma de la mano. Se puso a pellizcar el dobladillo, y más piedras cayeron en el hueco de la palma hasta dejarla llena de rojos, azules claros y azules oscuros: amatistas, rubíes y zafiros, pulidos pero sin tallar. Aunque eran bonitas, las piedras no parecían de gran calidad.

Metió las piedras en uno de los bolsillos de la chaqueta china y lo cerró; luego se quitó los guantes de goma.

—Puede que procedan de Corea, de Filipinas o de la India. De ningún lugar donde hayamos estado, así que Zina los obtuvo de otro buque. Podemos estar contentos de que a Dynka no se le ocurriera ponerse esta chaqueta para pasar el control de la guardia de fronteras.

—Pobre Dynka —musitó Natasha al pensar en la perspectiva de que a su amiga la pillasen por hacer contrabando—. ¿Cómo conseguiría Zina pasar las piedras?

—Se las tragaría, después cosería la chaqueta y con ella puesta bajaría por la pasarela, tal como dijo. Más tarde recogería las piedras.

Natasha sentía asco.

—Sabía que Zina era descarada. Sabía que era georgiana. Pero esto...

Arkady aprovechó que la Chaika seguía impresionada por su razonamiento elemental y por su buena suerte.

—Mira, yo no sabía que fuese «descarada». No sé nada acerca de la tripulación. Por eso te necesito, Natasha.

—¿Tú y yo?

—Hemos trabajado en la misma factoría durante seis meses. Eres metódica y tienes sangre fría. Confío en ti, del mismo modo que tú puedes confiar en mí.

Natasha miró de reojo la chaqueta y el traje de baño.

—¿Y si no te ayudo?

—No temas. Diré que estaban debajo del colchón. El tercer oficial y yo deberíamos haberlas encontrado antes.

Natasha se apartó un mechón de cabellos húmedos de los ojos.

—No soy de las que se chivan.

Sus ojos eran bonitos, casi tan negros como los de Stalin, pero bonitos. Resaltaban, de hecho, debido al chándal azul.

—No tendrías que denunciar a nadie; te limitarías a hacer preguntas. Luego me dirías a mí lo que otras personas te contaran.

—No estoy segura.

—Antes de que lleguemos a Dutch Harbor, el capitán quiere saber qué le pasó a Zina. El primer oficial dice que no deberían concedernos permiso para bajar a tierra.

—¡Ese cabrón! Lo único que hace Volovoi es manejar el proyector de cine. Nosotros nos hemos pasado cuatro meses limpiando pescado.

—Sólo te queda un turno más en la factoría. Sáltatelo. Trabajarás conmigo.

Natasha miró con atención a Arkady, como si en realidad le viese por primera vez.

—¿Nada de agitación antisoviética?

—Todo de acuerdo con las normas leninistas —le aseguró Arkady.

A Natasha aún le quedaba una última duda:

—¿De veras me necesitas?

12

Arkady disfrutaba de la vista desde la cabina del operario de la grúa: las cubiertas superiores llenas de redes y tablones, las grúas de pórtico amarillas enmarcando la niebla, las gaviotas columpiándose en el viento. Mirando hacia delante, alrededor de las grúas de pórtico de la superestructura de proa había una telaraña de antenas preparadas para captar las bajas frecuencias de radio. Una serie de antenas dipolo se movían bajo la brisa en busca de frecuencias más cortas. Dos círculos entrelazados correspondían a una antena radiogoniométrica, a la vez que antenas en forma de estrella captaban las señales de los satélites. A pesar de todas las apariencias, el *Estrella Polar* no estaba solo.

—¿Bukovsky está de acuerdo con que me hayas escogido? —preguntó Natasha.

—Lo estará. —Arkady se sentía complacido porque el libro que le había regalado Susan era de Mandelstam, un poeta maravilloso, muy urbano, sombrío, que probablemente no era santo de la devoción socialista de Natasha. Aunque fuese solamente una recopilación de cartas, Arkady ya lo había guardado debajo de su colchón con el mismo cuidado con que hubiera guardado unas hojas de pan de oro.

—Ahí viene —dijo Natasha.

Efectivamente, el tercer oficial cruzaba a buen paso la cubierta de proa y daba una vuelta para evitar a un grupo de mecánicos que, con movimientos perezosos, se lanzaban una pelota de voleibol por encima de la red.

—No parece contento —añadió Natasha.

Slava se perdió de vista y Arkady creyó oír las reverberaciones de sus zapatos Reebok subiendo a todo correr tres tramos de escalones. Batiendo un récord olímpico, el tercer oficial apareció en la cubierta de arriba y entró apresuradamente en la cabina de la grúa.

—Qué significa eso de que tienes otro ayudante? —preguntó Slava, respirando entrecortadamente—. ¿Y por qué me has hecho llamar? ¿Quién manda aquí?

—Tú —respondió Arkady—. Pensé que aquí podríamos disfrutar de un poco de aire fresco y de intimidad. Es una combinación poco frecuente.

La cabina de la grúa era el último grito en intimidad, ya que las ventanillas estaban rotas y las habían reparado con arandelas y pasadores, como si fueran piezas de porcelana. Se inclinaban hacia dentro, creando una intimidad forzosa siempre que en la cabina había más de una persona. La vista, con todo, era insuperable.

Natasha dijo:

—El camarada Renko piensa que puedo serle de utilidad.

—He escogido a la camarada Chaikovskaya con permiso del ingeniero eléctrico de la flota y del capitán —aclaró Arkady—. Pero como tú eres el que manda, pensé que debía informarte. Además, tengo que confeccionar una lista de los efectos personales de Zina.

—Eso ya lo hicimos —dijo Slava—. Vimos su ropa vieja, examinamos el cadáver. ¿Por qué no buscas una nota de suicidio?

—Porque las víctimas raramente dejan una nota. Resultará muy sospechoso si es lo primero que encontramos.

Natasha rio, y luego carraspeó. Como ocupaba la mitad de la cabina, le resultaba difícil ser sutil.

—¿Y se puede saber qué vas a hacer tú? —Slava le dirigió una mirada asesina.

—Recoger información.

Slava rio amargamente.

—Estupendo. Armar más líos. Me cuesta creerlo. Mi primer viaje en calidad de oficial y me nombran representante del sindicato. ¿Qué sé yo de trabajadores? ¿Qué sé yo de asesinatos?

—Todo el mundo tiene que aprender alguna vez —razonó Arkady.

—Me parece que Marchuk me odia.

—Te ha encomendado una misión importantísima.

El tercer oficial se apoyó con violencia en la pared de la cabina, el rostro sumido en la desdicha, los cabellos rizados lacios de autocompasión.

—Y vosotros dos, un par de pobres diablos de la factoría. Renko, ¿a qué viene esa necesidad patológica de levantar todas las piedras? Sé que Volovoi redactará el informe definitivo de todo esto; siempre es un Volovoi el encargado de redactar el informe de... ¡Cuidado!

La pared de debajo de la cabina resonó al rebotar la

pelota en ella. La pelota cayó de nuevo sobre cubierta y pasó rodando junto a los mecánicos, que miraron al trío de la cabina con cara de pocos amigos.

—¿Veis? —dijo Slava—. La tripulación ya se ha enterado de que el permiso para bajar a tierra depende de esta investigación tuya. Estaremos de suerte si no terminamos con un cuchillo clavado en la espalda.

Arkady recordó que a las grúas de pórtico les daban otro nombre: horcas. Una serie de horcas de vivo color amarillo navegando a través de la niebla.

—Pero ¿sabes lo que más me fastidia? —preguntó Slava—. Cuanto más empeora nuestra situación, más feliz se te ve. ¿Qué importa que seamos dos o tres? ¿De veras crees que averiguaremos algo referente a Zina?

—No —reconoció Arkady. No pudo por menos de observar que el pesimismo de Slava empezaba a afectar a Natasha, de modo que agregó—: Pero las palabras de Lenin deberían estimularnos.

—¿Lenin? —Natasha se animó—. ¿Qué dijo Lenin acerca del asesinato?

—Nada. Pero acerca de las vacilaciones dijo: «Primero la acción, luego ya veremos qué pasa».

Con las manos enfundadas en guantes de goma, Arkady puso sobre la mesa de operaciones varios pares de tejanos y blusas con etiquetas extranjeras. La cartilla de cobros. El diccionario. La instantánea de un chico entre racimos de uvas. La postal de la actriz griega con ojos de mapache. La ferretería íntima de los rulos y cepillos en los que aún había cabellos aclarados. La casete Sanyo con auriculares y un surtido de seis cintas occidentales. El biquini para un solo día soleado. La libreta espiral. El joyero que contenía perlas falsas, naipes y billetes de color de rosa, de diez rublos. Una chaqueta china con bordados y un bolsillo lleno de piedras preciosas.

La cartilla de cobros: Patiashvili, Z. P. Nacida en Tbilisi, República Socialista Soviética de Georgia. Formada en la escuela vocacional para trabajar en las industrias alimentarias. Tres años de trabajo en cocinas de la flota del mar Negro con base en Odessa. Un mes en Irkutsk. Dos meses trabajando en el vagón restaurante de la línea principal Baikal-Amur. Dieciocho meses en el restaurante Cuerno de Oro de Vladivostok. El *Estrella Polar* era su primer viaje por el Pacífico.

Arkady encendió un Belomor y aspiró el humo rasposo. Era la primera vez que se encontraba a solas con Zina, no con el cadáver frío, sino con los objetos inanimados que contenían el alma que quedase de ella. De un modo u otro, fumar lo hacía más social.

Odessa siempre había sido demasiado rica y mundana. La gente de allí no se conformaba con hacer contrabando de piedras semipreciosas; importaba lingotes de oro de la India para el mercado local y sacos de hachís afgano que luego transportaba en camión a Moscú. Odessa debería haber sido un hábitat natural para una chica como Zina.

¿Irkutsk? Jóvenes comunistas furibundos se ofrecían voluntariamente para colocar traviesas ferroviarias y freír salchichas en Siberia; pero no una muchacha como Zina. De modo que en Odessa había ocurrido algo.

Contó los billetes de diez rublos: mil rublos; mucho dinero para llevarlo a bordo.

Vladivostok. Servir mesas en el Cuerno de Oro era una maniobra inteligente. Los pescadores bebían botellas y más botellas para compensar los meses relativamente secos que pasaban en el mar y, a su modo de ver, las bonificaciones que tanto les había costado ganar en el Ártico eran pesadas cargas que había que compartir con la primera mujer que encontrasen. Seguramente a Zina le habían ido bien las cosas.

Mujerzuela. Contrabandista. Según las ideas políticas o los prejuicios, era fácil tachar a Zina de materialista corrompida o de georgiana típica. Sólo que normalmente eran los georgianos, y no las georgianas, quienes mostraban aptitudes para los negocios poco limpios. De un modo u otro, Zina había sido diferente desde el principio.

Extendió los naipes sobre la mesa. No componían una baraja, sino una colección. Una variedad de naipes soviéticos con las esquinas gastadas, muchachas campesinas de mejillas relucientes en una cara y, en la otra, el dibujo de una estrella y gavillas de trigo. Naipes suecos con desnudos. La reina Isabel de Inglaterra en las bodas de plata de su coronación. Pero todos correspondían a la reina de corazones.

Arkady no había oído a los Rolling Stones desde hacía mucho tiempo. Metió la cinta en la casete y apretó un botón. Del altavoz salió una conmoción parecida al ruido que haría Jagger al caer desde muy alto sobre una batería y ser aporreado seguidamente por las guitarras; algunas cosas no cambiaban nunca. Apretó el botón de avance. Los Stones en la mitad de la cinta. Volvió a apretarlo. Los Stones al final. Dio la vuelta a la cinta y escuchó la otra cara.

Arkady arrancó un trozo de un rollo de papel para electrocardiogramas y dibujó un buque señalando la cantina donde se había celebrado el baile, el camarote de Zina y todas la rutas posibles para ir de un sitio al otro. Añadió la posición de todos los tripulantes que estaban de guardia y la jaula de transporte en la cubierta de descarga.

Se acabaron los Stones y empezó The Police.

—Sus preciosas cintas —había comentado Natasha—. Siempre usaba auriculares. Nunca las compartía.

Apretó el botón de avance. Con el mar de popa, el buque parecía cobrar velocidad, como si se arrojara pendiente abajo, ciego, a través de la nieve. Arkady no podía verlo, pero sí sentirlo.

¿Por qué se había embarcado Zina en el *Estrella Polar*? ¿Por dinero? Hubiera podido sacarles el mismo a los marineros en el Cuerno de Oro. ¿Por los artículos extranjeros? Los pescadores podían llevarle cualquier cosa que le apeteciese. ¿Porque quería viajar? ¿A las Aleutianas?

Se acabó The Police y empezaron los Dire Straits.

Dibujó la cubierta de popa y el pozo que daba a la rampa. Había espacio para matarla, pero ningún lugar para ocultar el cadáver.

¿Qué llevaba en los bolsillos Zina? Gauloises, un naipe, un condón. ¿Los tres grandes placeres de la vida? El naipe era una reina de corazones de un estilo con el que no estaba familiarizado. Apretó el botón de avance. Debajo del *Estrella Polar* dibujó el *Eagle*.

«Políticamente madura» era la etiqueta que el partido aplicaba a cualquier persona joven que no hubiese sido condenada, que no fuera disidente y que no defendiese abiertamente la música occidental, que era en sí misma todo un campo de subversión. Había hippies maduritos que aún escuchaban a los Beatles y emigraban a los montes Altai con el propósito de meditar y tomar ácido. Los chicos tendían a ser «rompedores» que bailaban al compás del rap o «metalistas» que se saturaban de heavy metal y usaban prendas de cuero. A pesar de sus gustos musicales, a pesar de sus ausencias de la cocina, a pesar de acostarse con varios hombres, Zina, según un árbitro tan conservador como Volovoi, seguía siendo una «trabajadora honrada y políticamente madura».

Lo cual sólo tenía sentido si se pensaba que la tarea del primer oficial consistía en vigilar a los provocadores extranjeros.

Mujerzuela, contrabandista, soplona. Un total pulcro y sencillo. Un deslizar las bolas en un ábaco; la respuesta como adición. Una muchacha de Georgia. La educación limitada a servir cucharones de sopa. Ampliada a contrabandear en Odessa. A acostarse con muchos en Vladivostok. A delatar en el mar. Una vida abismal comenzada y terminada en la ignorancia, sin moral, sin alma y sin un solo pensamiento reflexivo. Al menos, eso parecía.

Arkady observó que en la cinta de Van Halen había una perforación. La puso en el aparato y oyó que una mujer con acento georgiano decía:

—Cántame, canta y nada más.

Era la voz de Zina; Arkady la reconoció de la cantina. En la esquina del aparato había un micrófono.

Un hombre acompañado por una guitarra respondió:

Puedes degollarme,
puedes cortarme las muñecas,
pero no cortes las cuerdas de mi guitarra.
Que me hundan en el barro,
que me sumerjan en el agua,
pero que dejen en paz mis cuerdas de plata.

Mientras escuchaba, Arkady encontró cucharas en un cajón de la mesa y se puso a buscar cristales de yoduro. Al no dar con ellos, buscó píldoras de yoduro. Había un armario cerrado con candado donde se guardaban las medicinas para casos de radiación; dicho de otro modo, para la guerra. Rompió el candado pasando un destornillador por la espiga y dándole la vuelta, pero dentro del mueble no había nada excepto dos botellas de whisky escocés, y un folleto sobre la distribución efectiva del yoduro y la vitamina E en caso de explosiones nucleares. El yoduro lo encontró en un cajón abierto.

—Canta otra —dijo Zina—. Una canción de ladrones.

El hombre de la cinta rio.

—Son las únicas que conozco —susurró.

Arkady no acertaba a ponerle nombre a la voz del hombre, pero conocía la canción. No era occidental, no era un rock ni era rap; la había escrito un actor de Moscú llamado Vysotsky, que se había hecho famoso clandestinamente en toda la Unión Soviética escribiendo, en el estilo ruso más tradicional, las canciones lastimeras y amargas de los delincuentes y los presos, y cantándolas acompañado por una guitarra rusa de siete cuerdas, el instrumento más fácil de rasguear que había en la Tierra.

Por medio del *magnatizdat*, la versión en cinta del *samizdat*,* las canciones se habían oído en todas partes, y luego Vysotsky había sellado su fama bebiendo hasta sufrir un ataque al corazón, un ataque fatal, cuando todavía era joven. La radio soviética ofrecía una bazofia tan estúpida —«Amo la vida, la amo una vez y otra»—, qué no hubiese sido extraño que la gente se tapara las orejas; a pesar de ello, lo cierto era que ningún otro país dependía tanto de la música ni era tan vulnerable a ella. Después de setenta años de socialismo, las canciones de ladrones se habían convertido en el contrahimno de la Unión Soviética.

El hombre que cantaba en la cinta no era Vysotsky, pero no lo hacía mal:

¡La caza del lobo ha empezado, la caza ha empezado!
Merodeadores grises, viejos y cachorros;
gritan los batidores, los perros corren hasta caer,
hay sangre en la nieve y los límites rojos de las banderas.
Mas nuestras mandíbulas son fuertes y nuestras piernas
                                              [son rápidas.
¿Por qué, pues, capitán de la jauría, respóndenos,
corremos siempre hacia los que disparan,
y nunca tratamos de correr más allá de las banderas?

Al finalizar la cinta, Zina se limitó a decir:

—Ya sé que son las únicas que conoces. Son las que me gustan.

A Arkady le gustó que a ella le gustaran las canciones de aquella clase. Pero la siguiente cinta era comple-

* Literatura clandestina. *(N. del T.)*

tamente distinta. De pronto, Zina hablaba en voz baja, fatigada:

—Modigliani pintó a Akhmatova dieciséis veces. Ésa es la forma de conocer a un hombre, hacer que te pinte. Cuando lo hace por décima vez ya debes empezar a saber cómo te ve realmente.

»Pero yo atraigo a hombres que no me convienen. No a pintores. Me sostienen como si fuera un tubo de pintura que tienen que vaciar de un solo apretón. Pero no son pintores.

La voz de Zina era a ratos melosa y a ratos reflejaba un cansancio de muerte, a veces todo ello en una sola oración, como si estuviera tocando despreocupadamente un instrumento.

—En la factoría hay un hombre que parece interesante. Más pálido que un pescado. Ojos insondables, como de sonámbulo. No se ha fijado en mí ni lo más mínimo. Sería interesante despertarle.

»Pero no necesito otro hombre. Uno cree que me dice lo que tengo que hacer. Un segundo hombre cree que me dice lo que tengo que hacer. Un tercero cree que me dice lo que tengo que hacer. Y un cuarto cree que me dice lo que tengo que hacer. Sólo yo sé lo que voy a hacer. —Hubo una pausa; luego—: Ellos sólo me ven, no pueden oír cómo pienso. Nunca me han oído pensar.

«Qué harían si pudieran oírte?», se preguntó Arkady.

—Él me mataría si pudiera oírme pensar —prosiguió Zina—. Dice que los lobos se aparean para toda la vida. Creo que me mataría y luego se mataría él.

La quinta cinta empezaba con un ruido sibilante, un crujir de ropa, y algún que otro golpe amortiguado.

Luego una voz de hombre pronunciaba el nombre de Zina. No era el cantante, sino una voz más joven.

—¿Qué clase de lugar es éste?

—Zinushka...

—¿Y si nos pillan?

—El jefe está dormido. Y aquí mando yo. Estate quieta.

—Tómate tu tiempo. Eres como un chico. ¿Cómo conseguiste traer todo esto aquí abajo?

—Eso no es cosa tuya.

—¿Eso es un televisor?

—Bájatela.

—Con cuidado.

—Por favor.

—No voy a desnudarme del todo.

—Hace calor. Veintiún grados Celsius, cuarenta por ciento de humedad. Es el lugar más cómodo del buque.

—¿Cómo es que tienes un lugar como éste? Mi cama es tan fría...

—Me metería en ella en cualquier momento, Zinushka, pero esto es más privado.

—¿Por qué hay un camastro aquí? ¿Duermes aquí?

—Trabajamos muchas horas.

—Mirando la televisión. ¿Eso es trabajar?

—Trabajo mental. Olvídalo. Vamos, Zinushka, ayúdame.

—¿Estás seguro de que en este momento no deberías estar haciendo algún trabajo mental importante?

—No, mientras subimos una red, no.

—¡Una red! Cuando te conocí en el Cuerno de Oro eras un teniente guapo. Y, ahora, mírate: en el fondo de una bodega de pescado. ¿Cómo sabes que estamos subiendo una red?

—Hablas demasiado y besas muy poco.

—¿Qué te parece así?

—Eso está mejor.

—¿Y así?

—Mucho mejor.

—¿Y así?:

—Zinushka...

El micrófono era de los que se activan por la voz, y al parecer Zina no había tenido oportunidad de cerrarlo. Probablemente la grabadora estaba en el bolsillo de su chaqueta de pescador y ésta se encontraba debajo de ella o colgada al lado del camastro. A Arkady le quedaban dos cigarrillos. En su cerilla una llama temblorosa avanzaba hacia sus dedos.

Tenía cinco años de edad. Era verano al sur de Moscú y en las noches calurosas todo el mundo dormía en el porche con las puertas y las ventanas abiertas. En la casa de campo no había electricidad. Las mariposas nocturnas entraban y revoloteaban sobre las lámparas, y él siempre creía que los insectos iban a encenderse como si fueran de papel. Algunos amigos de su padre, oficiales también, habían acudido a cenar. La pauta social marcada por Stalin establecía que las cenas tenían que empezar a medianoche y terminar en un estupor provocado por la bebida, y el padre de Arkady, uno de los generales favoritos del líder de la humanidad, seguía ese estilo, si bien, mientras otros se emborrachaban, él sólo se ponía más furioso. Luego daba cuerda al gramófono y siempre tocaba el mismo disco. Sonaba entonces la banda de jazz del Estado de Moldavia, que había seguido a las tropas del general Renko en el segundo frente ucraniano y tocaba con los tabardos puestos en todas las plazas de las poblaciones el día después de que fueran liberadas de los alemanes. La melodía era *Chattanooga choo choo*.

Los otros oficiales no habían traído a sus esposas, de manera que el general les hizo bailar con la suya. Accedieron encantados, pues ninguna de sus mujeres era tan esbelta, tan alta y tan bella.

—¡Anímate, Katerina! —ordenaba el general.

Desde el porche, el joven Arkady sentía cómo el suelo se estremecía bajo las pesadas botas. Los pies de su madre no se oían en absoluto; era como si la hiciesen dar vueltas por el aire.

Lo peor venía siempre después de que se fueran los invitados. Entonces su padre y su madre se acostaban en la cama instalada detrás de un biombo, en el extremo más alejado del porche. Primero las dos clases de susurros, unos suaves y suplicantes; los otros, escapándose entre los dientes, con una rabia que encogía el corazón. Toda la casa se mecía como un columpio.

Por la mañana Arkady desayunaba pasteles de pasas y té, al aire libre, al pie de los abedules. Su madre salía, vestida aún con el camisón de dormir, una prenda de seda y encaje que su padre había encontrado en Berlín. Llevaba un chal sobre los hombros para protegerse del frío matutino. Sus cabellos eran negros, sueltos, largos.

Le preguntaba si oía algo durante la noche. Él decía que no, le aseguraba que no oía nada.

Cuando su madre dio la vuelta para volver a casa, el chal se le enganchó en una rama y cayó al suelo. En sus brazos había magulladuras, señales de dedos. Recogió el chal, se lo echó sobre los hombros y lo ató bien con los cordones de los extremos. Añadió que, de todas formas, ya había terminado. En ese momento sus ojos eran tan serenos, que Arkady casi le creyó.

En ese momento podía oírlo: *Chattanooga choo choo*.

—En serio, Zina, el jefe pediría mi cabeza y la tuya si se enterara de esto. No puedes decírselo a nadie.

—Decir ¿qué? ¿Esto?

—Basta ya, Zina. Estoy hablando en serio.

—¿Decirle a alguien que tienes este cuartito aquí?

—Sí.

—¿A quién le importaría? Es como un club de chiquillos en el fondo del buque.

—Tienes que ser seria.

Cada una de las cintas duraba treinta minutos. Al terminar, Zina no podía desconectar la grabadora. Su compañero hubiese oído el clic.

—Tan pronto me dices «Te quiero, *Zinka*», la mar de cariñoso, como «Tienes que ser seria, Zina». Estás lleno de confusión.

—Esto es secreto.

—¿En el *Estrella Polar*? ¿Quieres espiar o pescar? ¿Espiar a nuestros norteamericanos? Son más tontos que los peces.

—¡Eso es lo que crees tú!

—¿Eso es tu mano?

—Tienes que vigilar a Susan.

—¿Por qué?

—Es lo único que te digo. No trato de impresionarte, sino de ayudarte. Deberíamos ayudarnos mutuamente. El viaje es largo. Me volvería loco sin alguien como tú, Zina.

—Ah, ya hemos dejado de ser serios.

—¿Adónde vas? Todavía tenemos tiempo.

—Tú, sí; pero yo, no. Es la hora de mi turno y esa zorra de Lidia anda buscando un motivo para causarme complicaciones.

—¿Un minutito?

Se oyó un ruido de lona sobre el micrófono, el suspiro de un camastro al levantarse un cuerpo.

—Vuelve a tu trabajo mental. Yo tengo que remover un poco de sopa.

—¡Maldita sea! Al menos espera hasta que haya mirado por el agujero antes de irte.

—¿Tienes alguna idea de lo ridículo que estás en este momento?

—Bueno, no hay moros en la costa. Vete.

—Gracias.

—No se lo digas a nadie, Zina.

—A nadie.

—¿Mañana, Zina?

Una puerta se cerró de mala gana. Clic.

La otra cara de la cinta empezaba en blanco. Apretó el botón de avance. Estaba toda en blanco.

Arkady examinó atentamente la libreta espiral. Un mapa del Pacífico aparecía pegado en la primera página. Zina había añadido ojos y labios, por lo que Alaska se inclinaba como un hombre barbudo hacia una Siberia tímida y femenina. Las Aleutianas se alargaban hacia Rusia como un brazo.

La última cinta empezaba con Duran Duran. Arkady apretó el botón de avance.

En la segunda página había una foto del *Eagle* anclado en una bahía rodeada de montañas nevadas. En la tercera página, el *Eagle* meciéndose en un mar picado.

—Haciendo una *baidarka* —dijo la cinta en inglés—. Es como un kayak. ¿Sabes qué es un kayak? Bueno, pues esto es más largo, más estrecho, con la popa cuadrada. Las antiguas las construían con pellejo y marfil, incluso las junturas eran de marfil, por lo que navegaba a través de las olas. Cuando llegó Bering con los primeros barcos rusos no podía creer que las *baidarkas* fuesen tan rápidas. Las mejores *baidarkas* han sido siempre las de Unalaska. ¿Entiendes algo de lo que te estoy diciendo?

—Sé lo que es un kayak —contestó Zina hablando el inglés despacio y cuidadosamente.

—Bueno, te enseñaré una *baidarka* y tú misma podrás verlo. Remaré alrededor del *Estrella Polar*.

—Debería tener una cámara cuando lo hagas.

—Ojalá pudiéramos hacer algo más que eso. Lo que me gustaría hacer es enseñarte el mundo. Ir a todas partes... California, México, las Hawai. Hay tantos lugares estupendos... Sería un sueño.

—Cuando le escucho —decía Zina en la segunda cara— oigo a un primer novio. Los hombres son como niños traviesos, pero él es como un primer novio, el más dulce. Quizás es un tritón, un hijo del mar. Cuando el mar está embravecido, en un buque grande, me agarro a la barandilla. Abajo, en su pequeña cubierta, se mantiene en pie en perfecto equilibrio, cabalgando sobre las olas. Escucho su voz inocente una y otra vez. Dice que sería un sueño.

En la siguiente docena de páginas había fotos del mismo hombre de cabellos lacios y negros. Ojos negros con párpados gruesos. Pómulos anchos alrededor de una nariz y una boca finas. El norteamericano. El aleuta de nombre ruso. Mike. Mijaíl. Las fotos, todas tomadas desde arriba y desde lejos, le mostraban en la cubierta del *Eagle* manejando la grúa, posando en la proa, remendando una red, saludando con la mano a la persona que tomaba las fotos.

Arkady fumó el último e intoxicante cigarrillo. Recordó a Zina en la mesa de autopsias en aquella misma habitación. La carne empapada y los cabellos aclarados. El cuerpo estaba tan alejado de la vida como una concha en la playa. La voz, sin embargo..., era Zina, de alguien a quien nadie en el buque había conocido. Era como si hubiese entrado por la puerta y se hubiera sentado al otro lado de la mesa, entre las sombras, a poca distancia del velo de luz de la lámpara, como si hubiese encendido su propio cigarrillo fantasma y, habiendo encontrado por fin unos oídos comprensivos, se hubiese confiado por completo.

Naturalmente, Arkady hubiera preferido que el laboratorio técnico de Moscú participara en el combate con un gran despliegue de disolventes y reactivos, o con microscopios alemanes grandes como morteros y aparatos de cromatografía de gases. Él utilizaba lo que podía. Frente a la libreta espiral colocó cucharas, píldoras y la tarjeta con las huellas dactilares que Vainu había tomado del cadáver. Aplastó las píldoras entre las cucharas, envolvió con la manga de su camisa el mango de la cuchara que contenía el yoduro pulverizado, encendió una cerilla y la acercó al cuenco de la cuchara. Acercó ambos objetos a la libreta para que los vapores del yoduro calentados pasaran por la página que había al lado del mapa. En el método del yoduro caliente se usaban cristales de yoduro sobre un infiernillo de alcohol instalado en una caja de vidrio. Se recordó a sí mismo que, siguiendo el espíritu de la «nueva forma de pensar» anunciada en el último Congreso del Partido, todos los buenos soviéticos estaban dispuestos a dirigir la teoría hacia la aplicación práctica.

Los vapores del yoduro reaccionarán rápidamente a los aceites de la perspiración que formaban parte de una huella latente. Primero apareció el contorno fantasmal de toda una mano izquierda, de color sepia, como una fotografía antigua. La palma, la muñeca, el pulgar y cuatro dedos extendidos, como estarían mientras Zina sostenía la libreta para pegar una fotografía en ella. Luego los detalles: espirales, deltas, crestas, bucles radiales. Se concentró en el primer dedo y lo comparó con la tarjeta. Una curva doble, como el yin y el yang. Una isla en el delta derecho de la curva. Un corte en el delta izquierdo. La tarjeta y la página eran iguales; eran la libreta de Zina y la huella de su mano como si se la estuviera tendiendo. Había otras dos huellas, masculinas a juzgar por su tamaño; huellas toscas, apresuradas.

Al apagarse la cerilla, la mano empezó a desvanecerse y en un minuto desapareció. Arkady volvió a guardar todos los efectos, pulcramente. Había encontrado a Zina. Ahora tenía que encontrar al teniente que la llamaba Zinushka.

13

Bajo cubierta todo estaba construido alrededor de las bodegas donde se almacenaba el pescado. Seguramente el Arca de Noé tenía una bodega para pescado. Al llamar a Pedro «pescador de hombres», Cristo debía de haber apreciado las virtudes de una bodega para pescado. Si alguna vez los cosmonautas surcan los vientos solares y recogen muestras de la vida galáctica, necesitarán algún tipo de bodega para pescado.

Pese a ello, durante diez meses el *Estrella Polar* navegó con la bodega de proa averiada. Se habían dado varias explicaciones de por qué no funcionaba: que si las cañerías reventaban cada dos por tres; que si un cortocircuito en la bomba de calor; que si el aislamiento de plástico rezumaba cierto tipo de veneno. Fuera cual fuese la razón, el resultado era que el *Estrella Polar* tenía que encontrarse más a menudo con los buques que se llevaban el pescado que abarrotaba las otras dos bodegas. Otro resultado era que la zona de alrededor de la bodega inutilizada estaba llena de duelas para construir barriles y de planchas de acero. A medida que el pasillo iba llenándose, la tripulación tendía a ir por la cubierta, camino más largo, pero al mismo tiempo más rápido.

Una línea de bombillas iluminaba el espacio situado entre el mamparo y la bodega. Se accedía a él por una puerta estanca, provista de una rampa que permitía transportar el pescado congelado por encima de la brazola. El volante de cierre de la puerta estaba inmovilizado por una cadena y un candado de dimensiones impresionantes. A un lado de la puerta había una bomba de calor con la tapa levantada mostrando una maraña impresionante de alambres sueltos. En el otro lado había una lata de petróleo llena de ejes de cabrestante. En el fondo de la lata se movían las ratas. El buque no había sido fumigado desde que Arkady iba a bordo. Resultaba interesante observar que las ratas comían pan, queso, pintura, tubos de plástico, alambres, colchones y prendas de vestir: cualquier cosa, de hecho, menos pescado congelado.

Parecía haber dos Zinas. Una era la mujer ligera; la otra, la mujer reservada que vivía en un mundo de fotografías escondidas y cintas secretas. Sólo una de las cintas podía considerarse peligrosa. El amoroso teniente se había jactado de la temperatura que reinaba en el dormitorio de la bodega y del cuarenta por ciento de humedad. Sólo en una ocasión anterior había oído Arkady a alguien que se tomara la molestia de mencionar el porcentaje de humedad: en la sala de ordenadores del cuartel general de la milicia de la calle Petrovka de Moscú.

Bien. Arkady no tenía nada que decir en contra del Servicio de Información de la Marina. Todos los pescadores soviéticos de la costa del Pacífico sabían que los submarinos norteamericanos violaban constantemente las aguas jurisdiccionales de su país. En las noches oscuras aparecían periscopios en la superficie de la Manga de Tartana. El enemigo incluso seguía a los navíos de guerra soviéticos hasta el interior del puerto de Vladivostok. Lo que Arkady no alcanzaba a comprender era cómo una estación de escucha instalada en una bodega para pescado albergaba la esperanza de oír algo. Una sonda acústica sólo indicaba lo que estaba directamente debajo, y ningún submarino se aventuraría a navegar por donde hubiera pesqueros de arrastre. Al modo de ver de Arkady, los aparatos de sonar pasivo, como, por ejemplo, los hidrófonos, podían detectar las ondas de sonido desde lejos, pero un viejo buque factoría como el *Estrella Polar* estaba construido con planchas que no reunían los requisitos normales: eran tan delgadas que, resonando como un tambor, se combaban hacia dentro y hacia fuera con cada ola. Estaban mal soldadas, los remaches se habían gastado y eran demasiado pequeños, las junturas las habían rellenado con cemento que «lloraba», y los puntales de madera crujían como huesos. Todo lo cual hacía que, en cierto modo, el buque fuese más humano, e incluso más digno de confianza en el sentido de que un veterano lleno de vendajes, a pesar de todas sus quejas, es alguien en quien se puede confiar más que en un recluta guapo y pulcro. Con todo, el *Estrella Polar* marchaba por las aguas como una banda de música; su propio ruido ahogaría el susurro de cualquier submarino.

Arkady no sentía el menor interés por el espionaje. En el ejército, cuando pasaba horas sentado en un cobertizo de radio instalado en la azotea del hotel Adler de Berlín, solía tararear: Presley, Prokofiev, cualquier cosa. Los demás le preguntaban por qué no quería tomar los prismáticos y observar el cobertizo que los norteamericanos tenían en la azotea del hotel Sheraton, en el Berlín occidental. Tal vez carecía de imaginación. Para sentir interés le era necesario ver a otro ser humano. La verdad era que, a pesar de la cinta de Zina, la bodega de pescado, vista desde fuera, parecía una bodega para pescado.

El teniente le había dicho a Zina algo sobre mirar por un agujero. Arkady no vio ninguna mirilla. Tocó la puerta: su superficie era como el resto del barco, pegajosa; no había en ella nada que resultase acogedor. Miró los ejes que había en la lata y, tras titubear un poco, escogió uno. Era como levantar una palanca de cincuenta kilos; cuando lo tuviera sobre los hombros no podría ahuyentar a ninguna rata que se le acercase. Se puso a sudar al pensarlo. Pero no apareció ningún roedor, y al meter el eje en el cierre del candado y hacerlo girar, el candado se abrió como un resorte; otro punto negativo para el organismo estatal que se ocupaba del control de calidad. El cierre del volante propiamente dicho no cedió hasta que Arkady apoyó un pie en la bomba. A regañadientes, con quejidos breves y metálicos, empezó a girar hasta que se abrió la puerta.

El interior de la bodega subía a través de tres cubiertas del *Estrella Polar*: un pozo de aire oscuro iluminado por una tenue bombilla situada en el nivel de Arkady. Normalmente, cada uno de los niveles de una bodega tenía su propia cubierta, abierta por el centro para poder subir el pescado desde abajo. Era extraño que hubiese un solo pozo, como si no se tuviera ninguna intención de usar la bodega. Una escotilla estanca cerraba la cubierta principal de arriba, dejando en su interior el olor rancio a pescado y agua salada. En los lados había tablones de madera espaciados sobre la red de tuberías por las que circulaba el agua refrigeradora. Una escalera bajaba desde la escotilla hasta la última cubierta, situada dos niveles más abajo. Puso los pies en los peldaños y cerró la escotilla tras él.

A medida que descendía, sus ojos se iban acostumbrando a la oscuridad. De vez en cuando veía alguna rata que huía de él subiendo por las tuberías. Las ratas nunca entraban en una cámara frigorífica que funcionase, lo cual era señal de inteligencia. Se le ocurrió que usar una linterna hubiera sido una señal de inteligencia por su parte. Había tantas ratas, que el ruido de su movimiento era como el del viento al soplar entre los árboles.

La bodega debería haber contenido cubiertas, aparejo, cajas de embalaje con una capa de escarcha. La estiba de un almacén frigorífico era todo un arte marítimo. Las cajas llenas de pescado congelado no debían amontonarse unas sobre otras, sino separarse por medio de tablones que permitiesen la circulación de aire helado. Pero no había nada. Cada nivel tenía una puerta, un enchufe y un termostato. Cada nivel estaba más oscuro que el anterior, y cuando se apeó del último peldaño y llegó a la última cubierta de la bodega, que era más ancha que las otras, apenas podía ver nada, aunque notó que las pupilas se le ensanchaban al máximo. Pensó que estaba en un pozo, en el centro de la Tierra.

Encendió una cerilla. La cubierta consistía en más tablones instalados sobre una red de tuberías debajo de las cuales había una base de cemento. Vio mondas de naranja, un fragmento de tablón, botes de pintura vacíos y una manta; alguien había utilizado la bodega para esnifar vapores. También vio unos huesos que parecían un peine y que explicaban lo que le había pasado al gato del buque. Lo que no vio fue a un teniente del Servicio de Información de la Marina, un camastro, un televisor o una terminal de ordenador. Debajo de la base había un casco doble con depósitos para combustible y para agua, espacio suficiente, quizá, para ocultar artículos de contrabando, pero no para esconder toda una habitación amueblada. Metió un trozo de madera entre dos tablones de la pared. Ninguna puerta secreta se abrió ante él. Al ver que la sutileza no daba resultado, golpeó los tablones con violencia. Entre el resonar del eco llegaron a sus oídos los chillidos de protesta de las ratas que había en la galería de arriba, pero no apareció ningún oficial del Servicio de Información de la Marina.

Mientras subía por la escalera, Arkady tenía la impresión de volver a la superfice del agua, como si contuviera la respiración y nadase hacia la bombilla. La cinta de Zina ya no tenía ningún sentido. Tal vez había interpretado mal la conversación. Quizá podría encontrar un poco de vodka en el consultorio de Vainu. Un poco de vodka en una habitación iluminada sería agradable. Al llegar arriba abrió la escotilla y salió a cubierta. Las duelas de barril y la bomba de calor presentaban ahora un aspecto hogareño, de bienvenida. Puso el candado roto sobre el volante; Gury, el «hombre de negocios», le ayudaría a encontrar otro.

Cuando Arkady echó a andar hacia la factoría, se apagó la luz que había sobre el *cofferdam*, luego se apagó la que había sobre la bomba de calor. Una figura surgió de la oscuridad y le golpeó en el estómago. El dolor fue tan agudo, que al principio creyó que acababa de recibir una cuchillada. Se agachó dando boqueadas y entonces le metieron unos trapos húmedos en la boca y le amordazaron con otro trapo. Luego le cubrieron la cabeza y los hombros con un saco que le llegaba hasta los pies. Con un cinturón o algo parecido le rodearon los brazos y el pecho. Reaccionó del modo correcto: aspirando hondo y flexionando los brazos, y enseguida notó la sensación de asfixia porque los trapos que tenía en la boca estaban empapados en gasolina. Los trapos le apretaban la lengua contra el paladar y estaba a punto de tragársela. Sopló con fuerza, tratando de liberar la lengua, y entonces le apretaron más el cinturón, como si fuera una cincha.

Se sintió transportado, al parecer por tres hombres. Seguramente habría otro hombre más adelante, vigilando para impedir que alguien se acercara, y posiblemente les seguiría otro con el mismo propósito. Eran fuertes y le conducían con facilidad, como si fuera una escoba. Procuró no asfixiarse con los vapores de la gasolina. En los viajes largos, los marineros se reunían para esnifar vapores y quedar un poco colocados. Una espiral de vapor acre empezó a descender por su garganta.

Hubieran podido arrojarle a la bodega para pescado y no habrían encontrado su cuerpo hasta transcurridos unos días. Así que quizás era una buena señal que le hubiesen golpeado, amordazado y cubierto con un saco. Nunca le habían secuestrado hasta entonces, ni una sola vez en todos los años en que había trabajado en la oficina del fiscal, y no estaba seguro de lo que significaba verse golpeado y atado, pero saltaba a la vista que no querían matarle enseguida. Probablemente eran hombres de la tripulación a los que enfurecía la posibilidad de quedarse sin permiso para bajar a tierra. Aunque el saco le cubría de la cabeza a los pies, tal vez reconocería alguna voz si hablaban en susurros.

El paseo fue corto. Se detuvieron e hicieron girar el volante de apertura de una puerta. Arkady no se había dado cuenta de si doblaban hacia la derecha o hacia la izquierda, y se preguntó si habrían vuelto a la bodega para pescado. Las únicas entradas estancas que había en ese nivel daban a las bodegas. La puerta se abrió al mismo tiempo que se oía el ruido del hielo al partirse. De un horno sale un calor de fuego; de una cámara frigorífica cuya temperatura es de cuarenta bajo cero sale un vapor más lánguido, un vapor congelado, y Arkady pudo notarlo a pesar del saco; empezó a dar puntapiés y a retorcerse. Demasiado tarde. Le arrojaron dentro.

El impacto de la caída hizo que el cinturón se partiera. Arkady se levantó, pero antes de poder quitarse el saco oyó que la puerta se cerraba y el volante daba vueltas. Se encontró de pie sobre una caja de madera. Al quitarse la mordaza y los trapos de la boca, la primera bocanada de aire le quemó los pulmones. Era una broma, tenía que ser una broma. Los tablones rezumaban un vapor blanco, casi líquido, que se deslizaba por las paredes de la bodega; debajo de los tablones podía verse la red de refrigeración, las cañerías envueltas en hielo esquelético. Tenía los dos pies metidos en sendos charcos de vapor lechoso. El vello del dorso de la mano se erizó a la vez que se cubría de escarcha blanca. Al salir por los labios, el aliento se transformaba en cristales que brillaban y caían como copos de nieve.

Sus manos se detuvieron a escasos centímetros del volante de la puerta: la piel desnuda se hubiese pegado al metal. Cubrió la rueda con el saco y luego apoyó su peso contra ella, pero no logró que se moviera. Los hombres del exterior debían de estar apretándola para que no pudiese abrirla, y Arkady no tenía la menor probabilidad de vencer a tres individuos o más. Gritó. La cámara estaba forrada con un aislante de fibra de vidrio, de diez centímetros de grueso; hasta la parte interior de la puerta se hallaba acolchada. Nadie iba a oírle a menos que pasara por delante mismo de la puerta. Durante la última semana, con el fin de mantener el equilibrio horizontal del buque, habían almacenado pescado en la bodega de popa. Si el lugar donde se encontraba Arkady correspondía al centro del buque, nadie le oiría. Sobre su cabeza, fuera de su alcance, había una escotilla estanca y aislada. Tampoco a través de ella le oiría nadie. Dos cajas más abajo se encontraban la cubierta falsa, el acceso a un nivel inferior y otra puerta. Era inútil pensar siquiera en levantar dos cajas él solo, dos cajas que pesaban un cuarto de tonelada cada una. Una de ellas aparecía tapada con una lona arrugada y rígida a causa del hielo. El sello estampado en las cajas rezaba: «Lenguado congelado. Producto de la URSS.» No era broma, pero había algo cómico en ello.

Los veteranos del norte conocían las sucesivas etapas de la congelación. Arkady temblaba y eso era bueno. De hecho, los temblores permitían que el cuerpo mantuviera su temperatura durante algún tiempo. A pesar de ello, perdía un grado cada tres minutos. Cuando perdiera dos, el temblor cesaría y el corazón empezaría a latir más despacio y la sangre dejaría de fluir hacia la piel y las extremidades para mantener el núcleo de calor de las mismas; eso era lo que provocaba la congelación. Cuando perdiera once grados, el corazón se pararía. El coma se producía a mitad del camino. Tenía quince minutos.

Había otro problema. Presentaba los primeros síntomas clásicos de envenenamiento que había podido ver en marineros que habían inhalado vapores: parpadeos, mareo, intoxicación. A veces aullaban como hienas; otras veces se subían a las paredes. Empezó a reír sin poder evitarlo. ¿Se había hecho a la mar para morir congelado en una cámara frigorífica? Resultaba divertido.

Los brazos se movían de forma espasmódica, como si un maníaco le estuviera doblando los huesos. A veces había trabajado bajo un frío tan intenso como el de ahora, aunque, por supuesto, vestido con un mono acolchado, calzando botas de fieltro y cubriéndose la cabeza con una capucha forrada de piel. La escarcha depositaba su propio forro blanco sobre los zapatos y los puños de la chaqueta. Empezó a tambalearse y procuró no perder el equilibrio y no meter el pie en el espacio estrecho que había entre las cajas, pues estaba seguro de no conseguir sacarlo otra vez.

A la altura de su pecho había una plancha de acero que cubría el termopar, un rollo de alambre de cobre-constantan. No pudo aflojar la plancha con las uñas; era otro buen ejemplo de una clase de apuro que hace aconsejable que un pescador lleve siempre el cuchillo consigo.

Sacó las cerillas del bolsillo y se le cayeron al suelo. Para no perder el equilibrio, las recogió penosamente, haciendo una reverencia elegante como la de un caballero francés recogiendo el pañuelo de una dama. Volvieron a caérsele y esta vez se puso a cuatro patas para recuperarlas. La llama era una bolita minúscula y amarilla abrumada por el frío, pero en la plancha del termopar se formó un rocío precioso al calentarse. El problema era que las manos le temblaban con tanta violencia, que no podía mantener la llama junto a la plancha durante más de un segundo seguido.

El método que habían elegido para matarle denotaba cierta astucia. Congelarle y, era de suponer, trasladar el cuerpo a otro lugar para que se descongelase, tras lo cual lo llevarían a un tercer lugar con objeto de que lo encontraran allí. Había quedado bien claro que Vainu no era el más experto de los patólogos, por lo que las pruebas más obvias que encontraría serían los síntomas de haber esnifado vapores, el trágico vicio del hombre de la edad del petróleo. Con la aprobación oficial, volverían a meter su cadáver en la misma cámara frigorífica hasta que llegasen a Vladivostok. Se vio a sí mismo montado en un bloque de hielo durante la vuelta a casa.

Las cerillas eran excelentes, de madera con la punta de fósforo y enceradas para que resistiesen el pésimo clima que debían soportar los pescadores. En la tapa de la cajita aparecía dibujada la proa de un buque hendiendo una ola encrespada. En la chimenea del buque se veían la hoz y el martillo. Arkady temblaba de la cabeza a los pies, con tanta fuerza que incluso le costaba dirigir la llamita hacia la plancha. De repente, sin que viniera a cuento, recordó un caso de suicidio que era aún mejor que los que había mencionado a Marchuk y Volovoi. Un marinero se había ahorcado en Sajalin. No hubo ninguna investigación porque el chico había atado la soga a la hoz y el martillo de la chimenea. Colocaron junto a su cuerpo unas flores de papel y le enterraron el mismo día, ya que nadie deseó siquiera hacer preguntas.

Al menos había dejado de temblar y podía sujetar la cerilla con firmeza. Al bajar los ojos, vio que las dos perneras de los pantalones estaban cubiertas de escarcha. Un pescado grande quedaba congelado hasta la médula en una hora y media. La cajita se le escurrió de entre los dedos, que empezaban a ponerse morados y se movían con gran lentitud. Al arrodillarse para recoger la cajita, sus manos se movieron torpemente, como un par de garfios. Cuando encendió una cerilla, la cajita cayó de nuevo, rebotó y fue a parar entre la caja de embalaje y la pared. Oyó cómo iba golpeando las cajas de debajo mientras caía hacia cubierta.

Echando mano de toda su capacidad de concentración, volvió a acercar la llamita al termopar, maravillándose al observar cómo el ligero calor de la cerilla se extendía visiblemente, como la respiración, por la plancha de metal. Era la última cerilla que le quedaba. La sostuvo pese a que comenzaba a quemarle las uñas. Aún tenía un poco de gasolina en las manos, de cuando se había quitado los trapos de la boca. En las palmas de las manos se le encendieron llamas secundarias, como si fueran otras tantas velas. No sintió ningún dolor. Se quedó mirándolas fijamente porque eran extrañas, como una experiencia religiosa. Poco a poco sus ojos se desplazaron hacia los trapos. Se preguntó si era ésa la lentitud con que pensaban los peces. En el momento en que la llamita de la cerilla parecía a punto de apagarse, metió la cerilla y las manos entre los trapos, que estallaron en una hermosa llamarada que parecía hecha de flores. Con los pies acercó los trapos encendidos a los tablones que quedaban debajo de la plancha.

Los trapos ardían con llamas de color violeta y azul que seguidamente se transformaban en un rico humo negro. Alrededor del fuego, sobre los tablones y sobre la caja, iba formándose un círculo de humedad de hielo que se derretía, volvía a congelarse y de nuevo se deshacía. Arkady se sentó al borde de las llamas, los brazos extendidos para recibir el calor en las manos. Recordó una merienda campestre en Siberia a base de pescado congelado en astillas, carne de reno congelada en tiras, bayas congeladas formando pastelillos y vodka siberiano en una botella que era necesario hacer girar constantemente, primero en un sentido y después en el contrario, cerca del fuego. Un año antes, un guía del Inturist había acompañado a un grupo de norteamericanos a la taiga y les había ofrecido un almuerzo aún más espléndido, pero se le había olvidado que tenía que hacer girar la botella. Después de muchos brindis con té caliente por la amistad internacional, el respeto mutuo y una mayor comprensión, el guía llenó unos vasos de vodka casi congelado y les enseñó a sus invitados cómo bebérselo de un trago. Se acercó el vaso a los labios, bebió y cayó muerto al suelo. Lo que se le había olvidado al guía era que el vodka siberiano tenía casi doscientos grados, era casi alcohol puro, y seguiría fluyendo a una temperatura que helaría el gaznate y pararía el corazón como una espada. La sacudida bastó para matarle. Era triste, por supuesto, pero también resultaba cómico. Había que imaginarse a los pobres norteamericanos sentados alrededor de la hoguera del campamento, mirando a su guía ruso y preguntando:

—¿Esto es una merienda campestre siberiana?

La batalla entre una simple hoguera de trapos y la gélida cueva de la bodega del buque era desigual. Las llamas bajaron hasta quedar en ojos de luz, en un nido de luciérnagas luchando unas con otras, luego expulsó una última voluta de humo negro que se elevó sobre las cenizas.

La gasolina se parecía un poco al vodka siberiano. Arkady se sentía más siberiano a cada momento. Finalmente, navegando a la altura de la costa norteamericana, había alcanzado tan maravillosa distinción. La escarcha volvía a subirle por los pantalones y las mangas. Parpadeó para que el hielo no le cerrara los ojos y vio cómo su aliento estallaba en cristales que primero subían y luego descendían en finos remolinos. ¿De qué otro modo respiraría un siberiano? ¿No habría sido él un buen guía? Pero ¿de quién?

Hora de acostarse. Arrancó la lona de la caja para usarla a modo de manta. Estaba rígida a causa del hielo y al retirarla dejó al descubierto a Zina Patiashvili metida en un saco de plástico transparente. Transparente, pero cubierto por dentro de maravillosos dibujos de escarcha cristalina, como una capa de diamantes. Zina estaba blanca como la nieve y sus cabellos aparecían espolvoreados con hielo. Tenía un ojo abierto, como si se preguntara quién se reunía con ella.

Arkady se acurrucó en el rincón más alejado de

Zina. No creyó que el volante estuviera girando de verdad hasta que la puerta se abrió. Natasha Chaikovskaya llenó el umbral, los ojos y la boca abiertos de par en par al ver los restos de la hoguera, a Zina y luego a Arkady. Entró corriendo en la bodega y le levantó, primero con cuidado para que la piel que tocaba el hielo no se desprendiese, luego como una levantadora de pesos al comenzar su actuación. Nunca le había levantado una mujer. Probablemente Natasha no se hubiera tomado eso como un cumplido.

—He encendido fuego —le dijo Arkady. Al parecer, había dado resultado. Había conseguido que la temperatura del termopar descendiera y las sensibles unidades de vigilancia habían sonado—. ¿Oíste una alarma?

—No, no. No hay ninguna alarma. Casualmente pasaba por aquí y te oí desde fuera.

—¿Gritaba? —Arkady no recordaba nada.

—Reías. —Natasha cambió de postura para sacarle por la puerta. Estaba asustada, pero también mostraba el asco que los borrachos inspiran a todo el mundo—. Te reías a carcajadas.

14

Mientras Izrail Izrailevich daba un suave masaje a los dedos de las manos de Arkady y Natasha hacía lo propio con los de los pies, el paciente respondía con espasmos hipotérmicos. El director de la factoría miró con expresión de desprecio y decepción los ojos de Arkady, enrojecidos y brillantes a causa de los vapores de gasolina.

—Otros hombres no me sorprende que sean borrachos o que esnifen, pero de ti esperaba otra cosa —dijo Izrail—. Te lo tenías merecido, entrar en una bodega para pescado y estar a punto de morir congelado.

Lo malo era que las sensaciones volvían en forma de una quemazón en la piel, de capilares que estallaban y de oleadas de sacudidas. Por suerte, ninguno de sus compañeros estaba en el camarote cuando Izrail y Natasha le acostaron en la litera de abajo. Enterrado en mantas, cuando el simple roce era una tortura, tenía la impresión de estar cubierto de cristales rotos.

Las escamas de pescado relucían en el jersey del director de la factoría y también en su barba; había abandonado corriendo su puesto para ayudar a llevar a Arkady al camarote.

—¿Tenemos que encerrar bajo llave toda la gasolina, toda la pintura y todo el disolvente que hay a bordo, como si se tratara de costosos licores extranjeros?

—Los hombres son débiles —le recordó Natasha.

Izrail dio su opinión:

—Un ruso es como una esponja; no sabes cuál es su verdadera forma mientras no esté empapado. Creía que Renko era diferente.

Natasha echó su cálido aliento sobre los dedos desnudos del pie: y luego les aplicó un tierno masaje; parecía que debajo de las uñas tuviera agujas al rojo vivo.

—Quizá deberíamos llevarle a que le viese el doctor Vainu —sugirió.

—No —consiguió articular Arkady; sus labios eran como de caucho, otro efecto de los vapores.

—Permití que dejaras tu trabajo en la factoría —dijo Izrail— porque tenías que efectuar una investigación por orden del capitán, no para que pudieras comportarte como un loco.

—Zina estaba en la bodega —dijo Natasha a Izrail.

—¿En qué otra parte íbamos a colocarla? ¿Dices que encendió fuego? —Izrail parecía preocupado—. ¿Descongeló algo de pescado?

—Ni siquiera se descongeló a sí mismo.

Natasha se ocupó de un dedo del pie que seguía amoratado.

—Si ha estropeado el pescado...

—¡Que se joda tu pescado! —exclamó Natasha—. Con perdón.

—Lo único que digo es que si quieres matarte, no

te mates en mi bodega de pescado —dijo Izrail a Arkady, mientras le frotaba vigorosamente la otra mano.

A Natasha se le ocurrió un pensamiento que fue extendiéndose por su frente igual que un surco en la nieve virgen.

—¿Esto tiene algo que ver con Zina?

—No —mintió Arkady. Le entraron ganas de decirle que se fuera, pero el castañetear de sus mandíbulas sólo le dejaba pronunciar las palabras de una en una.

—¿Andabas buscando algo? ¿O a alguien? —preguntó Natasha.

—No.

¿Cómo podía hablarle de un teniente que tal vez existía y tal vez no? Tenía que dejar de temblar y permitir que sus nervios traumatizados descansaran un poco; luego podría empezar a hacer preguntas otra vez.

—Quizá convendría que fuese a avisar al capitán —dijo Izrail.

—No —Arkady hizo ademán de levantarse.

—Bueno, bueno, parece que «no» es la única palabra que recuerdas —dijo Izrail—. Pero si ha sido un ataque, no me extraña. No comparto su actitud, pero puedo decirte que a la tripulación no le hace ninguna gracia el rumor de que has prohibido desembarcar en Dutch Harbor. ¿Por qué crees que se embarcan en este apestoso barril de mierda? ¿Por el pescado? ¿Pretendes echar a perder a todos unos meses de trabajo para averiguar lo que le pasó a Zina? El buque está lleno de mujeres tontas. ¿Por qué te preocupas tanto?

A medida que los temblores fueron menguando, Arkady se sumió en un estado comatoso. Se percató de que le habían quitado la ropa congelada y le habían puesto ropa seca, tarea que seguramente habían llevado a cabo Izrail y Natasha y que era tan erótica como limpiar un pescado. Tuvo una visión de sí mismo en una cinta transportadora que avanzaba hacia la sierra.

Obidin y Kolya entraron en el camarote, buscaron algo en silencio y salieron de nuevo sin prestar atención a Arkady ni al hecho de que ocupaba una litera que no era la suya. En un buque la buena educación obligaba a dejar dormir a los demás.

Cuando volvió a la superficie, Natasha se encontraba sentada en la litera de enfrente. Al verle despierto, le dijo:

—Izrail Izrailevich se pregunta por qué te importa tanto Zina. ¿La conocías?

Arkady se sentía cómicamente débil, como si su cuerpo hubiera sido apaleado y se hubiese tostado al sol mientras dormitaba. Al menos ahora podía hablar, soltar un torrente de palabras entre un temblor y el siguiente.

—Tú sabes que no.

—Creía saberlo, pero luego me pregunté por qué te interesabas tanto por ella. —Le miró, luego apartó los ojos—. Supongo que sentir interés es una ayuda, en tu profesión.

—Sí, es un truco del oficio. Oye, Natasha, ¿qué haces aquí?

—Pensé que podían volver.

—¿Quiénes?

Natasha cruzó los brazos como diciendo que no estaba dispuesta a jugar.

—Tus ojos son dos rayitas enrojecidas.

—Gracias.

—¿Todas las investigaciones son así?

Eructó mientras dormía, y el camarote entero olió como un garaje lleno de vapores de gasolina. Cuando Natasha abrió la portilla para despejar el ambiente, una lúgubre canción entró desde el exterior.

¿Dónde estáis, lobos, antiguas bestias salvajes?
¿Dónde estás, mi vieja tribu de ojos amarillos?

Otra canción de ladrones, otra canción de lobos, entonada del modo más sentimental posible por un pescador de manos endurecidas. O, con igual probabilidad, por un mecánico de mono grasiento, o incluso por un oficial tan estirado como Slava Bukovsky, porque en privado todo el mundo cantaba canciones de ladrones. Pero especialmente las cantaban los trabajadores. Rasgueaban sus guitarras, siempre afinadas de forma primitiva *RE-SOL-SI-re-sol-si-re*.

Me rodean los lebreles, parientes débiles,
a los que antes considerábamos nuestra presa.

Los occidentales veían a los rusos como si fueran osos. Los rusos se veían a sí mismos como lobos, delgados y salvajes, difíciles de dominar. Verles hacer cola durante horas para conseguir una cerveza es difícil de entender a menos que veas al hombre soviético por dentro. La canción era otra de las de Vysotsky. A ojos de sus compatriotas, gran parte del atractivo de Vysotsky residía en sus vicios, en su afición a la bebida y en su forma alocada de conducir. La gente decía que le habían metido un «torpedo» en el culo. Un «torpedo» era una cápsula de Antabuse, un producto que le haría vomitar cada vez que tomara alcohol. ¡Pero él seguía bebiendo!

Sonrío al enemigo con mi expresión de lobo,
mostrando los raigones podridos de mis dientes,
y la nieve manchada de sangre se funde
sobre el letrero que dice: «¡Ya no somos lobos!»

Cuando Natasha cerró la portilla, Arkady despertó del todo.

—Ábrela —dijo.

—Hace frío.

—Ábrela. —Demasiado tarde. La canción había terminado, y lo único que pudo oír por la portilla abierta fue el pesado suspiro del agua que se deslizaba abajo. El cantante era el mismo que oía en la cinta de Zina. Quizá. Si volvía a cantar, Arkady estaría seguro. Pero empezó a temblar, y Natasha cerró herméticamente la portilla.

Al abrirse la puerta de la cabina, Arkady se incorporó rápidamente con el cuchillo en la mano. Natasha encendió la luz y le miró con expresión preocupada.

—¿A quién esperabas?

—A nadie.

—Mejor, porque en tu estado no asustarías ni a un lirón. —Le aflojó los dedos que se crispaban alrededor del mango del cuchillo—. Además, no necesitas luchar. Tienes cerebro y puedes pensar más que nadie.

—¿Pensar puede ayudarme a salir de este buque?

—El cerebro es una cosa maravillosa. —Natasha guardó el cuchillo.

—Ojalá el cerebro fuese un billete. ¿Cuánto tiempo he estado dormido?

—Una hora, tal vez dos. Háblame de Zina. —Le secó el sudor de la frente y le ayudó a acostarse de nuevo con la cabeza sobre la almohada. Seguía teniendo calambres en la mano debido a la fuerza con que había empuñado el cuchillo, y Natasha se puso a darle masaje en los dedos—. Me gusta oírte pensar, incluso cuando estás equivocado.

—¿De veras?

—Es como escuchar a alguien tocando el piano. ¿Por qué se embarcó en el *Estrella Polar*? ¿Para hacer contrabando con aquellas piedras?

—No; eran demasiado baratas. Natasha, quiero el cuchillo.

—Pero puede que las piedras fueran suficientes para ella sola.

—Un delincuente soviético raras veces actúa solo. No se ven delincuentes soviéticos solos en el banquillo. Siempre hay cinco, diez, veinte juntos.

—Si no fue un accidente, y ni por un segundo pretendo decir que no lo fuera, quizá fue un crimen pasional.

—Fue un asesinato demasiado limpio. Y planeado. Para que la sangre se estancara de aquella forma debieron tenerla escondida por lo menos medio día antes de arrojarla al mar. Eso quiere decir que la transportaron para esconderla, que luego volvieron a transportarla para tirarla por la borda. En aquel momento estábamos en plena faena, había gente en cubierta.

Arkady se interrumpió para tomar aliento. No era fácil distinguir un masaje terapéutico de un tormento.

—Continúa.

—Zina confraternizaba con los norteamericanos, cosa que sólo podía hacer con permiso de Volovoi. Actuaba como soplona por cuenta de Volovoi. Ninguna de las personas que trabajaban en la cocina iba a reñirle, porque tenían órdenes de dejarla hacer, y es probable que tuviese contenta a Olimpiada dándole bombones y coñac. Pero ¿por qué Zina iba siempre a la cubierta de popa cuando el *Eagle* descargaba pescado? ¿Y sólo cuando se trataba del *Eagle*? ¿Para saludar con la mano a un hombre con el que quizá bailaba una noche cada dos o tres meses? ¿Tan bueno es el conjunto de Slava? Quizá debería hacer la pregunta al revés. ¿Qué buscaban los norteamericanos cuando entregaban pescado?

Arkady no mencionó la posibilidad de que hubiera una estación de espionaje en el *Estrella Polar*. En la cinta, el teniente invitaba a Zina a la estación cuando subían pescado a bordo. ¿Acaso la estación sólo funcionaba entre la descarga de una red y la de otra? ¿Era una cuestión de redes o de norteamericanos?

—En cualquier caso, los norteamericanos, diversos amantes, Volovoi...; mucha gente utilizaba a Zina o era utilizada por ella. No tenemos que hacer proezas; sencillamente debemos encontrar la pauta.

Recordó la voz de Zina en la cinta: «Él cree que me dice lo que tengo que hacer. Un segundo hombre cree que me dice lo que tengo que hacer.»

Arkady contó los hombres. Cuatro hombres significativos e incluso Zina sabía que uno de ellos era un asesino.

—¿Qué hombres?

—Un oficial, entre otros. Podría verse comprometido.

—¿Cuál de ellos?

Natasha puso expresión de alarma.

Arkady meneó la cabeza. Tenía las manos enrojecidas, como si acabara de sacarlas de un recipiente de agua hirviendo. La sensación hacía juego con ello.

—¿Qué piensas? —preguntó Arkady.

—En lo que se refiere al primer oficial Volovoi, no estoy de acuerdo. En cuanto a los norteamericanos, que respondan por sí mismos. Puede que tengas razón en lo de Olimpiada y los bombones.

Cuando despertó de nuevo, Natasha había vuelto con un samovar gigante, una urna de plata con una espita por nariz y mejillas relucientes de calor bonachón. Mientras tomaban el té en sendos vasos humeantes, Natasha cortó un pan redondo.

—Mi madre conducía camiones. ¿Recuerdas cómo construíamos los camiones entonces, cuando las fábricas cumplían su cupo de acuerdo con el peso bruto? Cada camión pesaba el doble de lo que pesaban los camiones que se fabricaban en el resto del mundo. Trata de gobernar uno de ellos bajo la nieve.

»La ruta cruzaba un lago helado. Mi madre era una trabajadora de choque, por así decirlo, del movimiento laboral comunista; siempre iba en el primer camión. Era popular. Tenía un álbum de fotos y me enseñó una foto de mi padre. También conductor. Tal vez a ti no te lo parecería, pero sorprendía por su aspecto de intelectual. Leía todo lo que caía en sus manos, podía discutir con cualquiera. Usaba gafas. Tenía el pelo claro, pero se parecía un poco a ti. Mi madre decía que el problema de mi padre era su temperamento demasiado romántico; siempre se metía en líos con los jefes. Iban a casarse, pero en primavera, cuando el deshielo, el camión de mi padre se hundió en el hielo.

»Crecí alrededor de embalses. Siempre me encantaron. En la Tierra no hay nada tan hermoso y beneficioso para la humanidad. A otros estudiantes les interesaban los institutos especiales, pero yo dejé la escuela tan pronto como pude y me subí a un andamio a trabajar con una mezcladora. Una mujer puede mezclar cemento tan bien como cualquier hombre. Lo más emocionante es trabajar de noche bajo las luces que funcionan con la energía que les proporciona el último embalse que ayudaste a construir. Entonces sabes que eres alguien. Muchos hombres, sin embargo, van a la deriva porque ganan tanto dinero... Ése es su dilema. Ganan tanto dinero, que tienen que bebérselo o gastárselo en ir al mar Negro o con la primera chica como Zina que encuentran. No fundan un hogar. La culpa no es suya. Los que no tienen vergüenza son los directores de las obras, que ofrecen cualquier cosa para que su proyecto sea el primero en quedar terminado. Los hombres, como es natural, se preguntan por qué van a quedarse en un sitio cuando pueden venderse por más dinero en otra parte. Eso es Siberia hoy día.

La red subió por la rampa de popa hasta entrar en un círculo de lámparas de sodio, se alzó colgada de los cables de las plumas de carga y se meció como si estuviese viva, chorreando agua sobre cubierta y fluyendo en olas poco profundas. ¡Cuarenta o cincuenta toneladas de pescado; tal vez más! La mitad del cupo de una noche en una sola vez. Los cangrejos bailaban sobre los tablones de madera. Tensos cables gemían a causa del peso mientras el capataz rasgaba con el cuchillo el vientre de la red de un extremo a otro. La red entera parecía abrirse al mismo tiempo, inundando toda la cubierta, hasta la barandilla de la borda y los escalones que llevaban a la cubierta de botes, de una masa viva y serpenteante de mixinas, de color azul lechoso bajo las lámparas...

Arkady despertó sobresaltado, apartó las mantas, se puso las botas, tomó el cuchillo y forcejeó con la puerta para salir del camarote. No era simple claustrofobia, sino la sensación de estar enterrado vivo; levantarse de la litera no servía de nada si continuaba bajo cubiertas de acero.

En el exterior, una niebla nocturna amortiguaba las luces, aunque no era peor que el humo de una fogata. Había dormido toda la tarde. Ya había transcurrido un día y medio desde que viera por primera vez el cadáver de Zina Patiashvili, y también él tenía la sensación de ser un cadáver. Y faltaban menos de doce horas para el momento en que esperaban que hiciese alguna revelación sorprendente que resolviera a satisfacción de todos la misteriosa muerte de Zina Patiashvili y permitiese que la tripulación del buque bajara a tierra. Tropezó con la barandilla, alejándose poco a poco de la cubierta de descarga en dirección a proa. Los pesqueros habían desaparecido, así que no había estrellas ni otras luces que empujaran a los ojos a desviarse del resplandor mortecino de las lámparas del *Estrella Polar*.

No había nadie en cubierta, lo cual significaba que era la hora de cenar. Todo el mundo seguía un solo horario desde que el buque había dejado de recibir pescado y se dirigía hacia el puerto. Arkady buscó apoyo en la barandilla para no caerse. No iba a recorrer la cubierta con pasos rápidos, como de costumbre, sino que daría un paseo y se tomaría el tiempo necesario para pensar en morir ahogado en el miedo que envolvía su corazón como un sudario mojado. Decidió llegar hasta el taller de máquinas. El puente era una meta lejana que se disolvía en la neblina.

—El amante de la poesía.

Arkady se volvió hacia la voz de Susan. No la había oído acercarse.

—¿Te estás tomando un descanso? —preguntó ella.

—Me gusta el aire de mar.

—Ya se nota. —Susan se apoyó en la barandilla a su lado, echó la capucha hacia atrás, encendió un cigarrillo y luego acercó la cerilla a los ojos de Arkady—. ¡Cielos!

—¿Siguen enrojecidos?

—¿Qué te ha pasado?

Seguía sintiendo calambres en los músculos, que dejaban de estar entumecidos para dolerle como si ardieran y volver luego a entumecerse. Con la mayor naturalidad posible se agarró a la barandilla. Se hubiera alejado de allí de haber tenido la certeza de que las piernas le permitirían irse con dignidad.

—Sólo estaba ensayando nuevas formas de ver las cosas. Resulta agotador.

—Ah, ya entiendo —dijo Susan recorriendo la cubierta con los ojos—. Éste es el lugar del accidente; por esto has venido. Sigue siendo un accidente, ¿no?

—De los que no se explican —reconoció Arkady.

—Estoy segura de que encontrarás la explicación apropiada. De lo contrario, no te hubieran elegido.

—Te agradezco la confianza. —Notó que las rodillas le fallaban peligrosamente. Si Susan le desdeñaba tanto, ¿por qué no se iba y le dejaba en paz?

—Me estaba preguntando algo.

—¿Ahora eres tú la que se pregunta algo?

—Bueno, tú interrogaste a los hombres de los pesqueros. ¿No se fueron todos del *Estrella Polar* antes de que a Zina le ocurriera algo?

—Eso parece —contestó Arkady, pensando que a Susan le interesaba el asunto.

—Tú vas en serio, ¿no es verdad? Me han dicho que Slava anda buscando una nota de suicidio, pero tú das la impresión de que quieres averiguar lo que sucedió en realidad. ¿Por qué?

—Eso es un misterio para todos.

Aunque su boca sabía a depósito de gas, le entraron grandes deseos de fumar y se palpó los bolsillos.

—Toma.

Susan le puso su cigarrillo entre los labios y luego se apartó de la barandilla. Al principio Arkady creyó que se apartaba de él; luego, vio que el *Eagle* se acercaba al buque factoría después de surgir de la niebla. Cuando el arrastrero estuvo más cerca, Arkady pudo distinguir la silueta de George Morgan en la oscuridad del puente. Bajo las luces de cubierta, dos pescadores con impermeable estaban haciendo un fardo de redes rotas y basura para tirarlo al mar. Arkady reconoció la expresión hosca de Coletti y la sonrisa franca de Mike. El aspecto del aleuta era el mismo que presentaba en la foto de Zina: de inocencia sin matices.

Alrededor de los dos hombres la cubierta estaba mojada y había en ella algunas platijas y cangrejos, y aunque el arrastrero se movía más que el *Estrella Polar*, los dos norteamericanos parecían haber echado raíces en cubierta, inclinados hacia delante, las rodillas inmóviles. Entre los dos barcos había como una pantalla variable de pájaros que se habían presentado empujados por la costumbre. Quizás había un centenar de pájaros revoloteando por allí: golondrinas de cabeza negra y cola ahorquillada, petreles y gaviotas blancas como la leche. Daban la impresión de ser páginas empujadas por el viento después de que alguien arrojara el contenido de una papelera por la borda. El menor descenso de uno de los pájaros provocaba una serie de reajustes de la bandada, que cambiaba constantemente de forma.

Mike volvió a saludar con la mano y Arkady tardó un momento en darse cuenta de que una tercera persona se había reunido con él y con Susan junto a la barandilla. Natasha habló al oído de Arkady:

—He encontrado a alguien que quiere hablar contigo: he ido a tu camarote y no estabas. ¿Por qué te has levantado de la cama?

Al empezar a describir los beneficios del aire fresco, Arkady tuvo un acceso de tos y sintió un escalofrío que le hizo doblar el cuerpo. Parecía tener pedacitos de hielo en su interior, pedacitos que se fundían y hacían que corrientes de frío debilitador recorriesen su cuerpo.

Vigilando a Susan con un ojo, Natasha siguió hablando como si estuvieran tomando el té junto a la barandilla:

—Ahora tengo que dar mi conferencia. Luego iremos a ver a mi amiga.

—¿Tu conferencia?

Susan hizo que se notara su esfuerzo por no sonreír.

—Soy la representante de la sociedad cultural intersindical en el buque.

—¿Cómo se me ha podido olvidar? —dijo Susan.

Habría sido menos cruel si se hubiese reído francamente, porque sólo consiguió dar a Natasha la impresión de que se estaba mofando de ella, del mismo modo que una mujer a la que la combinación se le ve sólo por detrás se da vagamente cuenta de que se ríen de ella, pero no sabe por qué. Actuando por puro nerviosismo, tomó el cigarrillo de los labios de Arkady.

—Estando como estás, esto es lo último que necesitas. —Se volvió hacia Susan—. Es el hábito más repugnante de los hombres soviéticos. Fumar es la cosa más antinatural que hacen los hombres.

Tiró el cigarrillo a los pájaros. Una gaviota lo atrapó al vuelo, y luego lo dejó caer. Un petrel capturó el pitillo, se comió la mitad y rechazó el resto. El filtro cayó al agua y una golondrina se puso a estudiarlo.

—Seguramente son pájaros rusos —dijo Susan.

A Arkady se le ocurrió una idea mientras tosía. Susan llevaba una chaqueta de pescador, y Natasha, otra; era más o menos lo único que las dos mujeres tenían en común. ¿Dónde estaba la chaqueta de pescador de Zina? No había pensado en ella antes porque nadie se ponía la chaqueta para ir a un baile, y en el descanso, cuando salían a cubierta, podían soportar el aire subártico durante unos minutos. Las mujeres soviéticas, en especial, no querían saber nada de chaquetas que pudieran resultar un estorbo para un abrazo. En sus corpachones anidaban unas almas románticas que se alzaban como tórtolas a la menor brisa que soplara.

Cuando Arkady soltó la última tos y se irguió, Susan encendió otro cigarrillo para ella misma.

—Renko, ¿eres el investigador o la víctima?

—Sabe lo que hace —dijo Natasha.

—Por eso su aspecto es el del almuerzo de los tiburones.

—Tiene un sistema.

Arkady se preguntó cuál sería.

La voz de Morgan se oyó por la radio que Susan llevaba en el bolsillo:

—Pregúntale a Renko qué le sucedió a Zina. Todos queremos saberlo.

En la cubierta del *Eagle*, Mike saludó otra vez con la mano y su puso a hacer gestos, como si invitara a Natasha a visitarles. Las mejillas de la mujer enrojecieron, pero no hizo caso al pescador, indicando así que la confraternización había terminado para ella.

—Tenemos que ir a la conferencia —recordó en tono firme.

—Quieren saber qué le ocurrió a Zina —dijo Susan.

Arkady movió los pies para comprobar si las piernas iban a sostenerle, ya que no estaba seguro de ello.

—¿Qué quieres que les diga? —preguntó Susan.

—Pues... —Arkady titubeó—. Diles que todavía saben más que yo.

15

A la conferencia inspiradora sobre el ateísmo científico que en la cantina dio Natasha Chaikovskaya, miembro corresponsal de la sociedad cultural intersindical, asistieron muchos de los tripulantes que estaban libres de servicio, porque Volovoi se encontraba detrás de la última fila comprobando no sólo la asistencia, sino también el entusiasmo de los oyentes. Skiba y Slezko se hallaban sentados en el último banco, proporcionando al inválido cuatro ojos extras. El día antes de hacer escala en algún puerto era siempre el de mayor ansiedad, ya que la escala podía cancelarse por muchas razones: el tiempo no la permitía, las transferencias de dinero no estaban terminadas, el clima político no era favorable.

La escala en Dutch Harbor obsesionaba a todo el mundo. No sólo era la primera tierra que veían desde hacía más de cuatro meses, sino también el motivo principal de todo el viaje, aquel puñado de horas benditas que pasaban en un comercio norteamericano con divisas extranjeras en el bolsillo. Si un hombre quería pescar peces o una mujer quería sencillamente limpiar pescado, podían enrolarse en algún arrastrero que pescara en la costa soviética en vez de pasar medio año en el mar de Bering. Las mujeres llevaban blusas recién lavadas, blusas con estampados de flores, y el cabello adornado con alfileres. Los hombres estaban más divididos. El buque había aumentado la velocidad para recorrer la larga distancia que les separaba de las Aleutianas, y la mitad de los hombres había aprovechado el agua caliente de las calderas para ducharse; ahora se les veía limpios y contentos, luciendo sus camisas de punto. La otra mitad, la de los escépticos, seguía mostrando una costra de barba y suciedad.

—La religión —dijo Natasha, leyendo un folleto— enseña que el trabajo no es una aportación que se hace libremente al Estado, sino una obligación impuesta por Dios. Es poco probable que un ciudadano que sustente este punto de vista economice materiales.

Obidin habló desde el centro de una hilera de mesas:

—¿Dios economizó cuando hizo el cielo y la tierra? ¿Cuando hizo al elefante? A lo mejor es que a Dios no le interesa economizar materiales.

Natasha había llevado a Arkady a rastras a la conferencia. Arkady no hubiera podido resistirse, y en ese momento se encontraba de pie porque temía no poder levantarse si se sentaba. Tenía los brazos cruzados y temblaba de fiebre.

La gente empezó a gritarle a Obidin:

—¡Cállate! ¡Escucha y aprende!

—Hace dos días la mitad del buque no sabía quién eras —prosiguió Volovoi—. Ahora eres el hombre más odiado de a bordo. Te has pasado de listo. Primero dices que Zina Patiashvili fue asesinada. Ahora no puedes permitir que estas personas, tus propios compañeros de a bordo, bajen a tierra si no dices que no fue asesinada.

—Alguien ha hecho correr el rumor de que la culpa es mía —dijo Arkady.

—Los rumores siempre tienen mil lenguas —comentó Volovoi. Miró su reloj—. Bueno, tienes once horas antes de tomar la gran decisión: ¿Dutch Harbor sí o Dutch Harbor no? ¿Vas a reconocer tu error o te impondrás a todo el buque? Quizás otros dirían que buscarás una fórmula conciliatoria. No te conozco a ti en particular, pero conozco a los de tu tipo en general. Creo que, antes de confesar tu error, tendrías a toda la tripulación anclada en Dutch Harbor sin permitir que una sola persona bajase a tierra.

—La ciencia ha demostrado —decía Natasha— que la llama de una vela de iglesia produce un efecto hipnótico. Comparada con ella, la ciencia es la electrificación de la mente.

—Después de todo —preguntó Volovoi—, ¿qué puedes perder? No tienes carnet del partido, no tienes familia.

—¿Tú tienes familia?

Arkady sentía interés. Vio el piso del inválido en una casa de Vladivostok, una casa de muchos pisos; una esposa apocada; una camada de pequeños Volovois, con sus pañuelos rojos de la organización juvenil sentados ante el resplandor de un televisor.

—Mi esposa es segunda secretaria del sóviet de la ciudad.

Arkady pensó que había que borrar lo de esposa apocada y sustituirla por alguien parecido a Volovoi, el martillo y el yunque que servirían para forjar la siguiente generación de comunistas.

—Y un chico —añadió Volovoi—. Tenemos interés en el futuro. Tú, no. Tú eres la manzana podrida y no quiero que eches a perder a la camarada Chaikovskaya.

Natasha avanzó de la electrificación de la mente a la evolución de la carne, del *Homo erectus* al hombre socialista. El curso de repaso de ateísmo se debía a que en Dutch Harbor había una iglesia ortodoxa y era necesario oponer la ciencia a los fantasmas.

—¿Qué te hace pensar que puedo echarla a perder?

—Tienes mucha labia —contestó Volovoi—. Tu padre era un hombre importante, fuiste a escuelas especiales de Moscú, tenías todo lo que los demás no teníamos. Puede que la impresiones (puede que incluso impresiones al capitán), pero yo te veo tal como eres. Eres antisoviético. Hueles a antisoviético.

—No hay ninguna diferencia —decía Natasha— entre creer en una «inteligencia suprema» e interesarse caprichosamente por seres extraños que proceden de otras galaxias.

Alguien protestó:

—Según las estadísticas, tiene que haber vida en otras galaxias.

—Pero no vienen a visitarnos —objetó Natasha.

—Y nosotros, ¿cómo lo sabemos? —dijo Kolya; ¿quién si no él?—. Si son capaces de viajar de una galaxia a otra, sin duda también sabrán disfrazarse.

Nadie molestaba a Natasha más que Kolya Mer. No importaba que trabajasen codo a codo en la factoría. Incluso el hecho de que ella le hubiera socorrido al cortarse él un dedo parecía haberla convertido en enemiga más que en amiga.

—¿Y por qué iban a venir a visitarnos? —preguntó Natasha.

—Para ver el socialismo científico en funcionamiento —respondió Kolya, provocando algunos murmullos de aprobación entre los asistentes, aunque para Arkady la idea equivalía a recorrer a pie el mundo a fin de ver un hormiguero.

—Observo que todavía no me has visitado —dijo Volovoi—. No te has tomado la molestia de informarme de tus progresos.

—Creo que ya estás suficientemente informado —replicó Arkady, pensando en Slava—. De todas formas, sólo te pediría que me dejaras ver el expediente de Zina Patiashvili, y tú no me lo enseñarías.

—En efecto.

—Pero me imagino lo que dice: «Trabajadora de confianza, políticamente madura, dispuesta a cooperar.» No hacía su trabajo, era una locuela que se acostaba con todo quisque y tú por fuerza tenías que estar enterado de todo ello, lo cual quiere decir que era una soplona... No como un Skiba o un Slezko, pero una soplona de todos modos. O era eso o se acostaba contigo.

—¿Has leído la Biblia? —preguntó Obidin.

—No es necesario leer la Biblia. Eso es como decir que tienes que estar enfermo para ser médico —sentenció Natasha—. Conozco la estructura de la Biblia, los libros, los autores.

—¿Y los milagros? —preguntó Obidin.

—¡Qué vergüenza! ¡Qué vergüenza! —Los que ro-

deaban a Obidin se pusieron en pie para denunciarle—.
¡Natasha es la experta! ¡Los milagros no existen!

Obidin contestó gritando también:

—¡Una mujer muere asesinada, yace en el fondo del mar y vuelve al mismo buque donde la mataron y vosotros decís que los milagros no existen!

Se levantaron más personas, enfurecidas, agitando los puños.

—¡Embustero! ¡Fanático! ¡Decir cosas así es lo que nos impedirá hacer escala en Dutch Harbor!

Slezko se puso en pie y señaló a Arkady; era como mirar el cañón del fusil de un francotirador.

—¡Ése es el provocador que nos privará de visitar Dutch Harbor!

—¡Los milagros son reales! —gritó Obidin.

—El milagro será que salgas vivo de este buque —le dijo Volovoi a Arkady—. Confío en que lo logres. Espero con ilusión la llegada a Vladivostok. Tengo ganas de verte bajar la pasarela y encontrarte con la guardia de fronteras en el muelle.

Lidia Taratuta sirvió a Arkady un vaso de vino reforzado con licor. Una *bufetchitsa*, la mujer encargada del comedor de oficiales, tenía derecho a un camarote con dos literas, pero, al parecer, Lidia disponía de uno para ella sola. Arkady sospechó que el rojo era su color favorito. Un tapiz oriental de color granate y dibujo complicado aparecía clavado en el mamparo, como una enorme mariposa. También había velas rojas en candelabros de latón, y unas botas de fieltro rojo junto a la litera. El camarote daba la impresión de estar ocupado por una actriz que con la edad se hubiese vuelto demasiado voluptuosa. Los cabellos teñidos y los labios carnosos de Lidia resultaban un poco excesivos. Un medallón de ámbar colgaba sobre una blusa medio desabrochada. La blusa expresaba temeridad y generosidad, como si se hubiera desabrochado sola. En la flota pesquera soviética un capitán no escogía su barco, sus oficiales ni su tripulación; sólo elegía una cosa: su *bufetchitsa*. Marchuk había sabido aprovechar su opción.

—¿Quieres saber con qué oficiales se acostaba Zina? ¿Crees que era un pendón? ¿Quién eres tú para juzgarla? Es una suerte que trabajes con Natasha porque, por lo que puedo ver, no comprendes a las mujeres. Tal vez en Moscú sólo tenías trato con putas. No sé cómo es Moscú. Sólo estuve allí una vez, representando al sindicato. Por otro lado, tú ignoras cómo es la vida en un buque. Así pues, ¿cuál de las dos cosas es peor: que no entiendas a las mujeres o que no conozcas este buque? Bueno, quizá nunca quieras volver a embarcarte. ¿Más vino?

Como Natasha se encontraba de pie ante la puerta por si intentaba escapar, Arkady aceptó el vaso. Era el primero en reconocer que no comprendía a las mujeres. Desde luego, no sabía por qué Natasha le había arrastrado hasta allí.

—No puede abandonar el buque —explicó Natasha—. Es un investigador, pero está en apuros.

—Un hombre con pasado, ¿eh?

—Falta de fiabilidad política —precisó Arkady.

—Eso parece un resfriado de cabeza más que un pasado. Los hombres no tienen pasado. Los hombres se mueven de un lugar a otro como las hojas. Las mujeres sí tenemos pasado. Yo tengo pasado. —Los ojos de

Lidia se desplazaron hacia una fotografía que mostraba a dos niñas de corta edad vestidas de blanco, con lazos blancos en el pelo, sentadas como dos cacatúas en una sola silla—. Eso es pasado.

—¿Dónde está el padre? —preguntó Arkady por cortesía.

—¡Buena pregunta! No le he visto desde que me echó a puntapiés escaleras abajo, embarazada de seis meses. Así que ahora tengo dos niñas en una guardería de Magadan. Hay una enfermera y una ayudante para treinta criaturas. La enfermera es una mujer vieja y tuberculosa, y la ayudante, una ladrona. La ayudante es la que está criando a mis ángeles. Las niñas se pasan todo el invierno tosiendo. Bueno, esas mujeres cobran noventa rublos mensuales, así que por fuerza tienen que robar. Yo mando dinero extra cada vez que tocamos puerto, sólo para tener la seguridad de que mis niñas no pasarán hambre ni morirán de neumonía antes de que vuelva a verlas. Gracias a Dios que puedo embarcarme y ganar dinero para ellas, pero si alguna vez volviese a ver a su padre, le cortaría la polla y la usaría de cebo para pescar. Que se echara de cabeza al agua para pescarla, ¿verdad, Natasha?

De la Chaika surgió una risita como una burbuja, pero la mujer se reprimió y volvió a mirar a Arkady fijamente, con expresión seria.

—Ándate con cuidado, que éste lee el pensamiento.

—Créeme —dijo Arkady—. No recuerdo haberme visto en una situación más difícil de comprender.

Lidia se alisó el regazo de la falda.

—Bueno, ¿qué sabes de tus compañeros de a bordo? Por ejemplo, ¿qué sabes de Dynka?

Una vez más, Arkady se vio pillado por sorpresa.

—Pues que es una buena... —empezó a decir.

—Casada a la edad de catorce años con un alcohólico —dijo Lidia—. Un taxista. Pero si su Mahmet acude a una clínica para alcohólicos, en cuanto firma el registro pierde su licencia de taxista y no vuelven a dársela hasta después de cinco años, de modo que Dynka tiene que conseguirle Antabuse en el mercado negro. En Kazajstán no puede ganar lo suficiente, de manera que tiene que venir aquí. La anciana que comparte camarote con Natasha, Elizavyeta Fedorovna Malzeva, se pasa todo el día sentada y cosiendo. Su marido era sobrecargo en la flota del mar Negro, hasta que le metió la polla a una pasajera y ésta le acusó de violarla. Lleva quince años en un campo. Malzeva va tirando con su dosis diaria de Valeryanka. Obsérvala en Dutch Harbor y verás cómo trata de conseguir un poco de Valium. Es lo mismo. Así, camarada, que estás rodeado de flaqueza, de mujeres con pasado, de pendones.

—Yo no he dicho eso.

De hecho, había sido Natasha la primera en llamar «pendón» a Zina, pero Arkady pensó que probablemente de nada le serviría protestar. De todas formas, ya no trataba de combatir contra la situación. Siempre había sospechado que, si bien los hombres podían ser los mejores policías, las mujeres serían las mejores investigadoras. O, como mínimo, un tipo distinto de investigador que recurriría a métodos diferentes para encontrar pistas distintas, que buscaría de lado o hacia atrás, en comparación con el método que utilizaban los hombres.

—Le interesan más los norteamericanos —dijo Natasha—. Acabamos de dejar a Susan sonriendo como una tonta en cubierta.

—¿Está enfermo? —preguntó Lidia.

Arkady se había acostumbrado tanto a temblar, que ya no se daba cuenta.

—No se cuida como es debido —explicó Natasha—. Va a sitios a donde no debería ir y hace preguntas que no debería hacer. Quiere averiguar cosas sobre Zina y los oficiales.

—¿Qué oficiales? —preguntó Lidia.

Arkady, poniéndose a la defensiva, dijo:

—Me limité a mencionarle a Natasha lo de que algunos oficiales se acuestan con tripulantes.

—Eso resulta muy inconcreto —Lidia volvió a llenarle el vaso—. En un buque vivimos juntos durante seis meses seguidos. Pasamos más tiempo aquí que con la familia. Como es natural, nacen relaciones porque somos humanos. Somos normales. Pero si empiezas a poner cosas así en tu informe, puedes perjudicar a la gente. Una vez un nombre se escribe en un informe, nunca se borra. Visto desde fuera, puede parecer malo. De pronto, una investigación relativa a Zina se convierte en una investigación de todo el buque, de tenorios y mujeres fáciles. ¿Comprendes lo que quiero decir?

—Empiezo a comprenderlo.

—Así es. —Natasha asintió con la cabeza.

—Te refieres a tu nombre —dijo Arkady.

—Todo el mundo sabe lo que hace la *bufetchitsa* —prosiguió Lidia—. Dirijo el comedor de oficiales, limpio el camarote del capitán, tengo feliz al capitán. Es la costumbre. Lo sabía el día que solicité el empleo. El Ministerio de Pesca lo sabe. Su esposa lo sabe. Si yo no le atendiera a bordo del buque, la violaría en cuanto abriese la puerta, de modo que ella lo sabe. Otros oficiales superiores tienen otros planes. Esto nos hace humanos, ¿comprendes?, pero no quiere decir que seamos delincuentes. Si dices algo sobre ello, si lo insinúas siquiera, obligarás al Ministerio y a todas las esposas que se quedaron en tierra, que prefieren besar las fotos de sus maridos a embarcarse en el *Estrella Polar*, les obligarás, decía, a pedir nuestras cabezas. —Con aires de gran señora, Lidia bebió un sorbo de vino—. Zina era distinta. No es que fuese una vagabunda, necesariamente; era sólo que acostarse con un hombre no significaba nada para ella, no daba ni pizca de afecto. No creo que se acostara con alguien más de una sola vez; ella era así. Por supuesto, cuando me enteré de lo que estaba pasando, tomé medidas para eliminar la tentación.

—¿Por ejemplo? —preguntó Arkady.

—Zina trabajaba en el comedor de oficiales. La trasladé al de tripulantes.

—Más que eliminarla, eso parece aumentar la tentación.

—De todos modos, se obsesionó con los norteamericanos, así que, como ves, no hay ninguna necesidad de mencionar siquiera a nuestros buenos hombres soviéticos.

—¿Se obsesionó con los norteamericanos en general o con uno de ellos en particular? —preguntó Arkady.

—¿Te das cuenta de lo agudo que es? —apostilló Natasha en tono orgulloso.

Lidia respondió con evasivas:

—Tratándose de Zina, cualquiera sabe.

Arkady se dio unos golpecitos en la cabeza como si quisiera despertar alguna idea. Había recibido el mensaje que Lidia le mandaba —«no nombres a los oficiales del buque en ningún informe»—, pero no comprendía la razón que la empujaba a mandarlo.

—Está pensando —dijo Natasha.

Arkady parecía haber desalojado un nuevo dolor de cabeza.

—¿Estuviste en el baile?

—No —contestó Lidia—. Aquella noche tuve que preparar un bufete para los norteamericanos en el comedor de oficiales: salchichas, escabeches, cosas que no tienen en su propio barco. Estábamos demasiado ocupados para bailar.

—¿Estabais?

—Los capitanes Marchuk, Morgan y Thorwald y yo. Los tripulantes norteamericanos asistieron al baile, pero los capitanes se dedicaron a estudiar las cartas de navegación, y yo estuve sirviendo y limpiando.

—¿Toda la noche?

—Sí. No; me tomé un descanso: un cigarrillo en cubierta.

Arkady recordó que Skiba la había visto en los medios del buque a las 11.15, caminando hacia proa.

—Alguien te vio.

Lidia dedicó mucho trabajo a titubear, abriendo y cerrando las pestañas, soltando incluso un suspiro desde lo más hondo de su pecho.

—No significa nada, estoy segura. Yo vi a Susan en la barandilla de popa.

—¿Cómo iba vestida?

La pregunta pilló a Lidia por sorpresa.

—Pues... supongo que llevaría una camisa blanca y unos tejanos.

—¿Y Zina? ¿Cómo iba vestida?

—Camisa blanca, me parece, y pantalones azules.

—Así que también viste a Zina.

Lidia parpadeó, como una persona que ha dado un paso en falso.

—Sí.

—¿Dónde?

—En la cubierta de popa.

—¿Te vieron?

—No me lo pareció.

—¿Era de noche y te acercaste lo suficiente para ver lo que llevaban dos mujeres diferentes y ninguna de ellas te vio a ti?

—Tengo una vista excelente. El capitán suele decir que le gustaría tener un oficial con una vista tan buena como la mía.

—¿Cuántas veces has navegado ya con el capitán Marchuk?

Los excelentes ojos de Lidia se iluminaron como un par de velas.

—Éste es mi tercer viaje con Viktor Sergeivich. Se convirtió en un capitán destacado de la flota en nuestro primer viaje. En el segundo superó su cupo en un cuarenta por ciento y fue nombrado héroe de la Unión Soviética. También le nombraron delegado en el Congreso del Partido. En Moscú le conocen y tienen grandes planes para él.

Arkady apuró el vino y se levantó, notando que sus pies no eran excelentes, ni siquiera buenos, pero hacían su trabajo. El cerebro empezaba a funcionarle por fin.

—Gracias.

—Podría conseguir un poco de pescado ahumado —ofreció Lidia—. Podemos tomar más vino y comer un poco.

Arkady dio uno o dos pasos vacilantes y le pareció que conseguiría llegar a la puerta.

—Arkady —le aconsejó Natasha—, ten cuidado dónde arrojas la primera piedra.

El puente estaba a oscuras exceptuando el resplandor verde de las pantallas de radar y lorán, de las instalaciones de radio de frecuencia muy alta y de bandas laterales, de la bola de cristal del girocompás, de la cara lunar del telégrafo transmisor de órdenes. Las figuras gemelas de los controles del timón izquierdo y del derecho se alzaban a uno y otro lado de la cubierta. Marchuk estaba junto a la ventana de estribor, y un hombre manejaba la rueda del timón. Arkady se dio cuenta de hasta qué punto el *Estrella Polar* funcionaba solo. Soltando algunos clics meditativos, el piloto automático seguía el rumbo fijado de antemano. Los números luminosos que parecían colgados en el aire eran en gran parte información posterior que el buque factoría facilitaba mientras navegaba en plena noche.

—Renko —Marchuk se fijó en Arkady—, Bukovsky te está buscando. Dice que no has informado.

—Ya hablaré con él. Camarada capitán, ¿podemos hablar?

Arkady se dio cuenta de que el timonel se ponía rígido. Los trabajadores de fábrica no subían al puente sin ser invitados.

—Déjanos solos —ordenó Marchuk al hombre.

—Pero...

Según el reglamento, dos oficiales o un oficial y un timonel debían permanecer en el puente en todo momento.

—No te preocupes —dijo Marchuk—. Yo me encargo de todo. El marinero Renko escudriñará los cielos y los mares y nada malo nos pasará.

Después de cerrar la puerta detrás del timonel, Marchuk comprobó que en la sala de navegación no hubiera nadie, y luego ocupó su puesto detrás de la rueda del timón. En el mamparo situado detrás de él había un cuadro de mandos para casos de incendio y una caja cerrada de detectores de radiación para casos de guerra. Cada vez que el piloto automático emitía un chasquido para ajustarse al oleaje, la rueda giraba de un modo apenas perceptible.

—¿Te acostaste con Zina Patiashvili? —preguntó Arkady.

Durante un rato, Marchuk no dijo nada. Unos enormes limpiaparabrisas extendían la nieve por el cristal, y a través de los surcos Arkady podía ver los cabrestantes de las anclas en la cubierta de proa y unos pequeños arabescos que eran rollos de cuerda a cada lado de los cabrestantes. Más allá, bajo el ancho haz del reflector, había un muro de nieve, un muro aparentemente sólido. En el puente hacía frío y Arkady empezó a temblar otra vez. El monitor de radar que había en el tablero de instrumentos era un Foruna, de fabricación japonesa. Su haz de luz se movía constantemente, un poco fragmentado por la nieve, y mostraba dos manchas luminosas situadas a la misma altura y que Arkady supuso que serían el *Eagle* y el *Merry Jane*. Al menos la sonda acústica era soviética, una Kalmar, y en ese momento indicaba que el *Estrella Polar* hacía catorce nudos sobre el fondo, lo cual significaba que el viejo buque contaba con la ayuda del mar en popa. De acuerdo con las condiciones de la pesca conjunta, los buques soviéticos no estaban autorizados a utilizar sus sondas acústicas en aguas norteamericanas, pero ningún capitán navegaba a ciegas cuando no había norteamericanos en el puente.

—¿Así es cómo tú llevas a cabo una investigación? —preguntó Marchuk—. ¿Lanzando acusaciones descabelladas?

—Cuando dispongo de poco tiempo como ahora, sí.

—Me han dicho que has tomado a Chaikovskaya como ayudante. Me parece una elección extraña.

—No es más extraña que la tuya cuando me escogiste a mí.

—Hay cigarrillos sobre el tablero de instrumentos. Enciéndeme uno.

Marlboros. Cuando Arkady le encendió uno, el capitán le miró fijamente a la cara a través de la llama. Era una forma de intimidación con la que los hombres fuertes pretendían captar señales de acobardamiento.

—¿Tienes fiebre?

—Escalofríos.

—Slava os llama a ti y a Natasha su «par de diablillos». ¿Qué piensas de eso?

—A Slava le vendría bien un par de diablillos.

—¿Natasha dijo algo acerca de mí?

—Me presentó a Lidia.

—¿Lidia te lo dijo? —Marchuk parecía alarmado.

—Fue sin querer. —Arkady apagó la cerilla y volvió junto al parabrisas y al ritmo letárgico del mecanismo encargado de limpiarlo. La niebla había incubado la nieve que caía ahora. Si la niebla era pensamiento, la nieve era acción—. Oyó decir que yo andaba haciendo preguntas sobre Zina y los oficiales. Empezó a preocuparse por tu reputación y me hizo una confidencia: que tú ya tenías una amante...: ella misma. ¿Por qué? Como ella dice, todo el mundo, incluyendo tu esposa, sabe que te acuestas con tu *bufetchitsa*. Hasta yo lo sabía. Lidia intentaba evitar que el interrogatorio siguiera determinado derrotero, arrojándose bajo las ruedas de un tren por ti.

—Entonces estás haciendo conjeturas.

—Las estaba haciendo. ¿Cuándo?

La rueda dejó oír un chasquido y giró a la derecha, luego hacia la izquierda, de nuevo hacia la izquierda, y mantuvo el rumbo. La sonda acústica indicaba la profundidad: diez brazas. El mar era muy poco profundo en esa zona.

Marchuk carraspeó o rio.

—En el puerto. Pasé tanto tiempo allí mientras preparaban el buque... Mira, generalmente estoy ocupado mientras reparan el buque porque los astilleros te endilgan tanta mierda...: planchas de calidad inferior, soldaduras malas, calderas agrietadas. La Marina de Guerra se lleva el material de calidad, así que hay que dedicar muchas horas a conseguir material decente. Esta vez, otros se ocuparon de ello.

»En pocas palabras: me aburría, y mi esposa había estado un mes en Kiev. Mira, ésta es una historia típicamente sensiblera. Unos chicos de la Armada querían comer en un auténtico restaurante de marineros y los llevé al Cuerno de Oro. Zina trabajaba de camarera allí.

Todos intentamos ligar con ella. Cuando mis invitados se hubieron acostado, totalmente borrachos, yo volví al restaurante. Fue la única vez que he hecho algo así. Ni siquiera sabía cuál era su apellido. Puedes imaginarte la sorpresa que me llevé cuando la vi a bordo.

—¿Zina pidió que la enrolaran en el *Estrella Polar*?

—Sí, pero un capitán no tiene autoridad en estos casos.

Arkady pensó que Marchuk estaba diciendo la verdad. Aunque Marchuk le hubiera asignado la litera, desde luego no la habría colocado bajo los ojos de Lidia Taratuta.

—¿Viste a Zina la noche del baile?

—Yo me encontraba en el comedor de oficiales. Hice que preparasen una cena fría para los pescadores norteamericanos.

—¿De qué barcos eran?

—Del *Eagle* y del *Merry Jane*. Las tripulaciones se fueron al baile y los capitanes se quedaron para hablar de las cartas de navegación.

—¿Entre los capitanes hay diferencias de opinión?

—No serían capitanes si no las hubiera. Por supuesto, hay diferencias en la formación de los capitanes. Un capitán soviético tiene que estudiar seis años en una escuela náutica, luego pasar dos años como oficial en un barco de cabotaje, luego otros dos años en un buque de altura hasta que, finalmente, le conceden el título de capitán de buques de altura. Siempre hay unos cuantos, a quienes no vamos a nombrar, que piensan que un padre en el Ministerio puede hacerles oficiales, pero son casos excepcionales. Un capitán soviético tiene títulos de navegación, electrónica, construcción naval y derecho marítimo. Un norteamericano compra, así como lo oyes, compra un barco y se convierte en capitán. El hecho es que cuando zarpemos de Dutch Harbor iremos a la región de los hielos. Allí hay buena pesca, pero tienes que saber lo que haces.

—¿Lidia estuvo contigo?

—Todo el tiempo.

A Arkady no le hizo ninguna gracia lo de los hielos. El cielo ya aparecía cubierto de niebla. Una capa de hielo en el mar, el agua pavimentada de blanco, todo ello haría desaparecer el poco sentido de las dimensiones que todavía le quedaba. Además, detestaba el frío.

—¡Qué distancia hay del comedor de oficiales a popa?

—Unos cien metros. A estas alturas ya deberías saberlo.

—Es sólo que hay algo que no entiendo. Lidia dice que salió un momento de aquí y, casualmente, vio a Zina en la cubierta de popa. Pero desde aquí no puede verse la cubierta de popa, aunque tengas una vista muy penetrante. Tienes que andar hasta allí. Eso representa doscientos metros en total, ir de un extremo a otro del buque y luego volver. Es decir, Lidia recorrió esa distancia bajo el frío para fumarse un cigarrillo y, casualmente, vio a una joven rival que murió aquella misma noche. ¿Por qué haría Lidia una cosa así?

—Quizás es tonta.

—No; creo que está enamorada de ti.

Marchuk guardó silencio. La nieve chocaba contra el parabrisas y abría cráteres mojados, lo cual quería decir que en el exterior no helaba. La nieve espesa calmaba también las aguas y el *Estrella Polar* parecía navegar sin ninguna dificultad bajo la noche.

—Me siguió —dijo Marchuk—. Encontré una nota debajo de mi puerta diciéndome que Zina quería hablar conmigo. Decía solamente que me reuniera con ella a popa a las once.

—¿Era de Zina?

—Reconocí la letra.

—De modo que habías recibido otras notas, ¿eh?

—Sí, una o dos veces. Lidia se enteró. Las mujeres tienen un sexto sentido para estas cosas; sencillamente las saben. Lidia es más celosa que mi propia mujer. De todos modos, lo único que Zina quería saber era con quién bajaría a tierra en Dutch Harbor. No quería cargar con ninguna vieja. Le dije que las listas las redactaba Volovoi y no yo.

—En Vladivostok, la noche que estuviste con Zina, ¿fuiste a su casa?

—Desde luego, no iba a llevármela a la mía.

—Descríbela.

—Un piso en la calle Russkaya. Bastante bonito, de hecho...: figurillas africanas, grabados japoneses, muchas armas de fuego. Lo compartía con un tipo que se hallaba ausente. Yo le hubiera denunciado por lo de las armas, pero hubiese tenido que explicar cómo las había visto. No hubiese sentado bien en el cuartel general de la flota...: un capitán destacado denunciando a un hombre tras acostarse con su mujer. No sé por qué te lo estoy contando.

—Porque más adelante puedes negarlo todo. Por esto me escogiste para empezar, para poder rechazar todo lo que yo averigüe si no te gusta. Lo que no entiendo es por qué quisiste que se llevara a cabo una investigación, a sabiendas de las historias que quizá saldrían a la superficie. ¿Fue una locura o una estupidez de tu parte?

Marchuk permaneció callado tanto tiempo que Arkady pensó que tal vez no había oído la pregunta. En cualquier caso, el capitán no era el primer hombre con apetito sexual.

Cuando finalmente habló, lo hizo con voz sofocada por el asco que se inspiraba a sí mismo:

—Te diré por qué. Hace dos años tenía un pesquero de arrastre en el mar de Japón. Era de noche, con mal tiempo; viento de fuerza nueve. Yo intentaba alcanzar el cupo porque acababan de nombrarme capitán destacado. Bueno, el caso es que hice salir a mis hombres a cubierta. Una ola nos golpeó de costado. Ocurre a veces. Cuando ha pasado, cuentas las cabezas. Nos faltaba un hombre. Sus botas estaban en cubierta, pero él había desaparecido. ¿La ola se lo llevó por la borda? ¿Por la rampa? No lo sé. Naturalmente, dejamos de pescar y lo buscamos. De noche, con semejantes olas, en aguas tan frías, seguramente murió de hipotermia en cuestión de minutos. O le entró agua por la boca y se fue directamente al fondo. No dimos con él. Cursé un mensaje por radio al mando de la flota en Vladivostok informando de la muerte. Me ordenaron que siguiese buscando y también que inspeccionara el barco para tener la certeza de que no faltaba ningún chaleco salvavidas o cualquier cosa que flotara. Nos pasamos medio día recorriendo la zona, arriba y abajo, registrando las aguas, y, por así decirlo, desmontando el barco y contando los chalecos salvavidas, las boyas, los barriles. Hasta que pudimos declarar que nada faltaba, no recibimos del mando de la flota permiso para seguir pescando. El mando de la flota no lo dijo directamente en ningún momento, pero todo el mundo sabía por qué: porque estábamos a sólo veinte millas náuticas de Japón. Para los cerebros del mando era posible que aquel pescador hubiera concebido la idea de desertar y pensara cruzar a nado las aguas casi heladas, embravecidas, en medio de la oscuridad. ¡Qué grotesco! Tuve que ordenarles a los amigos del muerto que lo buscasen, no para encontrarle, no para devolver su cadáver a la familia, sino como si se tratara de un prisionero fugitivo, como si todos fuéramos prisioneros. Y así lo hice, pero me dije a mí mismo que nunca volvería a dejar a mi tripulación a merced de lo que dispusieran en Vladivostok. ¿De modo que Zina no era perfecta? Tampoco yo lo soy. Averigua qué pasó.

—¿Por el bien de la tripulación?

—Sí.

Había algo en la nieve que confundía y, al mismo tiempo, resultaba asfixiante. El radar tenía mandos para la luminosidad, el color, el alcance. En la pantalla no había ante el buque nada salvo los puntos verdes y dispersos que indicaban el oleaje.

—¿Cuánto falta para arribar a Dutch Harbor?

—Diez horas.

—Si quieres hacer algo por tu tripulación, dale permiso para bajar a tierra. En diez horas no voy a averiguar nada.

—Tú fuiste mi compromiso con Volovoi. Es el primer oficial. Ya oíste lo que dijo.

—Tú eres el capitán. Si quieres que tu tripulación baje a tierra, da la orden correspondiente.

Marchuk volvió a guardar silencio. El cigarrillo ardió hasta quedar convertido en una pequeña brasa entre sus labios.

—Sigue buscando —dijo finalmente—. Tal vez encuentres algo.

Arkady salió por el puente exterior. Dentro, Marchuk parecía un hombre encadenado a la rueda.

16

Cuando Arkady llegó a su camarote, temblaba con tanta violencia, que decidió hacer frente a los espasmos y acabar con ellos. Tomó una toalla, bajó una cubierta y entró en un cubículo donde había duchas, ganchos para colgar la ropa y un rótulo que decía: «Un buen ciudadano respeta la propiedad ajena.» Una nota escrita a mano aconsejaba: «Lleva tus objetos valiosos contigo.»

Con el cuchillo escondido en la toalla, Arkady entró en el mayor de los lujos del *Estrella Polar*: la sauna. La había construido la propia tripulación y, si bien no era mucho mayor que una caseta, era toda de cedro rojo. En una caja de cedro había cantos rodados que eran calentados por tuberías que traían vapor desde la lavandería. Un cubo también de cedro contenía agua y un cucharón de la misma madera. En el aire ya flotaba una neblina satisfactoria. Del banco de arriba colgaban dos pares de piernas, pero eran demasiado largas y delgadas para ser piernas de asesinos.

Ya fuera en un balneario suntuoso de Moscú o en una cabaña de Siberia, un credo ruso afirmaba que nada curaba más males que una sauna. Resfriados, artritis, enfermedades de los nervios y de las vías respiratorias y especialmente resacas encontraban alivio en el bálsamo del vapor y, como se utilizaba constantemente, la pequeña sauna del *Estrella Polar* siempre estaba caliente. Los poros de la piel de Arkady se abrieron por completo a la vez que sentía la picazón del sudor en el cuero cabelludo y el pecho. Aunque le escocían las manos y los pies, no se le habían puesto blancos, la primera señal de congelación. Una vez se hubiese librado de los temblores, podría pensar con claridad. Al echar más agua sobre ellas, las piedras adquirieron un color negro lustroso y luego, con la misma rapidez, se volvieron grises al secarse. La neblina recalentada se hizo más densa. En el rincón había unas ramas de abedul para azotar la piel y expulsar los venenos de una borrachera fuerte, pero Arkady nunca había sido partidario de autoflagelarse, aunque fuera con la excusa de los cuidados médicos.

—¿Piensas comprar algo? —preguntó una voz en inglés surgiendo de la nube. Era Lantz, el observador del Departamento de Pesca norteamericano—. Se trate de polvo o de mierda, Dutch está en la ruta. Muchos de esos pesqueros se desvían de una forma muy curiosa y llegan hasta Colombia, hasta Baja.

—Lo mío es la cerveza y no pienso dejarla —la otra voz pertenecía al representante llamado Day.

—¿Has probado las rocas alguna vez? Se fuman en pipa. Muy intensas. Te relajarán en un abrir y cerrar de ojos.

—No, gracias.

—¿Estás preocupado? Te prepararé un cóctel; parece un cigarrillo normal y corriente.

—Ni siquiera fumo tabaco. Después de esto, me vuelvo a la escuela. No pienso darle al crack en el Yukón. Déjame en paz.

—¡Qué rollo de tío! —exclamó Lantz mientras Day descendía de la neblina y salía por la puerta. Se oyó un ruido como si Lantz se sonara las narices con la toalla. Poco a poco bajó del banco. Era todo piel y huesos, como una salamandra de color claro y patas largas. Sus ojos distinguieron por fin a la persona que se hallaba sentada en el banco de abajo—. Vaya, mira quién se dedica a escuchar lo que dicen los demás. ¿Qué me cuentas, Renko? ¿Vas a tomar tus dólares norteamericanos y a bajar corriendo a tierra cuando lleguemos a Dutch Harbor?

—No creo que baje a tierra —contestó Arkady.

—Nadie bajará. Dicen que les has jodido la marrana a todos.

—Podría ser.

—Y he oído decir que, aunque todos los demás bajen, tú te quedarás a bordo. ¿Se puede saber qué eres tú, Renko? ¿Un policía o un preso?

—Trabajar en un buque de altura es un empleo muy codiciado.

—Si te dejan bajar a tierra de vez en cuando, pero no si te quedases atrapado a bordo. ¡Pobre camarada Renko!

—Parece que me estoy perdiendo algo bueno.

—Parece que lo necesitas mucho. Y te pasarás el rato paseando por cubierta con la esperanza de que alguien te traiga un paquete de pitillos. Patético.

—Es verdad.

—Te traeré un caramelo chupón, goma de mascar... Ya lo verás. ¡Será lo mejor de tu viaje!

La puerta aspiró vapor hacia fuera cuando Lantz salió de la sauna. Arkady arrojó más agua a la caja y volvió a dejarse caer en el banco. Se asustó al ver que hasta un norteamericano se percataba de sus grandes apuros.

También le asustaba pensar en lo poco que entendía. No tenía sentido que Zina saliera del baile sólo para preguntarle a Marchuk quiénes la acompañarían cuando fuese de compras en Dutch Harbor. Y luego se había quedado en la cubierta de popa. Según las notas de Skiba y Slezko, Lidia había cruzado la cubierta central del buque a las 11.15, momento en que Zina aún vivía y se encontraba junto a la barandilla de popa. Faltaban catorce minutos para que Ridley volviera al *Eagle* y cincuenta y cinco para que el *Eagle* se alejara de allí. Zina era demasiado lista para tratar de desertar cuando había un pesquero norteamericano atado al buque factoría. Vladivostok exigiría que se llevara a cabo un registro en el *Eagle* y en el *Merry Jane*, y la compañía, la mitad de la cual era de propiedad soviética, accedería a ello. A juzgar por lo que había dicho Marchuk, las dos condiciones para que una desaparición tuviera éxito era que los norteamericanos estuvieran lejos, en un punto a donde no pudiera llegarse nadando, y que del *Estrella Polar* no faltase ningún chaleco salvavidas ni algo por el estilo. Si la deserción era imposible, ¿qué había querido Zina?

Lo que dijera Day sobre la cerveza se le había atragantado. Los arrastreros de Sajalín habían ganado un dinero extra recogiendo cajas de cerveza japonesa que encontraban atadas a nasas para pescar cangrejos. A cambio de ellas, dejaban sacos llenos de huevas de salmón. Le hubiera sentado bien una de aquellas cervezas, fría como el mar, en vez de la jaqueca líquida y caliente que elaboraba Obidin.

La puerta de la sauna se abrió y le pareció ver, en medio del espeso vapor, que el recién llegado calzaba zapatos. Era un hombre corpulento, desnudo a excepción de una toalla atada a la cintura, y no llevaba zapatos, sino que sus pies eran de color azul oscuro, casi morados. Lucía en ellos un tatuaje de espirales llamativas y cada uno de los dedos sobresalía como si formasen parte de una garra de color verde. El leonino dibujo le llegaba hasta las rodillas, como un grifón. Era lo que un científico hubiese llamado un mesomorfo, musculoso y de pecho casi tan hondo como ancho. Algunos de los tatuajes más viejos se habían vuelto borrosos, pero Arkady pudo distinguir rollizas mujeres encadenadas que subían por los muslos hacia las llamas rojas que se extendían a lo largo del borde de la toalla. El estómago aparecía adornado con nubes azules. En el lado derecho de la caja torácica había una herida sangrante con el nombre de Cristo; en el izquierdo, un buitre sujetando un corazón. El pecho del hombre estaba lleno de tejido cicatrizal. Los administradores de los campos de trabajo hacían eso: si un prisionero se hacía un tatuaje que no les gustaba, se lo quemaban con permanganato potásico. Los brazos del hombre eran mangas verdes: el derecho, cubierto de dragones descoloridos; el izquierdo, mostrando los nombres de prisiones, campos de trabajo, campos de tránsito: Vladimir, Tashkent, Potma, Sosnovka, Kolima, Magadan y más; una lista que denotaba una amplia experiencia personal. Los tatuajes se detenían en las muñecas y en el cuello; el efecto total era el de un hombre que vistiera un traje azul muy ceñido, o el de una cabeza y unos brazos pálidos que estuvieran levitando. Otro efecto era que una persona, al ver aquella especie de salvaje, sabía en el acto que se trataba de un *urka*, que es el nombre que en Rusia dan a un delincuente profesional.

Se trataba de Karp Korobetz, el capataz. Dirigió una amplia sonrisa a Arkady y dijo:

—Te veo muy jodido.

—Yo te conozco —dijo Arkady al mismo tiempo que le reconocía.

—Fue hace doce años. El otro día, cuando empezaste a hacer preguntas, me dije a mí mismo: «Renko, Renko, ese nombre me suena.»

—Artículo 146, atraco a mano armada.

—Intentaste que me ahorcaran por asesinato —le recordó Karp.

La memoria de Arkady funcionaba ya a la perfección. Doce años antes, Korobetz era un chico corpulento y blando que explotaba a putas que le doblaban en edad en un turbulento sector de Moscú. Por regla general, existía un acuerdo entre los macarras y la Milicia, sobre todo en aquel tiempo en que oficialmente no había prostitución, pero al chico le dio por robar a las víctimas cuando se habían bajado ya los pantalones. Un viejo, un ex combatiente con el pecho cubierto de medallas, ofreció resistencia y Karp le hizo callar a martillazos. En aquel tiempo tenía el cabello de color más claro y más largo, con trenzas caprichosas alrededor de las orejas. Arkady había comparecido durante el juicio sólo para prestar declaración en calidad de investigador principal para casos de homicidios. Pero había otra razón por la que no había reconocido a Korobetz. Tenía el rostro cambiado y, de hecho, el borde del pelo llegaba más abajo que antes. Si los prisioneros se tatuaban algo en la frente, algo como, por ejemplo, «Esclavo de la URSS», las autoridades hacían que les quitasen la piel por medio de una operación quirúrgica. Todo el cuero cabelludo se había desplazado hacia delante.

—¿Qué escribiste ahí? —Arkady señaló la frente del capataz.

—«Los comunistas beben la sangre del pueblo.»

—¿Todo eso te cupo en la frente? —Arkady quedó impresionado—. ¿Y ahí? —añadió, mirándole el pecho.

—«El partido es la muerte.» Eso me lo quitaron con ácido en Sosnovka. Entonces escribí «El partido es una puta». Después de que me quitaran eso también, la piel quedó inservible y no pude escribir más cosas.

—Tu carrera fue corta. Bueno, Pushkin murió joven.

Karp apartó un jirón de vapor. Sus ojos de color azul grisáceo yacían en una arruga que atravesaba el caballete de la nariz. Se peinó el pelo húmedo con los dedos. Llevaba el cabello largo en la coronilla y corto en los lados, al estilo soviético, a la vez que su cuerpo era ahora el de un hombre de Neanderthal. Un hombre de Neanderthal embadurnado de tinta.

—Debería darte las gracias —dijo Karp—. En Sosnovka aprendí un oficio.

—No me des las gracias a mí. Dáselas a las personas a las que robaste y golpeaste; ellas fueron las que te identificaron.

—Nos enseñaron a hacer cajas de televisores. ¿Has tenido alguna vez un televisor Melodya? Puede que la caja la hiciese yo. Por supuesto, de eso hace mucho tiempo, antes de que mi rehabilitación social surtiese efecto.

¿Te das cuenta de lo extraña que es la vida? Ahora soy un marinero de primera clase y tú eres un marinero de segunda clase. Y yo estoy por encima de ti.

—El mar es un lugar extraño.

—Tú eres la última persona a la que esperaba encontrar en el *Estrella Polar*. ¿Qué le ocurrió al engreído investigador?

—La tierra es un lugar extraño.

—Ahora todo te resulta extraño. Eso es lo que pasa cuando pierdes tu mesa de despacho y tu carnet del partido. Dime, ¿qué estás haciendo para el supuesto ingeniero eléctrico de la flota?

—Estoy haciendo algo para el capitán.

—¡A la mierda el capitán! Dónde te crees que estás, ¿en el centro de Moscú? Hay unos diez oficiales en el *Estrella Polar*; el resto son tripulantes. Tenemos nuestro propio sistema; resolvemos las cosas entre nosotros mismos. Yo resuelvo las cosas. ¿Por qué haces preguntas acerca de Zina Patiashvili?

—Porque tuvo un accidente.

—Eso ya lo sé; fui yo quien la encontró. Si se trata de un simple accidente, ¿por qué te han pedido que investigaras?

—Por mi experiencia. Tú conoces mi experiencia. ¿Qué sabes de Zina?

—Era una honrada trabajadora. Su muerte ha sido una gran pérdida para el buque. —Karp sonrió mostrando sus muelas de oro—. ¿Ves? Me enseñaron a decir todas esas estupideces.

Arkady se puso en pie. Los ojos de los dos hombres estaban a la misma altura, aunque Karp era más corpulento.

—Fui un estúpido al no reconocerte —dijo Arkady—. Y tú has sido doblemente estúpido al decirme quién eres.

Sus palabras parecieron herir a Karp.

—Creí que te complacería ver que me he reformado y que ahora soy un trabajador modelo. Tenía la esperanza de que pudiéramos ser amigos, pero veo que no has cambiado nada. —Con aire de haberle perdonado, se inclinó hacia Arkady para ofrecerle un consejo—: En el campo teníamos un tipo que me recordaba a ti. Era un preso político, un oficial del Ejército que se negó a llevar sus tanques a Checoslovaquia para aplastar a los contra-rrevolucionarios… o algo por el estilo. Yo era el jefe de su sección y el tipo era incapaz de obedecer órdenes; se figuraba que todavía era él quien mandaba. Nos lleva-ban a un ramal corto del ferrocarril y allí talábamos ár-boles y los cargábamos. Éramos lo que se llama un co-lectivo forestal. Un trabajo saludable y regenerador a unos treinta grados bajo cero. La parte peligrosa viene cuando tienes los árboles apilados en el suelo, porque a veces echan a rodar. Es curioso que el único tipo que tenía una cultura, ese oficial del que te hablaba, fuera el que sufrió el accidente, y ni siquiera fue un accidente. Él dijo que le habían inmovilizado mientras alguien le rompía los huesos con el mango de un hacha. Quiero decir los huesos de los antebrazos, de la parte inferior de los brazos, de las manos, de los dedos… ¡Todos! Ima-gínate. Tú has visto fiambres y sabes que el cuerpo tiene un montón de huesos. Pero yo estaba allí y no vi nada de lo que él dijo. Es lo que pasa cuando cometes un error y un montón de troncos se te viene encima. El tipo se volvió loco. Al final murió de una perforación del bazo.

Apuesto a que para entonces ya deseaba morir para no tener que pasarse el resto de su vida convertido en una especie de cáscara de huevo rota. Si te hablo de él es sólo porque me recordaba a ti y tú me recuerdas a él, y también porque un buque en alta mar es un lugar peligroso. Eso es lo que quería decirte. Deberías andarte con cuidado —dijo Karp al salir—. Aprende a nadar.

Los temblores de Arkady redoblaron. Se preguntó si alguna vez se había asustado tanto en sus tiempos de investigador. Quizás era justo que hubiese llegado de un sitio tan lejano como Moscú para navegar con Karp Korobetz. ¿Por qué no le había reconocido? El nombre no era tan común. Por otro lado, cabía preguntarse si la propia madre de Karp le hubiera reconocido ahora.

El capataz era la persona que le había arrojado a la bodega del pescado; sus temblores se lo decían. Le habían transportado tres hombres y probablemente otro se había adelantado y otro les seguía. Sin duda eran Karp y su equipo de cubierta, aquel equipo bien organizado, ganador de la competición socialista.

El sudor brotaba del cuerpo de Arkady, dándole un lustre propio del miedo. Karp estaba loco, no era un simple caso de «esquizofrenia perezosa». Pero tampoco era imbécil; así pues, ¿por qué habría llamado la atención sobre sí mismo cuando Arkady aún poseía cierta autoridad, aunque fuese temporal?

¿Qué había dicho y qué había omitido Karp? No mencionó la bodega del pescado. ¿Por qué iba a mencionarla? Pero tampoco habló de Dutch Harbor. Todos los demás tripulantes estaban preocupados por el permiso para bajar a tierra; todos menos Karp. Lo que quería el capataz era averiguar cosas referentes a Hess.

Y, sobre todo, quería infundirle un poco de terror, y lo había conseguido.

De nuevo se abrió la puerta de la sauna. Arkady vio un pie oscuro e inmediatamente alargó la mano hacia atrás para tomar el cuchillo. Sin embargo, cuando el aire fresco que entraba por la puerta abierta dispersó la neblina, pudo ver que el pie era un zapato, un Reebok de color azul.

—¿Slava?

El tercer oficial apartaba el vapor con gestos irritados.

—Renko, te he estado buscando por todas partes. ¡La he encontrado! ¡He encontrado la nota!

Arkady seguía sin poder quitarse a Karp de la cabeza.

—¿Qué? ¿De qué me estás hablando?

—Mientras tú dormías y tomabas saunas, yo he encontrado la nota de Zina Patiashvili. Escribió una nota. —El rostro de Slava apareció entre la neblina—. Una nota de suicidio. Es perfecta. Entraremos en el puerto.

TIERRA

17

Rodeaba Dutch Harbor un anillo de verdes acantilados cubiertos de espesas hierbas subárticas. No había árboles, nada mayor que un arbusto, pero el viento, al soplar sobre la hierba, producía un efecto mágico, como si las colinas fuesen una ola.

La isla se llamaba en realidad Unalaska y en una orilla de la bahía se alzaba un poblado aleuta que llevaba ese nombre, una línea de casitas junto a la playa y, al final de la línea, una iglesia ortodoxa rusa construida con madera pintada de blanco. Sin embargo, Arkady no podía ver la población de Dutch Harbor, pues quedaba más allá de un depósito de tanques de petróleo y del rompeolas que protegía un muelle de carga en el que se acumulaban chatarra herrumbrosa, nieve sucia, bombas de gas e hileras de jaulas de media tonelada que se usaban para pescar cangrejos. Más allá se extendía un muelle en el que estaban atracados unos pesqueros y un buque de gran calado convertido en fábrica de conservas, y cuyo casco aparecía rodeado de una valla de pilotes. Detrás de todo esto, las laderas de las colinas subían abruptamente hasta los picos volcánicos ribeteados de piedra negra y nieve.

Arkady pensó que era extraño ver cómo los ojos pasaban hambre de colores. El sol se filtraba entre las nubes y su luz iluminaba algunos puntos de la bahía. Desde los acantilados más bajos, unas aves de las denominadas frailecillos se arrojaban al mar y caían como piedras en el agua. Las águilas emprendían el vuelo desde los acantilados más altos y se remontaban en el aire para inspeccionar el *Estrella Polar*; eran unas aves enormes, de color pardo, con cabeza blanca e imperiosa y ojos de color ámbar. Era como estar en la cima del mundo.

Los norteamericanos ya habían bajado a tierra en la lancha del práctico. Susan volvería a casa ataviada con una chaqueta de pescador que le habían regalado y que aparecía adornada con alfileres. Al marcharse del buque, había repartido besos de despedida con la generosidad de quien sale de la cárcel. A bordo de la lancha del práctico llegó un nuevo representante jefe con una maleta que contenía cien mil dólares, las divisas extranjeras para la escala del *Estrella Polar*. Toda la tripulación había esperado mientras se contaban los billetes y luego se contaban otra vez en el camarote del capitán.

Ahora, después de cuatro meses de pesca, los compañeros de trabajo de Arkady hacían cola junto a la barandilla de estribor y bajaban por una pasarela para embarcar en el bote salvavidas que les llevaría, a ellos y a sus dólares norteamericanos, al puerto con el que habían soñado durante todo aquel tiempo. Pero no se les notaba. Un marinero soviético podía vestirse para ocasiones especiales, pero eso no quería decir que también se afeitara. Sí lustraba sus zapatos, se peinaba bien y se ponía su chaqueta de deporte aunque las mangas fueran demasiado cortas. También mostraba una expresión de máxima indiferencia, no sólo por Volovoi, sino también por sí mismo, de modo que la expectación sólo se notaba en sus ojos semicerrados y cautelosos.

Había excepciones. Debajo del ala de un gorro cuadrado de campesino, los ojos de Obidin se hallaban clavados en la iglesia que se alzaba al otro lado del agua. Kolya Mer se había metido numerosas macetas de cartón debajo de la chaqueta y contemplaba las colinas como Darwin contemplaría la costa al desembarcar en las Galápagos. Las mujeres llevaban sus mejores vestidos de algodón debajo de las habituales capas de jerséis y chaquetones de piel de conejo. También ellas mostraban una expresión de turista desanimado, hasta que se miraban unas a otras y prorrumpían en risitas nerviosas, y luego saludaban con la mano a Natasha, que se encontraba en cubierta con Arkady.

Las mejillas de Natasha aparecían casi tan rojas como sus labios pintados y no llevaba uno, sino dos peines, como si fuera a necesitar munición extra en Dutch Harbor.

—Es la primera vez que visito Estados Unidos —dijo a Arkady—. No parecen tan diferentes de la Unión Soviética. Tú ya has estado aquí. ¿Dónde?

—En Nueva York.

—Eso es diferente.

—Sí —reconoció Arkady tras una pausa.

—Bueno, ¿así que has venido a despedirme?

Natasha parecía a punto de volar por encima de las aguas hacia los comercios que esperaban en tierra. En realidad, Arkady estaba allí para ver si Karp bajaba a tierra. Hasta el momento no había bajado.

—Para darte las gracias y despedirme de ti —dijo.

—Sólo serán unas horas.

—Aun así.

Natasha bajó la voz y los ojos.

—Trabajar contigo ha sido una experiencia estimulante para mí, Arkady Kiriovich. No te importa que te llame Arkady Kiriovich, ¿verdad?

—Como gustes.

—Te hubiera tomado por tonto, pero ahora veo que no lo eres.

—Gracias.

—El asunto ha concluido bien.

—Sí, el capitán ha declarado la investigación oficialmente cerrada. Puede que ni siquiera se lleve a cabo otra investigación en Vladivostok.

—Fue una suerte que el tercer oficial Bukovsky encontrara aquella nota.

—Algo más que una suerte; fue increíble —comentó Arkady recordando que él había mirado debajo del colchón de Zina mucho antes de que Slava encontrase la nota allí.

—¡Natasha! —A medida que iban desfilando junto a la barandilla, las amigas de Natasha movían frenéticamente las manos indicándole que ocupara su lugar en la cola.

Natasha parecía a punto de correr, de navegar, de volar, pero en su frente había una arruga de preocupación porque había visto a Arkady registrar la cama antes de que apareciese la nota.

—En el baile no se la veía tan alicaída como para suicidarse.

—No —tuvo que reconocer Arkady.

Bailar y flirtear no eran, en efecto, los síntomas habituales de la depresión. La última pregunta fue la más difícil para Natasha.

—¿De veras crees que se suicidó? ¿La creías capaz de hacer algo tan irreflexivo?

Arkady pensó un poco antes de contestar porque sabía que Natasha llevaba meses esperando ilusionadamente la excursión de ese día y, pese a ello, se hubiera quedado a bordo con él, empujada por la lealtad, de haberle dado alguna razón para ello.

—Pienso que es irreflexivo escribir una nota de suicidio. Yo no lo habría hecho. —Señaló el bote salvavidas—. Date prisa o se te escapará el bote.

—¿Qué quieres que te traiga? —La arruga había desaparecido de la frente de Natasha.

—Las obras completas de Shakespeare, una cámara de vídeo, un coche.

—Eso no puedo traértelo. —Natasha se encontraba ya en la escalerilla que bajaba a cubierta.

—Con una fruta tengo suficiente.

Natasha se abrió paso a codazos hasta donde estaban sus amigas en el preciso momento que empezaban a bajar por la pasarela. Arkady pensó que eran como niñas, como las que se veían en Moscú golpeando el suelo con los pies delante de la escuela en las oscuras mañanas de diciembre, abrigadas hasta los ojos, aquellos ojos que se iluminaban al abrirse la puerta para que pudieran entrar en las aulas bien caldeadas. Sintió deseos de unirse a ellas.

El bote salvavidas parecía un submarino que hubiera salido a la superficie; tenía cabida para cuarenta pasajeros en caso de naufragio y estaba pintado de ese color que llamaban «anaranjado internacional». Para la excursión habían abierto las escotillas con el fin de que el timonel y los pasajeros pudieran disfrutar del aire fresco. Natasha volvió a saludar con la mano antes de adoptar una pose de decidida seriedad soviética. El bote empezó a alejarse, y sus ocupantes, vestidos con ropa de colores apagados que contrastaban con el anaranjado del bote, parecían dirigirse a un entierro o a una merienda campestre.

El *Merry Jane* se acercaba para llevar a más gente a tierra, y junto a la barandilla se había formado una nueva cola. Uno de los que esperaban era Pavel, del equipo de cubierta de Karp. Pavel miró a Arkady y se pasó un dedo por la garganta.

Arkady pensó que la tierra olía de verdad. Unalaska olía como un jardín, y Arkady sintió deseos de caminar sobre tierra firme y abandonar la barcaza donde había vivido los últimos diez meses, aunque sólo fuera durante una hora.

Hasta el momento no había hablado con nadie de la agresión que había sufrido. ¿Qué podía decir? No había visto a Karp ni a los demás hombres. Hubiera sido su palabra contra la de seis marineros de primera que, además, eran hombres políticamente fiables y socialmente responsables. Lo único que podía demostrarse era que había inhalado vapores y sufrido las consiguientes alucinaciones. Y que había intentado pegar fuego a la bodega del pescado.

El humo ensuciaba el aire sobre el lugar donde seguramente estaba Dutch Harbor. ¿Sería muy grande la población? Jirones más limpios colgaban de las laderas de las montañas que se alzaban directamente desde el fondo del océano. Arkady imaginó que remontaba el vuelo sobre las montañas y descendía hacia el valle verde, acercándose lo suficiente para ver las preciosas orquídeas de Kolya Mer, lo suficiente para recoger tierra con la mano.

El bote salvavidas surcaba ahora las aguas frente a las casitas de los aleutas. El bote anaranjado, navegando por delante de la iglesia blanca, era una bonita escena. Arkady se imaginó a Zina en el bote.

—Es irónico —dijo Hess, colocándose junto a Arkady.

El ingeniero eléctrico de la flota estaba resplandeciente con su lustrosa cazadora negra, sus tejanos y sus botas de fieltro siberiano. Arkady no le había visto desde la mañana del día anterior. Desde luego, Hess era bajito; cabía incluso que fuera lo bastante bajito como para moverse por el buque sin que nadie le viera, utilizando las chimeneas y los respiraderos.

—¿Qué es irónico? —preguntó Arkady.

—Que el único miembro de la tripulación que una vez tuvo la oportunidad de desertar, el único hombre cuya lealtad ha sido realmente puesta a prueba, sea el único a quien no se le permite abandonar el buque.

—En lo que se refiere a la ironía, vamos en cabeza en el mundo.

Hess sonrió. La brisa le alborotaba el pelo, pero él permanecía firmemente plantado en cubierta, en la sólida postura del marinero, mientras sus ojos se fijaban en todo lo que había a su alrededor.

—Bonito puerto. Durante la guerra los norteamericanos tenían cincuenta mil hombres aquí. Si Dutch Harbor fuera nuestro, seguiría habiendo cincuenta mil hombres, en vez de unos cuantos nativos y un puñado de redes de pesca. Bueno, a veces los norteamericanos son gente melindrosa. El océano Pacífico es un lago norteamericano. Alaska, San Francisco, Pearl Harbor, Midway, las Marshall, las Fiji, Samoa, las Marianas... Todo es suyo.

—¿Vas a bajar a tierra?

—A estirar las piernas. Podría ser interesante.

Arkady se dijo que quizá no lo sería para un ingeniero eléctrico de la flota, pero sí para un oficial del Servicio de Información de la Marina: un paseo por el principal puerto de las Aleutianas podía resultar informativo.

Hess dijo:

—Permíteme que te felicite por resolver el caso de aquella pobre chica.

—Tus felicitaciones deberían ser todas para Slava Bukovsky, porque él encontró la nota. Yo había registrado el mismo sitio sin encontrar absolutamente nada.

Arkady había examinado la nota después de que Slava dejara de alardear de su descubrimiento. Estaba escrita en la mitad de una página rayada que parecía proceder de la libreta espiral de Zina. La letra era de Zina; las huellas dactilares, de ella y de Slava.

—Pero ¿fue un suicidio?

—Una nota de suicidio es prueba concluyente de suicidio. Por supuesto, recibir un golpe mortal en la parte posterior de la cabeza y una cuchillada o más después de morir es prueba de otra cosa.

Hess parecía estar estudiando el pesquero de arrastre que se mecía al lado del *Estrella Polar*. Arkady se preguntó si sería un oficial del cuerpo general. Teniendo en cuenta la lentitud con que ascendían a los alemanes, quizá no fuera más que un capitán de segunda. Pese a ello, si se encontraba cerca de Leningrado, cerca del cuartel general de la marina, tal vez daba clases en las academias de oficiales y tenía título de profesor. Hess parecía un profesor, en efecto.

—El capitán se sintió aliviado cuando supo que te mostrabas de acuerdo con las conclusiones de Bukovsky. De no haber estado tú enfermo en cama, te hubiera interrogado personalmente. Ahora tienes mejor aspecto.

Los temblores habían perseguido a Arkady hasta su camarote, era cierto, y ahora se sentía mejor; lo suficiente para encender un Belomor y empezar a envenenarse de nuevo. Tiró la cerilla lejos de sí.

—Y tú, camarada Hess —preguntó—, ¿te sentiste aliviado?

Hess se permitió otra sonrisa.

—Pensé que era una conclusión demasiado oportuna para que tuvieras algo que ver con ella. Pero podrías haber corregido a Bukovsky y hablado con el capitán.

—¿E impedir que la gente bajara a tierra? —Arkady contempló cómo un tripulante portugués ayudaba a madame Malzeva a subir al pesquero desde la pasarela. La mujer bajó con pasitos delicados, el chal sobre los hombros, como si embarcara en una góndola—. Ésta es la razón de todo el viaje para ellos. No voy a estropearles los dos días que pasarán aquí. ¿Volovoi ha bajado a tierra?

—No, pero el capitán sí ha bajado. Ya conoces el reglamento; el capitán o el comisario debe permanecer en el buque en todo momento. Marchuk bajó en la lancha del práctico para cerciorarse de que los comerciantes de Dutch Harbor estaban preparados para nuestra invasión. He oído decir que no sólo están preparados, sino ansiando vernos. —Miró a Arkady—. Entonces es un asesinato, ¿eh? Cuando volvamos a estar en alta mar, ¿seguirás haciendo preguntas? La investigación ha concluido oficialmente. No tendrás el apoyo del capitán, ni siquiera podrás contar con la ayuda de Bukovsky. Estarás completamente solo: un trabajador de la factoría del fondo del buque. Parece peligroso. Aunque supieras quién fue el responsable de la muerte de la muchacha, quizá sería mejor olvidarlo.

—Es posible. —Arkady permaneció pensativo un momento—. Pero si fueses el asesino y te constara que yo lo sabía, ¿dejarías que viviese hasta regresar a Vladivostok?

Hess reflexionó un poco.

—Harías un largo viaje de regreso.

«O corto», pensó Arkady.

—Ven conmigo —le invitó Hess.

Hizo un gesto y Arkady entró tras él en la superestructura de popa. Supuso que iban a hablar en algún rincón tranquilo, pero Hess le llevó directamente a la cubierta de botes que había en el costado de estribor del buque. De la barandilla colgaba una escala de gato que llevaba a otro bote salvavidas que ya estaba en el agua. El timonel les hizo una señal con la mano; era el único hombre que había en el bote. Un ingeniero eléctrico de la flota no podía viajar en la abarrotada cubierta de un arrastrero.

—A tierra —dijo Hess—. Ven conmigo a Dutch Harbor. Todos los demás están disfrutando de un permiso en el puerto gracias a ti. Lo justo es que tengas alguna recompensa.

—Sabes que carezco de permiso de marinero de primera.

—Bastará con mi autoridad —Hess lo dijo a la ligera, pero también como si hablara en serio.

La idea misma de bajar a tierra surtió el efecto de un vaso de vodka. La perspectiva cambió e hizo que las casas, la iglesia y las montañas estuvieran más cerca. El viento refrescó las mejillas de Arkady y el agua empezó a lamer de forma más audible el casco del buque. Cuando Hess se puso unos guantes negros, de piel de becerro, Arkady se miró las manos desnudas, la manchada chaqueta de lona, los pantalones de tela burda y las botas de goma. Hess se percató de la autoinspección.

—Te has afeitado —dijo a Arkady—. Un hombre que se ha afeitado está en condiciones de ir a cualquier parte.

—¿Y el capitán?

—El capitán Marchuk sabe que ahora la iniciativa está a la orden del día. Lo mismo que la confianza en la lealtad de las masas.

Arkady aspiró hondo.

—¿Y Volovoi?

—Está en el puente vigilando en la otra dirección. Cuando te vea ir a tierra, tú ya habrás llegado. Eres como un león que encuentra la puerta de la jaula abierta. Veo que titubeas.

Arkady se asió a la barandilla como buscando un punto de apoyo.

—No es tan sencillo.

—Hay una cosilla —dijo Hess, sacando un papel del bolsillo de la cazadora y extendiéndolo sobre el mamparo. En la página había dos oraciones que reconocían que desertar de un buque soviético era un delito contra el Estado y que la familia del desertor podía sufrir las consecuencias—. Todo el mundo lo firma. ¿Tienes familia? ¿Esposa?

—Divorciado.

—Da lo mismo. —Cuando Arkady hubo firmado el papel, Hess dijo—: Otra cosa: nada de cuchillos en el puerto.

Arkady sacó el suyo del bolsillo de la chaqueta. Hasta el día antes, el cuchillo había vivido en el armario. Ahora Arkady y su cuchillo se habían vuelto inseparables.

—Yo te lo guardaré —prometió Hess—. Me temo que no se te han asignado divisas extranjeras para esta inesperada visita que vas a hacer. No tendrás dólares norteamericanos, ¿verdad?

—No, ni francos ni yens. Nunca los he necesitado.

Hess dobló pulcramente el papel y volvió a guardárselo en el interior de la cazadora. Como un anfitrión que disfruta al máximo de las fiestas improvisadas, propuso:

—Entonces tienes que ser mi invitado. Ven, camarada Renko; te enseñaré el famoso Dutch Harbor.

Viajaban sentados en las escotillas abiertas y aspiraban los vapores penetrantes de las aguas sedosas a causa del petróleo. Durante los últimos diez meses, Arkady ni siquiera había estado tan cerca de la superficie del agua, y mucho menos de tierra. Cuando el bote salvavidas atravesó el puerto, Arkady pudo ver que las casitas de los aleutas estaban metidas entre las montañas y la bahía, y que todas ellas parecían marchar orgullosamente detrás de la iglesia blanca con la cúpula en forma de cebolla. Había luces en las ventanas y siluetas humanas en las sombras, y la existencia misma de las sombras parecía milagrosa después de un año contemplando fijamente la niebla. Y el olor era fortísimo; el perfume salobre de la arena gris de la playa y, poderoso como la gravedad, el dulce aroma de la hierba y el musgo verdes. Incluso había un cementerio con cruces ortodoxas, como si pudiera enterrarse a la gente sin hundirla directamente en el océano.

El bote salvavidas tenía un puente minúsculo, pero el timonel, un chico rubio que llevaba un grueso jersey, utilizaba la rueda exterior. Detrás de él, en un mástil corto, ondeaba una enseña soviética como un pañuelo rojo.

—La construyeron para la guerra y luego dejaron que se desmoronase —dijo Hess, señalando una casa situada en lo alto de un acantilado. La mitad del edificio se había derrumbado, dejando a la vista escaleras y barandillas como si fueran el interior de una concha de mar. Arkady miró a su alrededor y vio otra media docena de estructuras pintadas de gris militar en otras colinas—. Me refiero a la guerra en que éramos aliados —añadió Hess para que se enterase el joven timonel.

—Lo que tú digas, jefe —aprobó el timonel.

Protegida por la tierra circundante, la bahía interior aparecía en calma. Un círculo reflejado e invertido de verde ondulante rodeaba el bote salvavidas.

—Eso fue antes de que tú nacieras —dijo Arkady al muchacho, al que ahora reconoció; un técnico de radio que se llamaba Nikolai.

Parecía el personaje de un cartel de reclutamiento: cabellos rubios como las barbas del maíz, ojos del color del trigo azulejo y los hombros anchos y la sonrisa indolente de un atleta.

—Ésa fue la guerra de mi abuelo —dijo el chico.

Al oírle, Arkady se sintió inmediatamente viejísimo, pero continuó dándole conversación.

—¿Dónde sirvió?

—En Murmansk. Hizo el viaje de ida y vuelta a Norteamérica diez veces —explicó Nikolai—. Le hundieron en dos ocasiones.

—Pero esto también es duro; me refiero al trabajo que haces tú.

Nikolai hizo un gesto de indiferencia.

—Trabajo mental.

Arkady ya había reconocido la voz del teniente de Zina. No le costaba imaginarse a Nikolai seguro de sí mismo y navegando entre las camareras del Cuerno de Oro, las estrellas reluciendo en sus charreteras, la gorra ladeada. Se le ocurrió, aunque no por primera vez, que no le habían atacado hasta que empezó a buscar al ayudante de Hess.

—¡Qué bonito es este puerto!

Los ojos de Hess se desplazaron del depósito de tanques de petróleo al muelle de cemento, que mediría unos dos kilómetros, y luego a la torre de radio que se alzaba en la colina, como si estuviesen pasando revista a los encantos de una isla tropical que no constara en los mapas.

Pensó que tal vez nadie le había visto bajar al bote. Hubiese resultado fácil quitarle de enmedio. Los buques acostumbraban tirar la basura al agua cuando entraban en puerto, lastrándola para que se hundiese. Dentro de cada bote salvavidas había un ancla extra con su correspondiente cadena.

Pero el bote salvavidas continuó deslizándose sobre la superficie iridiscente, pasando por delante de los colores primarios y húmedos de pesqueros que Arkady nunca había visto, lo bastante cerca como para ver a los hombres que limpiaban las cubiertas con mangueras e izaban redes para remendarlas, y para oír los gritos procedentes de muelles que hasta entonces habían quedado escondidos detrás del casco azul grisáceo del buque que hacía las veces de fábrica de conservas.

A medida que las colinas iban acercándose y que el puerto se estrechaba hasta quedar reducido a las dimensiones de una caleta, Arkady pudo distinguir los puntitos de color de las flores árticas y las vetas de nieve escondidas entre la hierba. El aire transportaba un humo de leña cuyo sabor se metía en la garganta. Al dejar atrás la fábrica de conservas flotante, vio que en el extremo de la caleta desembocaba una corriente de agua y que había muelles donde permanecían amarradas embarcaciones de menor calado, entre ellas algunas que se usaban para pescar con cercos de jareta y que no eran mayores que los botes de remo, así como un par de hidroaviones de un solo motor y el inconfundible color anaranjado del primer bote salvavidas del *Estrella Polar*. Slava Bukovsky estaba de guardia y puso cara de sorpresa, que en el acto dio paso al desánimo, al ver acercarse el segundo bote salvavidas. Más allá de Bukovsky había cerdos husmeando los montones de basura, águilas posadas en los tejados y, lo más milagroso de todo, hombres que pisaban tierra firme.

18

Las orquídeas siberianas habían caído en el olvido.
Kolya se encontraba en el extremo del pasillo como un
viajero entre tres postes indicadores. A su izquierda había
receptores estereofónicos con sintonizador digital y co-
rrectores gráficos de cinco bandas, todos ellos de cromo,
y negros altavoces de alta tecnología. A su derecha había
casetes Dolby de platina doble que no sólo podían repro-
ducir cintas, sino también copiarlas en gran número, como
si fueran conejos. Enfrente había una verdadera torre de
receptores del tamaño de maletas, con platina para cintas;
eran de plástico resistente y de varios colores, del rosa al
marfil pasando por el turquesa, y servían para captar la
música occidental directamente del aire. Kolya no se atrevía a mirar atrás porque había allí estanterías llenas de
grabadoras de bolsillo, cadenitas para llavero que emitían
un pitido cuando aplaudías, ositos de juguete que hablaban gracias a la cinta que llevaban dentro, relojes-calcula-
dora que grababan los kilómetros que llevabas recorridos
y te tomaban el pulso: el arsenal aturdidor y proliferante
de una civilización basada en el chip de silicio.

Kolya hizo frente a tan extraña situación echando mano de la tradicional técnica soviética: retrocediendo un par de pasos y examinando con ojos de serpiente cada uno de los artículos, como si fuera un barrilito de mantequilla rancia, actitud excelente en la Unión Soviética, donde el estante de artículos «rotos al comprarlos» a veces estaba más lleno que la vitrina de exposición; ningún soviético con experiencia salía de una tienda llevando la compra bajo el brazo sin antes haber sacado el aparato de la caja para ponerlo en marcha y comprobar que hacía algo, lo que fuese. Los compradores soviéticos también buscaban la fecha de fabricación en la etiqueta, con la esperanza de que correspondiera a un día de mediados de mes, en vez de a finales, en que la dirección de la fábrica estuviera tratando de alcanzar el cupo de televisores, grabadoras de vídeo o automóviles con o sin todas las piezas necesarias, o que correspondiese a principios de mes, cuando los trabajadores se hallaban sumidos en una especie de aturdimiento de beodo por haber alcanzado el cupo. En la tienda de Dutch Harbor no había estantes repletos de artículos defectuosos, ni se indicaban fechas en las etiquetas de los fabricantes, de modo que, habiendo llegado por fin a su destino, Kolya y otro centenar de hombres y mujeres soviéticos se encontraban como atontados ante las radios y las calculadoras extranjeras y demás artículos exóticos con los que habían soñado innumerables veces.

—¡Arkady! —Kolya se alegró muchísimo al verle—. Tú has viajado antes. ¿Dónde están los dependientes?

Era cierto que no parecía haber ninguno. Una tienda soviética cuenta con personal numeroso porque el cliente tiene que comprar en tres etapas: obtener un comprobante de un dependiente, pagar a otro y cambiar el recibo por el artículo con un tercero, todos los cuales están demasiado enfrascados en conversaciones personales o hablando por teléfono para acoger de buen grado la interrupción de un desconocido que acaba de entrar desde la calle. Además, los dependientes soviéticos esconden los artículos de calidad —el pescado fresco, las traducciones nuevas, los sujetadores húngaros— debajo del mostrador o en la trastienda y son personas que tienen su orgullo, personas sin prisa alguna por vender artículos de calidad inferior. Todo el asunto les resulta desagradable.

—Prueba con esa señora —sugirió Arkady.

Una mujer con aspecto de abuela sonreía desde un mostrador. Llevaba un suéter de mohair blanco como una zorra ártica, y sus cabellos eran de un asombroso color azul plateado. Extendidas sobre el mostrador ante ella había rodajas de naranja y de manzana y galletitas untadas con *pâté*. En una cafetera eléctrica, una tarjeta escrita en ruso decía «Café». Había también una caja registradora y la mujer recibía el dinero de algunos marineros «sofisticados» que, sencillamente, se dirigían a ella con sus aparatos estereofónicos. Destrás de la señora, un gran letrero, escrito también en ruso, decía «¡Dutch Harbor da la bienvenida al *Estrella Polar*!»

Kolya pareció sentirse aliviado hasta que se le ocurrió otra cosa.

—Arkady, ¿qué haces aquí? No tienes el visado que se necesita para venir.

—Tengo una dispensa especial.

Arkady seguía tratando de acostumbrarse a caminar sobre tierra firme. Hasta los buques factoría se balanceaban y cabeceaban, y después de diez meses a bordo de uno de ellos el cuerpo de Arkady no se fiaba del terreno llano e inmóvil. Las luces fluorescentes y los colores brillantes del almacén y los artículos que en él se vendían daban la impresión de nadar a su alrededor.

—Creía que eras un trabajador de la factoría y te conviertes en investigador —dijo Kolya—. Creía que no podías bajar a tierra y, de pronto, te presentas aquí.

—Yo mismo estoy confundido —reconoció Arkady.

Aunque Kolya quería hacerle más preguntas, sus ojos acababan de posarse en un estante lleno de cintas vírgenes, cintas de alta fidelidad que ejercían una atracción magnética en él. Arkady había reparado en que otras personas le miraban con asombro, pero todo el mundo estaba demasiado ocupado en aquel efímero paraíso para hacerle preguntas. Una figura sí se detuvo: desde el extremo del pasillo el soplón Slezko le miró con expresión de alarma, un diente de oro iluminando su rostro grisáceo. Llevaba en las manos una caja de rulos eléctricos, prueba de que existía una señora Slezkova.

—Uf! —Un maquinista se estremeció tras dar el primer mordisco a una galletita—. ¿Qué clase de carne hay en este *pâté*?

—Cacahuete —informó Izrail—. Es manteca de cacahuete.

—Oh. —El maquinista volvió a morder la galletita—. Pues no está mal.

—Renko, estás hecho todo un Lázaro —comentó Izrail—. Resucitas a cada momento. Ese asunto de Zina... no ha terminado, ¿verdad? Veo tu expresión decidida y noto que se me encoge el corazón.

—¡Arkady, has venido! —Natasha le sujetó los bra-

zos como si acabara de presentarse en un baile—. Esto
lo demuestra. Eres un ciudadano digno de confianza,
porque, de no serlo, no te hubieran dado permiso. ¿Qué
dijo Volovoi?

—Ardo en deseos de oírlo —contestó Arkady—.
¿Qué has comprado hasta ahora?

Natasha se puso colorada. La única compra que llevaba en la bolsa de malla consistía en dos naranjas.

—La ropa está arriba —dijo—. Tejanos, prendas
deportivas, zapatillas para correr.

—Albornoces y pantuflas —terció madame Malzeva.

Gury se había puesto en la muñeca un grueso reloj
que llevaba una brújula en la correa. Mientras se acercaba al mostrador iba volviéndose en distintas direcciones, como si bailara solo.

—¿Un poco de manzana? —La señora de cabellos azules le ofreció una rodaja.

—Yamaha —Gury probó suerte con su inglés—.
Software, programas, discos vírgenes.

Sin dinero, Arkady se sentía como un mirón. Cuando las dos mujeres echaron a andar hacia las escaleras,
él se retiró en dirección contraria. Al pasar frente a las
estanterías de alimentación, vio que Lidia Taratuta llenaba su bolsa de frascos de café instantáneo. Dos mecánicos compartían una caja de polos; apoyados en un
congelador, con los polos en la mano, parecían un par
de borrachos. ¿Cómo podían resistirse? La publicidad
soviética consistía en una orden: «¡Compra!» A veces
el envase llevaba una estrella, una bandera o el perfil de
una fábrica. En cambio, los envases norteamericanos
aparecían llenos de fotografías en color de mujeres in-

tocablemente bellas y de niños preciosos que disfrutaban de productos «nuevos y perfeccionados». Lidia había seguido su camino hasta la sección de detergentes, y en ese momento empezaba a llenar un carrito.

Hasta Arkady se detuvo en la sección de productos agrícolas. Sí, la lechuga empezaba a tener un color pardusco y estaba envuelta en celofán, los plátanos aparecían llenos de manchas que indicaban su edad, y muchos de los granos de uva estaban partidos y rezumaban, pero era la primera fruta natural, ni en conserva ni en almíbar, que veía desde hacía cuatro meses, de modo que se detuvo el tiempo suficiente para presentarle sus respetos. Luego, el único miembro de la tripulación del *Estrella Polar* que era capaz de resistirse a las zalamerías del capitalismo salió a la calle.

La tarde septentrional había adquirido una luminosidad que iba menguando poco a poco y que revelaba, con toda la dulzura posible, la gran plaza de barro que era el centro de Dutch Harbor. A un lado se alzaba el almacén; al otro, el hotel. Ambas eran estructuras prefabricadas, de paredes metálicas y ventanas de corredera, y eran tan largas que hacían pensar que algunos de los pisos inferiores se habían hundido en el barro y desaparecido. Una veintena de casas más pequeñas, también prefabricadas, buscaban cobijo en la cresta inferior de una colina. Había contenedores para transportar mercancías y otros para depositar la basura, así como mangueras de succión que se usaban para descargar pescado. Más que cualquier cosa, había barro. Las calles eran olas de barro helado; al cruzar la plaza, los camiones y las furgonetas daban bandazos como si fueran barcos, y todos los vehículos llevaban los bajos recubiertos de barro.

Todas las estructuras eran del color de la tierra, ocre o tostado, rendición calculada ante el barro. Hasta la nieve aparecía manchada de barro y, pese a ello, Arkady sintió ganas de echarse al suelo y revolcarse en ella, de entregarse al abrazo inflexible y mordedor del barro frío.

Una docena de soviéticos se encontraban reunidos ante la puerta del almacén, ya fuera porque estaban aplazando el momento culminante, el momento de empezar a comprar cosas, o porque la pura excitación les había empujado a hacer una pausa y a salir a fumarse un cigarrillo. Formaban un corro, como si contemplar la población por encima del hombro de un compañero resultara menos peligroso.

—No es tan diferente de casa, ¿sabéis? —dijo uno de ellos—. Esto podría ser Siberia.

—Nosotros utilizamos bloques de cemento prefabricados —dijo otro.

—Lo importante es que coincide con lo que nos dijo Volovoi. Yo no le creí.

—¿Ésta es una típica población norteamericana? —preguntó un tercero.

—Eso dijo el primer oficial.

—Pues no es lo que yo esperaba.

—Nosotros utilizamos cemento.

—Eso no es lo importante.

Arkady miró a su alrededor y vio que en la plaza desembocaban tres calles: una costeaba la bahía hasta el depósito de tanques de petróleo; la segunda iba hasta la orilla, donde vivían los aleutas; y la tercera penetraba tierra adentro. Antes, desde el buque, había visto otros fondeaderos y un aeropuerto.

La conversación prosiguió:

—Tantas cosas de comer, tantas radios... ¿Os parece normal? Una vez vi un documental. ¿Sabéis por qué tienen tantos alimentos en los almacenes? Pues porque la gente ya no tiene dinero para comprarlos.

—¡Anda ya!

—Es verdad. Posner lo dijo en la televisión. Le gustan los norteamericanos, pero lo dijo.

Arkady sacó un Belomor, aunque una *papirosa* parecía fuera de lugar. Observó que en el edificio donde estaba el almacén había también un banco en el primer piso y algunas oficinas en el segundo. En los comienzos del crepúsculo, sus luces eran cálidas como una estufa. En el otro lado de la calle, el hotel tenía unas ventanas más pequeñas y menos iluminadas, exceptuando los relucientes escaparates de una tienda de licores que la tripulación tenía instrucciones de evitar.

—Hay un lugar como ése en casa. Un hostal para marineros, a diez cópecs por noche. ¿Cuánto es eso al cambio?

El segundo piso del hotel sobresalía por encima del primero y formaba una especie de acera resguardada que debía de resultar útil durante la estación de las lluvias o cuando nevaba copiosamente en invierno. Por otro lado, la población de Dutch Harbor quedaba reducida a la mitad en noviembre, cuando terminaba la temporada de pesca.

—Lo que ocurre es que durante toda la vida oyes hablar de un lugar hasta que se convierte en algo fantástico. Como un amigo mío que estuvo en Egipto. Antes de hacer el viaje, leyó muchos libros sobre los faraones, los templos y las pirámides. Y volvió con enfermedades que os costaría creer que existen.

—Calla, que viene alguien.

Una mujer de unos treinta años caminaba hacia el almacén. Tenía el pelo rubio y rizado, y una expresión malhumorada en el rostro. A pesar del frío, sólo llevaba una chaqueta corta, de piel de conejo, tejanos y botas de cowboy. El círculo de cosmopolitas soviéticos se puso a admirar la vista de la bahía. Un guerrero africano armado con una lanza habría podido pasar por su lado sin distraer la atención de los marineros. Hasta que la mujer hubo pasado de largo no se atrevieron a mirarla.

—No está mal.

—No es tan diferente.

—A eso me refería. No es mejor.

El hombre que acababa de decir esto pisoteó el barro, inhaló profundamente y sus ojos de entendido recorrieron el austero edificio del hotel, las colinas y la bahía.

—Me gusta.

Uno tras otro apagaron sus cigarrillos, formaron tácitamente grupos de cuatro, como estaba mandado, y, haciendo acopio de valor por medio de un intercambio de gestos con los hombros y la cabeza, se dispusieron a entrar de nuevo en el almacén.

—Oíd —dijo uno de ellos—, ¿sabéis si aquí pueden comprarse botas de ésas?

Arkady estaba pensando en el final de *Crimen y castigo*, en la redención de Raskolnikov cerca del mar. Quizá se había hecho investigador seducido por la descripción de Dostoyevski del interrogador inteligente; sin embargo, en ese momento, en la mitad de su vida, se encontraba con que él no era el policía, sino el delincuente, una especie de convicto no condenado que se encontraba a orillas del Pacífico, exactamente igual que Raskolnikov, pero en la otra orilla del océano. ¿Cuánto tiempo tardaría Volovoi en ordenar que le llevaran a rastras al buque? ¿Se aferraría él a la tierra como un cangrejo cuando fueran a buscarle? Sabía que no deseaba volver. Resultaba tan agradable permanecer inmóvil a la sombra de una colina y saber que ésta era fija, a diferencia de las olas, y que no se escurriría bajo sus pies... La hierba movida por la brisa continuaría en la misma ladera al día siguiente. Las nubes se reunirían en los mismos picos y se encenderían como llamas en el crepúsculo. El propio barro se helaría y deshelaría según la estación, pero no cambiaría de sitio.

—Te he visto y no podía creerlo. —Susan había salido del hotel y cruzado la calle. Su chaqueta, la misma que llevaba en el buque, aparecía torcida, tenía el pelo revuelto y los ojos enrojecidos, como si hubiera llorado—. Luego me dije a mí misma que claro que eras tú. Quiero decir que casi llegué a creer que en la factoría trabajaba alguien que tal vez había sido detective, hace mucho tiempo. Y que hablaba inglés. Después de todo, es la clase de hombre que se habría metido en tantos líos, que no tendría visado para bajar a tierra. Era posible. Luego me asomo al vestíbulo y, ¿a quién veo? A ti. Aquí, de pie, con aire de ser el dueño de la isla.

Al principio Arkady creyó que estaba borracha. Las mujeres bebían, incluso las norteamericanas. Vio que Hess y Marchuk salían del hotel, seguidos por George Morgan. Los tres iban en mangas de camisa, aunque el capitán del *Eagle* seguía llevando la gorra puesta.

—¿Cuál es la versión de hoy? —preguntó Susan—. ¿Qué cuento de hadas tenemos que creernos?

—Que Zina se suicidó —repuso Arkady.

—¿Y tu recompensa ha consistido en bajar a tierra? ¿Le encuentras sentido a eso?

—No —confesó Arkady.

—Aventuremos otra hipótesis. —Susan le apuntó con el dedo como si fuera un palo puntiagudo, y Arkady, una serpiente—. Tú la mataste y te lo han premiado dejándote bajar a tierra. Eso sí tiene sentido.

Morgan agarró la manga de la chaqueta de Susan y la apartó de Arkady.

—¿Por qué no piensas lo que dices?

—Sois un par de cabrones. —Susan forcejeó, hasta liberar su brazo—. Probablemente lo maquinasteis entre los dos.

—Lo único que te pido —le dijo Morgan— es que pienses lo que dices.

Susan intentó volver junto Arkady pasando alrededor de Morgan, pero éste extendió los brazos.

—¡Menudo par estáis hechos! —exclamó ella.

—Cálmate —dijo Morgan en tono tranquilizador—. No digas nada que luego tengamos que lamentar todos. Porque las cosas pueden complicarse mucho, Susan, y tú lo sabes.

—Sois un perfecto par de cabrones.

Se volvió hacia otro lado, asqueada, y clavó los ojos en el cielo. Arkady sabía que era un truco para contener las lágrimas. Cuando Morgan empezó a hablar pronunciando el nombre de Susan, ella le hizo callar levantando una mano y, sin decir otra palabra, echó a andar hacia el hotel.

Morgan dirigió una sonrisa torcida a Arkady.

—Lo siento; no sé a qué venía todo esto.

Susan pasó entre Marchuk y Hess al entrar en el hotel. Los dos hombres se reunieron con Morgan y Arkady en la calle. Los ojos del capitán soviético ya brillaban como los de un hombre que se ha tomado una o dos copas. Hacía frío, el suficiente para que se viera la respiración. Los cuatro hombres parecían un tanto avergonzados por el comportamiento de Susan. Morgan dijo:

—Acaba de enterarse de que su sustituto tuvo que volver a Seattle. Susan tendrá que quedarse en el *Estrella Polar*.

—Eso explica su comportamiento —dedujo Arkady.

19

Arkady y los otros dos soviéticos se tomaron unas cervezas sentados a una mesa de secoya recubierta de plástico. Cuando alguien fue a chocar con el tabique de mediana altura que los separaba de la barra, Marchuk comentó:

—Cuando se emborrachan, los norteamericanos arman mucho ruido. Un ruso se pone más serio. Bebe hasta caer con dignidad, igual que un árbol. —Estudió su cerveza durante un momento—. No pensarás fugarte, ¿eh?

—No —contestó Arkady.

—Compréndelo, una cosa es sacar a un hombre de la factoría y dejarlo suelto por el buque y otra sacarlo del buque. ¿Qué supones que le ocurre a un capitán cuando uno de sus marineros deserta? ¿A un capitán que permite que un hombre con tu visado baje a tierra? —Se inclinó hacia delante, clavando los ojos en Arkady—. Anda, dímelo.

—Es probable que todavía necesiten un vigilante en Norilsk.

—Yo te lo diré. Iré tras de ti y te mataré yo mismo. Por supuesto, cuentas con mi apoyo incondicional. Pero pensé que convenía que lo supieras.

—A tu salud. —Los hombres honrados le caían bien a Arkady.

—Enhorabuena. —George Morgan acercó la silla y tocó la botella de Arkady con la suya—. Tengo entendido que has resuelto el misterio, ¿suicidio?

—Dejó una nota.

—Qué suerte.

Morgan volvía a ser el hombre imperturbable, siempre dueño de la situación. No era un tigre de barba negra como Marchuk ni un gnomo como Hess, sino un profesional de rostro terso perforado por dos ojos azules.

—Estábamos comentando que Dutch Harbor es un lugar muy poco corriente —dijo Hess.

—Estamos más cerca del Polo Norte que del resto de los Estados Unidos —dijo Morgan—. Es extraño.

«Diferente», pensó Arkady.

Un bar soviético era un local silencioso, un lugar donde se reunían hombres callados; el bar donde se encontraban era ruidoso a más no poder. A lo largo del mostrador había un gran número de hombres corpulentos, con camisas a cuadros y gorras, el pelo largo y barbas y una facilidad física que parecía llevar de forma natural a darse palmadas en la espalda y a beber directamente de la botella. La multitud y el ruido se veían multiplicados por dos por un largo espejo instalado encima de una hilera de botellas que brillaban como piedras preciosas. Unos aleutas jugaban al billar en un rincón. Había mujeres sentadas junto a las mesas, chicas de cara ojerosa y cabellos de un rubio extravagante, pero casi nadie les prestaba atención exceptuando un círculo de mujeres que rodeaban a Ridley. El ingeniero de Morgan también se distinguía de la multitud por llevar una camisa de terciopelo y una cadena de oro; parecía un príncipe del Renacimiento alternando con las campesinas.

Se acercó a Arkady.

—Las señoras quieren saber si tienes una polla de dos cabezas.

—¿Qué es lo normal aquí? —preguntó Arkady.

—Aquí nada es normal. Obsérvalo; todos estos empresarios navegantes norteamericanos dependen por completo de vosotros, de los comunistas. Es verdad. Los bancos tenían las pelotas de los pescadores en el cajón porque todos habían pedido préstamos cuando el auge de la pesca del cangrejo. Por esto verás aquí incluso pesqueros del Golfo como el nuestro. Cuando desaparecieron los cangrejos, todo el mundo empezó a perder el barco, el aparejo, el coche, la casa. Estaríamos trabajando en una gasolinera si no estuviéramos pescando. Entonces se presentan los rusos, allá por 1978, y compran todo lo que pescamos. Gracias a Dios por la cooperación internacional. Mal lo pasaríamos si dependiéramos de los Estados Unidos. ¿Querías algo extraño? Pues ya lo tienes.

—¿Cuánto ganas?

—Diez mil o doce mil al mes.

Arkady calculó que él ganaba unos cien dólares al cambio del mercado negro.

—Es extraño —tuvo que reconocer.

En un rincón, bajo un fluorescente colgante, los aleutas seguían jugando al billar con sombría concentración. Llevaban gorras, cazadoras y gafas oscuras; todos menos Mike, el marinero de cubierta del *Eagle*. Mike soltó una exclamación de júbilo cuando la bola rodó hacia una tronera, dio con otra bola y se detuvo a poca distancia de una bambarria. Tres chicas aleutas vestidas con anoraks de colores claros se encontraban sentadas junto a la pared, con las cabezas juntas, hablando. Una muchacha blanca estaba sentada sola junto a la otra pared, mascando goma, siguiendo con los ojos las tacadas de Mike y haciendo caso omiso de los otros jugadores.

—Los aleutas son dueños de toda la isla —dijo Ridley a Arkady—. La marina los expulsó durante la guerra, luego Carter les devolvió toda la isla, de modo que no necesitan pescar. Mike..., sencillamente, ama el mar.

—¿Y tú? —preguntó Arkady—. ¿Tú también lo amas?

Daba la impresión de que Ridley no sólo se había cepillado el pelo hasta conseguir la forma de cola de caballo, con trenzas atadas junto a las orejas, sino que también parecía haber sobrecargado sus ojos y su sonrisa deslumbrante.

—Lo detesto. Es antinatural hacer flotar acero sobre el agua. El agua salada es tu enemigo. Destruye el hierro. La vida ya es bastante corta.

—Coletti, tu compañero de a bordo, ¿fue policía?

—Un simple patrullero, no un investigador bilingüe como tú. A menos que cuentes el italiano.

Llegó el whisky escocés y Morgan llenó los vasos. Ridley dijo:

—Lo que echo de menos en el mar es la civilización, porque la civilización significa mujeres y en eso nos gana el *Estrella Polar*. Mete a Cristo, a Freud y a Karl Marx en un buque durante seis meses y acabarán siendo como nosotros, igual de malhablados y primitivos.

—Tu mecánico es un filósofo —dijo Hess a Morgan—. De hecho, en los años cincuenta teníamos fábricas de conservas flotantes a la altura de Kamchatka, y en ellas había unas setecientas mujeres y una docena de hombres. Preparaban cangrejos en conserva. El proceso exigía que ningún metal tuviera contacto con los cangrejos, así que usábamos un forro especial que se producía en Norteamérica. Sin embargo, por una cuestión de índole moral, vuestro gobierno ordenó que no se facilitaran más forros para las latas comunistas. Nuestra industria del cangrejo se vino abajo.

Arkady recordaba lo ocurrido. Habían estallado revueltas a bordo de las fábricas flotantes, y las mujeres habían violado a los hombres. No era mucha civilización.

—¡Por las empresas conjuntas! —Morgan alzó su vaso.

En la Unión Soviética no se jugaba al billar de carambolas, pero Arkady recordaba a los soldados, norteamericanos en Alemania y su obsesión por aquel juego. Mike parecía llevar las de ganar y cosechar besos deseándole buena suerte de su chica, la que mascaba goma. Si el zar no hubiera vendido Alaska, ¿estarían los aleutas empujando peones sobre un tablero de ajedrez?

Ridley siguió la mirada de Arkady.

—En otro tiempo los aleutas cazaban nutrias marianas para Rusia. Cazaban leones marinos, morsas, ballenas. Hoy andan ocupados alquilándole muelles a la Exxon. Ahora son un hatajo de capitalistas nativos de Norteamérica. No son como nosotros.

—¿Como tú y como yo?

—Claro. La verdad es que los pescadores tienen más cosas en común entre ellos que con la gente de tierra. Por ejemplo, a la gente de tierra le encantan los leones marinos. Yo cuando veo un león marino veo un ladrón. Cuando pasas cerca de las islas Shelikof te están acechando... Forman pandillas de cuarenta, cincuenta leones marinos juntos. No tienen miedo; se acercan directamente a la red. ¡Diablo, pesan dos o tres toneladas cada uno! Son como los malditos osos.

—Los leones marinos —aclaró Hess a Marchuk, que puso los ojos en blanco para demostrar que lo comprendía.

—Hacen dos cosas —prosiguió Ridley—. No se contentan con atrapar un solo pescado de la red y salir huyendo. No; lo que hacen es arrearle un mordisco al vientre de todos los pescados. Si en la red hay salmones, cada mordisco nos cuesta cincuenta dólares. La segunda cosa que hacen, los muy cabrones, es, cuando se cansan, agarrar un último pescado y sumergirse. Entonces hacen algo realmente extraordinario: salen a la superficie con el pescado en la boca y te saludan con él. Es como si te dijeran: «¡Jódete, mamón!» Para eso se hicieron las Magnum. Me parece que si no es con una Magnum, no hay forma de parar a un macho de gran tamaño. ¿Qué usáis vosotros?

Hess tradujo muy cuidadosamente la respuesta de Marchuk.

—Oficialmente están protegidos.

—Sí, eso es lo que he dicho yo también. En el *Eagle*

tenemos todo un arsenal para ellos. Deberían estar protegidos. —Ridley movió la cabeza de arriba abajo.

Arkady pensó que Ridley poseía una cualidad doble: la capacidad de mostrarse como un hombre encantador y como un bandido, al mismo tiempo que en todo momento parecía un poeta. El mecánico le estaba mirando a él también.

—Adivino por tu expresión que te parece un asesinato.

—¿De quién? —preguntó Arkady.

—De quién no, sino de qué —precisó Ridley—. De los leones marinos.

Marchuk levantó su vaso.

—Lo principal es que, seamos soviéticos o norteamericanos, todos somos pescadores y hacemos lo que nos gusta. ¡Por los hombres felices!

—La felicidad es la ausencia de dolor. —Ridley apuró su vaso y lo dejó sobre la mesa—. Ahora soy feliz. Dime —preguntó a Arkady—, ¿eres feliz trabajando en la factoría del buque, empapado, pasando frío y cubierto de tripas de pescado?

—En la factoría tenemos otro refrán —contestó Arkady—. La felicidad es la coincidencia máxima de la realidad con el deseo.

—Buena respuesta. Brindaré por ella —dijo Morgan—. ¿Eso es de Tolstoi?

—De Stalin —repuso Arkady—. La filosofía soviética está llena de sorpresas.

—De ti, sí —dijo Susan.

Arkady no sabía cuánto tiempo llevaba Susan junto a la mesa. Vio que tenía el pelo mojado, peinado hacia atrás, y las mejillas húmedas y pálidas, lo que hacía que su boca pareciese más roja y los ojos castaños, más oscuros. El contraste le daba una intensidad que antes no tenía.

Ridley se había ido con Coletti en busca de una partida de naipes. Marchuk había vuelto al buque para que Volovoi pudiese desembarcar. En cuanto se enterase de que Arkady estaba en tierra, el primer oficial emprendería el vuelo como un verdugo alado. Con todo, dos horas en tierra eran mejor que nada. Incluso en un bar, cada minuto que pasaba en tierra era como volver a respirar aire.

Aunque el nivel de ruido continuaba aumentando, Arkady cada vez se fijaba menos en él. Susan estaba sentada con las piernas recogidas debajo del cuerpo. Su rostro se hallaba en la sombra dentro de un círculo de cabellos dorados. Su habitual barniz de animosidad se había agrietado y dejaba ver un plano más oscuro e interesante.

—Detesto a Volovoi, pero creer en él me resulta más fácil que creer en ti.

—Pues aquí me tienes.

—¿Entregado a la verdad, la justicia y la causa soviética?

—Entregado a permanecer lejos del buque.

—Eso es lo gracioso. Los dos vamos a volver al buque y yo ni siquiera soy rusa.

—Pues no vuelvas.

—No puedo.

—¿Quién te obliga a quedarte? —preguntó Arkady.

Susan encendió un cigarrillo, añadió whisky escocés a su hielo y no respondió.

—En tal caso, juntos —dijo Arkady.

George Morgan y Hess estaban compartiendo su botella.

—Imaginaos —sugirió Hess— si lo hiciéramos todo como si fuese una empresa conjunta.

—¿Si cooperásemos realmente? —preguntó Morgan.

—Si acabáramos con las suspicacias y no siguiéramos tratando de derribarnos los unos a los otros. Seríamos unos verdaderos socios naturales.

—Nosotros nos encargamos de los japoneses, y vosotros, de los chinos.

—Y tenemos a los alemanes divididos mientras podamos.

—¿Cómo describirías el infierno? —preguntó Susan a Arkady.

Arkady reflexionó un poco.

—Un congreso del partido. Un discurso de cuatro horas del secretario general. No; un discurso eterno. Los delegados se desparraman como platijas mientras escuchan un discurso que sigue y sigue y sigue.

—Una velada imaginaria con Volovoi. Contemplarle mientras levanta pesas. Él está desnudo, o lo estoy yo. Da lo mismo cuál; es horrible.

—Volovoi te llama «Su-san».

—Tú también. ¿Qué nombre sabes pronunciar mejor?

—Irma.

—Descríbela.

—Cabello castaño claro, ojos castaños muy oscuros. Alta. Llena de vida y de ánimo.

—No está en el *Estrella Polar*.

—No, no está.

—¿Está en casa?

Arkady cambió de tema:

—¿Simpatizan contigo en el *Estrella Polar*?

—Me caen bien los rusos, pero no me gusta que escondan micrófonos en mi camarote. Si digo que no hay mantequilla, de pronto me sirven una bandeja de mantequilla. Bernie mantiene una discusión política con un marinero de cubierta y a éste lo mandan a otro barco. Al principio procuras no decir nada ofensivo, pero al cabo de un tiempo, para no volverte loca, empiezas a hablar de Volovoi y sus babosas. El *Estrella Polar* es un infierno para mí. ¿Y para ti?

—Sólo el limbo.

—Todo puede ser una empresa conjunta —dijo Hess—. La ruta marítima más corta entre Europa y el Pacífico consiste en cruzar el Ártico, y nosotros podríamos proporcionar los rompehielos del mismo modo que el *Estrella Polar* guía al *Eagle* a través de la capa de hielo.

—¿Y depender de vosotros? —preguntó Morgan—. No creo que las cosas hayan cambiado tanto.

—Tú simpatizabas con Zina —dijo Arkady—. Le diste tu traje de baño, le prestaste tus gafas de sol. Y, a cambio, ella te daba... ¿qué?

Susan tardó mucho en responder; era como sostener una conversación con un gato negro en la oscuridad.

—Diversión —dijo finalmente.

—Tú le hablabas de California, y ella, de Vladivostok. ¿Un intercambio igualado?

—Zina era una combinación de inocencia y astucia. Una Norma Jean rusa.

—No te entiendo.

—Norma Jean se aclaró el pelo y se convirtió en Marilyn Monroe. Zina Patiashvili se aclaró el pelo y siguió siendo Zina Patiashvili. La misma ambición, diferente resultado.

—Erais amigas.

Susan volvió a llenarle el vaso; se lo llenó tanto, que el whisky se hinchó como el petróleo por encima del borde. Luego hizo lo mismo con el suyo.

—Esto es un juego de los bebedores noruegos —explicó—. El primero que derrama licor tiene que beber. Si pierdes dos veces, tienes que sentarte en una silla mientras la otra persona te golpea la cabeza y trata de derribarte.

—Lo haremos sin los golpes. Así que tú y Zina erais amigas —replicó Arkady.

—El *Estrella Polar* es como un depósito de privaciones. ¿Sabes lo raro que resulta encontrarte con alguien que realmente parece estar vivo y ser imprevisible? El problema es que vosotros, los soviéticos, tenéis un concepto muy especial de lo que son los amigos. Todos somos pueblos de buena voluntad y amantes de la paz, pero no quiera Dios que un norteamericano y un soviético se acerquen demasiado el uno al otro. Si ocurre así, lo siguiente que se sabe del soviético es que está embarcado en un buque que navega con rumbo a Nueva Zelanda.

—A Zina no la embarcaron en otro buque.

—No; lo cual significaba que nos espiaba, al menos hasta cierto punto. Y yo estaba dispuesta a aceptarlo porque Zina tenía tanta vitalidad, era tan ingenua, tan divertida... Mucho más lista de lo que imaginaban los hombres.

—¿Con cuál de tus hombres se acostaba?

—¿Cómo sabes que se acostaba con alguien?

—Siempre se acostaba; era su forma de actuar. Si había cuatro norteamericanos a bordo, se acostaba por lo menos con uno de ellos.

—Lantz.

Arkady recordaba a Lantz, el observador delgado y lánguido de la sauna.

—Después de eso, ¿tú le advertiste que no lo hiciera? ¿No habría sido Volovoi? —Arkady bebió un sorbo—. Buen whisky.

Llenó el vaso hasta el borde. La superficie de la bebida de Susan tembló pero sin llegar a derramarse. La luz de neón yacía sobre ella como una luna.

—¿Con quién te acuestas tú en el *Estrella Polar*? —preguntó Susan.

—Con nadie.

—Entonces el *Estrella Polar* es un depósito de privaciones también para ti. Bebo a tu salud.

Por primera vez Morgan alzó la cabeza para mirar a Susan; luego volvió a prestar atención a Hess, que le estaba describiendo la invasión más reciente sufrida por Moscú.

—Los japoneses estaban en todas partes, al menos en los mejores hoteles. El mejor restaurante de Moscú es japonés, pero no puedes entrar porque está lleno de japoneses.

—Zina te habló de lo suyo con el capitán Marchuk, ¿verdad? —preguntó Arkady—. ¿Por eso no me dijiste que los habías visto junto a la barandilla de popa durante el baile, para no causarle complicaciones al capitán?

—Estaba oscuro.

—El capitán no cree que Zina tuviera tendencias suicidas. Tú hablabas con ella. ¿Crees que estaba deprimida?

—¿Tú estás deprimido? —preguntó Susan—. ¿Tienes tendencias suicidas?

Una vez más, Arkady quedó desconcertado. Había perdido la práctica de interrogar; era demasiado lento, se dejaba llevar por las preguntas con que Susan respondía a las suyas.

—No; diría que soy un hombre sin preocupaciones que disfruta de la vida. Tenía menos preocupaciones cuando era miembro del partido, por supuesto.

—Seguro.

—Resulta más difícil meterse en apuros si tienes un carnet.

—¿De veras? ¿Por ejemplo?

—El contrabando. Sin carnet del partido, tragedia. Con carnet del partido, comedia.

—¿Cómo es eso?

—Un drama. Supongamos que pillan al segundo oficial contrabandeando. El hombre comparece ante los demás oficiales, sollozando, y dice: «No sé qué se apoderó de mí, camaradas. Nunca había hecho una cosa así. Os ruego que me deis una oportunidad de redimirme.»

—¿Y entonces? —Susan se había dejado atraer hacia la luz.

Hess y Morgan habían dejado de hablar y escuchaban.

—Se procede a votar —explicó Arkady— y se decide anotar una reprimenda severa en su expediente del partido. Pasan dos meses y se celebra otra reunión.

—¿Sí? —dijo Susan.

—El capitán dice: «Todos nos llevamos una decepción con la conducta de nuestro segundo oficial, y hubo momentos en que pensé que nunca más querría volver a navegar con él, pero ahora veo un esfuerzo sincero por redimirse...»

—Y el oficial político dice... —apremió Susan.

—El oficial político dice: «Ha vuelto a beber de los puros manantiales del pensamiento comunista. Sugiero que, teniendo en consideración su renacimiento espiritual, se borre la severa reprimenda del expediente del partido.» ¿Qué podría ser más cómico?

—Eres un hombre gracioso, Renko —dijo Susan.

—Es un hombre airado —corrigió Hess.

—Así termina el asunto si eres miembro del partido —dijo Arkady—. Pero si no lo eres, si no eres más que un trabajador y te pillan pasando de matute cintas de vídeo o piedras preciosas, el resultado no tiene nada de cómico ni de humanitario. En tal caso, te caen cinco años en un campo de trabajo.

—Dime más cosas acerca de Irma —le pidió Susan—. Parece una mujer interesante; ¿dónde está?

—No lo sé.

—En alguna parte... —Susan extendió los brazos para indicar las más vagas direcciones—. ¿Por ahí?

—Algunas personas son así —dijo Arkady—. Ya sabes, hay un Polo Norte y un Polo Sur. Hay otro lugar llamado Polo de la Inaccesibilidad. En otro tiempo creían que todo el hielo del Ártico giraba alrededor de un solo punto, de un polo mítico rodeado de masas de hielo flotante que daban vueltas y no podían cruzarse. Creo que allí está ella. —Sin hacer ninguna pausa preguntó—: ¿Zina se sentía deprimida la noche del baile?

—Yo no he dicho que hubiese hablado con ella.

—Si tú le aconsejaste que no tuviera líos con los norteamericanos del *Estrella Polar*, ¿no le recomendarías lo mismo en el caso de los del *Eagle*?

—Dijo haber encontrado el verdadero amor. Eso es algo que no se puede parar.

—¿Cuáles fueron exactamente sus palabras?

—Que nadie podía pararla.

—Si te refieres a Mike —terció Morgan—, sólo se vieron en un par de bailes. Por lo demás, lo único que hacían era saludarse con la mano. De todos modos, mis hombres ya habían vuelto a mi barco; así pues, ¿qué más da?

—A no ser que la asesinaran —insinuó Susan.

Morgan reaccionó con la débil sonrisa del hombre que empieza a perder la paciencia ante una persona tonta, y Arkady pensó que opinaba que en esa categoría entraban todos menos Hess.

—Se me han terminado los cigarrillos —dijo Susan—. En el vestíbulo hay una máquina expendedora. ¿Te está permitido venir conmigo? —preguntó a Arkady.

Arkady miró a Hess, que asintió lentamente con la cabeza. Morgan miró a Susan y meneó la cabeza, pero ella no le hizo caso.

—Es sólo cuestión de unos segundos —dijo Susan.

La máquina ofrecía una docena de marcas. Susan, sin embargo, no llevaba monedas de las que exigía la máquina.

—Ya sé que no tienes dinero.

—Ni cinco —admitió Arkady.

—Tengo cigarrillos en mi habitación. Ven conmigo.

La habitación de Susan estaba en el segundo piso, en el extremo más alejado del pasillo, que era una sinfonía de sonidos varios. En cada habitación alguien discutía o escuchaba una cinta. Susan tocó las paredes un par de veces para mantener el equilibrio y Arkady se preguntó si estaría muy bebida.

Susan abrió la puerta de una habitación que no era mucho mayor que su camarote en el *Estrella Polar*, pero que ofrecía dos camas, una ducha teléfono y, en vez de una radio empotrada, soviética y de dos emisoras, un televisor colocado sobre un escritorio, en el que también había una botella de whisky escocés, un cubo de plástico para el hielo y una lámpara de brazo largo. Las camas estaban junto a la ventana y, aunque ésta era pequeña, estaba sucia y ni siquiera tenía cristales dobles, Arkady se sintió inmerso en el lujo más absoluto.

En el exterior, el sol se había puesto, y Dutch Harbor flotaba a la deriva en la oscuridad. Desde una habitación de hotel, Arkady vio cómo sus compañeros de a bordo salían del almacén y formaban un grupo en la calle, reacios a echar a andar hacia el muelle aunque iban cargados de bolsas de plástico y de malla repletas de cosas que acababan de comprar. Estaban acostumbrados a hacer cola durante horas para adquirir una sola piña o un par de medias. Lo de ahora no era nada; lo de ahora era el cielo. Las cámaras Polaroid lanzaban sus destellos, captando una prieta hilera de amigos, una hi-

lera blanquiazul en el puerto norteamericano. Natasha
y Dynka. Lidia y Olimpiada. En una colina situada por
encima del depósito de tanques de petróleo, un incendio ardía como un faro. Ridley dijo que los incendios
eran constantes, que los chiquillos pegaban fuego a las
estructuras de madera que databan de la guerra. La niebla se había espesado alrededor de la colina, convirtien-
do las llamas en una suave aulaga de luz.

Arkady encontró el interruptor y encendió la luz.

—¿Qué quisiste decir con lo de que Morgan y yo
habíamos «maquinado algo juntos»?

—El capitán Morgan no tiene demasiadas manías a
la hora de escoger compañía. —Susan apagó la luz—.
Supongo que yo tampoco las tengo.

—Alguien intentó matarme hace un par de días.

—¿En el *Estrella Polar*?

—¿Dónde iba a ser?

—Se acabaron las preguntas. —Susan le puso la
mano sobre la boca—. Pareces de verdad, pero sé que
tienes que ser falso porque todo es falso. ¿Recuerdas el
poema?

Los ojos de Susan parecían tan oscuros, que Arkady
se preguntó cuánto había bebido él también. Notaba el
olor a humedad de los cabellos de Susan.

—Sí. —Sabía a qué poema se refería.

—Recítalo.

—*«Dime cómo te besan los hombres.»*

Susan se apoyó en él a la vez que acercaba su rostro
al de Arkady. Era extraño. Un hombre se considera casi
muerto, frío, inerte; luego aparece la llama apropiada y
vuela hacia ella como una polilla. Los labios de Susan
se abrieron ante los suyos.

—Si fueras de verdad... —dijo ella.

—Tan verdad como tú.

La alzó en brazos y la llevó hasta la cama. Por la ventana vio la plaza iluminada por los destellos de las cámaras, como fuegos artificiales silenciosos; las últimas fotografías antes de que los felices visitantes, sus compañeros de a bordo, emprendiesen el regreso al muelle. En la calle, el destello de una cámara iluminó a Natasha, que había adoptado una pose coqueta, la chaqueta abierta para lucir el collar de cuentas de vidrio, la cabeza de perfil para que se vieran bien los pendientes de cristal. Arkady sintió algo raro, tuvo la sensación de ser un traidor, al verla desde una ventana de hotel.

Se quedó inmóvil junto a la cama, en uno de esos puntos que influyen en el resto de una vida. En la calle, un destello azul iluminó a Gury y a Natasha y, casualmente, captó a Mike, el aleuta, en el momento en que salía del hotel.

—¿Qué pasa? —preguntó Susan.

Otro destello bañó de luz a una madame Malzeva feliz con un rollo de raso en la mano, y pilló también a Volovoi entrando apresuradamente en el hotel.

—Tengo que irme —dijo Arkady.

—¿Por qué? —preguntó Susan.

—Ha venido Volovoi. Me está buscando.

—¿Vas a ir con él?

—No.

—¿Vas a huir? —Susan se incorporó a medias.

—No. En esta isla no podría huir aunque quisiera. Dependéis demasiado de nosotros. ¿A quién, si no a nosotros, venderían los pescadores de aquí sus capturas? ¿Quién más viene a un lugar tan lejano a comprar apa-

ratos estereofónicos y zapatos? Si algún soviético intentara huir aquí, lo devolveríais a sus camaradas en cuanto
le echaseis el guante.

—Entonces, ¿adónde vas?

—No lo sé. Pero no vuelvo al buque. Todavía no.

20

Al subir la colina, Arkady notaba que las espesas hierbas cedían suavemente bajo sus pies y luego volvían a levantarse. A su espalda el hotel aparecía bañado por la luz eléctrica; sus ventanas iluminadas, suspendidas sobre la acera, que era un rayo de luz blanca, inmóvil. En la acera había una figura que parecía moverse lentamente. Era Volovoi, que miraba a derecha e izquierda.

El último grupo de soviéticos se reunía con los demás en la calle, y algunos de ellos se dirigían ya hacia los muelles, como la vanguardia de un rebaño. Varios hombres se rezagaron un poco mientras Lantz visitaba la tienda de licores. Al volver, repartió botellas de vodka que los otros se metieron en los pantalones. Natasha y Lidia también se rezagaron un poco, como si quisieran darle el último abrazo a la noche. ¿Norteamérica? Con tantos soviéticos en la calle, hubiera podido ser un pueblo ruso, con perros rusos ladrando en los patios, hierba rusa cubriendo las colinas. Arkady se imaginó a Kolya en la oscuridad, arrancando orquídeas tiernas, y a Obidin entrando en la iglesia.

Había cruzado la calle alejándose del hotel y pasado entre los contenedores de basura junto al almacén. El edificio sólo tenía ventanas en la fachada, así que se sumergió en las sombras de la parte de atrás, y luego pasó entre las casas prefabricadas, largos hogares de metal con ventanas de aluminio bañadas por los colores cambiantes de los televisores. Un par de perros, animales blanquinegros de ojos claros, se pusieron a ladrarle, pero nadie salió a ver qué pasaba. En los patios había hoyos, piezas de automóvil y mangueras de succión, todo ello cubierto por la nieve; pero Arkady resbaló una sola vez antes de llegar a la colina. Mike le llevaba mucha delantera e iluminaba un camino con la linterna. Hasta el momento no había mirado hacia atrás.

La tierra era tan seductora, oscura pero firme bajo los pies... A veces Arkady pisaba plantas o musgo, y el lupino seco le rozaba las manos. Más que verlas, sentía las montañas volcánicas alzándose como murallas en la neblina. Delante de él, un incendio iluminaba uno de los picos. En el puerto, las luces de los barcos anclados se veían con mayor claridad; las lámparas del *Estrella Polar* flotaban sobre una sábana inclinada de color negro.

¿Y si huía? No había árboles para esconderse, y pocas casas donde pedir algo de comer. Había un aeropuerto en el otro lado de la isla. ¿Qué podía hacer? ¿Agarrarse a la rueda de un avión en el momento del despegue?

Los montículos facilitaban la escalada. Había nieve en la ladera norte y suficiente luz para teñirla de azul. Después de diez meses en el mar, era como subir al cielo. Un viento frío, heraldo del invierno que se avecinaba, movía los vapores terrestres de los arbustos de bayas, las plantas herbáceas y el musgo. Daba la impresión de que Mike también lo estaba pasando bien, siguiendo la luz de su linterna sin apresurarse.

Allí donde el camino desembocaba en una carretera sin asfaltar, la niebla se hacía más intensa. En otros puntos el terreno formaba precipicios en ambos lados, y Arkady distinguía entre la tierra firme y el aire sobre todo por el sonido de la brisa marina que subía rápidamente por la pared del acantilado. Sabía qué dirección tenía que seguir porque el incendio, aunque oculto, estaba más cerca y despedía más luz, como un faro.

Luego, en cuestión de unos pocos pasos, la niebla se disipó alejándose. Era como si hubiese subido a la superficie de un segundo océano y a un segundo grupo de montañas. La niebla era espesa, quieta y de un blanco espumoso bajo un cielo nocturno de una claridad tan brillante como el espacio profundo. Los picos de las montañas flotaban como las islas más pequeñas, escondrijos de roca negra y hielo iluminado por las estrellas.

La carretera terminaba en el incendio. Su resplandor permitía ver vestigios de una batería militar abandonada: taludes convertidos en una loma cubierta de hierba, círculos de herrumbre que otrora habían sido emplazamientos de cañones. En el sordo forcejeo de las llamas había tablones, muelles de cama, bidones de petróleo y neumáticos. En el extremo más alejado del fuego, Mike abrió una pesada puerta empotrada en la colina. Arkady observó por primera vez que llevaba un fusil.

Las estrellas estaban tan cerca... La Osa Menor seguía encadenada a la Polar. El brazo de Orión se alargaba sobre el horizonte como si estuviera lanzando estrellas. Durante sus diez meses en el mar de Bering, Arkady nunca había visto una noche tan clara y, pese a ello, las estrellas siempre habían estado allí, por encima de la niebla.

Dio la vuelta al incendio para llegar a la puerta. Era de hierro y tenía el marco de cemento: la entrada de un búnker construido durante la guerra. El cemento estaba desportillado y se veían en él manchas de herrumbre, pero había resistido tanto los años como a los gamberros. Un candado nuevo indicaba que alguien había tomado posesión del lugar y la puerta oscilaba fácilmente en los goznes engrasados.

—¡Mike! —chilló Arkady.

En el suelo ardía una lámpara de queroseno y Arkady pudo ver que alguien había hecho todo lo posible por transformar el búnker en un desván de pescador. Una red de arrastre colgaba artísticamente del techo. En las paredes había estantes con estrellas de mar, conchas de oreja marina y mandíbulas de cría de tiburón. Había un camastro y librerías improvisadas con cajas de fruta llenas de libros de bolsillo y revistas, así como barriles llenos de cinchas aprovechadas, grilletes de remolque torcidos y corchos partidos.

Arkady se tranquilizó al ver el fusil en el camastro.

—¿Mike?

En una especie de plataforma, llenando toda la mitad del búnker, se encontraba el kayak más grande que Arkady había visto en su vida. Tenía por lo menos seis metros de eslora, largo y estrecho, con dos escotillas redondas y, aunque estaba sólo a medio terminar, su lisura y su elegancia eran ya evidentes. Arkady recordó la voz de Zina describiendo en la cinta una embarcación nativa, una *baidarka*, con la que su interlocutor remaría alrededor del *Estrella Polar*. Cuanto más examinaba el kayak, más impresionado se sentía. La quilla era de madera, con las junturas de hueso. Las costillas, de madera doblada, y estaban atadas con tendones. Arkady no vio ningún clavo en toda la embarcación. Sólo el forro era una concesión a la era moderna: un revestimiento de fibra de vidrio cosido a la brazola de la escotilla de popa mediante hilo de nilón sujeto con una especie de pinza hemostática. En una mesa de trabajo había diversas cuchillas y limas, agujas para coser velas e hilo, pinceles, un secador eléctrico y varias latas de resina epoxídica, de unos dos litros todas ellas. La epoxia era una sustancia volátil; había cubos llenos de arena a ambos lados de la mesa y en el aire se percibía un olor tóxico a causa de una muestra pintada en la piel del kayak.

—¡Sal! —exclamó Arkady—. Sólo quiero hablar.

Al contemplar la proa del kayak, que se escindía y curvaba hacia atrás, Arkady imaginó sin dificultad la *baidarka* doblándose y navegando ligeramente sobre las olas. También comprendió por qué Zina se sentía atraída hacia Mike. Le había llamado «tritón», un romántico que soñaba con navegar con ella a todos los puntos del Pacífico. ¡Qué distinto de él, de Arkady, que únicamente quería quedarse en tierra!

El secador significaba que en el búnker había electricidad. Arkady ercontró un cordón prolongador en el suelo y lo siguió hasta una manta colgada en la pared; al apartarla, descubrió una habitación más pequeña. Había un generador que funcionaba con gasolina, aunque en aquel momento estaba parado. Del generador salía un tubo de escape y había también una lata de gasolina tumbada de lado y una linterna derramando su luz sobre el suelo.

A poca distancia de la puerta yacía Mike con las extremidades extendidas, como abrazando el suelo basto. El ojo izquierdo del aleuta aparecía abierto y mostraba el lustre de la piedra negra y mojada. Mike no daba señales de respirar ni de que le latiera el pulso. Por otro lado, Arkady no vio ningún rastro de sangre. Mike había entrado en el búnker llevándole sólo unos pasos de delantera, había encendido la lámpara de queroseno y luego se había dirigido hacia el generador. A veces los hombres jóvenes sufren un ataque cardíaco. Dio la vuelta al cuerpo del aleuta, le desabrochó la camisa y le golpeó el pecho mientras Mike observaba con un solo ojo.

—¡Vamos! —dijo Arkady en tono apremiante.

Mike llevaba una medalla religiosa colgada de una cadena de eslabones metálicos; la cadena emitía un tintineo en el cogote cada vez que Arkady golpeaba el pecho del caído. Estaba demasiado caliente para estar muerto, demasiado joven y fuerte, con una embarcación a medio construir...

—¡Mijaíl! ¡Vamos!

Arkady abrió la boca de Mike, soplo en su interior e inhaló el sabor de la cerveza. Volvió a golpear el pecho como si quisiera despertar a alguien que estuviese dentro. El metal sonó mientras Mike seguía mirando fijamente con un ojo que iba apagándose.

Arkady pensó que tal vez se trataba de apoplejía, y metió dos dedos en la boca para liberar la lengua. Tocó algo que le sorprendió por su dureza y, al sacar los dedos, vio que las puntas estaban manchadas de rojo. Abrió la boca de Mike tanto como pudo, iluminó el interior con la linterna y vio que de la lengua surgía algo parecido a una espina de plata. Con mucho cuidado, volvió la cabeza del muchacho hacia un lado, apartó el pelo negro y espeso de la base del cráneo y vio dos óvalos de acero que hacían pensar en unos anticuados impertinentes que se hubieran enredado en el pelo. Los varones norteamericanos tenían sus caprichos: pendientes, anillos gruesos en los dedos, trenzas atadas con cintas de cuero. Pero los dos óvalos relucientes estaban incrustados en la cabeza y eran los ojos de unas tijeras que alguien le había clavado limpiamente como si fueran un punzón para romper hielo, sin apenas derramar una gota de sangre, hasta la mitad del cráneo. Eran lo que había hecho un ruidito metálico al chocar con la medalla de Mike. Una mano sola no aplaude; una medalla sola no hace ningún ruidito. El cuerpo cedió agradecidamente cuando Arkady lo dejó en el suelo.

Volovoi entró en el búnker y, tras él, Karp.

—Está muerto —dijo Arkady.

El primer oficial y el capataz parecían más interesados por el búnker que por el cadáver.

—¿Otro suicidio? —preguntó Volovoi mientras miraba a su alrededor.

—Podríamos llamarlo así. —Arkady se puso en pie—. Es Mike, un marinero del *Eagle*. Le seguí y llegué aquí no más de un minuto antes que yo. Nadie salió. Quien le haya matado podría seguir aquí.

—Estoy seguro —dijo Volovoi.

Arkady iluminó con la linterna la segunda habitación del búnker. Exceptuando el generador, sólo vio paredes desnudas con inscripciones y garabatos. Había un charco de agua en un rincón, debajo de un conducto cuyas paredes estaban llenas de manchas rojizas; al final del conducto había una escotilla cerrada que daba al tejado a prueba de bombas. El conducto estaba demasiado alto para llegar a él, aunque había dos largueros rotos que en otro tiempo formarían parte de una escalera.

—Aquí debía de haber una soga o una escalera —dijo Arkady—. Probablemente quien haya salido por aquí la habrá retirado desde arriba y luego habrá cerrado la escotilla.

—Nosotros te estábamos siguiendo. —Karp tomó el fusil y lo admiró—. No vimos salir a nadie.

—¿Por qué seguías a un norteamericano? —preguntó Volovoi.

—Vamos a echar un vistazo fuera —sugirió Arkady.

Karp le cortó el paso.

—¿Por qué le estabas siguiendo? —volvió a preguntar Volovoi.

—Para interrogarle sobre Zin...

—La investigación ha terminado —atajó Volovoi—. Ésa no es una razón admisible para seguir a alguien. Ni para abandonar el buque contraviniendo las órdenes, para separarte de tus compatriotas, para escabullirte, solo y de noche, de un puerto extranjero. Pero no me sorprende; no me sorprende nada de lo que haces. Pégale.

Karp usó el fusil como si fuera una lanza y lo clavó entre los omóplatos de Arkady; luego, con movimientos de agricultor a punto de utilizar una hoz, golpeó con el cañón las corvas de Arkady, que profirió un grito sofocado y cayó al suelo.

Volovoi se sentó en el camastro y encendió un cigarrillo. Sacó una revista muy manoseada de entre las otras, la abrió por las páginas centrales y la tiró a un lado mientras una expresión de asco se pintaba en su rostro sonrosado.

—Esto corrobora mi teoría. Según tu expediente, has matado antes de ahora. Y ahora quieres desertar, pasarte al otro bando, deshonrar a tus camaradas y a tu buque a la primera oportunidad. Escogiste al más débil de los norteamericanos, a este nativo, y cuando se negó a ayudarte, lo mataste.

—No.

Volovoi miró a Karp, y el capataz golpeó con el fusil las costillas de Arkady. La chaqueta amortiguó parcialmente la violencia del impacto, pero Karp era un hombre fuerte y un ayudante entusiasta.

—La nota de suicidio que escribió Zina Patiashvili —dijo Volovoi— fue encontrada en la cama de la difunta. Yo mismo pregunté a Natasha Chaikovskaya por qué no registraste aquel lugar. Me dijo que lo habías registrado, pero tú no dijiste que habías encontrado una nota.

—Porque no la encontré.

A pesar del frío húmedo que hacía en el búnker, el primer oficial estaba sudando. Sería a causa de la subida por la ladera y, además, Arkady ya había tenido ocasión de observar que los interrogatorios eran un trabajo arduo para todos los que participaban en ellos. Bajo la luz deslumbrante de la lámpara, el corte de pelo al cepillo hacía que la cabeza de Volovoi semejara una corona de púas radiantes. Desde luego, Karp, que hacía el trabajo más pesado, sudaba como Vulcano en su fragua.

—¿Me habéis seguido juntos? —preguntó Arkady.

—Las preguntas las hago yo. Todavía no lo comprende —se quejó Volovoi a Karp.

Karp atizó un puntapié al estómago de Arkady, que pensó que hasta el momento sus interrogadores no se habían salido de los límites de la labor rutinaria de la policía. Era una buena señal: sólo intimidación, sin nada irreversible todavía. Entonces, el capataz apretó el cuello de Arkady con la culata del fusil, lo apretó fuertemente contra el suelo y le propinó un puntapié más violento que el anterior, un puntapié que se las compuso para entrar por el estómago y salir por la columna vertebral.

—Basta —ordenó Volovoi.

—¿Por qué? —preguntó Karp, con la bota dispuesta a asestar el tercer puntapié.

—Espera. —Volovoi sonrió con expresión indulgente; un jefe no podía explicárselo todo a un colaborador.

Arkady se incorporó un poco, apoyándose en un codo; era importante no quedar inerte del todo.

—Ya me esperaba algo así —dijo Volovoi—. Puede que la reestructuración sea necesaria en Moscú, pero estamos muy lejos de Moscú. Aquí sabemos que cuando levantas piedras despiertas serpientes. Vamos a dar ejemplo.

—¿De qué? —preguntó Arkady, procurando recitar su parte de la conversación.

—Ejemplo de lo peligroso que es estimular a elementos como tú.

Arkady se arrastró hasta apoyarse en la mesa de trabajo. No se incorporó porque no quería dar la impresión de que se sentía demasiado cómodo.

—No me siento estimulado —dijo—. ¿Estabas pensando en un juicio?

—Nada de juicios —rechazó Karp—. Tú no le has visto delante de un juez; no sabes de qué manera tergiversa las palabras.

—Yo no he matado a este chico. Si no le habéis matado vosotros, quien lo haya hecho está bajando por la ladera en este preciso instante.

Se agachó al ver que la culata del fusil se le venía encima, por lo que, en vez de aplastarle la cara, hizo saltar las latas que había sobre la mesa de trabajo. Arkady empezaba a sentirse más preocupado porque, si bien podía tolerar una paliza oficialmente autorizada, una paliza que se mantuviera dentro de unos límites más o menos definidos, las cosas se estaban saliendo de madre.

—¡Camarada Korobetz! —advirtió Volovoi a Karp—. Ya hay suficiente.

—Mentirá y nada más.

Volovoi miró a Arkady y comentó:

—Korobetz no es un intelectual, pero sí un trabajador sobresaliente, y acepta la dirección del partido, cosa que tú nunca has hecho.

Exceptuando una cicatriz blanca que le cruzaba la frente por el punto donde le habían extirpado parte de la piel, la cara de Karp era de color rojo.

—¿Vuestra dirección? —Arkady se movía un poco más hacia una cuchilla que había caído con las latas.

—Le hemos atrapado huyendo, le hemos atrapado matando a alguien —insistió Karp—. No es necesario que siga vivo.

—Esta decisión no te corresponde a ti —le recordó Volovoi—. Hay preguntas concretas que deben hacerse y que exigen respuesta. Por ejemplo, sabiendo que Renko es un hombre de personalidad peligrosa e inestable, ¿quién persuadió al capitán a dejarle suelto en un puerto extranjero? ¿Qué tramaba Renko con ese círculo de norteamericanos? Las nuevas formas de pensar son necesarias para incrementar la productividad del trabajo, pero en lo que se refiere a la disciplina política, nuestro país se ha vuelto negligente. Por eso es tan importante dar ejemplo.

—Yo no he hecho nada —protestó Arkady.

Volovoi había pensado en todos los detalles.

—Tenemos tu investigación provocadora, tu intento de influir en el capitán y en la tripulación del *Estrella Polar*, abusando para ello de la confianza depositada en ti, tu deserción en cuanto pisaste suelo extranjero... ¿Quién sabe en cuántas otras cosas andarás metido? Desmontaremos todo el buque, desmantelaremos todos los mamparos y todos los depósitos. Marchuk captará la onda. Todos los capitanes captarán la onda.

—Pero Renko no es un contrabandista —objetó Karp.

—¿Quién sabe? Además, siempre encontraremos algo. Cuando haya terminado, el *Estrella Polar* parecerá una colección de pedacitos.

—¿A eso llamas reestructuración? —preguntó Karp.

Volovoi perdió la paciencia.

—Korobetz, no pienso entablar un debate político con un presidiario.

—¡Yo te enseñaré lo que es un debate! —amenazó Karp.

Recogió el cuchillo del suelo antes de que Arkady pudiera agarrarlo, se volvió hacia el camastro y lo clavó hasta el mango en la garganta de Volovoi.

—Así llevamos los debates los presidiarios —ironizó Karp y, apoyando la mano en la nuca de Volovoi, la apretó hacia delante, contra el cuchillo.

Un chorro de sangre salpicó la pared mientras Volovoi se movía espasmódicamente. Su cara se hinchó y la incredulidad hizo que sus ojos se desorbitaran.

—¿Qué? ¿Se acabaron los discursos? —preguntó Karp—. La reestructuración satisface las exigencias de... ¿qué? No te oigo. Habla más alto. ¡Satisface las exigencias de la clase trabajadora! Tú deberías saberlo.

Un hombre levanta pesas, se mantiene en forma, pero no es lo mismo que el trabajo de verdad, y saltaba a la vista que los músculos de Volovoi no eran nada comparados con los de Karp. El primer oficial daba manotazos, pero el capataz seguía apretándole el cuchillo contra la garganta con la misma facilidad con que hubiese manejado una palanca. Era lo que se hacía en los campos de trabajo cuando los *urkas* descubrían a un soplón. Siempre la garganta.

—¿Exigencias de más trabajo? ¿De veras? —dijo Karp.

El rostro de Volovoi se volvió más oscuro a la vez que sus ojos se ponían más blancos, como si todas las conferencias que seguía llevando dentro se le hubieran atragantado y su presión fuese en aumento. La lengua se le salió de la boca y quedó colgando sobre la barbilla.

—¿Creías que iba a pasarme toda la vida besándote la picha y el culo? —preguntó Karp.

El rostro de Volovoi se tiñó de negro, el cuerpo empujó el camastro contra la pared y las manos salieron disparadas hacia delante. Sus ojos seguían mostrando sorpresa, como si estuviera contemplando lo que le pasaba a otra persona, como si aquello no le estuviera ocurriendo a él.

Arkady pensó que no, que Volovoi ya no se sentía sorprendido. Estaba muerto.

—Hubiera hecho mejor cerrando el pico —dijo Karp a Arkady, moviendo bruscamente el cuchillo hacia un lado, luego hacia el otro, antes de arrancarlo de la garganta.

Arkady sintió deseos de salir volando por la puerta, pero lo más que pudo hacer fue levantarse trabajosamente blandiendo una lata de epoxia a modo de arma defensiva.

—Te has pasado.

—Sí —reconoció Karp—. Pero pienso que dirán que eres tú el que se ha pasado.

Volovoi seguía sentado en el camastro, como si de un momento a otro fuera a intervenir en la conversación. Del cuello al pecho parecía haber reventado bajo el peso de la sangre.

—¿Has estado internado algún tiempo en un pabellón psiquiátrico? —preguntó Arkady.

—¿Y tú? ¿Ves? —Karp sonrió—. De todos modos, ya estoy curado. Soy un hombre nuevo. Déjame que te haga una pregunta.

—Adelante.

—¿Te gusta Siberia?

—¿Cómo?

—Me interesa tu opinión. ¿Te gusta Siberia?

—Claro.

—¿Qué mierda de contestación es ésa? ¡A mí me encanta Siberia! El frío, la taiga, la caza, todo; pero, más que nada, la gente. Gente de verdad, como los nativos. Los de Moscú parecen duros, pero son como tortugas. Llévalos al este, hazlos salir de sus caparazones y puedes pisotearlos. Ir a Siberia es lo mejor que me ha pasado en la vida. Es como el hogar.

—Estupendo.

—Sobretodo la caza. —Karp limpió la hoja del cuchillo con la manga de Volovoi—. Algunos tipos salen a cazar en helicópteros y armados con Kalashnikovs. A mí me gusta el Dragunov, un fusil de gran precisión que lleva mira telescópica. A veces ni siquiera me tomo la molestia de ir de caza. El último invierno, por ejemplo, un tigre se coló en Vladivostok y se puso a matar perros. Un tigre salvaje en el centro de la ciudad. La milicia lo mató a tiros, como es natural. ¿Sabes qué? Yo no lo hubiese matado; yo lo hubiese sacado de la ciudad y lo hubiese soltado. Ésa es la diferencia entre tú y yo: yo no hubiese matado al tigre. —Apoyó el cuerpo de Volovoi contra la pared—. ¿Cuánto tiempo crees que puede permanecer así? Pensaba dejar las cosas de modo que hicieran juego. Ya sabes... la simetría.

Arkady pensó que la simetría era siempre un fetiche interesante. Recordó que en la puerta del búnker había un candado; si lograba salir podría dejar a Karp encerrado.

—Pero no quedaría bien —dijo Arkady—. No querrás dejar tres asesinados aquí. Es una cuestión de aritmética. Yo no puedo ser una víctima también.

—Al principio no pensaba hacerlo —confesó Karp—, pero Volovoi era tan estúpido... Toda la vida he estado escuchando a capullos como él y como tú. Zina...

—¿Zina?

—Zina decía que las palabras te liberaban o te jodían o te volvían al revés. Todas las palabras, cada una de ellas, eran un arma o una cadena o un par de alas. Tú no conocías a Zina. Y tú tampoco conocías a Zina —añadió, volviéndose hacia Volovoi. El oficial político, la cabeza ladeada, daba la impresión de estar escuchando—. ¿Un inválido no quiere entablar debate con alguien procedente de los campos de trabajo? ¡Las cosas que podría contarte yo acerca de los campos! —Se volvió hacia Arkady—. Gracias a ti.

—Algún día volveré a mandarte allí.

—Eso será si puedes —contestó Karp, y extendió los brazos como si quisiera indicar que finalmente habían llegado a lo importante, a un punto en que las palabras ya no servían, y él se encontraba en su elemento. A modo de conclusión personal, agregó—: Deberías haberte quedado a bordo.

Cuando Arkady le arrojó la lata de epoxia, Karp levantó tranquilamente un brazo y la lata rebotó en él. Dos pasos bastaron a Arkady para cruzar la habitación y abrir la puerta, pero Karp alargó la mano y le obligó a retroceder. Arkady esquivó una cuchillada y asió la muñeca de Karp con el gesto de «sígueme» que el instructor de la milicia le había enseñado en Moscú, lo que provocó una carcajada apreciativa de Karp. Dejó caer el cuchillo, pero arrojó a Arkady contra el estante de libros, que salieron volando como pájaros.

De nuevo echó a correr Arkady hacia la puerta, pero Karp lo levantó del suelo y lo arrojó por encima de la *baidarka* contra la pared del otro lado, haciendo caer mandíbulas de tiburón y conchas iridiscentes sobre el suelo del búnker. Karp apartó la embarcación de un manotazo. A pesar de su fuerza, se agachó adoptando la postura favorita de los *urkas*, con dos dedos extendidos hacia los ojos, estilo que Arkady ya había visto otras veces. Avanzó hacia Karp y le golpeó de lleno en la boca, lo cual no impidió que el capataz siguiera avanzando, de modo que Arkady le atizó en el estómago, que era duro como el cemento, luego le dio en el mentón con un codo y Karp cayó sobre una rodilla.

Soltando grandes rugidos, Karp empujó a Arkady contra una pared y luego contra otra, hasta que éste alzó las manos y se aferró a la red que colgaba del techo. Cuando Karp se abalanzó sobre él, Arkady le envolvió la cabeza con la red y a fuerza de puntapiés le obligó a doblar las piernas. Al correr hacia la puerta por tercera vez, Arkady tropezó con las costillas abiertas de la embarcación y Karp le asió el tobillo antes de que pudiera levantarse. En el suelo no podía hacer nada contra el peso del capataz, que se subió sobre su cuerpo, haciendo caso omiso de los golpes hasta que Arkady consiguió darle en la cabeza con un barril lleno de grilletes.

Arkady se liberó, y estaba tratando de abrir la puerta cuando un barril pasó volando junto a su oreja y la cerró. Karp le arrancó de la puerta y le arrojó sobre el camastro al lado de Volovoi. El muerto se inclinó sobre el hombro de Arkady, como si quisiera expresarle su condolencia. Karp sacó su cuchillo de la chaqueta, el cuchillo de doble filo que los pescadores tenían órdenes de llevar consigo en todo momento, para casos de apuro. Arkady encontró en el camastro el cuchillo que se le había caído a Karp un poco antes.

Karp fue más rápido, y su cuchillada hubiera rajado a Arkady del ombligo para arriba, pero el cadáver de Volovoi perdió finalmente el equilibrio y cayó de lado enfrente de Arkady. El cuchillo se clavó en el primer oficial con un ruido sordo y, durante un momento, inclinado hacia delante, la hoja clavada donde no debía estar clavada, Karp quedó en situación vulnerable del corazón al cuello. Arkady titubeó. Luego fue demasiado tarde. Karp volcó el camastro, dejándole atrapado contra la pared. Al intentar levantarse, Arkady perdió su cuchillo.

Karp lo levantó de detrás del camastro y lo arrojó a la habitación más pequeña pasando por encima del cuerpo de Mike. El capataz hizo una pausa para desclavar el cuchillo del cadáver de Volovoi antes de seguir a Arkady. Aunque apenas pudo mover el generador, Arkady logró levantar la lata de gasolina. Karp, adivinando su intención, permaneció agachado hasta que la lata hubo pasado por encima de él antes de sortear el cadáver de Mike.

Se oyó un ruido de cristales rotos que sonaron como un carillón. Seguramente el sonido se oyó antes de que Karp entrara en la habitación, pero más adelante Arkady sólo recordaría la cara de sorpresa del capataz y la luz que le iluminaba desde atrás, como si de pronto el sol hubiera salido a sus espaldas. A la explosión de la lámpara de queroseno y de la lata de gasolina siguió el ruido sibilante de la epoxia derramada, al encenderse. Al extenderse la gasolina, el fuego prendió en los libros desparramados por el suelo, en la sábana arrugada del camastro, en una esquina de la mesa de trabajo. Karp intentó asestar una cuchillada a Arkady, pero lo hizo con poca fuerza, como desconcertado. Se oyó una segunda explosión al encenderse el cubo lleno de epoxia y una llamarada se alzó hacia el techo. Unos vapores espesos, parduzcos, irritantes subieron por las paredes.

—Mejor aún —dijo Karp.

Blandió el cuchillo por última vez y salió corriendo de la habitación en llamas; parecía un demonio retirándose del infierno. Abrió la puerta del búnker y se detuvo para dirigir a Arkady una última mirada con sus ojos encendidos por las llamas. Luego salió disparado y la puerta se cerró.

El fuego prendió en la *baidarka*, sus costillas negras en el pellejo traslúcido de los costados, que rezumaba gotas de epoxia encendida. El techo ya quedaba oculto por un humo ponzoñoso que avanzaba lentamente como un nubarrón. De pie junto al cuerpo de Mike, Arkady pensó que la escena era notable: tormenta, fuego, el aleuta tendido en dirección a su *baidarka* en llamas, Volovoi en su pira funeraria vuelta al revés, las llamas lamiendo una de sus mangas... Recordó una frase que en cierta ocasión había leído en una guía francesa: «Merece visitarse.» A veces, en momentos de pánico, la mente reaccionaba de aquel modo; emprendía por propia iniciativa excursiones en el último momento. Tenía ante él dos alternativas: morir abrasado en una habitación o asfixiado en la otra.

Cubriéndose la boca con una mano, cruzó rápidamente la habitación que ardía y se lanzó contra la puerta. Notó que cedía; no estaba cerrada con el candado; sólo por la presión que Karp ejercía desde fuera. Igual que en la bodega del pescado. Las ideas sencillas eran las mejores. Las llamas avanzaban hacia sus pies. Se inclinó por debajo del humo, jadeando entre toses. No tardaría cinco minutos, diez a lo sumo; luego Karp podría abrir la puerta de par en par para comprobar su triunfo.

Arkady echó el pestillo interior de la puerta. Una vez conoció a un patólogo que decía que el mayor talento de Renko no consistía en librarse de situaciones desastrosas, sino sólo en complicarlas. Conteniendo la respiración, volvió a pasar entre las llamas, sacó un barril de entre ellas y lo llevó a la segunda habitación. Dentro del barril había desperdicios, los fragmentos de red que Mike coleccionara. Con ojos de pescador, escogió el más largo de los fragmentos de nilón. Iluminado por las llamas de la puerta, el charco de agua del rincón se había convertido en un estanque dorado, y Arkady apenas si pudo ver los dos largueros rotos, dos tubos de hierro herrumbroso, debajo de la escotilla cerrada. Colocó el barril cabeza abajo sobre el agua y se encaramó a él. Poniéndose de puntillas, podía lanzar el fragmento de red lo suficientemente alto para que llegase arriba. La escotilla no estaba cerrada herméticamente, y en ese momento el humo ya penetraba en la habitación, reptando por el suelo y siguiendo la corriente de aire hacia el lugar donde Arkady se mantenía en equilibrio. Al enganchar la red en el larguero, el barril volcó y se alejó rodando. Mientras trepaba por la red, oyó el ruido de botellas que se rompían en medio del estruendo cada vez mayor del fuego, que hacía pensar en el ruido de las olas al romper en la playa. Abrió la escotilla. El humo salió disparado hacia arriba, como si quisiera arrastrarle de nuevo al interior, pero Arkady ya había salido y saltado por encima del talud, y en ese momento rodaba por la hierba humedecida por la niebla, en dirección al mar.

HIELO

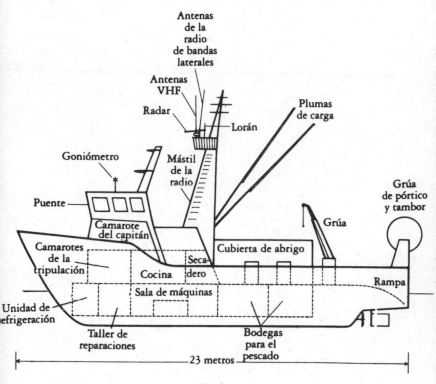

Eagle

21

La primera señal de que se acercaban a la región de los hielos fueron unos cuantos témpanos lisos y blancos como el mármol flotando en las aguas negras y, aunque el *Estrella Polar* y los cuatro pesqueros que lo acompañaban navegaban fácilmente con el viento del norte de cara, reinaba a bordo una sensación mayor de aprensión y aislamiento. Bajo cubierta se oía ahora un ruido nuevo, el del hielo rozando la línea de flotación. En cubierta la tripulación se echaba atrás para estudiar los aparatos instalados sobre la caseta del puente y las grúas de pórtico: las barras que giraban lentamente, las antenas en forma de estrella, las de látigo y línea del radar, de alta frecuencia, de onda corta, de dirección por satélite. La sensación de realidad distante fue adquiriendo importancia a medida que los témpanos aislados dieron paso a un interminable laberinto de témpanos de mayor tamaño, circulares y lisos. Los pesqueros navegaban en línea detrás del *Estrella Polar*, especialmente el *Eagle*, que había sido construido para que surcara las aguas cálidas del golfo de México y no las heladas del mar de Bering.

Al caer la noche, el viento soplaba ya con más fuerza, como si se deslizara con mayor rapidez sobre el hielo que sobre el agua, y traía una llovizna que se helaba sobre el parabrisas del puente. Durante toda la noche la tripulación quitó el hielo de las cubiertas utilizando mangueras y el agua caliente de las calderas. Los arrastreros, que eran aún más vulnerables al peso desestabilizador del hielo, hicieron lo mismo, y tenían el aspecto de un desfile humeante que avanzaba en la oscuridad.

Al amanecer, el *Alaska Miss*, cuyas hélices habían resultado dañadas por un témpano, giró para volver al puerto de salida. Los otros arrastreros se quedaron porque la pesca estaba allí. Bajo la luz de la mañana vieron que los témpanos se habían unido y formaban ahora una compacta masa de hielo. Más adelante se extendía una concha blanca y sin rasgos sobresalientes bajo un arco azul; tras la popa del *Estrella Polar* quedaba abierto un camino de aguas negras en el que los pesqueros, separados por un par de millas unos de otros, echaban sus redes. Algunos peces, sobre todo el lenguado, se agrupaban en el fondo del océano, cerca del borde de la masa de hielo, formando varias capas superpuestas. Surgían del agua redes que pesaban treinta o cuarenta toneladas, y los cristales de hielo lo cubrían todo enseguida: el pescado, las redes y las tiras de plástico, por lo que daba la impresión de que los pesqueros arrancaban piedras preciosas del mar. En cierto modo era así. Los norteamericanos se estaban enriqueciendo y los soviéticos doblaban su cupo diario.

A pesar de ello, la bandera del *Estrella Polar* colgaba a media asta. El cupo entero del viaje había sido dedicado a la memoria de Fedor Volovoi. Se enviaron mensajes de condolencia a la familia del muerto; se recibieron mensajes de apoyo del cuartel general de la flota en Vladivostok y de las oficinas de la compañía en Seattle. La célula del partido había nombrado a un deprimido Slava Bukovsky para que desempeñara las funciones de oficial politico. Volovoi haría el viaje de vuelta en el almacén de provisiones número dos, metido en una bolsa de plástico junto a la que contenía el cuerpo de Zina Patiashvili, que había sido trasladado, ya que se necesitaría todo el espacio de la bodega para el pescado. A bordo circulaban rumores de que el primer oficial tenía la garganta algo más que sencillamente quemada. Como representante sindical encargado de rellenar impresos cuando se producía una defunción, Slava negó los rumores, pero con todas sus nuevas obligaciones el tercer oficial parecía más afligido por la depresión que inspirado por la oportunidad. En cuanto a Arkady, le dolía el cuerpo a causa de los golpes que le propinara Karp, pero el dolor no era más fuerte que si se hubiera caído por una escalera muy larga.

En la factoría, media tonelada de lenguado de aleta amarilla bajaba como una inundación por el conducto de vertido cada diez minutos, para ser destripado, limpiado y cortado. Entre el pescado había tanto hielo, que Obidin, Malzeva, Mer y los demás tenían los brazos entumecidos por el frío. Por encima del ruido de las sierras y del murmullo incesante de tonadas alegres que emitía la radio, se oía el hielo golpeando el casco del buque. La proa rompehielos del *Estrella Polar* estaba pensada para abrirse paso por una masa de hielo de un metro de espesor. A pesar de ello, el casco protestaba.

Toda la estructura del buque se estremecía, y algunas planchas se doblaban adentro y afuera como el parche de un tambor.

Una y otra vez, mientras pasaba pescado por la sierra, Natasha dirigía una mirada interrogativa a Arkady, pero él escuchaba el avance del buque, venciendo la resistencia del hielo y estallando luego bajo la proa con un ruido como el de la tierra al hendirse durante un terremoto.

Marchuk daba la impresión de haber escalado una montaña. La niebla, que nunca estaba lejos, había vuelto en forma de una neblina que se helaba en el parabrisas del puente, y el capitán había salido al puente de gobierno. El hielo llenaba todos los pliegues de su chaquetón, de los guantes, de la gorra y de las botas, a la vez que en su barba se veía el trémulo resplandor de la escarcha al derretirse. Ahora, de pie detrás de su mesa de despacho, el agua empezaba a formar un charco en el suelo. A juzgar por sus orejas enrojecidas, Marchuk no había cambiado su gorra por el pasamontañas de lana que usaban sus subordinados. Anton Hess no había salido a cubierta, pero, a pesar de ello, llevaba dos jerseyes y guantes del mismo tipo que los de Marchuk. Un buque soviético tiene un buen sistema de calefacción —la gloria de un hogar ruso es el calor—, pero nada permanecía caliente en la región de los hielos. Debajo de la frente y del pelo alborotado, los ojos de Hess aparecían hundidos a causa del agotamiento. Dos hombres fuertes, pero ambos mostraban una expresión de inseguridad, incluso de temor. Por primera vez en su vida navegaban sin ser vigilados por un perro guardián del partido: peor aún, llevaban un perro guardián muerto en la cámara de congelación.

De pie en la alfombra, al lado de Arkady pero procurando aparentar distanciamiento, se encontraba Slava Bukovsky. El grupo era el mismo que ya en otras ocasiones se había reunido en el camarote del capitán, con una excepción obvia.

—Os pido disculpas por no haberos llamado cuando levamos anclas —dijo Marchuk—. Las cosas no estaban claras. Además, tengo que prestar toda mi atención a la radio cuando nos acercamos a las masas de hielo. Los norteamericanos no están acostumbrados al hielo, de manera que tengo que llevarles cogidos de la mano. Vamos a ver, camarada Bukovsky, he leído tu informe, pero quizás a los aquí presentes les gustaría escucharlo.

Slava aprovechó la oportunidad para dar un par de pasos al frente y alejarse un poco más de Arkady.

—Mi informe se basa en el de los norteamericanos. Lo tengo aquí.

En cuanto Slava abrió su cartera, los papeles cayeron sobre la alfombra. A Arkady se le ocurrió que Marchuk, de haber tenido cola, la hubiese meneado.

El tercer oficial encontró el papel que buscaba y se puso a leerlo en voz alta:

—«Las autoridades competentes de Dutch Harbor...»

—¿Quiénes son las autoridades competentes? —le interrumpió Hess.

—El jefe de los bomberos. Dijo que parecía un incendio no provocado —Slava continuó leyendo—: «Al nativo llamado Mijaíl Krukov se le había advertido muchas veces que era peligroso utilizar materiales volátiles para construir embarcaciones, y se encontraron rastros de una lámpara de queroseno, de gasolina y de alcohol. El accidente ocurrió en una construcción de cemento que databa de la guerra, un búnker sin ventilación suficiente y sin dispositivos de seguridad para el generador que Krukov utilizaba.» Al parecer, los nativos han hecho suyas, sin el permiso correspondiente, varias estructuras militares abandonadas. Krukov era muy conocido en la localidad por las embarcaciones que construía. Los norteamericanos dan por sentado que le estaría enseñando una de ellas a Volovoi, que los dos hombres compartieron una botella y que en aquel espacio cerrado se produjo algún accidente a causa del cual la lámpara de queroseno se rompió, encendiendo la materia tóxica que, a su vez, hizo explosión. Al parecer, Fedor Volovoi murió en el acto a causa de los cristales que la explosión hizo volar por los aires. Según parece, el nativo pereció por las quemaduras que recibió y los gases que inhaló.

—¿Mijaíl Krukov? —Marchuk alzó las cejas—. ¿Un nombre ruso?

—Le llamaban Mike —aclaró Slava.

—¿Estaban borrachos? —preguntó Hess—. ¿Es eso lo que dan a entender las autoridades competentes?

—Es bien sabido que sus nativos, al igual que los nuestros, abusan del alcohol —explicó Slava.

Marchuk sonrió igual que un hombre que acabara de oír un chiste mientras caminaba hacia el patíbulo. Luego dirigió la sonrisa hacia Arkady.

—Volovoi no bebía y detestaba las embarcaciones. Pero es lo que dice el informe y es lo que tengo que comunicarles a los de Vladivostok. No sé por qué, pero me da la impresión de que tú podrías añadir algo.

El buque se estremeció al chocar con un témpano

mayor que los otros. Arkady esperó hasta que el suelo y los mamparos dejaron de vibrar y dijo:

—No.

—¿Nada? —preguntó Marchuk—. Te considero un hombre del que siempre cabe esperar alguna sorpresa.

Arkady se encogió de hombros y, como quien tiene una ocurrencia tardía, preguntó a Slava:

—¿Quién encontró los cadáveres?

—Karp.

—Karp Korobetz, un capataz —explicó el capitán a Hess—. Estaba buscando a Volovoi en compañía de un mecánico del *Eagle*.

—Ridley —precisó Slava—. Le enseñó a Karp el camino para llegar al búnker.

—¿A qué hora descubrieron los cadáveres? —preguntó Arkady.

—Sobre las diez —contestó Slava—. Tuvieron que derribar la puerta para entrar.

—¿Lo has oído? —preguntó Marchuk a Arkday—. Tuvieron que derribar la puerta. Estaba cerrada con llave desde dentro. Es el detalle que más me gusta.

—¿Karp y Ridley entraron en el búnker? —preguntó Arkady a Slava—. ¿Echaron un vistazo al interior?

—Supongo que sí.

Slava pegó un bote al golpear Marchuk la gorra contra una bota para sacudir el agua. El capitán volvió a ponerse la gorra y encendió un cigarrillo.

—Sigue, sigue —dijo a Slava.

—Encontraron a Volovoi en la habitación principal del búnker y al norteamericano en la segunda habitación. En esta última había una especie de escotilla, pero no encontraron ninguna escalera.

—No había forma de subir desde dentro —concluyó Marchuk—. Es como un misterio.

—No tuve ocasión de ver muchas cosas de Dutch Harbor —dijo Arkady.

—¿De veras? —preguntó Marchuk.

—No vi que estuvieran muy bien provistos en lo que se refiere a instalaciones sanitarias y cosas de este tipo —prosiguió Arkady—. ¿Algún médico examinó los cadáveres?

—Sí —repuso Slava.

—¿En un laboratorio?

—No. —Slava se puso a la defensiva—. Era obvio que se había producido un incendio seguido de una explosión, y los cadáveres estaban tan quemados que apenas pudieron sacarlos de allí.

—¿Los norteamericanos están conformes? —preguntó Arkady.

Marchuk dijo:

—Tendrían que llevar los cadáveres en avión al continente, y nosotros no vamos a permitir que se lleven el cadáver de Volovoi. Lo examinarán en Vladivostok. De todos modos, el capitán Morgan ha aceptado el informe.

—Es sólo curiosidad —intervino Arkady—, pero me gustaría saber quién llegó al lugar del incendio después de Korobetz y Ridley.

—Morgan —dijo Slava, leyendo en el informe.

—¿Tú también aceptas el informe? —preguntó Arkady a Marchuk.

—Desde luego. Mueren dos hombres, uno de los suyos y uno de los nuestros, y casi todos los indicios hacen pensar que se emborracharon y murieron abrasados por el incendio que ellos mismos provocaron. Es la clase de asunto feo que ni a los norteamericanos ni a nosotros nos interesa que trascienda. Así que lo ocultamos de común acuerdo. La cooperación es el lema de una empresa conjunta.

El capitán desvió su atención hacia Slava.

—Volovoi era un verdadero estúpido. Espero que seas un digno sucesor suyo. —Se inclinó hacia delante, dirigiéndose de nuevo a Arkady—: Pero ¿qué crees que representará esto para mí, volver a Vladivostok con dos de mis tripulantes metidos en bolsas de plástico? ¿Tienes idea de la que se va a armar? ¿Adónde me destinarán? ¿A una de esas barcazas que se usan para verter basuras en el mar? En Kamchatka todavía trasladan los troncos haciéndolos flotar río abajo. Quizá me reserven un buen tronco.

—Tú bajaste a tierra con mi permiso —recordó Hess a Arkady—. La versión oficial será que continuabas buscando información sobre la muchacha muerta, Zina Patiashvili.

—Gracias. Me sentó muy bien volver a pisar tierra firme.

—Pero ahora tenemos tres muertos en lugar de uno sólo —prosiguió Hess—, y como uno de ellos era el vigilante defensor del partido, éste querrá hacernos sus propias preguntas cuando volvamos a casa.

—No sé por qué. —Marchuk miró fijamente a Arkady—. No sé por qué, repito. Me parece que todo lo ocurrido tiene que ver contigo. Subes a bordo y muere alguien. Bajas a tierra y mueren otras dos personas. Comparado contigo, Jonás era un rayo de sol.

—Mira, lo que queremos preguntarte es dónde estabas —dijo Hess—. Volovoi salió del hotel para buscarte. Luego nadie puede encontraros, ni a ti ni a él, y cuando volvemos a ver al comisario, está en lo alto de una colina, muerto, abrasado, con un indio...

—Un aleuta —corrigió Slava—. Lo dice en mi informe.

—Lo que sea; un nativo, con el que Volovoi apenas había hablado anteriormente. ¿Qué hacía Volovoi bebiendo, cosa rara en él, con un constructor de embarcaciones en la cima de una colina? ¿Por qué estaba allí arriba cuando andaba buscándote a ti? —preguntó Hess a Arkady.

—¿Quieres que trate de averiguarlo?

La respuesta hizo que Hess sonriera de pura apreciación profesional, como si acabara de ver a un guardameta parar una pelota que prácticamente ya estaba dentro, y lanzarla luego a la portería contraria de un solo puntapié.

—No, no —rechazó Marchuk—. No nos ayudes más. Ya veo las caras que pondrían en Vladivostok si intentáramos explicarles por qué te habíamos encargado la investigación de la muerte de Volovoi. De eso se ocupará el camarada Bukovsky.

—¿Otra vez? Enhorabuena —dijo Arkady a Slava.

—Ya he interrogado al marinero Renko —aclaró Slava—. Dice que al separarse de Susan, estaba bebido y se sentía mal. Salió hacia la parte posterior del hotel y perdió el conocimiento. Luego no recuerda nada hasta que se encontró en el agua, habiéndose caído desde el muelle.

Marchuk dijo:

—Izrail, el encargado de la factoría, me dijo que

estabas borracho en la bodega del pescado el otro día y que estuviste a punto de morir congelado. No me extraña que perdieras el carnet del partido.

—Los borrachos que disimulan son los peores —sentenció Arkady—. Pero, capitán, hace un momento has dicho que aceptabas el informe de los norteamericanos, el que dice que hubo un incendio no provocado. Entonces, ¿qué va a investigar el camarada Bukovsky?

—Voy a reunir nuestros propios datos —anunció Slava—. Eso no quiere decir, por fuerza, que vaya a hacer preguntas.

—Es el mejor tipo de investigación. —Arkady asintió con la cabeza—. Una línea recta sin curvas peligrosas. —Y dirigiéndose a Hess—: A propósito, ¿podrías devolverme mi cuchillo? Lo tomaste antes de que desembarcáramos.

—Tendría que buscarlo.

—Pues búscalo, por favor. Es propiedad del Estado.

Marchuk aplastó su cigarrillo en un cenicero y miró hacia la portilla llena de hielo.

—Bueno, una vez más tus días de investigador han terminado. La muerte de Zina Patiashvili es un caso cerrado hasta que lleguemos a casa. Caballeros, los peces nos esperan. —Se levantó, se echó la visera sobre la frente, recogió la colilla retorcida y la usó para encender otro cigarrillo. Todo el mundo fumaba Marlboro desde la escala en Dutch Harbor—. Me caes bien, Renko, pero tengo que decirte que, si nuestro camarada Volovoi no murió en el incendio, si, por ejemplo, le degollaron, serías el primero de quien sospecharía yo. No entendemos cómo pudiste matar a dos hombres ni cómo lograste escapar del incendio. Me gusta la forma en que caíste al agua. El agua disiparía el olor a humo y se llevaría las briznas de hierba de tus botas. —Se levantó el cuello del chaquetón—. Me esperan mis norteamericanos. Es como ayudar a unas niñas pequeñas a cruzar un estanque helado.

22

Desde la barandilla de popa, Susan enfocó la estela del *Estrella Polar* con los prismáticos. Tenía la chaqueta abrochada hasta la barbilla y, al igual que una esquiadora, llevaba mitones y un gorro de lana.

—¿Ves algo? —preguntó Arkady.

—Estaba observando el *Eagle*. Un pesquero del golfo no debería estar aquí.

—Te he estado buscando.

—Es curioso —dijo ella—. Yo te he estado esquivando.

—Eso resulta difícil en un buque.

—Así parece.

—¿Puedo mirar? —preguntó él.

Susan le pasó los prismáticos. Arkady enfocó primero el agua que llegaba hasta la rampa del *Estrella Polar*. Las olas de un azul casi tropical entraban y salían de la abertura herrumbrosa. Las aguas tan frías parecían fundidas. El agua de mar empezaba a cristalizar a la temperatura de −29 grados centígrados, y, debido a la sal que llevaba, al principio no formaba una capa sólida, sino una especie de película transparente que ondulaba sobre las olas negras y se volvía gris al congelarse.

Los arrastreros tenían que permanecer cerca de la madre. A través de los prismáticos pudo ver que el *Merry Jane* pasaba junto al *Eagle* transportando una red repleta y mojada en la cubierta. El *Eagle* empezaba a echar sus redes y, al alzarse sobre una ola, pudo ver claramente a dos marineros de cubierta enfundados en impermeables amarillos. Los norteamericanos no usaban compuertas de seguridad. El agua entraba y salía libremente de la rampa y los hombres sincronizaban con habilidad cada uno de sus movimientos, subiéndose a los peldaños de las grúas de pórtico cuando las olas grandes rompían sobre la borda. Los prismáticos eran de 10 por 50, y Arkady pudo ver que Coletti, el ex policía, era el hombre que manejaba las palancas hidráulicas de la grúa. El segundo pescador arrojaba cangrejos por la borda, y hasta que se volvió no pudo Arkady reconocer las cejas en punta y la sonrisa de Ridley.

—¿Una tripulación de sólo dos hombres? —preguntó Arkady—: ¿No han sustituido a Mike?

—Son capitalistas. Así les tocará a más.

Echar una red era una operación delicada incluso en las mejores circunstancias, es decir, cuando el mar estaba en calma y había espacio para maniobrar. Al *Aurora* ya se le habían enganchado las redes en la hélice, y en ese momento navegaba de vuelta a Dutch Harbor. En la caseta del timón, Morgan, que llevaba un gorro de béisbol y una cazadora, se ocupaba alternativamente de la palanca de los gases y de los mandos del cabrestante que tenía detrás.

—¿Por qué no te quedaste en el hotel conmigo? —preguntó Susan.

—Te dije que Volovoi iba a buscarme para hacerme volver al buque.

—Quizá debería haberlo conseguido. Ahora habría más personas vivas.

Arkady, siempre un poco torpe, bajó finalmente los prismáticos y reparó en que el rubor que teñía las mejillas de Susan no se debía solamente al frío. Se preguntó qué habría pensado ella al abandonarla tan de repente. ¿Que era un cobarde? ¿Un seductor? Un payaso era más probable.

—Siento haberme ido.

—Demasiado tarde. Lo que hiciste no fue sólo huir de Volovoi. Desde la ventana te vi cruzar la calle. Ibas siguiendo a Mike. —El vapor de su aliento era como si su desprecio se hiciera visible—. Tú seguías a Mike y Volovoi te seguía a ti. Ahora ambos han muerto y tú estás haciendo un crucero por el Ártico.

Arkady la había buscado con la intención de disculparse, pero siempre parecía haber una barrera entre los dos, una barrera que él no podía cruzar. De todos modos, ¿qué podía decirle? ¿Que Mike ya estaba muerto al darle él alcance? ¿Que un capataz modelo había degollado al primer oficial, aunque tuviera testigos de que se hallaba en otro lugar, mientras que Arkady no los tenía? ¿O podía preguntarle qué estaba buscando en el agua?

—¿Puedes decirme lo que ocurrió?

—No —reconoció Arkady.

—Permíteme que te diga lo que pienso. Creo que es verdad que en algún momento fuiste una especie de investigador. Finges que tratas de averiguar lo que le pasó a Zina, pero te han ofrecido una oportunidad de dejar el buque a cambio de echarle la culpa a un norteamericano. Se la hubieras echado a Mike, pero, ahora que Mike ha muerto, tienes que encontrar a otro. Lo que me cuesta es comprenderme a mí misma. En Dutch Harbor te llegué a creer. Luego te vi cruzar la calle corriendo detrás de Mike.

Arkady se dio cuenta de que empezaba a tener calor.

—¿Le dijiste a alguien que estaba siguiendo a Mike?

A pesar de su enojo, Susan volvió a mirar hacia el *Eagle*. Arkady miró por los prismáticos otra vez. Vio que el pesquero bajaba y desaparecía detrás de una ola, y cuando volvió a aparecer, tanto Ridley como Coletti se habían encaramado a la grúa de pórtico para evitar el agua, que les hubiese cubierto hasta las rodillas. En la caseta del timón Morgan había tomado sus propios prismáticos y estaba observando a Arkady.

—Seguirá navegando cerca de nosotros, ¿verdad?

—O quedará bloqueado por el hielo —repuso Susan.

—¿Es un hombre entregado a su trabajo?

Una ola que parecía una roca lisa cubierta de espuma se alzó entre los dos hombres, cobró ímpetu mientras avanzaba hacia el *Estrella Polar* y luego subió por la rampa. Morgan siguió enfocando su objetivo con los prismáticos.

—Es un profesional —contestó Susan.

—¿Le diste celos? —preguntó Arkady—. ¿Por eso me hiciste subir a tu habitación?

La mano de Susan se alzó para abofetearle, pero se detuvo. Arkady se preguntó por qué. ¿Pensaba Susan que una bofetada iba a ser demasiado banal, demasiado

burguesa? Tonterías. Los sábados por la noche las bo-
fetadas resonaban en el metro de Moscú.

Los altavoces del buque graznaron. Eran las 15.00,
la hora de una selección de música ligera emitida por
la radio de la flota, empezando por una rumba que
hacía pensar en playas cubanas y palmeras meciéndose
al viento. Maracas socialistas iniciaron un ritmo la-
tino.

Arkady dijo:

—Esta música me recuerda algo. Antes de llegar a
Dutch Harbor dijiste que te ibas de vacaciones. Susan,
¿por qué volviste a este buque soviético que tanto odias?
¿Por la pesca? ¿Por la excitación que produce alcanzar
el cupo?

—No, pero quizá valdría la pena verte otra vez pu-
driéndote en la factoría.

El cuarto de la radio era el primer camarote del costado de babor detrás del puente. Nikolai, el joven piloto del bote salvavidas que había llevado a Hess y a
Arkady a Dutch Habor, resolvía sin prisas el crucigra-
ma de la revista *Deporte Soviético* al entrar Arkady. La
mesa de Nikolai aparecía ocupada por radios, ampli-
ficadores y una hilera de carpetas, una de ellas con la
franja roja que indicaba que contenía los códigos cifra-
dos, pero quedaba espacio para un plato y un tazón.
Acogedor. La rumba continuaba saliendo del altavoz y
entrando de nuevo en él. No era un mal trabajo. Los
tenientes jóvenes con estudios de electrónica eran destinados con frecuencia a las flotas pesqueras, para que
hiciesen una gira aparentemente civil por los puertos

del extranjero. Incluso vestido con chándal y zapatillas, Nikolai tenía el aire de un oficial recién salido de la academia, con un porvenir lleno de galones dorados. El joven alzó los ojos perezosamente para mirar a Arkady.

—Se trate de lo que se trate, veterano, estoy ocupado.

Arkady comprobó que no hubiera nadie en el pasillo, luego cerró la puerta, derribó de un puntapié la silla del radiotelegrafista y le puso un pie sobre el pecho.

—Tú te tirabas a Zina Patiashvili. Tú la llevaste a una estación de espionaje que hay en este buque. Si tu jefe se entera, irás a parar a un campo de trabajo para militares y tendrás suerte si al salir todavía te quedan dientes y cabello.

Tumbado boca arriba, Nikolai aún sostenía el lápiz en la mano, y sus ojos parecían dos perfectos charcos de color azul.

—Eso es mentira.

—En tal caso, vamos a decírselo a Hess.

Arkady vio ante sus ojos a un joven que estaba experimentando todos los terrores de una caída libre, un joven para el cual un mundo cómodo y prometedor se había transformado súbitamente en un abismo.

—¿Cómo lo sabes? —preguntó Nikolai.

—Así está mejor. —Arkady apartó el pie y le ayudó a levantarse—. Puedes levantar la silla. Siéntate.

Nikolai se apresuró a obedecer la orden, lo cual siempre era una buena señal. Arkady subió un poco el volumen en el momento en que la rumba se apagaba y era sustituida por una canción folclórica búlgara.

Mientras el teniente permanecía sentado, en posición de firmes, Arkady reflexionó sobre las diversas maneras de llevar el interrogatorio: como si también él hubiera sido amante de Zina, como un chantajista, como alguien que continuaba investigando en el buque. Pero quería un método que hiciera que un agresivo oficial del Servicio de Información de la Marina se viese arrojado a un pozo de desesperación, como si el joven se encontrara ya en poder del enemigo más despreciado de los militares. Escogió deliberadamente las palabras inverosímiles con que el KGB empezaba siempre sus charlas menos protocolarias:

—Tranquilízate. Si eres honrado, no tienes motivo para preocuparte.

Nikolai se encogió en la silla.

—Fue una sola vez, eso es todo. Zina me reconoció de Vladivostok. Yo creía que ella era camarera. ¿Cómo iba a saber que me la encontraría a bordo? Quizá debí habérselo dicho a alguien, pero ella me suplicó que no lo hiciese porque la habrían hecho volver al puerto en uno de los cargueros que vienen a recoger el pescado. Me dio lástima y luego una cosa condujo a otra.

—La condujo a tu camastro.

—Yo no tenía intención de que fuera así. En un buque no hay intimidad. Aquélla fue la única vez.

—No.

—¡Lo fue!

—Vladivostok —le recordó Arkady—. El Cuerno de Oro.

—¿La estabas vigilando entonces?

—Háblame de ello.

La historia que contó Nikolai no era muy diferente de la de Marchuk. Había ido al Cuerno de Oro con unos amigos de la base, y todos se habían fijado en Zina, pero, al parecer, él era quien más la había atraído. Cuando ella salió del trabajo, fueron a su piso, escucharon música, bailaron, hicieron el amor y luego Nikolai se fue y nunca volvió a verla hasta encontrarla en el *Estrella Polar*.

—Me figuraba que la investigación de la muerte de Zina había concluido. Oí decir que volvías a estar en la factoría.

—¿Era buena camarera?

—La peor.

—¿De qué hablasteis?

Arkady notó que la mente del radiotelegrafista se detenía como la de un conejo preguntándose en qué dirección tenía que correr. No sólo se veía implicado en el descubrimiento de su misión en el buque, sino que, además, el interrogatorio empezaba a remontarse peligrosamente en el pasado, implicándole otra vez, aunque sólo fuera por una coincidencia. La peor hipótesis era que Zina se había infiltrado en la flota del Pacífico no una sola vez, sino dos, y a través de él en ambas ocasiones. No necesariamente como agente extranjera, por supuesto; el KGB, tenía la obsesión constante de infiltrarse en las Fuerzas Armadas, y el Servicio de Información de la Marina ponía constante y paranoicamente a prueba la vigilancia de sus propios oficiales para tratar de infiltrarse en su propio sistema de seguridad.

Al igual que otros hombres ante dilemas parecidos, Nikolai decidió confesarse culpable de un delito menor para demostrar así su honradez.

—Tengo los mejores receptores del mundo en Vladivostok. Puedo sintonizar la radio de las Fuerzas Armadas norteamericanas, Manila, Nome... A veces tengo que controlarlas de todos modos, así que grabo cintas... sólo música y sólo para mí mismo, nunca para lucrarme. Le ofrecí una cinta a Zina como amiga y le dije que teníamos que ir a algún lugar donde pudiéramos escucharla. Sí, sí, fue un engaño, pero nunca hablamos de algo que no fuese música. Zina quería que yo hiciese copias de las cintas y se ofreció a venderlas. Era georgiana de cabo a rabo. Le dije que no. Fuimos a su piso y escuchamos las cintas, y ahí terminó todo.

—No, no todo. Conseguiste lo que querías: te acostaste con ella.

Arkady preguntó cómo era el piso de Zina y de nuevo la descripción que hizo Nikolai se pareció a la que hiciera Marchuk. Un piso particular en un edificio relativamente nuevo, tal vez construido en régimen de cooperativa. Televisión, grabadora de vídeo, casete estereofónica. Grabados japoneses y espadas de samurai en la pared. Puertas y muebles bar tapizados con plástico de color rojo. Una colección de fusiles en una vitrina cerrada con llave. Aunque no había fotografías, era obvio que allí también vivía un hombre, y Nikolai supuso que el amigo de Zina era poderoso y rico, o bien un millonario del mercado negro o algún jefazo del partido.

—¿Eres miembro del partido? —preguntó Arkady.

—De las juventudes comunistas.

—Háblame de estas radios que tienes aquí.

El radiotelegrafista se alegró de dejar de hablar de Zina Patiashvili y se puso a disertar sobre cosas más técnicas. La sala de radio del *Estrella Polar* tenía una radio de alta frecuencia con alcance de alrededor de cincuenta kilómetros para comunicarse con los pesqueros, y dos radios mayores, de una sola banda, para comunicarse con puntos más distantes. Una de ellas solía estar sintonizada con la radio de la flota. La otra era para conferenciar con otros buques soviéticos que se hallaban dispersos por el mar de Bering, o para establecer contacto con el cuartel general de la flota en Vladivostok y la oficina de la compañía en Seattle. Entre una cosa y otra, la radio seguía un canal de urgencias que todos los buques mantenían abierto. Había también una radio de onda corta para captar Radio Moscú o la BBC.

—Te enseñaré algo más. —Nikolai sacó de debajo de la mesa un receptor cuyas dimensiones no eran mayores que las de una novela histórica—. Ésta es de banda de radiocomunicación urbana. Tiene un alcance muy corto, pero es la que usan los pesqueros para hablar unos con otros cuando no quieren que escuchemos lo que dicen. Motivo de más para que nosotros la tengamos.

Puso el aparato en marcha y se oyó la voz de Thorwald, el capitán del *Merry Jane*, que con acento noruego decía: «... Estos rusos de mierda han agotado el jodido banco de George y ahora le arrearán a la jodida costa africana hasta que no quede allí ni un jodido pez. ¡Qué coño!, al menos ganaremos un poco de dinero...»

Arkady cerró la radio.

—Sigue hablándome de Zina.

—No era rubia natural. Pero sí muy alocada.

—De sexo no quiero oír nada. ¿De qué hablabais?

—De las cintas. Ya te lo he dicho.

Nikolai tenía la expresión confundida de un estudiante que tratara de cooperar pero no supiera qué quería su nuevo maestro.

—¿Del tiempo? —apuntó Arkady.

—Para ella todo el mundo, excepto Georgia, era demasiado frío.

—¿Georgia?

—Dijo que los hombres de Georgia se cepillaban cualquier cosa que se les pusiera bien.

—¿Del trabajo?

—Expresó una filosofía muy poco soviética acerca del trabajo.

—¿De diversiones?

—El baile.

—¿De hombres?

—El dinero. —Nikolai rio—. No sé por qué he dicho eso, porque no me pidió dinero. Pero tenía una forma de mirarte un momento, como si fueras el hombre más guapo y más deseable de la Tierra, lo cual produce una sensación muy erótica, y al cabo de un minuto te rechazaba con los ojos como si te fuera completamente imposible satisfacer sus expectativas. Es una locura, pero no sé por qué me dio la sensación de que en el caso de Zina las emociones y el dinero nunca se encontraban. Yo le preguntaba: «¿Por qué me miras tan fríamente?», y ella me contestaba: «Me estoy imaginando que no eres un marinerito, que eres un *afganets*, un soldado al que han mandado a combatir contra Alá y sus locos, y que acabas de volver a casa en un ataúd forrado de cinc, y esto me pone triste.» Decía cosas crueles como ésa... y, además, las decía en medio del amor.

—¿Qué me dices de los fusiles que había en el piso? ¿Te habló de ellos?

—No. Me dio la impresión de que iba a tomarme por un tío blandengue si le preguntaba algo. Lo que sí dijo fue que el tipo, quienquiera que fuese, dormía con un arma de fuego debajo de la almohada. Me pareció algo típicamente siberiano.

—¿Te hizo preguntas?

—Sólo acerca de mi familia, mi hogar, si escribía a menudo como un buen hijo y si mandaba paquetes de café y de té.

—¿La Marina no tiene su propio sistema para que los paquetes no lleguen abiertos, meses después de mandarlos?

—La Marina cuida a su gente.

—¿Y ella te pidió que mandaras un paquete suyo?

El radiotelegrafista tenía los ojos cada vez más abiertos, una expresión como de ternero.

—Sí.

—¿De té?

—Sí.

—¿Ya estaba hecho y sólo tenías que llevártelo?

—Sí. Pero en el último momento cambió de parecer y me marché sin el paquete. Fue otra de las veces en que me miró con desprecio.

—Cuando os encontrasteis en el *Estrella Polar*, ¿te contó cómo había venido a parar aquí?

—Sólo dijo que en el restaurante se aburría, que Vladivostok la aburría, que Siberia le parecía aburrida. Cuando le pregunté cómo había conseguido un carnet del sindicato de marineros, se rio en mis propias narices y dijo que lo había comprado, que cómo creía yo que se conseguían esas cosas... Las reglas sobre esto son muy conocidas, pero, al parecer, no eran aplicables a Zina.

—¿Era diferente?

Nikolai trató de encontrar palabras apropiadas; luego se dio por vencido.

—Había que conocerla.

Arkady cambió de tema:

—Nuestras radios de una sola banda ¿qué alcance tienen?

—Varía según las condiciones atmosféricas. El capitán te lo puede decir; un día pescamos México y al día siguiente no pescamos nada. Pero la tripulación del buque llama a casa con frecuencia, habla con Moscú por medio de una conexión de radioteléfono. Es bueno para la moral.

—Esas conversaciones ¿pueden escucharse desde otros buques? —preguntó Arkady.

—Si casualmente están siguiendo el canal apropiado, pueden oír una parte de la conversación, la que viene de allí, pero no pueden oír lo que decimos nosotros.

—Muy bien. Ponme con el cuartel general de la Milicia en Odessa.

—No es problema. —Nikolai ansiaba complacer—. Por supuesto, antes de hacer una llamada siempre hay que pedirle permiso al capitán.

—En este caso no pidas permiso, ni siquiera tomes nota en el libro de registro. Vamos a pasar revista —dijo Arkady, porque el radiotelegrafista era un joven que necesitaba que le instruyesen cuidadosamente—. Dada tu condición de oficial de la Marina, el simple hecho de haberle permitido a Patiashvili que entrara en tu estación en el *Estrella Polar* puede significar que te acusen de haber traicionado una confianza sagrada. Dado que se trataba de una relación en marcha, cabe que te acusen de conspirar para cometer traición, y, como sabes, es un delito de Estado. Aun en el caso de que sólo estuvieras tratando inocentemente de seducir a una ciudadana, aún podrían acusarte de actividades perjudiciales para la elevada condición de las mujeres soviéticas, de no denunciar unas armas ilegales, de robar propiedad del Estado, las cintas, y de difundir propaganda antisoviética, la música. En todo caso, tu vida de oficial de la Marina ha terminado.

Mientras escuchaba, Nikolai parecía un hombre que acabara de tragarse un pescado entero.

—No es ningún problema. Puede que tarde una hora más o menos en sintonizar con Odessa, pero lo conseguiré.

—Por cierto, ya que eres aficionado a la música, ¿dónde estuviste durante el baile en el buque?

—Mis otras obligaciones. —Nikolai bajó los ojos como para indicar la estación de espionaje que había en el fondo del buque y que Arkady aún tenía que encontrar—. Es curioso que menciones la música. ¿Las cintas que Zina tenía en el piso de Vladivostok? Algunas eran de rock, pero la mayoría eran de *magnatizdat*. Ya sabes, canciones de ladrones.

—*Puedes degollarme, pero no cortes las cuerdas de mi guitarra.*

—¡Exactamente! Así pues, la conocías.

—La conozco ahora.

Al salir, Arkady tuvo que reconocer que había sido más duro con el radiotelegrafista de lo que en realidad era necesario. El error de Nikolai había sido la broma, el haberle llamado «veterano». Se dio cuenta de que se estaba pasando la mano por la cara y se preguntó si tenía aspecto de viejo. No se sentía viejo.

23

Debajo de la litera de Gury había una bolsa de nilón repleta de objetos de plástico, su botín: *walkmen* Sony, relojes Swatch, altavoces Aiwa, Waterpik, cigarrillos Marlboro y un teléfono Micky Mouse. Pegadas con esparadrapo al armario había fotos Polaroid de Obidin, la barba limpia y peinada, de pie frente a la iglesia de madera de Unalaska con el aire de un hombre que posara modestamente en una nube al lado del Señor. El interior del armario olía a mejunjes de elaboración casera mezclados con la fruta fresca y en conserva comprada en el almacén de Dutch Harbor. Cualquiera que abriese el armario para tomar su chaqueta se veía atacado por los vapores empalagosos de melocotones, cerezas y mandarinas exóticas. El rincón más botánico del camarote, sin embargo, eran los estantes donde Kolya guardaba los especímenes recogidos en la isla y traídos al buque en macetas de cartón: musgo pegado a una piedra medio envuelta en una página mojada de *Pravda*; un arbusto minúsculo con diminutas bayas de color púrpura; las hojas ensiformes, como de papel, de un lirio enano; un pincel que seguía mostrando el rojo de fuego con que Kolya había pintado los pétalos de alguna flor.

Kolya le estaba mostrando el camarote a Natasha; con la portilla cubierta de escarcha, su rincón del camarote parecía un invernadero. Era la primera vez que había conseguido impresionar a Natasha.

—En todas las expediciones científicas pasaba lo mismo —explicó Kolya—. Los pequeños buques de Cook y de Darwin estaban llenos de especímenes botánicos en las bodegas, bulbos en las cajas de cadenas, frutos del árbol del pan en cubierta... Porque la vida está en todas partes. La parte inferior de las masas de hielo que nos rodean está cubierta de algas. Las algas atraen a los seres minúsculos que, a su vez, atraen a los peces. Naturalmente, detrás de los peces llegan los predadores: las focas, las ballenas, los osos polares. Estamos rodeados de vida.

El pensamiento de Arkady estaba ocupado con una botánica de otra clase. Sentado ante la mesa estrecha, disfrutando de uno de los cigarrillos de Gury y pensando en el cáñamo silvestre, miles de hectáreas de cáñamo manchuriano, silvestre y lujuriante, cargado de polen exótico, las flores y las hojas creciendo como rublos gratuitos en el áspero paisaje asiático. Todos los otoños se producía el brote de lo que los siberianos llamaban «la fiebre de la hierba», y la gente acudía al campo, en calidad de voluntaria del partido —mejor que voluntario del partido—, para la cosecha. A menudo no era necesario viajar porque la hierba crecía por doquier: al lado de las carreteras, en los campos de patatas, en los huertos de tomates. Llamaban a la hierba *anasha*, la metían en sacos y la transportaban en camión a Moscú, donde la fumaban suelta en cigarrillos, o en pipa.

También estaba lo que llamaban *plan*. Hachís. El *plan* llegaba en pastillas de un kilo procedentes de Afganistán y de Pakistán, luego viajaba por rutas diferentes, una parte en camiones del Ejército, otra en transbordadores que cruzaban los mares Negro y Caspio, atravesando luego Georgia y dirigiéndose finalmente hacia el norte, es decir, hacia Moscú.

—Los osos polares deambulan por la región de los hielos y recorren centenares de kilómetros —dijo Kolya a Natasha—. Nadie sabe cómo encuentran el camino de vuelta. Cazan de dos maneras: acechan junto a un agujero hasta que alguna foca sale a respirar, o nadan por debajo del hielo hasta que ven la sombra de una foca arriba.

«O amapolas», pensó Arkady. ¿Cuántas colectividades de Georgia rebasaban su cupo correspondiente a la flor mágica? ¿Qué cantidad se barría de la era, qué cantidad se secaba, qué cantidad se embalaba, qué cantidad se usaba para fabricar morfina y luego, al parecer, era llevada por el viento hasta Moscú?

Desde el punto de vista de un investigador, Moscú parecía ser una Eva inocente, rodeada de jardines peligrosos, acosada constantemente por zalameras serpientes georgianas, afganas y siberianas que intentaban seducirla. El «té» que Zina le había pedido a Nikolai que enviase era, sin duda, un bloque de cáñamo, *anasha*. Zina había cambiado de idea, probablemente porque era una cantidad muy pequeña, pero ello significaba que existía, como mínimo, parte de una red.

—¿Todas estas flores las encontraste cerca de la calle y del almacén? —preguntó Natasha.

—Tienes que saber dónde buscarlas —repuso Kolya.

—La semilla de la belleza está en todas partes. —Natasha llevaba el pelo recogido detrás para poder lucir los pendientes de cristal que había comprado en Dutch Harbor—. ¿No estás de acuerdo, Arkady?

—Es innegable.

—Habrás visto que el camarada Mer pasó de forma mucho más constructiva el permiso en tierra, en lugar de emborracharse asquerosamente y caer al mar.

—Me inclino ante tu celo científico, Kolya. —Arkady notó que la libreta espiral de su compañero de a bordo, con las tapas grises que imitaban la piel de cocodrilo, era de las que vendían en el almacén del buque. Era igual que la de Zina—. ¿Me permites?

Hojeó la libreta. En cada página Kolya había escrito el nombre común de una planta diferente, junto con el nombre en latín y el día y el lugar en que la había recogido.

—¿Estabas solo cuando te caíste al agua? —preguntó Natasha.

—Pasas menos vergüenza si estás solo.

—¿Susan no estaba contigo?

—Nadie.

—Podías haberte hecho daño. —Kolya estaba disgustado—. Un poco bebido, en el agua, en plena noche...

—Me estaba preguntando —dijo Natasha a Arkady— qué piensas hacer cuando volvamos a Vladivostok. El camarada Volovoi decía que tal vez tengas problemas con la guardia de fronteras. Quizá te ayudaría que tus compañeros de trabajo, que miembros del partido hiciesen declaraciones positivas. A lo mejor entonces querrías irte a otra parte. Hay varios proyectos muy bonitos para construir centrales hidroeléctricas a orillas del Yenisei. Con primas por trabajar en el Ártico, y un mes de vacaciones donde a uno le plazca. Dada tu habilidad, aprenderías a manejar una grúa en un abrir y cerrar de ojos.

—Gracias, lo pensaré.

—¿Cuántos ex investigadores de Moscú pueden decir que han construido un embalse? —preguntó Natasha.

—No muchos.

—Podríamos tener una vaca. Quiero decir que tú podrías tener una vaca si quisieras. Cualquiera que quisiese tener una vaca podría tenerla. En una parcela particular. O un cerdo. O incluso gallinas, aunque es necesario disponer de algún lugar caliente para las aves en invierno.

—¿Una vaca? ¿Gallinas? —Arkady meneó la cabeza y se preguntó a qué venía todo aquello.

—El Yenisei es interesante —dijo Kolya.

—Muy, muy interesante —recalcó Natasha—. Una hermosa taiga de pinos y alerces. Hay ciervos y lagópodos.

—Y caracoles comestibles —añadió Kolya.

—Pero tendrías una vaca si quisieras. Y espacio para una moto también. Meriendas en la orilla del río. Una ciudad entera llena de gente joven, de niños. Tú...

—¿Zina sabía algo sobre buques? —interrumpió Arkady—. ¿Entendía la terminología, cómo se llaman las distintas partes de un buque?

Natasha no podía dar crédito a sus oídos.

—¿Zina? ¿Otra vez?

—¿A qué se referiría al hablar de la «bodega del pescado»?

—Zina ha muerto. Todo eso ha terminado.

—¿La bodega o algo cerca de ella? —insistió Arkady.

—Zina no sabía nada de buques, nada de su propio trabajo, nada salvo su propio interés, y ha muerto —repitió Natasha—. ¿A qué viene esta fascinación? Cuando vivía no te importaba nada. La cosa era distinta cuando el capitán te ordenó que llevases a cabo una investigación. Pero ahora tu interés es morboso, negativo y repugnante.

Arkady se puso las botas.

—Quizá tengas razón —admitió.

—Perdona, Arkasha; no debería haber dicho nada de todo eso. Perdóname, por favor.

—No te disculpes por ser sincera. —Arkady alargó la mano para tomar su chaqueta.

—Detesto el mar —confesó Natasha con amargura—. Debería haberme ido a Moscú. Hubiera podido encontrar trabajo en una fábrica y buscar un marido en Moscú.

—En las fábricas explotan a la gente —dijo Arkady—, y vivirías en una residencia con una cortina entre tu cama y la de al lado. Demasiado hacinamiento; no te hubiera gustado ni pizca. Una flor grande merece mucho espacio.

—Cierto. —Las palabras de Arkady le habían gustado.

Bajo cubierta, en la proa, el ruido hacía pensar que el *Estrella Polar* no rompía hielo, sino que avanzaba a través de un paisaje sin verlo, derribando casas y árboles, desenterrando peñascos. A Arkady no le hubiera sorprendido demasiado ver la herrumbrosa piel de acero perforada por camas o por ramas. ¿Qué pensarían las ratas? Habían abandonado la tierra firme hacía ya muchas generaciones. ¿Acaso el estruendo evocaría recuerdos y sueños extraños en los roedores dormidos?

Zina había dicho «bodega del pescado», pero seguramente se refería a la caja de cadenas situada junto a la bodega. La caja era el punto más bajo y más avanzado del buque, un espacio angular que solía estar repleto de estachas y cadenas, un lugar oscuro que un contramaestre escrupuloso quizá visitaría un par de veces en una travesía. Sólo una mirilla en la escotilla cerrada herméticamente hacía pensar que, tal vez, aquella puerta era distinta de las otras. Antes de que pudiera llamar, la escotilla se abrió con un ruido como el que hace un tapón de corcho al sacarlo de una botella. En cuanto entró y la escotilla se cerró tras él, notó una presión en los tímpanos.

Una bombilla roja en el techo iluminaba a Anton Hess, que se encontraba sentado en una silla giratoria. A la luz de la bombilla, parecía tener los cabellos ladeados. Ante él había tres monitores conectados con la sonda acústica del puente; en las pantallas, tres mares de color verde fluían sobre tres fondos de color anaranjado; Hess parecía un mago afanándose alrededor de unas tinas de color fluorescente. A un lado había dos monitores de lorán con hilos cruzados luminosos que señalaban la latitud y la longitud sobre unos gráficos también luminosos, que hacían juego con el papel cuadriculado que Arkady había visto en el *Eagle* y que superaban, con mucho, cualquier dispositivo que hubiese en el puente de Marchuk. Al otro lado había un osciloscopio en blanco y algo que parecía la mezcladora acústica de un ingeniero de sonido, auriculares incluidos. Encima, una pantalla mostraba en blanco y negro el pasillo donde Arkady se encontraba unos momentos antes. Había también un ordenador pequeño y otros aparatos que Arkady no pudo distinguir claramente bajo la luz roja, aunque todos ellos, junto con la silla y el camastro, estaban metidos en un espacio no mucho mayor que un armario ropero. Para un tripulante de submarino debía de ser como el hogar.

—Me sorprende que hayas tardado tanto en encontrarme —dijo Hess.

—Lo mismo digo.

—Siéntate. —Hess indicó el camastro—. Bienvenido a esta pequeña estación. Me temo que no está permitido fumar porque aquí el aire no circula, pero es como en el caso de los paracaidistas: cada quisque pliega su propio paracaídas. Yo lo monté, de modo que no puedo echarle la culpa a otro.

Arkady se percató de que una de las razones de la falta de espacio era que todas las superficies estaban muy insonorizadas y había, incluso, una cubierta falsa que amortiguaba el ruido del hielo al rozar las planchas del casco. Cuando sus ojos se acostumbraron a la luz tenue, vio otra razón: empotrada en el punto de la cubierta donde se juntaban los mamparos había una semiesfera blanca de un metro de diámetro. Parecía la tapa de algo mucho más grande empotrado en el fondo del buque mismo.

—Es asombroso —dijo Arkady.

—No; es patético. Se trata de un recurso desesperado para reparar la injusticia de la geografía y la carga de la historia. Los principales puertos soviéticos, todos sin excepción, se encuentran situados ante algún obstáculo de la naturaleza o permanecen bloqueados por el hielo durante seis meses al año. Al zarpar de Vladivostok, nuestra flota tiene que atravesar el estrecho de las Kuriles o el de Corea. En caso de guerra, probablemente no conseguiríamos sacar ningún buque de superficie. Gracias a Dios que existen los submarinos.

Arkady vio que en las tres pantallas aparecían unas ondas de color anaranjado que iban en aumento: las señales de peces que subían en busca de alimento. Nadie sabía por qué a los peces les gustaba el mal tiempo. Hess le ofreció algo reluciente: un frasco de coñac a la temperatura del cuerpo.

—¿Debajo del agua estamos igualados?

—Pasando por alto el hecho de que ellos llevan el doble de cabezas nucleares y pueden tener patrullando el sesenta por ciento de sus buques armados con misiles, mientras que nosotros apenas podemos tener el quince por ciento. Tampoco hay que olvidar que sus submarinos son más silenciosos y más rápidos, y tienen mayor capacidad de inmersión. Pero aquí interviene la ironía, Renko. Sé que aprecias la ironía tanto como yo. El único lugar donde nuestros submarinos pueden esconderse es debajo del hielo del Ártico, y la única manera de que los norteamericanos puedan venir tras nosotros desde el Pacífico es cruzando el mar de Bering y el estrecho de Bering. Por una vez, nosotros les oponemos un obstáculo.

El anfitrión y el invitado bebieron a la salud de la

geografía. Al volver a sentarse en el camastro, se oyó un chirrido y Arkady pensó en Zina echada sobre la misma manta. No hubo disertaciones en aquella ocasión.

—De modo que tú también tienes que alcanzar una cuota de pescado, en cierto sentido —dijo Arkady.

—Sí, pero no para atraparlo; sólo tengo que oírlo. Ya sabes que el *Estrella Polar* estuvo en dique seco.

—Sí, y me pregunté para qué, qué trabajo hicieron en él. Nadie ha visto que se haya incorporado mejora alguna relacionada con la pesca.

—Orejas extras. —Hess movió la cabeza hacia la semiesfera blanca empotrada en la cubierta—. Lo llaman «sonar complejo remolcado». Se trata de un sistema pasivo, un cable con hidrófonos que se desenrolla desde un cabrestante eléctrico alojado en ese receptáculo. En los submarinos montamos el receptáculo en popa. En el *Estrella Polar* lo hemos montado cerca de la proa para evitar que se enganche con una red norteamericana.

—Y retiráis el cable antes de que suban una red.

Por eso Nikolai tenía tiempo para retozar con Zina, porque estaban subiendo una red cargada de pescado.

—No es un sistema muy eficaz en aguas profundas, pero este mar no es hondo. Los submarinos, incluso los suyos, detestan las aguas de poca profundidad. Tratan de llegar cuanto antes al estrecho, y cuanto mayor es su velocidad, más ruido arman y nosotros los oímos. Cada buque tiene su propio sonido, diferente del de los demás. —Hess se volvió de cara a un estante donde había un ordenador, una unidad de vigilancia y una hilera de disquetes—. Aquí tenemos la señal de quinientos submarinos, suyos y nuestros. Oponiendo las señales, desciframos sus rutas y misiones. Por supuesto, podríamos hacer lo mismo en uno de nuestros submarinos o de nuestros buques hidrográficos, pero ellos esconden sus submarinos cuando se acerca uno. El *Estrella Polar* es sólo un buque factoría en medio del mar de Bering.

Arkady recordó el mapa que había en el camarote del ingeniero eléctrico de la flota.

—¿Uno de los cincuenta buques factoría soviéticos que navegan frente a la costa norteamericana?

—Exactamente. Éste es el prototipo.

—Parece bastante moderno.

—No. Voy a decirte qué es moderno en lo que se refiere a material electrónico para recoger información. Los norteamericanos instalaron frente a la costa de Siberia unidades de vigilancia que funcionan con energía nuclear. Son unos contenedores en los que hay seis toneladas de aparatos de reconocimiento y una provisión de plutonio que les permite transmitir indefinidamente bajo nuestras propias narices. Sus submarinos penetran en el puerto de Murmansk e instalan hidrófonos en los nuestros. Les gusta salir llevando trofeos. Por supuesto, si pudieran echar mano de nuestro cable, lo exhibirían en Washington, organizarían una de esas ruedas de prensa o algo parecido que tan bien saben montar, como si fuera la primera vez que veían una lata atada a un cordel.

—¿Eso es tu cable...? ¿Una lata atada a un cordel?

—Micrófonos en un cordel de trescientos metros, en esencia. —Hess se concedió una sonrisa—. El software es interesante; lo programaron originariamente en California para seguirles la pista a las ballenas.

—¿Alguna vez confundes un buque con una ballena?

—No. —Los dedos de Hess tocaron la pantalla redonda del osciloscopio, como si fuera una bola de cristal. El aparato tenía aspecto de obra de artesanía, como era frecuente en la alta tecnología producida por el Ministerio de Aparatos Eléctricos—. Las ballenas y los delfines suenan como señales en el espacio profundo. Algunas ballenas pueden oírse desde unos mil kilómetros: emiten notas graves, de bajo, con las ondas largas de las bajas frecuencias. Luego están los otros ruidos de los peces, de las focas que los persiguen, de las morsas que escarban en el fondo con sus colmillos. Suena todo como una orquesta al afinar sus instrumentos antes de un concierto. Luego oyes cierto ruido sibilante que no debería estar ahí.

—¿Eres músico? —preguntó Arkady.

—Cuando era niño creía que sería concertista de violoncelo. ¡Qué inocente!

Arkady miró las unidades de vigilancia, la imagen repetida de los peces anaranjados subiendo en un mar de color verde eléctrico. La semiesfera blanca tenía dispositivos de fijación; podía trasladarse de sitio; si había que atender al cabrestante, ¿qué otra cosa haría Hess: mandar un buzo?

—¿Por qué crees que ordené que te sacaran de la factoría? —prosiguió Hess—. Oí algo que no me gustó: que la muchacha muerta, Zina Patiashvili, se iba a popa cada vez que el *Eagle* entregaba una red. ¿Para saludar con la mano a un nativo? No seamos tontos. La única respuesta posible es que hacía señales al capitán Morgan para indicarle si habíamos sacado el cable o no.

—¿El cable es visible?

—No lo es durante las pruebas, pero ella debía haber visto algo además de la red de Morgan.

—Dicen que Morgan es buen pescador.

—George Morgan ha pescado en el golfo de Tailandia, y a la altura de Guantánamo y de Granada. Por fuerza sabe pescar. Por eso me declaré partidario de que se llevase a cabo una investigación. Cuando se trata de desenterrar la verdad, de hacer que un traidor caiga del árbol, es mejor actuar cuanto antes. Pero tengo que decirte, Renko, que han caído demasiados cuerpos. Primero la chica, luego Volovoi y el norteamericano. Y tú entras y sales, una y otra vez, en todo eso.

—Puedo averiguar algo sobre lo de Zina.

—¿Y de nuestro primer oficial achicharrado? No; dejaremos que se ocupen de ello en Vladivostok. Quedan demasiados interrogantes. Uno de ellos es cómo te has visto envuelto en el asunto.

—Alguien trata de matarme.

—Eso no me basta. Zina-Susan-Morgan: ésa es la cadena que quiero reconstruir. Si encajas en ella, mi interés se ve justificado. El resto no es asunto mío.

—¿No te importa lo que le pasó a Zina?

—En sí mismo, desde luego que no.

—¿Te interesarían pruebas de que hay contrabando?

Hess rio como horrorizado.

—¡Dios mío, no! Sería invitar al KGB a meter las narices en los asuntos del Servicio de Información. Mira, Renko, intenta alzar los ojos por encima de los delitos de poca monta. Dame algo real.

—¿Como qué?

—Susan. Os estuve observando en Dutch Harbor.

Renko, debes de tener un encanto irresistible, con tu aire de hombre herido. La atraes. Acércate más a ella. Sirve a tu país y sírvete a ti mismo. Averigua algo que les comprometa a los dos, a Susan y a Morgan, y haré que venga un carguero expresamente a buscarte.

—¿Algo que los incrimine? ¿Notas, algún código secreto?

—Podemos instalar micrófonos en su camarote, o colocarte un transmisor encima.

—Podemos hacerlo de varias maneras diferentes.

—Lo que te resulte más cómodo.

—Pues no, creo que no —dijo Arkady después de reflexionar—. De hecho, he venido por otra cosa.

—Para qué has venido?

Arkady se puso en pie para ver mejor los rincones de la caja de cadenas.

—Sólo quería ver si el cadáver de Zina estaba guardado aquí.

—¿Y...?

La luz era tenue, pero el espacio era reducido.

—No —decidió Arkady.

Los dos hombres se miraron, Hess con la expresión entristecida del hombre que ha entonado confidencias y aspiraciones ante oídos sordos.

—Los crímenes de poca monta me apasionan —dijo Arkady en tono de disculparse.

La escotilla se abrió.

—Espera —dijo Hess cuando Arkady se disponía a irse. El hombrecillo rebuscó en un cajón y sacó un objeto reluciente. Esta vez era el cuchillo de Arkady. Se lo entregó—. Propiedad del Estado, ¿entendido? Buena suerte.

Arkady miró hacia atrás en el momento de salir. Bajo la pantalla en blanco y negro, Anton Hess era un hombre agotado. Las demás pantallas, las de color, parecían fuera de lugar, demasiado alegres, sintonizadas con alguna longitud de onda más feliz. Detrás de su brillo, la semiesfera instalada en el suelo aislado parecía la punta de un huevo vulnerable que el ingeniero eléctrico de la flota estuviese pastoreando por el mundo.

24

La lluvia golpeaba el *Estrella Polar* con sus gotas fuertes y horizontales que al poco se transformaban en hielo blando y esponjoso. La tripulación trabajaba a la luz de las lámparas, regando el buque con vapor de las calderas, por lo que la cubierta de descarga humeaba como si en ella hubiese un incendio. Los hombres se aferraban a las cuerdas tendidas de un lado a otro de la cubierta, resbalando a causa del movimiento del buque. Con sus cascos de acero bajo las capuchas forradas de piel, parecían obreros de la construcción en Siberia, todos menos Karp, que no llevaba más abrigo que un jersey, como si el frío no significara nada para él.

—Tranquilízate. —Con gesto magnánimo, Karp ofreció una mano a Arkady al verle acercarse. De su cinturón colgaba una radio sujeta con una correa—. Disfruta del refrescante clima de Bering.

—No me has perseguido.

Arkady contó los hombres que formaban el equipo de cubierta, para tener la seguridad de que todos estaban a la vista. A ambos lados de la cubierta el bacalao llenaba los contenedores a rebosar. Rodeado de neblina humeante, cubierto por la lluvia helada, el pescado presentaba el brillo plateado de una armadura bajo la luz de las lámparas.

—Como no tienes otro lugar adonde ir... —Karp tiró de la soga de una polea hacia abajo, y con el mango del cuchillo empezó a golpearla para quitar el hielo. El encargado de la grúa de pórtico no estaba en su cabina. Debido a la capa de hielo que cubría el mar, no había pesqueros junto al *Estrella Polar*. El vapor oscurecía toda la cubierta—. Probablemente podría tirarte por la borda ahora mismo y nadie se enteraría.

—¿Y si cayera sobre el hielo y no me hundiese? —dijo Arkady—. Tienes que pensar más las cosas. Eres demasiado impulsivo.

Karp rio.

—He de reconocer que tienes unas pelotas como un toro.

—¿Qué fue lo que dijo Volovoi, lo que te impulsó a cargártelo? —preguntó Arkady—. ¿Fue porque juró que desmontaría el buque cuando llegáramos a Vladivostok? No ganaste nada matándole. El KGB nos hará la vida imposible cuando volvamos.

—Ridley dirá que estuve con él toda la noche. —Karp hizo saltar lo que quedaba de la capa de hielo—. Si dices algo de Volovoi, te perjudicarás a ti mismo.

—Olvídate de Volovoi. —Arkady sacó una papirosa, un cigarrillo que resistía la lluvia, el granizo y la nieve—. Es Zina la que sigue interesándome.

Cubierto hasta la cintura por nubes de vapor, Pavel avanzaba junto a la barandilla con una manguera de agua caliente. Karp hizo un gesto con la mano ordenándole que se alejara.

—¿Qué pasa con Zina? —preguntó a Arkady.

—Lo que hacía, fuera lo que fuese, no lo hacía sola; ésa no era su forma de actuar. De toda la gente que hay en este buque, tú me pareces el único con quien Zina trabajaría. Y le dijiste a Slava que apenas la conocías.

—Era una compañera de trabajo y nada más.

—¿Sencillamente otra trabajadora, como tú?

—No, yo soy un trabajador modelo. —A Karp le gustaba la distinción. Abrió los brazos—. Tú no sabes nada de trabajadores porque no lo eres, en el fondo no lo eres. ¿Crees que la factoría es desagradable? —Karp golpeó el pecho de Arkady con el cuchillo para dar más énfasis a sus palabras—. ¿Has trabajado alguna vez en un matadero?

—Sí.

—¿En un matadero de renos?

—Sí.

—¿Pisando tripas, resbalando, con un hule en el hombro?

—Sí.

—¿A orillas del Aldan? —El Aldan era un río del este de Siberia.

—Sí.

Karp hizo una pausa.

—¿El director del colectivo es un coriaco llamado Sinaneft, y se paseaba de un lado a otro montado en un poni?

—No; era un buriato. Se llamaba Korin y circulaba en un Moskvitch con esquíes en las ruedas delanteras.

—Veo que es verdad que trabajaste allí. —Karp parecía encontrarlo divertido—. Korin tenía dos hijos.

—Hijas.

—Una con tatuajes. Es curioso, ¿verdad? Todo el tiempo que pasé en los campos, todo el tiempo que estuve en Siberia, me decía a mí mismo que si había justicia en el mundo, tú y yo volveríamos a encontrarnos. Y durante todo el tiempo el destino te mantuvo a mi lado.

Por encima de ellos, el encargado de la grúa entró en la cabina con un tazón en las manos. Al otro lado de la cubierta, el norteamericano llamado Bernie caminaba hacia popa, dificultosamente. Envuelto en un anorak, sujetándose a la cuerda, parecía un montañero. De la radio de Karp salió la voz gutural de Thorwald diciendo que el *Merry Jane* se acercaba con una red llena. El capataz envainó el cuchillo, y al instante el ritmo de trabajo cambió. Los hombres cerraron las mangueras y empezaron a arrastrar los cables hacia la rampa.

—No eres tonto, pero nunca das más de un paso adelante. Me refiero a tu pensamiento —dijo Arkady—. Deberías haberte quedado en Siberia o haberte dedicado al contrabando de cintas de vídeo o de pantalones tejanos... Cosas pequeñas, nada importante...

—Ahora me permitirás que hable de ti —repuso Karp. Quitó con la mano un poco de hielo de la chaqueta de Arkady—. Eres como un perro al que echan de casa a patadas. Durante un tiempo vives de los desperdicios que encuentras en los bosques y piensas que puedes ir con los lobos. Pero en realidad, lo que de veras deseas es atrapar un lobo para que te dejen volver a casa. —Quitó un cristal de nieve del pelo de Arkady y susurró—: No conseguirás volver a Vladivostok.

Las personas se transformaban en animales de invierno y comían con la chaqueta puesta. En medio de la mesa larga había una olla de sopa de col que olía como si fuera colada. Se consumía con ajo crudo que se servía en platos aparte, junto con pan moreno, goulash y té que humeaba lo suficiente para convertir la cantina en una especie de sauna. Izrail se sentó en el banco al lado de Arkady. Como de costumbre, el director de la factoría llevaba escamas de pescado en la barba, como si hubiese vadeado hasta el comedor de la tripulación.

—No puedes descuidar tu deber de socialista —susurró a Arkady—. Debes ocupar tu puesto de trabajo junto a tus camaradas o se te denunciará.

Natasha se encontraba sentada enfrente de Arkady. Llevaba todavía el gorro de trabajo, alto y blanco, que impedía que algún cabello fuera a parar al pescado.

—Escucha lo que te dice Izrail Izrailevich —dijo Natasha a Arkady—. Pensé que estabas enfermo. Fui a tu camarote y no estabas.

—Olimpiada sabe preparar la col. —Arkady tomó el cucharón e hizo ademán de servir un poco de sopa a Natasha, pero ella dijo que no con la cabeza—. ¿Dónde está Olimpiada? No la he visto.

—Se te denunciará al capitán, a tu sindicato, al partido —advirtió Izrail.

—Denunciarme a Volovoi sería interesante. ¿No quieres un poco de goulash, Natasha?

—No.

—¿Al menos un poco de pan?

—Gracias, me basta con el té. —Se sirvió una tacita.

—Esto va en serio, Renko. —Izrail se sirvió sopa y

pan—. No puedes pasearte por el buque como si tuvieras órdenes especiales de Moscú. —Mordió un clavo de especia y reflexionó—. A no ser que las tengas.

—¿Estás a dieta, Natasha? —preguntó Arkady.

—Me resisto.

—¿Por qué?

—Tengo mis razones. —Con el pelo recogido dentro del gorro, sus pómulos eran más visibles a la vez que sus ojos negros parecían mayores y más dulces.

Obidin estaba sentado junto a Natasha, llenando su plato de goulash y buscando los trocitos de carne.

—Tengo entendido que la gente piensa que no deberíamos volver a pescar donde encontramos a Zina —dijo—. Por respeto a la difunta.

—Absurdo. —La expresión de los ojos de Natasha se endureció al pensar en Zina—. No todos somos fanáticos religiosos. Vivimos tiempos modernos. ¿Has oído algo en ese sentido? —preguntó a Izrail.

—¿Has oído hablar de Kureika? —preguntó a su vez Izrail. Una sonrisa se ocultó en su barba—. Es donde Stalin estuvo exiliado por orden del zar. Más adelante, cuando Stalin gobernaba, envió un ejército de presos a Kureika para que reconstruyeran su antigua cabaña y a su alrededor edificaran un hangar lleno de luces que durante veinticuatro horas al día iluminaban la cabaña y una estatua de mármol del mismo Stalin. La estatua era gigantesca. Una noche, años después de morir Stalin, quitaron secretamente la estatua de su sitio y la arrojaron al río. Todas las embarcaciones daban un rodeo para no pasar por encima de la cabeza.

—¿Cómo sabes tú todo eso? —preguntó Arkady.

—¿Cómo crees tú que un judío se convierte en siberiano? —preguntó a su vez el jefe de la factoría—. Mi padre ayudó a construir el hangar. —Dio un mordisco al pan—. No te denunciaré enseguida —concedió—. Te daré uno o dos días.

Cuando se dirigía al lugar donde estaba la radio, Arkady oyó una voz que le recordó la que se oía en la cinta de Zina. La voz y la guitarra eran resonantes, románticas, y salían por la puerta de la enfermería. La voz no sonaba como la del doctor Vainu.

En un mar tempestuoso y lejano
navega un bergantín pirata.

Era una vieja canción que cantaban los prisioneros de los campos, aunque un prisionero tenía que estar bastante borracho, y probablemente ser incapaz de andar en línea recta, para disfrutar de una letra tan lacrimógena.

La bandera pirata ondea al viento,
el capitán Flint está cantando.
Y también nosotros, entrechocando los vasos,
empezamos nuestra cancioncilla.

La canción se interrumpió al entrar Arkady en la enfermería.

—¡Mierda! Creía que estaba cerrada con llave —exclamó el doctor Vainu, apresurándose a cortale el paso a Arkady.

En el extremo más alejado del pasillo Arkady vio el trasero ancho y colorado de Olimpiada Bovina, que entraba corriendo en una sala de reconocimiento. El doctor vestía ropa cómoda y calzaba zapatillas, y su aspecto era sólo un poco desaliñado: la zapatilla izquierda en el pie derecho y viceversa. Arkady pensó que Bovina y Vainu hacían buena pareja, tan buena pareja como una apisonadora y una ardilla.

—No se puede entrar —protestó Vainu.

—Ya estoy dentro. —Buscando a la persona que cantaba, Arkady condujo al doctor hasta el quirófano, donde la mesa de operaciones aparecía cubierta con una sábana. Arkady se fijó en que la caja con los efectos personales de Zina seguía en el mismo sitio.

—Esto es un consultorio médico. —Vainu comprobó que su bragueta estuviera cerrada.

Al lado de la mesa había una bandeja de acero con un jarro y, a juzgar por el olor a barniz que flotaba en el aire, vasos de alcohol de cereales. También había un bombón de chocolate a medio comer, relleno de crema. Arkady puso la mano sobre la sábana. Aún estaba caliente, como el capó de un coche.

—No puedes entrar así por las buenas —advirtió Vainu con una convicción que se evaporaba por momentos. Se apoyó desmayadamente en un mostrador y encendió un cigarrillo para calmar los nervios. En el mostrador, al lado de la caja, había una casete nueva, de fabricación japonesa, con sus propios altavoces estereofónicos en miniatura. Arkady apretó el botón de rebobinar, luego el de avance: «...*pirata ondea al viento.*» Finalmente el de paro—. Perdona —dijo.

De todos modos, la voz no era como la del otro cantante.

La sonora voz del coronel Pavlov-Zalygin recorría la línea telefónica y las ondas desde Odessa. Su tono melodioso, de barítono, recordó a Arkady que mientras la capa de hielo del mar de Bering se movía hacia el sur, en Georgia seguían pisando las uvas y en el mar Negro los últimos turistas del año continuaban llenando los transbordadores.

Para el coronel era una satisfacción ayudar a un colega que se encontraba en alta mar, aunque para ello tuviera que buscar entre montones de fichas viejas.

—¿Patiashvili? Recuerdo el caso, pero últimamente los jefazos se han puesto en plan legalista. Los abogados andan metiendo las narices en todo, nos acusan de ser violentos, apelan sentencias perfectamente válidas. Créeme, estás mucho mejor en alta mar. Estudiaré el caso y te volveré a llamar.

Arkady recordó que otros buques podían oír la mitad de la conversación si tenían sintonizado el canal soviético. Cuantas menos llamadas mejor, aun suponiendo que tuviera ocasión de hacer otra. Nikolai estudió los mandos de la radio de bandas laterales: las agujas oscilaban siguiendo el compás de la voz del coronel.

—Es el tiempo —dijo a Arkady—. La recepción es cada vez peor.

—No tenemos tiempo.

—Hoy día la prensa publica cartas de delincuentes —se lamentó Pavlov-Zalygin—. ¡Hasta salen en la *Gaceta Literaria*!

—La muchacha murió.

—Bien, déjame pensar.

En cada transmisión había una pausa de cuatro segundos que no hacía más que aumentar la confusión.

En vez de micrófono, la radio tenía un receptor telefónico con unos agujeritos que formaban el dibujo de una margarita, como un anticuado objeto decorativo. A Arkady se le ocurrió que toda la tecnología moderna que había en el *Estrella Polar* se encontraba en lo más hondo del buque con Hess.

—Lo malo es que no teníamos nada concreto contra ella —explicó Pavlov-Zalygin de mala gana—, nada que pudiéramos presentar ante un tribunal. Registramos su piso, la tuvimos detenida, pero no dimos con nada que nos permitiera acusarla. Aparte de eso, la investigación fue un gran éxito.

—¿Investigación? ¿Qué investigasteis?

—Salió en los periódicos, en *Pravda* —informó el coronel con orgullo—. Una operación internacional. Cinco toneladas de hachís georgiano enviadas de Odessa a Montreal en un mercante soviético. Mercancía de gran calidad, en ladrillos toda ella, en contenedores cuyas marcas indicaban que dentro había «lana en rama». Los de aduanas descubrieron narcóticos aquí. Generalmente practicamos las detenciones y destruimos el cargamento ilegal, pero esta vez decidimos colaborar con los canadienses y que las detenciones se practicaran en ambos extremos.

—Una empresa conjunta.

—Justamente. La operación fue un gran éxito, sin duda te... de ella.

—Sí. ¿De qué modo estaba Zina Patiashvili implicada en el asunto?

—El cabecilla de la banda era un amiguito suyo. La muchacha había trabajado seis meses en la cocina del mercante; de hecho, era el único mercante en el que realmente había trabajado. Fue vista en el muelle cuando cargaron el buque por primera vez, pero...

Al aumentar la electricidad estática, la aguja se desplazó hacia el indicador de vatios de la radio.

—... al fiscal. Sin embargo, la expulsamos de la ciudad.

—¿Los demás involucrados siguen en campos de trabajo?

—En campos de régimen estricto, desde luego. Ya sé que ha habido una amnistía, pero no ha sido como la amnistía de Jruschof, cuando soltamos a todo quisque. No, cuando...

—Se nos escapa —advirtió Nikolai.

—Dices que trabajó en ese mercante durante seis meses, pero su libreta de cobros indica que trabajó en la flota del mar Negro durante tres años —dijo Arkady.

—No fue exactamente como ayudante de cocina. La chica... recomendaciones y los títulos de costumbre.

—¿Pues qué hacía? —preguntó de nuevo Arkady.

—Nadaba —de pronto, la voz del coronel se oyó fuerte y clara—. Nadaba en representación de la flota del mar Negro en las competiciones que se celebraban en todas partes. Antes de eso hacía lo mismo para su escuela vocacional. Algunos decían que hubiera podido probar suerte en las olimpíadas de haber sido más disciplinada.

—¿Una chica pequeñita, cabello negro teñido de rubio? —Arkady no podía creer que estuvieran hablando de la misma mujer.

—Así es, sólo que su cabello era negro, sin teñir. Tenía un atractivo vulgar..., extranjero... ¿Oye? ¿Me...?

La voz del coronel se esfumó como un buque avistado en plena tormenta, pasando de un bando de electricidad estática a otro más denso.

—Se nos ha escapado. —Nikolai se quedó contemplando la aguja, ya totalmente desmandada.

Arkady dio por terminada la conversación y se recostó en la silla mientras el teniente le observaba con expresión ansiosa. No le faltaban razones para ello. Una cosa era que un radiotelegrafista joven y viril metiera a una ciudadana honrada de matute en un puesto secreto de espionaje con la intención de seducirla; otra cosa muy diferente, revelar la existencia de dicho puesto a una delincuente de armas tomar.

—Lo siento —dijo Nikolai, incapaz de seguir soportando la incertidumbre—. Quise llamarte hace un rato, aprovechando que la transmisión era mejor, pero se había armado un gran barullo a causa de la captura que hemos perdido, y hubo llamadas a Seattle y a la flota. Perdimos la última red del *Merry Jane*.

—¿Thorwald?

—El noruego, sí. Él dice que nosotros tenemos la culpa, y nosotros afirmamos que el culpable es él porque intentó transbordar una carga que pesaba más del máximo autorizado. Perdió la captura y el aparejo. Al parecer, es imposible recuperarlo con tanto hielo... y tiene que volver a Dutch Harbor.

—¿Sólo nos queda el *Eagle*?

—La compañía ya ha mandado tres pesqueros para aquí. No van a permitir que un buque factoría como éste dependa de un solo arrastrero.

—¿Te dijo Zina que era nadadora?

Nikolai carraspeó.

—Sólo me dijo que sabía nadar.

—En el Cuerno de Oro, el restaurante, ¿reconociste a alguien más, a alguien del buque?

—No. Oye, tengo que preguntarte sobre tu informe. ¿Qué vas a decir de mí? Pareces saberlo todo.

—Si lo supiera todo, no estaría haciendo preguntas.

—Sí, sí, pero ¿vas a nombrarme en tu informe? —Nikolai se acercó un poco más a Arkady, que lo imaginó como la clase de chico que, puesto cabeza abajo en el escritorio del maestro, intentaría leer sus notas—. No tengo derecho a pedírtelo, pero te suplico que reflexiones sobre lo que me pasará si en tu informe hay comentarios desfavorables. No te lo pido por mí mismo. Mi madre trabaja en una fábrica de conservas. Yo le envío siempre un rollo de paño de la Marina y ella lo usa para confeccionar faldas y pantalones que vende a las amistades, y así va tirando. Vive para mí, y un asunto feo como éste podría matarla.

—¿Pretendes decirme que yo sería el culpable de que tu madre muriera por no haber cumplido con tu deber?

—No, claro que no, nada de eso.

Vladivostok escucharía las cintas de Zina prescindiendo de lo que le pasara. El simple hecho de haber permitido que Zina entrara en la caja de cadenas podía mandar al teniente al calabozo.

—Sería mejor que hablases con Hess antes de que lleguemos a puerto —aconsejó Arkady, deseando salir cuanto antes del cuarto de radio—. Ya veremos qué pasará.

—Me acuerdo de otra cosa, hablando de dinero. Zina nunca me pidió dinero. Sólo quería que le diera un

naipc, una reina de corazones. No a modo de pago,
sino...

—¿De recuerdo?

—Hablé con el oficial encargado de actividades recreativas y le pedí una baraja. ¿Me vas a creer si te digo
que en todo el buque sólo tenemos una baraja? Y en la
baraja faltaba la reina de corazones. Y él lo sabía, a juzgar por su forma de sonreír.

—¿Quién era ese oficial? —preguntó Arkady, aunque, dado que el cargo era el más humilde que podía
desempeñar un oficial, sólo era probable un nombre.

—Slava Bukovsky.

¿Quién, si no?

25

Arkady encontró a Slava sentado en las sombras de una litera de arriba, con los auriculares de un *walkman* en las orejas, tocando la boquilla de un saxofón, marcando el ritmo con los pies descalzos. Arkady se sentó ante la mesa del camarote, silenciosamente, como si hubiera llegado a la mitad de un concierto. La luz con pantalla de la mesa era la única que había en el camarote, pero Arkady pudo ver los objetos que adornaban un camarote de oficial: la mesa misma, estantes para libros, un frigorífico que llegaba hasta la cintura y un reloj en una vitrina estanca, como si el camarote de Slava fuese el único que corriera el riesgo de inundarse. Se recordó a sí mismo que no debía mostrarse demasiado despreciativo; hasta el momento Slava había logrado disimular toda relación entre él y Zina. En el estante para libros aparecía lo que era de esperar en la biblioteca de un oficial encargado de las actividades recreativas: libros sobre juegos populares y canciones recomendadas, además de severos volúmenes sobre el pensamiento de Lenin y la propulsión diésel; el segundo oficial, el compañero de camarote de Slava, estaba estudiando para llegar a primer oficial.

Las mejillas de Slava se hincharon, sus ojos se cerraron, el cuerpo se meció rítmicamente, y balidos cargados de *soul* surgieron de la boquilla del saxofón. Había un calendario con un banderín, una foto de un grupo de chicos rodeando una moto, con Slava en el sidecar, y una lista mecanografiada de consignas para el primero de mayo de ese año. La número 14 aparecía subrayada: «¡Trabajadores del sector agroindustrial! ¡Vuestro deber patriótico es abastecer cumplidamente de alimentos al país en breve tiempo!»

El tercer oficial se quitó los auriculares. Arrancó una última nota plañidera de la boquilla, dejó ésta y, finalmente, miró a Arkady.

—De vuelta a la URSS —comentó—. Los Beatles.

—La he reconocido.

—Sé tocar cualquier instrumento. Nombra un instrumento.

—La cítara.

—Un instrumento corriente.

—¿El laúd, la lira, el bidón de acero, el sitar, la flauta de Pan, el chong chai de Formosa?

—Tú ya me entiendes.

—¿El acordeón?

—Sé tocarlo. El sintetizador, la batería, la guitarra. —Slava miró a Arkady con suspicacia—. ¿Qué quieres?

—¿Recuerdas aquella caja de efectos personales que sacaste del camarote de Zina? ¿Tuviste oportunidad de repasar su libreta espiral?

—No, no tuve tiempo porque hube de entrevistar a cien personas aquel mismo día.

—La caja aún está en la enfermería. Acabo de examinar la libreta más concienzudamente que la primera vez, buscando huellas dactilares. He encontrado las de Zina y las tuyas. Las he comparado con las de la nota de suicidio que tú encontraste.

—Bien, examiné su libreta. ¿Y qué? Mala pata; deberías haberme interrogado en presencia de alguien. De todos modos, ¿se puede saber qué pretendes yendo de un lado para otro del buque, sin tomarte la molestia siquiera de asomarte a la factoría?

—No tenemos mucho pescado para limpiar. El equipo no me echará de menos.

—¿Por qué el capitán no te ha parado los pies?

Arkady ya había pensado en ello.

—Viene a ser como en *El inspector general*. ¿Recuerdas aquella comedia del tonto que llega a una población y la gente cree que es un funcionario del zar? Además, el asesinato lo cambia todo. Nadie está muy seguro de lo que tiene que hacer, especialmente habiendo desaparecido Volovoi. Mientras no discuta las órdenes, puedo hacer caso omiso de ellas durante unos días. Mientras la gente no sepa cuánto sé; eso es lo que le da miedo.

—De modo que se trata solamente de farolear, ¿eh?

—Eso viene a ser.

Slava se incorporó a medias.

—Podría subir directamente al puente y decirle al capitán que cierto marinero de segunda clase lleva un tiempo faltando a su trabajo e importunando a la tripulación con preguntas que le ordenaron que no hiciera, ¿de acuerdo?

—Subirás mejor si te pones los zapatos.

—Hecho.

Slava se guardó la boquilla de saxofón en el bolsillo de la camisa y saltó con ligereza de la litera al suelo. Arkady alargó la mano sobre la mesa para tomar un cenicero mientras el tercer oficial se calzaba las botas.

—¿Vas a esperarme aquí? —preguntó Slava.

—Aquí mismo.

Slava se puso la chaqueta del chándal.

—¿Quieres que le diga alguna otra cosa?

—Háblale de ti y de Zina.

La puerta se cerró de golpe detrás de Slava.

Arkady sacó un cigarrillo del bolsillo del pantalón y encontró cerillas en una jarrita llena de lápices. Estudió el dibujo que había en la carterita de cerillas: la palabra «Prodintorg» escrita de modo llamativo en una cinta. Recordó que Prodintorg se ocupaba del comercio exterior de artículos animales: pescado, cangrejos, caviar, caballos de carreras, ganado vacuno y animales para zoológicos; una forma de abordar al por mayor las maravillas de la naturaleza. Apenas había encendido el pitillo cuando volvió Slava y cerró la puerta con la espalda.

—¿Qué hay de Zina?

—Zina y tú.

—Vuelves a hacer conjeturas.

—No.

Toda una vida de inclinarse ante la autoridad influía en las personas. Slava se sentó en la litera de abajo y escondió el rostro entre las manos.

—¡Oh, Dios! Cuando mi padre se entere de esto.

—Puede que tu padre no llegue a saberlo, pero a mí sí tienes que contármelo.

Slava alzó la cabeza, parpadeó y aspiró hondo, como si necesitara más aire que de costumbre.

—Me matará.

Arkady procuró incitarle a hablar:

—Me parece que una o dos veces intentaste decirme que yo no era lo bastante listo como para oírte. Por ejemplo, que no podía averiguar cómo Zina había sido destinada a este buque. Tener tanta influencia en el cuartel general de la flota es muy poco corriente.

—Oh, él intentó complacerla, a su manera.

—¿Tu padre? —Arkady alzó la carterita de cerillas.

—Ministro suplente. —Slava permaneció callado durante un momento—. Zina insistió en que tenía que embarcar en este buque para estar cerca de mí. ¡Qué chiste! En cuanto salimos del puerto, todo terminó, como si nunca nos hubiéramos conocido.

—¿Él hizo la llamada que te colocó en el *Estrella Polar* y luego, a petición tuya, ordenó que también Zina fuese destinada a este buque?

—Él nunca da órdenes; sencillamente, llama al director del puerto y pregunta si hay alguna buena razón para que no se pueda colocar a alguien en alguna parte o no se pueda hacer tal o cual cosa. Lo único que dice es que el Ministerio está interesado, y todo el mundo lo entiende. Cualquier cosa: la escuela apropiada, el maestro más idóneo, un coche del Ministerio para llevarme a casa. Verás, la primera señal de la reestructuración fue cuando no pudo colocarme en la flota del Báltico, sólo en la del Pacífico. Por esto Marchuk me detesta. —Slava clavó los ojos en la oscuridad como si allí hubiera un fantasma sentado ante una mesa de despacho con una batería de teléfonos—. Tú nunca has tenido un padre así.

—Sí lo tuve, pero le decepcioné pronto y por completo —le tranquilizó Arkady—. Todos cometemos errores. Tú no podías saber que yo ya había mirado debajo de la cama donde encontraste la nota de suicidio. O, mejor dicho, donde pusiste la nota, escrita en una página de la libreta de Zina, la misma que sacaste de su camarote. Fui torpe al no darme cuenta de ello enseguida. ¿Había en la libreta algo más que yo no vi?

Slava no pudo evitar una risita nerviosa.

—Más notas de suicidio, dos o tres en una página. El resto las tiré. ¿Cuántas veces podía quitarse la vida?

—Así que allí estabas tú, dirigiendo el conjunto del buque y contemplando cómo una mujer a la que habías ayudado a embarcar en este buque bailaba con un norteamericano y no te hacía caso.

—Nadie lo sabía.

—Lo sabías tú.

—Estaba negro. Durante el descanso me fui a la cocina a fumar, sólo para no verla. Zina entró y volvió a salir sin apenas mirarme. Como ya no podía seguir utilizándome, yo no existía.

—No dijiste nada de eso en tu informe.

—Nadie nos vio. Una vez intenté hablar con ella, un día en el vestuario, y dijo que si volvía a molestarla se lo diría al capitán. Entonces comprendí que había algo entre ellos, entre el capitán y Zina. ¿Y si él estaba al corriente de lo mío? No fui tan tonto como para decir que tal vez yo era el último que la había visto viva.

—¿Fue así?

Slava desatornilló la pieza metálica de la boquilla y examinó la lengüeta de caña.

—Está agrietada. Ya resulta bastante difícil encontrar

un saxo en venta, y cuando tienes uno, entonces es imposible encontrar lengüetas. Te tienen controlado, de una manera o de otra. —Con mucho cuidado volvió a colocar la lengüeta en su sitio; parecía que estuviera engarzando un rubí en un anillo—. Ella sacó una bolsa de plástico de un cacharro. La bolsa estaba cerrada con esparadrapo. Se la metió debajo de la chaqueta y salió. Le he dado vueltas una y otra vez, intentando encontrarle sentido. Pensé que los tipos que estaban en cubierta la habían visto después de mí, pero no dijeron nada de una chaqueta ni de una bolsa. No soy buen detective.

—¿De qué tamaño era la bolsa? ¿De qué color?

—Una de las grandes. Negra.

—¿Ves? De eso te has acordado. ¿Qué tal va tu informe sobre Volovoi?

—Justamente en ello estaba al entrar tú.

—¿A oscuras?

—¿Importa algo? ¿Qué puedo decir que alguien vaya a creerse? Tienen un procedimiento para examinar los pulmones, ¿verdad? Para saber si alguien murió realmente en un incendio, ¿no? —Slava rio con amargura—. Marchuk dice que si hago un buen trabajo, secundará mi intento de ingresar en una escuela del partido, lo que es otra forma de decir que nunca llegaré a capitán.

—Tal vez no deberías llegar. ¿Qué te parece el Ministerio?

—¿Trabajar a las órdenes de mi padre? —La pregunta respondió a la de Arkady.

—¿La música?

Tras unos instantes de silencio, Slava dijo:

—Antes de trasladarnos a Moscú, vivíamos en Leningrado. ¿Conoces Leningrado?

Hasta ese momento Arkady no se había percatado con tanta claridad de lo solo que se hallaba Slava. El joven blando que tenía ante él estaba destinado a ocupar un despacho alfombrado con vistas al Neva en lugar de al Pacífico norte.

—Sí.

—¿Las pistas de baloncesto cerca de la Nevsky? ¿No? Pues cuando yo tenía cinco años estuve en las pistas y había unos negros norteamericanos jugando al baloncesto. Nunca había visto algo parecido; lo mismo hubiesen podido ser seres de otro planeta. Todo lo que hacían era diferente...: su forma de tirar la pelota, tan fácil, y su forma de reírse, tan fuerte que yo me tapaba las orejas con las manos. De hecho, ni siquiera formaban un equipo. Eran músicos que tenían que tocar en la Casa de la Cultura, pero su actuación había sido cancelada porque interpretaban jazz. Así que, en vez de dar un concierto, jugaban al baloncesto, pero yo pude imaginar cómo harían música, igual que ángeles negros.

—¿Qué clase de música hacías tú?

—Rock. Teníamos un conjunto en el instituto. Escribíamos nuestras propias canciones, pero la Casa de Creatividad nos las censuraba.

—Seríais populares, ¿no?

—Estábamos contra el sistema. Siempre he sido un liberal. Los idiotas de este buque no lo entienden.

—¿Así fue cómo conociste a Zina, en un baile? ¿O fue en el restaurante?

—No. ¿Conoces Vladivostok?

—Más o menos tan bien como Leningrado.

—Detesto Vladivostok. Cerca del estadio hay una playa que se llena a tope en verano. Ya conoces el panorama: un malecón cubierto de toallas, colchones hinchables, tableros de ajedrez, frascos de bronceador y toda la anatomía que preferirías no ver.

—Y eso no es para ti...

—No, gracias. Pedía prestada una barca de vela, de seis metros de eslora, y navegaba por la bahía. Debido al canal de la Marina, tienes que navegar bastante cerca de la playa. Por supuesto, la mayoría de la gente que se mete en el agua no va más allá de donde el agua le llega a la cintura; o, como mucho, no sobrepasa las boyas y, desde luego, no más allá de los botes de remos de los socorristas. El ruido solo ya es suficiente para volverte loco: el griterío, los silbatos de los socorristas... Navegar en la barca de vela era como escapar de todo el barullo. Había una nadadora, con todo, que se adentró tanto en el mar, y tan fácilmente, que por fuerza me fijé en ella. Seguramente nadó un trecho por debajo de la superficie, sólo para que no la vieran los socorristas. Me distraje tanto, que cerré la vela sin querer y la barca se detuvo. Había un cabo colgando por la borda y la muchacha se asió a él para subir a bordo, exactamente igual que si lo hubiéramos planeado. Luego se tumbó en cubierta para descansar y se quitó el gorro. En aquel tiempo tenía el cabello oscuro, casi negro. Habrás visto el efecto de la luz del sol en las gotitas de agua. La muchacha parecía estar cubierta de diamantes pequeños. Rio como si salir del agua y echarse en la embarcación de un desconocido fuese la cosa más natural del mundo. Estuvimos navegando toda la tarde. Dijo que quería que la llevase a una disco, pero que tendría que reunirse conmigo allí; no quería que pasara a recogerla. Luego se zambulló en el mar y desapareció.

»Al salir de la disco, dábamos un paseo por las colinas. Nunca me dejaba ir a buscarla a su casa ni me permitía acompañarla después. Supuse que viviría muy pobremente y que le daría vergüenza. Por su acento supe que era georgiana, pero eso no me predispuso en contra de ella. Podía contarle cualquier cosa y ella parecía comprenderla. Ahora, al pensar en todo aquello, me doy cuenta de que nunca hablaba de sí misma, como no fuera para decir que tenía carnet de marinero y quería embarcarse en el *Estrella Polar* conmigo. Me engañó como a un tonto, y eso es exactamente lo que era yo. Engañaba a todo el mundo.

—¿Quién crees que la mató?

—Pudo ser cualquiera, pero me daba miedo que una investigación de asesinato me señalara a mí antes o después, lo cual me convierte en un cobarde además de tonto. ¿Me equivoco?

—No. —Arkady no podía discrepar—. El agua de la bahía ¿estaba fría?

—¿Donde nadaba ella? Helada.

Sentado en la litera de arriba, Slava parecía suspendido en la oscuridad.

—Me dijiste que éste era tu segundo viaje —dijo Arkady.

—Sí.

—¿Ambos viajes con el capitán Marchuk?

—Sí.

—En el *Estrella Polar*, ¿hay alguien más con quien ya hayas navegado?

—No —Slava se puso a reflexionar—. Quiero decir que ningún oficial. Por lo demás, solamente Pavel y Karp. ¿Estoy en apuros?

—Me temo que sí.

—Nunca me había metido en un lío de verdad, nunca tuve el valor suficiente. Es algo nuevo, una serie de posibilidades diferentes. ¿Qué vas a hacer ahora?

—Irme a la cama.

—Es temprano.

—Bueno, cuando estás en apuros hasta irse a la cama puede resultar apasionante.

En cubierta, Arkady notó que el buque se alejaba del viento, lo cual significaba que Marchuk había dejado el *Merry Jane* en el borde de la masa de hielo y luego había puesto proa al norte, internándose nuevamente en la región de los hielos. La lluvia hacía que el hielo que rodeaba al *Estrella Polar* rielase como el azul de un campo eléctrico. Arkady se ocultó en las sombras hasta que sus ojos se acostumbraron.

Slava no sabía nada del Cuerno de Oro ni del piso al que Zina había llevado a Nikolai y Marchuk, así que desde el principio había tratado a Slava de forma diferente. No había querido asustar al delicado tercer oficial llevándole a un ruidoso restaurante de marineros o al piso que contenía un arsenal clandestino. Puede que Zina no hubiese visto nunca a Slava antes del día en que subió a su barca de vela, pero el capataz sí le había visto.

Karp podía aparecer en cualquier momento, columpiándose en un cable o surgiendo de alguna escotilla. Le había dicho que se «tranquilizara». ¿Por qué Karp no le había matado aún? No sería por su inteligencia o por su suerte. Los oficiales ocupaban la caseta de gobierno, el puente del *Estrella Polar*, su reino de la ignorancia, y el resto del buque factoría, los pasillos mal iluminados y las cubiertas resbaladizas, eran los dominios del capataz. Arkady podía desaparecer en cualquier momento en que Karp lo deseara. Todos los días transcurridos desde la escala en Dutch Harbor eran días de propina. Se dio cuenta de que si estaba vivo era sólo porque una tercera muerte sería más de lo que Vladivostok estaría dispuesto a aceptar. El *Estrella Polar* recibiría la orden de regresar inmediatamente. Cuando un buque volvía en circunstancias sospechosas, era rodeado por efectivos de la guardia de fronteras y la tripulación tenía que permanecer a bordo mientras se efectuaba un registro minucioso. A pesar de todo, Karp tenía que librarse de él. De momento, el dilema del capataz consistía en la diferencia entre que Arkady continuara teniendo la cabeza sobre los hombros y que la perdiese. Karp seguía pensando, tomándose su tiempo, pues ¿qué podía decirle Arkady a Marchuk que no le perjudicase a él, al propio Arkady, más que a otra persona? Karp tenía testigos de dónde se encontraba en el momento de morir el primer oficial. Con todo, a pesar de aquel «tranquilízate», Arkady cruzó la cubierta pasando de un punto iluminado a otro, como si estuviese trazando líneas que unieran puntos.

La tripulación ya se había acostado, y en el camarote de Arkady sólo Obidin permanecía despierto.

—Dicen por ahí que va a venir un carguero a buscarte, Arkady. También dicen que eres de la Cheka —«Cheka» era el nombre antiguo del KGB—. Hay quien dice que no te conoces a ti mismo.

El olor a mejunjes de elaboración casera emanaba de la barba de Obidin como el perfume del polen emana de un cardo. Arkady se encaramó a su litera después de quitarse las botas.

—Y tú qué opinas?

—Que son unos imbéciles, desde luego. El misterio de los actos humanos no puede definirse en términos políticos.

—A ti no te gusta la política. —Arkady bostezó.

—El alma de un político es negra e insondable. Pronto se reunirá el Kremlin con el otro diablo.

—¿Qué diablo? ¿Los norteamericanos, los chinos, los judíos?

—El Papa.

—¡A ver si os calláis! —dijo la voz de Gury—. ¡Que queremos dormir!

«Gracias a Dios», pensó Arkady.

—Arkady —dijo Kolya al cabo de un minuto—. ¿Estás despierto?

—¿Qué quieres?

—¿Te has fijado en Natasha últimamente? Está de buen ver.

26

Arkady soñó que estaba contemplando a Zina Patiashvili mientras la muchacha nadaba en la playa de Vladivostok, que era exactamente tal como la describiera Slava, excepto que los únicos seres que tomaban el sol eran focas, que se revolcaban en la arena y alzaban sus ojos orientales, de largas pestañas, hacia el cielo. Llevaba el mismo traje de baño con que se había exhibido en la cubierta aquel día de verano. Las mismas gafas de sol, y sus cabellos eran rubios; ni siquiera negros en las raíces. El día era deslumbrante. Había unas boyas largas que parecían caramelos chupones y señalaban la sección reservada a los niños. Algunos maderos habían llegado flotando desde los cercanos muelles de carga y los chicos montaban en ellos como si fueran canoas.

Zina se adentró nadando en la bahía, dejando atrás las embarcaciones de vela que patinaban sobre la superficie del agua, y se volvía boca arriba para contemplar los verdes árboles de la ciudad, los bloques de oficinas y los arcos romanos del estadio. El estadio Dínamo. Todas las poblaciones tenían sus Dínamo, Espartaco o

Torpedo. ¿Por qué no usaban nombres como Torpor o Inercia?

Zina se zambulló en aguas más tranquilas y más frescas donde la luz penetraba formando un ángulo, igual que penetra por las persianas de una habitación, hasta alcanzar un nivel que era a la vez translúcido y negro, dando brazadas amplias hasta llegar al fondo blando y silencioso de la bahía. Un pez pasó rápidamente por delante de su cara. Bancos de peces pasaban nadando por ambos lados, arenques que brillaban como un aguacero de monedas, líneas de peces azules, la sombra flotante de una raya que huía de dos haces de luz que se acercaban con el ruido de un tren a toda velocidad. Las puertas de acero de una red de arrastre rastrillaban el fondo del mar por ambos lados, levantando columnas de fango. Las luces del cable eran cegadoras, pero Zina podía ver cómo el fondo estallaba al avanzar la red, levantando géiseres de arena y también de peces que intentaban escapar de la red, que rugía al tragárselos. Un muro de agua la empujó primero y luego la atrajo hacia el torbellino, hacia el interior del acorde bajo que dejaban oír las mallas en tensión y las nubes de arena y escamas relucientes.

Arkady despertó y se incorporó a medias, empapado en sudor como si acabara de salir del mar. Le había dicho a Natasha que se trataba sencillamente de ver lo que tenías delante de los ojos, que no hacía falta ser ningún genio. ¿Cómo se hace contrabando en mar abierto? ¿Qué se movía atrás y adelante veinte veces al día? ¿Y dónde escondería el capataz lo que había recibido? Se le ocurrió otra respuesta obvia: ¿en qué parte del *Estrella Polar* le habían atacado?

Esta vez Arkady se llevó una linterna. Las ratas salían corriendo a su paso, metiéndose entre los tablones, puntitos rojos que le miraban desde arriba mientras bajaba la escalera que conducía a la bodega de proa. Las tuberías de refrigeración estaban llenas de ratas que corrían por encima de ellas con la facilidad que daba la costumbre. Al menos, el descenso fue más corto llevando una linterna.

Sin hacer ruido, bajó del último peldaño al fondo de la bodega y recordó que la primera vez había recogido un trozo de madera para golpear los mamparos tratando de hacer salir a un teniente del Servicio de Información de la Marina, cuando era probable que todo el rato hubiese estado de pie sobre la tapa de un cofre que contenía un tesoro. El haz de luz de la linterna encontró la madera, las mismas latas de pintura y la misma manta, el mismo esqueleto de gato de la vez anterior. Pero la vez anterior el esqueleto de gato se encontraba en el centro y ahora estaba acurrucado en un rincón. Había señales de tacones y de pies que se habían arrastrado por las tablas del suelo. Las tocó. Estaban mojadas.

La escotilla situada a ras de suelo se abrió, y Pavel, uno de los hombres del equipo de Karp, asomó medio cuerpo. Llevaba un casco y una chaqueta empapada en lluvia y se llevó una mano a los ojos para protegerse de la luz de la linterna de Arkady.

—¿Todavía aquí? —preguntó.

Luego, vio de quién se trataba y cerró apresuradamente la escotilla. Arkady subió por la escalera hasta el siguiente nivel. Su escotilla estaba cerrada. Siguió subiendo hasta el nivel más alto, el mismo por donde había entrado en la bodega, el corazón latiéndole como un prisionero extra que azuzara a las manos para que subieran más aprisa. Abrió la escotilla de un puntapié, corrió hasta la escalera y bajó por ella. Cuando llegó al nivel más bajo, enfrente de la bodega, Pavel ya no estaba, pero en la cubierta de metal había huellas mojadas que señalaban como flechas la dirección por la que se había ido. En el mismo camino había el tráfico húmedo de otras botas.

Arkady echó a correr, tratando de darle alcance. Las huellas conducían a popa, pasaban por delante de la bodega para pescado número dos y luego subían por la escalera de los medios del buque y salían junto a la grúa de proa de la cubierta de descarga. No había rastro de Pavel ni de nadie más. La lluvia azotaba los tablones de la cubierta, limpiándolos, y Arkady, guardándose la linterna en el bolsillo, sacó el cuchillo. La lámpara del chigre principal estaba apagada y el hielo cubría las lámparas de las grúas de pórtico. Al otro lado de la cubierta, la entrada de la rampa de popa aparecía a oscuras.

Arkady ya no necesitaba flechas indicadoras. Lo extraño era que fuese la primera vez que pisaba la rampa. Las luces de las grúas rozaban el pellejo rugoso de las paredes y los pliegues de hielo de arriba. A cada paso que daba hacia abajo, sin embargo, la luz se hacía más débil y el ángulo de la rampa se volvía más escarpado. Lejos de allí, la proa del *Estrella Polar* se estremecía al chocar con hielo más duro. En el fondo de la popa, en aquella caja de resonancia que era la rampa, el ruido crecía hasta transformarse en un quejido. Una ola subió por la rampa y volvió a bajar con un suspiro, del mismo modo que la audiomecánica de una concha marina amplificaba y exageraba un sonido, del mismo modo que el oído interno medía los latidos violentos del corazón.

Si Arkady resbalaba, no había nada entre él y el agua excepto la compuerta de seguridad. Se aferró lo mejor que pudo al lado de la rampa al notar que ésta empezaba a descender. Sobre su cabeza, en el pozo, había una segunda intrusión de luz tenue. Pudo ver que la cadena de la compuerta de seguridad estaba tensa en su gancho en la pared de la rampa; habían subido la compuerta, dejando vía libre hacia el agua. Demasiado tarde para aferrarse al gancho, empezó a deslizarse. Sólo un poquito al principio, el primer milímetro que informa al hombre que cae de la situación en que se encuentra; luego con un ímpetu cada vez mayor a medida que la curva de la rampa se acentuaba. Con las extremidades extendidas, la cara al frente, los dedos clavándose en el hielo, vio la espuma blanca de una ola alzándose hacia él mientras el cuchillo se deslizaba hacia abajo tras escapársele de la mano. El borde de la rampa se abría a la negrura del mar y del cielo, al ruido de las hélices y, a los costados, a unas alas de hielo. En el momento en que el agua subía hacia él, su mano encontró una cuerda colocada a lo largo de la rampa, siguiendo su costado, y se enrolló con ella la muñeca. Cuando se detuvo vio bajo él a otro hombre que llevaba botas y formaba un ángulo muy pronunciado, como un escalador con respecto a la pared de la montaña, de pie entre las olas que bañaban la parte inferior de la rampa. La cuerda de salvamento estaba atada a la cintura del hombre.

Karp llevaba un jersey oscuro y una gorra de lana calada sobre su frente cerrada, y sostenía algo que parecía un cojín.

—Demasiado tarde —dijo a Arkady. Arrojó el cojín al agua dándole un golpe con el dorso de la mano. Por la forma en que cayó al mar y se hundió rápidamente, era obvio que el paquete estaba lastrado—. Una fortuna —se lamentó Karp—. Todo lo que habíamos comprado. Pero tienes razón; desmontarán este buque cuando regresemos a Vladivostok.

Karp se inclinó hacia atrás con ambas manos libres y encendió un cigarrillo, aliviado y tranquilo. La estela tenía una luminiscencia que se disipaba en la oscuridad. Arkady se puso en pie.

—Pareces asustado, Renko.

—Lo estoy.

—Toma. —Karp cambió de postura, dio el cigarrillo a Arkady y encendió otro para él. Sus ojos brillaban cuando miraron rampa arriba—. ¿Has venido solo?

—Sí.

—Ya lo averiguaremos.

Arkady tenía la atención concentrada en la lluvia y en una luz que oscilaba a lo lejos como una lámpara movida por la brisa. Era el *Eagle*, que estaría a unos doscientos metros.

—¿Y si eso que has arrojado al mar lo recoge la red?

—El *Eagle* no arrastra la red en este momento; bastante trabajo tienen quitando el hielo con las mangueras. El peso del hielo se nota mucho en un pesquero de este tipo. ¿Cómo supiste que me encontrarías aquí?

Arkady decidió no mencionar a Pavel.

—Quería ver el lugar donde Zina había caído al agua.

—¿Aquí?

—Dejó la chaqueta y el bolso aquí o en el descansillo mientras se iba al baile. ¿Qué aspecto tenía en la red? —preguntó Arkady.

Karp dio una larga chupada a su cigarrillo.

—¿Alguna vez has visto a un ahogado? —preguntó.

—Sí.

—Entonces ya sabes qué aspecto tenía. —Karp se volvió para mirar la luz del *Eagle*, que en ese momento quedaba medio oculta por la lluvia. Daba la impresión de no tener prisa, de estar esperando a un amigo—. El mar es peligroso, pero debería estarte agradecido por sacarme de Moscú. Entre hacer de macarra y estafar, ganaba... ¿cuánto? ¿Veinte o treinta rublos diarios? Para el resto del mundo, los rublos ni siquiera son dinero.

—No estás en el resto del mundo. En la Unión Soviética un pescador gana un montón de rublos.

—¿Y de qué le sirven? La carne está racionada, el azúcar está racionado. La reestructuración es un chiste. La única diferencia es que ahora el vodka también está racionado. ¿Quién es delincuente? ¿Quién es contrabandista? Las delegaciones que visitan Washington vuelven con prendas de vestir, retretes, lámparas de brazos. El secretario general coleccionaba coches rápidos, su hija coleccionaba diamantes. En las repúblicas ocurre igual. Este jefe del partido tiene palacios de mármol; aquél tiene maletas tan repletas de oro que es imposible levantarlas del suelo. Otro tiene una flota de camiones que no transportan nada más que amapolas, y los camiones van protegidos por la patrulla móvil. Renko, tú eres el único al que no entiendo. Eres como un médico en una casa de putas.

—Es que soy un romántico. Así que querías otra cosa, pero ¿por qué drogas?

En los hombros de Karp había gotas de lluvia heladas que hicieron pensar a Arkady en la neblina que se formaba en una cámara de niebla y hacía visibles las huellas dejadas por los iones.

—Es la única manera de que un trabajador gane dinero en serio, siempre y cuando tenga valor —dijo Karp—. Por eso los gobiernos odian las drogas, porque no pueden controlarlas. Los gobiernos controlan el vodka y el tabaco, pero no controlan las drogas. Ahí tienes a Norteamérica. Hasta los negros ganan dinero.

—¿Crees que en la Unión Soviética pasará igual?

—Ya está pasando. Puedes comprar municiones en una base del Ejército rojo, pasar la frontera con ellas y vendérselas a los afganos que luchan contra nosotros. Los *dushmany* tienen almacenes llenos de cocaína hasta el techo. Es mejor que el oro. Es la nueva divisa. Por eso todo quisque les tiene miedo a los ex combatientes... No sólo porque consumen drogas, sino porque saben lo que está pasando realmente.

—Pero tú no formas parte de ninguna red inmensa de veteranos de Afganistán —dijo Arkady—. Tú comerciarías con artículos siberianos, *anasha*. ¿Cuál es el tipo de cambio que se aplica a lo que pasáis por medio de las redes?

Karp sonrió y sus muelas de oro brillaron en la oscuridad.

—Un par de ladrillos nuestros por una cucharada de ellos. Parece injusto, pero... ¿sabes cuánto se saca de un gramo de cocaína en una plataforma de perforación de Siberia? Quinientos rublos. Adivinaste lo de las redes; has sido muy listo.

—Lo que no entiendo es cómo pudiste pasar *anasha* por el control de la guardia de fronteras y meterlo en el *Estrella Polar*.

La voz del capataz dejó entrever que el hombre se sentía halagado, al mismo tiempo que adquiría el tono de quien va a hacer alguna confidencia, como si fuera una lástima que los dos hombres no pudieran acercarse unas sillas y compartir una botella. Arkady se dio cuenta de que Karp no hacía más que interpretar un papel, que disfrutaba de una situación que tenía controlada por completo.

—Tú sabrás apreciar esto —dijo Karp—. ¿Qué clase de pertrechos puede pedir un capataz como yo? Redes, agujas, grilletes, cuerdas. En el astillero siempre te dan lo peor, de eso puedes estar seguro. ¿Qué tipo de cuerda es el más barato?

—La de cáñamo. —El cáñamo manchuriano se cultivaba legalmente para fabricar cuerda y sacos; la *anasha* no era más que la versión potente y fecundada con polen de la misma planta—. Envasabas *anasha* en la cuerda, cáñamo en cáñamo.

Arkady no tuvo más remedio que sentir admiración.

—Y terminamos cambiando mierda por oro. Dos kilos son un millón de rublos.

—Pero ahora tendrás que enrolarte para otros seis meses con el fin de traer un segundo cargamento.

—Es un contratiempo. —Karp miró pensativamente la rampa—. Distinto del que vas a tener tú, pero no deja de ser un contratiempo. ¿Dices que has venido aquí de noche, y lloviendo sólo para ver el lugar donde Zina cayó al agua? No te creo.

—¿Crees en los sueños?

—No.

—Yo tampoco.

—¿Sabes por qué maté a aquel hijo de perra en Moscú? —preguntó de pronto Karp.

—¿El que estaba con la prostituta entre vagones de tren?

—El motivo de que tú me trincaras, sí.

—¿Así que no fue un accidente, que lo hiciste a propósito?

—Hace mucho tiempo, quince años; no me puedes acusar por segunda vez.

—¿Y bien? ¿Por qué lo mataste?

—¿Sabes quién era la puta? Era mi madre.

—Pues ella no lo dijo. Usaba un nombre diferente.

—Sí, bueno; aquel hijo de perra lo sabía y dijo que iba a decírselo a todo el mundo. No fue que yo me volviera loco.

—Deberías haberlo dicho en su momento.

—Entonces hubiera empeorado su sentencia.

Arkady recordaba a una mujer pintarrajeada, de cabello teñido de rojo. En aquel tiempo la prostitución oficialmente no existía, pero la mujer fue condenada por conspirar para robar.

—¿Qué fue de ella?

—Murió en un campo de trabajo. En su campo confeccionaban chaquetas acolchadas para Siberia, así que puede que tú llevaras una, o que la llevase yo. Tenían que cumplir un cupo, como todo quisque. Murió feliz, sin embargo. Había allí muchas mujeres con bebés, un jardín de infancia con su propio alambre de púas, y le permitían hacer la limpieza. Escribió diciendo que estaba mejor al encontrarse rodeada de niños. Sólo que murió de neumonía. Probablemente se la contagió alguno de los mocosos. Es curioso ver las cosas que pueden matarte.

Se sacó un cuchillo de la manga. Arkady se volvió al oír unos pasos. Sobre la débil luz de la cubierta de descarga pudo ver que una persona que llevaba casco de acero bajaba por la rampa, asiéndose a la cuerda que conducía hasta Karp.

—Es Pavel —dijo Karp—. Se ha tomado su tiempo para venir aquí. Veo que es verdad, que has venido solo.

Arkady empezó a retroceder sin soltar la cuerda, moviendo primero una mano y luego la otra. Aunque tenía la cuerda de salvamento enrollada alrededor de su propia cintura, el capataz no parecía necesitarla y subía con facilidad la cuesta helada.

La figura procedente de la cubierta de descarga se detuvo, y Arkady se dio cuenta de que tendría que apartarse mucho para pasar, y que en cuanto soltara la cuerda se deslizaría por la rampa y caería al agua. Sus botas resbalaban. Se preguntó cómo podía Karp subir tan aprisa; parecía un diablo volando sobre peldaños.

—Esto ha valido la espera —dijo Karp. Movió la cuerda con fuerza.

Arkady volvió a resbalar y Karp le asió por la chaqueta.

—¡Arkady! —llamó Natasha—. ¿Eres tú?

—Sí.

La figura que se acercaba por la rampa no era Pavel. Cuando la tuvo más cerca pudo ver que lo que parecía un casco de hombre era un pañuelo de cabeza.

—¿Con quién estás? —preguntó Natasha.

—Con Korobetz —contestó Arkady—. Ya conoces a Korobetz.

Arkady casi podía oír los cálculos en el cerebro del capataz. ¿Sería posible matarle a él y también a Natasha antes de que la muchacha llegara a la cubierta de descarga y gritase?

—Somos viejos amigos. —Karp seguía sujetando a Arkady—. Amigos desde hace mucho tiempo. Échanos una mano.

—Sube a cubierta, Natasha —ordenó Arkady—. Yo te seguiré.

—¿Vosotros dos? —preguntó Natasha en tono de suspicacia—. ¿Amigos?

—¡Sube! —ordenó Arkady, permaneciendo en el mismo sitio para que Karp no pudiera pasar.

—¿Qué ocurre, Arkady?

Natasha también permanecía en el mismo sitio.

—Espera —le dijo Karp.

—Espera ahí —añadió Pavel bajando por la rampa detrás de Natasha, con un hacha en la mano libre.

Arkady asestó un puntapié a la pierna de Karp. El capataz cayó boca abajo y se deslizó por la rampa hasta que la cuerda de salvamento no dio más de sí. Arkady tenía la esperanza de que cayese al agua, pero Karp se detuvo a poca distancia de las aguas revueltas de la estela. Se levantó enseguida y empezó a subir por la rampa, pero Arkady ya había alcanzado el gancho donde estaba la cadena que mantenía levantada la compuerta de seguridad. Soltó la cadena. Provocando una corriente de aire, la compuerta bajó y, con un ruido metálico, se cerró ante las narices de Karp, dejándole aprisionado en el extremo inferior de la rampa.

Arkady se adelantó a Natasha. A sus espaldas se oía a Karp sacudiendo la compuerta como si sus manos fueran capaces de deshacer la red de acero. Luego la compuerta quedó quieta.

—Renko. —La voz del capataz subió por la rampa.

Pavel vaciló al ver que Arkady se le acercaba. Sus ojos eran huecos redondos, más temerosos de Karp que de Arkady.

—Lo estás jodiendo todo. Él ya dijo que lo harías.

La risa de Karp llenó la rampa.

—¿Adónde vas a huir?

—Vete al carajo. —Natasha dijo las palabras mágicas y Pavel retrocedió.

27

—Formamos un buen equipo —dijo Natasha.

Seguía sintiéndose alegre y llena de excitación porque habían conseguido escapar de la rampa; le brillaban los ojos y se le había soltado un largo mechón de cabellos. Arkady la llevó a la cantina, que encontraron transformada en pista de baile.

No habían anunciado nada por los altavoces. El tercer oficial Slava Bukovsky, el oficial encargado de las actividades recreativas, había decidido levantar la moral de la tripulación reuniendo su conjunto y avisando a los que estaban bajo cubierta de que habría música para todos. Como no iban a subir ninguna red y la noche era de perros, la gente se encontraba recluida en sus camarotes, aburriéndose y asfixiándose de calor. Ahora estaban todos recluidos en la cantina, felices y en masa. Esta vez no había norteamericanos, ni siquiera representantes, y por alguna razón tampoco sonaba el rock. La bola de espejos daba vueltas, y sus reflejos se esparcían como nieve por encima de la gente que bailaba con lentitud, como en sueños. En el estrado, Slava arrancaba un blues dulce y fúnebre de su saxofón.

Arkady y Natasha se sentaron en un banco con Dynka y madame Malzeva.

—¡Cómo me gustaría que mi Mahmet estuviera aquí! —La muchacha uzbeca juntó las manos.

—He oído a músicos en la flota del mar Negro. —Malzeva se envolvió los hombros con una toquilla en atención a la dignidad, pero no tuvo inconveniente en añadir—: De hecho, no lo hace nada mal.

Natasha acercó los labios a la oreja de Arkady y susurró:

—Deberíamos decirle al capitán lo que ha pasado.

—¿Y qué íbamos a decirle? Sólo nos has visto a mí y a Karp. Un capataz de descarga tiene mil razones para estar en la rampa. Yo no tengo ninguna.

—También estaba Pavel con un hacha.

—Se han pasado el día cortando hielo. A lo mejor es un héroe del trabajo.

—Te han agredido.

—Yo dejé caer la compuerta sobre Karp y no él sobre mí, y lo único que le oíste decir fue que éramos amigos. El hombre es un santo.

La siguiente canción fue *Ojos negros*, un cuento almibarado de amor gitano. La muchacha que tocaba el sintetizador sacó del instrumento un sonido como el de una guitarra, mientras Slava producía una melodía exuberante, metálica. Era desvergonzada e irresistible. La pista se transformó en una masa de parejas que bailaban lentamente.

—Tú y Karp sois como un ratón y una serpiente —dijo Natasha—. No podéis compartir el mismo agujero.

—No será durante mucho más tiempo.

—¿Por qué fuiste a la rampa?

—¿Quieres bailar? —preguntó Arkady.

Natasha experimentó una metamorfosis. Brillaba una luz no sólo en sus ojos, sino también en su rostro. Como una mujer que ha llegado al baile luciendo un abrigo de marta, se quitó poco a poco su chaqueta de pescador y su bufanda, entregó ambas prendas a Dynka y luego se quitó el peine del pelo, que cayó suavemente como una cascada.

—¿Lista? —preguntó Arkady.

—Cuando quieras. —También su voz se había hecho más suave.

Arkady tuvo que reconocer que formaban una pareja extraña: el modelo de afiliada al partido y el alborotador de la factoría. Mientras Arkady la conducía entre las mesas hacia la pista, Natasha respondió a las miradas de asombro con una expresión a la vez imperiosa y serena.

Los bailarines soviéticos no esperan disponer de mucho espacio para bailar; siempre tienen que soportar empujones en una pista que parece una botella llena de rodamientos de bolas. Es un aspecto festivo del baile, especialmente de un baile que se celebra en medio de la región de los hielos con un viento ártico que cubre las portillas de escarcha. A pesar de su estatura y su fuerza, Natasha parecía flotar en los brazos de Arkady, su mejilla acalorada rozando intermitentemente la del hombre.

—Te pido disculpas por mis botas —dijo ella.

—No, yo te las pido a ti por las mías —repuso Arkady.

—¿Te gustan las canciones románticas?

—Me encuentro indefenso ante ellas.

—A mí me pasa lo mismo. —Natasha suspiró—. Sé que te gusta la poesía.

—¿Cómo lo sabes?

—Encontré tu libro.

—¿Sí?

—Cuando estuviste enfermo. Estaba debajo de tu colchón. No eres el único que sabe dónde hay que buscar.

—¿De veras?

Arkady se apartó un poco de ella, asustado al ver que en sus ojos no había el menor asomo de embarazo.

—Ni siquiera se trataba de un libro de poesía —dijo Arkady—. Sólo unos ensayos y cartas de Mandelstam. —No añadió que era un regalo de Susan.

—Bueno, los ensayos me parecieron demasiado intelectuales —reconoció Natasha—, pero me gustaron las cartas a su esposa.

—¿A Nadezhda?

—Sí, pero él la llamaba de tantas formas diferentes... Nadik, Nadya, Nadka, Nadenka, Nadyusha, Nanusha, Nadyushok, Nanochka, Nadenysh, Niakushka... Diez nombres especiales en total. Eso es un poeta. —Apoyó su mejilla en la de Arkady con un poco más de firmeza.

Slava y su saxo se apoyaban en *Ojos negros*, extrayendo ámbar de la savia. Los bailarines giraban despacio bajo la bola giratoria. El techo bajo y las luces parpadeantes daban a la cantina un aspecto de cueva que aliviaba el alma rusa.

—Siempre he admirado tu trabajo en la factoría —confesó Natasha.

—Yo siempre he admirado el tuyo.

—Tu forma de manipular el pescado... Especialmente los tipos difíciles como la merluza, por ejemplo.

—Tú les cortas las espinas tan... bien. —Arkady pensó que la adulación no era su fuerte.

Natasha carraspeó.

—Esos apuros en que te metiste en Moscú... Pienso que es posible que el partido cometiera un error.

¿Un error? Para Natasha era como decir que el negro podría ser blanco, o reconocer la posible existencia del gris.

—Curiosamente, esa vez no fue un error.

—Cualquier persona puede ser rehabilitada.

—Generalmente después de muerta. No te preocupes; la vida no acaba fuera del partido. Es increíble ver cuánta vida hay fuera de él.

Natasha adoptó una expresión contemplativa. El hilo de sus pensamientos se parecía mucho a la línea ferroviaria Baikal-Amur, con sectores enteros inacabados y túneles que seguían direcciones misteriosas. Poesía, pescado, el partido... Arkady se preguntó con qué saldría a continuación.

—Sé que hay alguien más —dijo Natasha—. Otra mujer.

—Sí.

Le pareció que Natasha ahogaba un suspiro y se dijo que ojalá se hubiera equivocado.

—Era inevitable —dijo finalmente la muchacha—. Sólo pido una cosa.

—¿Cuál?

—Que no sea Susan.

—No, no es Susan.

—¿Y no era Zina?

—No.

—¿Es alguien que no está a bordo?

—No está a bordo, sino muy lejos de aquí.

—¿Muy lejos?

—Sí, mucho —la tranquilizó Arkady.

—Eso me basta. —Natasha apoyó la cabeza en su hombro.

Arkady pensó que Ridley tenía razón. Aquello era civilizado, quizás el colmo de la civilización, aquellos pescadores y aquellas pescadoras bailando el vals con sus botas en el mar de Bering. El doctor Vainu se aferraba a Olimpiada igual que un hombre que hiciera rodar un gran peñasco. Guardando una distancia considerable, semiislámica, Dynka bailaba con uno de los mecánicos. Algunos hombres bailaban con otros hombres y había parejas formadas por mujeres, sólo para practicar. Algunos y algunas se habían tomado la molestia de ponerse un jersey limpio, pero la mayoría se había presentado tal como estaba, siguiendo el espíritu de un acontecimiento raro, improvisado. Arkady también disfrutaba del baile porque ahora tenía cierta idea de las últimas horas de Zina en la Tierra. Resultaba apropiado estar allí bailando con Natasha, como si de un momento a otro Zina en persona fuera a pasar bailando por su lado.

—Está aquí. —Natasha se puso rígida.

Karp circulaba lentamente entre los bancos de la parte de atrás de la cantina, perfectamente tranquilo, sin hacer otra cosa que clasificar las figuras en la oscuridad. Arkady condujo a Natasha hacia el estrado.

—A Kolya le gustaría bailar contigo —sugirió.

—¿De veras?

—Si le ves, deberías darle una oportunidad. Es un

hombre inteligente, un científico, un botánico que necesita bajar a la tierra.

—Preferiría ayudarte a ti —dijo Natasha.

—En tal caso, después de medio minuto de haberme ido, apaga las luces del estrado sólo unos segundos.

—Sigue siendo por lo de Zina, ¿verdad? —El tono de Natasha era de desánimo—. ¿Por qué te interesas tanto por el asunto?

Arkady se sobresaltó y respondió:

—Detesto el suicidio.

Había algo recién liberado en Slava, como si el saxofón fuera una varita mágica que acabara de localizar su alma. Mientras el tercer oficial gemía por medio del instrumento, Arkady y Natasha alcanzaron la puerta de la cocina.

—¿No se suicidó? —preguntó Natasha.

—No.

—¿La mató Karp?

—Eso es lo raro. No creo que la matase él.

La cocina contenía toda una variedad de fregaderos de acero, pilas de bandejas abolladas como escudos de guerrero, torres de escudillas blancas, cocinas industriales bajo hileras de sartenes colgadas, grandes como barreños. El reino de Olimpiada Bovina. Col bañada en agua hirviendo, en trance de ser preparada para el desayuno o reducida a cola. Una cuchara grande sobresalía de una escudilla llena de masa que iba endureciéndose. Arkady era consciente de que estaba siguiendo el mismo camino que siguiera Zina durante el baile anterior siete noches antes. Según Slava, Zina había sacado una bolsa de plástico de un cacharro. ¿Qué había en la bolsa? ¿Por qué era de plástico? Luego, los siguientes testigos la situaban en cubierta.

Arkady abrió la puerta del pasillo lo suficiente para ver a Pavel chupando ansiosamente un cigarrillo y vigilando por si alguien abandonaba el baile. Al cabo de un momento, cesaron los sones de *Ojos negros*, a la vez que se alzaban voces pidiendo luz y quejándose de pisotones. Pavel se asomó inmediatamente a la cantina mientras Arkady salía con sigilo de la cocina y echaba a andar por el pasillo.

¿Quién, sino Kolya Mer, estaría junto a la barandilla disfrutando de todos los placeres de la lluvia, que se convertía en nieve húmeda y cortante que caía en ángulo bajo la niebla? Kolya sujetó a Arkady al pasar éste corriendo por su lado.

—Quería hablarte de las flores.

—¿Las flores?

—De donde las recogí. —Dedos desnudos asomaban por los guantes cortados de Kolya.

—¿Los lirios?

—Le dije a Natasha que los había recogido junto a la calle enfrente del almacén de Dutch Harbor. En realidad, los lirios crecen en sitios más altos. Vi que comprobabas mi libreta, de modo que sabes que los encontré en la colina. Te vi subir detrás del norteamericano. —Kolya aspiró hondo para darse valor—. Volovoi me preguntó.

—¿Volovoi se tropezó contigo en la colina?

—Te estaba buscando. Llegó a decir que me quitaría

las muestras a menos que le dijera dónde estabas. Pero no se lo dije.

—No creía que se lo hubieses dicho. ¿Estaba solo?

Arkady deseaba que dijera que no, que el primer oficial Volovoi estaba con Karp Korobetz, y entonces podrían ir juntos a ver a Marchuk sin perder un minuto.

—No pude verlo por culpa de la niebla —respondió Kolya.

Arkady pensó que Karp iba a salir a cubierta de un momento a otro, suponiendo que no estuviera ya acechando bajo cubierta para impedirle llegar a la parte de proa del buque.

Kolya tenía los ojos clavados en el cielo.

—Como esta noche. Dejará de nevar y luego la nieve se hará realmente espesa. Echo de menos el sextante.

—No es de mucha utilidad si no hay estrellas. Entra. Caliéntate. Baila.

Arkady notó el cambio de tono sólo porque se encontraba lejos del baile. La reverberación de las hélices era más grave, lo cual significaba que el *Estrella Polar* reducía la velocidad. Pero la lluvia de copos relucientes creaba la ilusión de que el buque factoría avanzaba raudo como un trineo. Notó bajo los pies el temblor de las máquinas y el restallar del hielo bajo las planchas de acero de la proa. Sobre su cabeza, la nieve se mecía sobre las plumas de carga y las grúas de pórtico, cubriendo las antenas, las anillas orientables y las barras del radar, de tal modo que todo ello brillaba bajo la luz de la lámpara intensificada por el plano de niebla situado directamente encima. Si uno hacía caso a los sentidos, daba la impresión de que el *Estrella Polar* volaba entre dos mares, uno arriba y otro abajo.

A sus espaldas, unos pies calzados con botas cruzaron rápidamente la cubierta. Delante de él, otra persona bajaba las escaleras desde la proa. Arkady se coló por las redes de pesca que rodeaban la pista de voleibol. La nieve había convertido las redes en una tienda de hielo ligero que temblaba bajo el viento. La lámpara de cubierta era una luz borrosa. A través de la pantalla vio cómo las dos figuras convergían y hablaban. Pensó que debería haber tomado un cuchillo en la cocina. El aparato de voleibol estaba desmontado. Arkady no podía defenderse con una pértiga; ni siquiera había una pelota.

Primero una figura y luego la otra entraron en la pista detrás de Arkady, que creyó que se desplegarían, pero no fue así; continuaron avanzando juntas. La parte inferior de la red estaba atada a unas abrazaderas, atada y helada, por lo que no ofrecía ninguna posibilidad de salir. Arkady se dijo que tal vez podría escalar la red igual que un mono. No era probable. La cubierta estaba helada. Si derribaba a uno, quizá caerían ambos.

—¿Renko? ¿Eres tú?

La otra silueta encendió una cerilla y la llama iluminó dos caras con frentes de gnomo y sonrisas ansiosas que revelaban dientes de oro. Skiba y Slezko, las dos babosas de Volovoi.

—¿Qué queréis? —preguntó Arkady.

—Estamos de tu parte —dijo Slezko.

—Se te van a cargar esta noche —anunció Skiba—. No quieren que llegues vivo a la mañana.

—¿De quiénes me estáis hablando? —preguntó Arkady.

—Ya lo sabes —dijo Slezko, siguiendo la clásica costumbre soviética—. ¿Hace falta decir más?

—Todavía sabemos hacer nuestro trabajo —dijo Skiba—. Es sólo que no hay nadie a quien podamos informar.

La cerilla se apagó. El viento hinchaba la red, que se movía como una vela de hielo.

—Ya no hay disciplina, ni vigilancia, ni una línea de comunicación —dijo Slezko—. Para serte sincero, no sabemos qué hacer.

Skiba dijo:

—Seguramente has hecho algo que los ha puesto nerviosos, porque te están buscando por todo el buque. Si hace falta, te degollarán en tu camarote. O en cubierta.

—¿Por qué me decís todo esto? —preguntó Arkady.

—No se trata de decir, sino de informar —precisó Slezko—. Sólo cumplimos con nuestro deber.

—¿Informándome a mí?

—Hemos pensado mucho en este asunto —dijo Skiba—. Tenemos que informar a alguien, y tú eres el único que tiene experiencia y puede ocupar su puesto.

—El puesto ¿de quién?

—De Volovoi; ¿de quién iba a ser? —se extrañó Slezko.

—Pensamos que, por tu forma de actuar últimamente, quizá procedes del organismo apropiado.

—¿Qué organismo sería ése?

—Tú ya sabes —replicó Slezko.

Arkady pensó que sí, que lo sabía. El KGB. Era cosa de locos. Skiba y Slezko le espiaban tranquilamente, por considerarle un enemigo del pueblo, cuando Volovoi aún vivía. Sin embargo, después de morir Volovoi, eran como perros guardianes presa de confusión. Más que obediencia a alguien, lo que ansiaban era una mano nueva que sujetara la correa. Bueno, un agricultor sembraba trigo, un zapatero hacía zapatos, los soplones necesitaban un nuevo Volovoi. Sencillamente habían cambiado el papel de Arkady, que de ser su víctima había pasado a convertirse en su amo.

—Gracias. Tendré en cuenta vuestro consejo.

—No comprendo por qué, sencillamente, no les detienes —comentó Skiba—. No son más que trabajadores.

—Correrás peligro mientras no les detengas.

—Mi consejo es que veléis por vuestro propio pescuezo.

En medio de la oscuridad, Skiba, hablando en tono lúgubre, se mostró de acuerdo con Arkady.

—En estos tiempos que corren nada está a salvo.

En el puente, la nieve que caía era iluminada por las lámparas de proa y de la caseta de gobierno, de tal modo que la vista podía seguir los copos uno por uno, o de dos en dos, entre los millones que surgían de la oscuridad y revoloteaban alrededor de un parabrisas que había sido limpiado con vapor y ahora mostraba su propio lustre congelado. Los limpiaparabrisas se movían rítmicamente, apartando la nieve a un lado, pero el hielo ya empezaba a avanzar de nuevo desde los ángulos.

En el interior, la lámpara del techo emitía una luz tenue. Las pantallas del radar y de la sonda acústica emitían sus halos de color verde, el compás giroscópico flotaba en una bola de luz. Marchuk manejaba la rueda del timón y Hess se encontraba de pie ante el parabrisas. Ninguno de los dos hombres pareció extrañarse al ver a Arkady en el puente.

—El camarada Jonás —dijo el capitán en voz baja.

No había timonel ni nadie en el cuarto de navegación. El telégrafo de órdenes estaba puesto entre «poca», es decir, lento, y «parada».

—¿Por qué estamos aflojando la marcha? —preguntó Arkady.

La sonrisa del capitán fue de disgusto. Mientras golpeaba el extremo de un cigarrillo dio la impresión de ser un hombre que contemplara la vida desde el último peldaño de una guillotina. Hess, atrapado en la sombra móvil de un limpiaparabrisas, parecía estar sólo un peldaño detrás.

—Debería haberte dejado donde estabas —dijo Marchuk a Arkady—. Habías desaparecido en la factoría, en el vientre de la ballena. Fuimos unos locos al sacarte de allí.

—¿Nos estamos deteniendo? —preguntó Arkady.

—Se ha presentado un pequeño problema —reconoció Hess—. Tú no eres el único problema.

La luz que entraba del exterior era pálida y fría, pero a Arkady le pareció que el ingeniero eléctrico de la flota estaba especialmente blanco, como si todas las lámparas bronceadoras de la Tierra se hubieran desperdiciado en él.

—¿Tu cable? —sugirió Arkady.

—Ya te dije —le recordó Hess a Marchuk— que había encontrado mi puesto hoy.

—Bueno, tu puesto es una perla en una ostra, de

modo que un hombre capacitado como Renko forzosamente tenía que encontrarlo. Razón de más para haberle dejado donde estaba. —El capitán, con aire reflexivo, expulsó una bocanada de humo. Luego miró a Arkady y añadió—: Le dije que en esta parte el fondo es demasiado accidentado, y que hay muy poca profundidad, pero él no me hizo caso y lanzó el cable.

—Los cables con hidrófonos los proyectan de modo que no se enganchen —dijo Hess—. Los submarinos los utilizan constantemente.

—Y ahora algo se ha enredado en el cable —añadió Marchuk—. Puede que sea un trozo de nasa, puede que una cabeza de morsa. No podemos recoger el cable, y la tensión no nos permite navegar más aprisa.

—Sea lo que fuere, acabará soltándose —pronosticó Hess.

—Mientras tanto —prosiguió Marchuk—, tenemos que avanzar delicadamente aunque estemos navegando entre hielos con un viento de fuerza siete. Los capitanes de la Armada deben ser magos. —Cuando inhaló humo, sus ojos reflejaron la brasa del cigarrillo—. Perdona. Se me ha olvidado algo: en la Armada los lanzan desde submarinos, y no desde buques factoría que navegan entre hielos.

El *Estrella Polar* temblaba y daba bandazos a causa del oleaje escondido debajo de la masa de hielo. Arkady no era ingeniero, pero sabía que, para romper hielo, un buque, por grande que fuese, necesitaba cierto ímpetu. Si navegaba demasiado despacio y a poca máquina, los diésel acabarían quemándose.

—¿Qué tal es Morgan como capitán? —preguntó.

—Pronto lo sabremos —respondió Marchuk—. Un

barco como el *Eagle* debería dedicarse a pescar gambas en mares tropicales y no acercarse jamás a la región de los hielos. En el canal que abrimos, las olas son grandes y la proa y la cubierta no están suficientemente altas. No debería navegar de proa al viento, pero tiene que seguirnos o quedará bloqueado por el hielo. Ya lleva mucho hielo encima y empieza a pesar demasiado.

Algo llamó la atención de Arkady. El silencio. En el puente siempre hay una radio sintonizada con la frecuencia para situaciones de peligro. Marchuk siguió la mirada de Arkady hacia la radio de bandas laterales. El capitán dejó la rueda del timón para subir el volumen de la radio, pero sólo se oía el ruidillo de la electricidad estática, como alfileres cayendo al suelo.

—Morgan todavía no ha emitido una llamada de socorro —dijo Hess.

—Ni de socorro ni tampoco de ninguna clase —precisó Marchuk.

—¿Por qué no le llamáis vosotros? —le preguntó Arkady.

Frente a las costas de Sajalin los barcos siempre hablaban unos con otros cuando hacía mal tiempo.

—No responde —contestó Marchuk—. A lo peor ha perdido una de las antenas.

—Por la velocidad que llevamos —dijo Hess—, Morgan adivinará que algo va mal, y probablemente sabe que hemos lanzado el cable. Un trozo del cable es lo que busca. Somos nosotros los que estamos en apuros y no él. Este tiempo es perfecto para él.

En la pantalla del radar, el canal que abría el *Estrella Polar* era una línea estrecha de puntitos verdes. El mar devolvía la señal del radar. En medio del canal, unos quinientos metros a popa, se veía un puntito de luz que correspondía al *Eagle*; en el resto de la pantalla no se veía nada. Tenían que llegar varios barcos procedentes de Seattle, pero seguramente se estaban demorando por culpa del mal tiempo.

—Morgan también tiene radar —dijo Hess—. Y una sonda acústica orientable. Si algo se engancha en el cable, Morgan lo detectará. Probablemente ésta es la oportunidad que ha estado esperando.

—Si ha perdido uno de los mástiles de la radio, también habrá perdido el radar —dedujo Marchuk.

El piloto automático hizo girar la rueda una entalladura, cumpliendo con su obligación.

—Capitán —dijo Hess—. Comprendo que simpatices con otro pescador. Ojalá Morgan lo fuera, pero no lo es. George Morgan es su Anton Hess. Cuando le veo me reconozco a mí mismo. Guardará silencio y permanecerá cerca para ver si cometemos un error; por ejemplo, aumentar la velocidad. Lo que se haya enganchado en el cable puede izarlo a la superficie al costado mismo del *Eagle*.

—¿Y si el cable se rompe? —preguntó Arkady.

—No se romperá si mantenemos esta velocidad —repuso Hess.

—Pero ¿y si se rompe? —insistió Marchuk.

—No se romperá —aseguró Hess.

¿Cuál era el instrumento de música de Hess? El violoncelo. Hess recordaba a Arkady un violoncelista que intentara tocar mientras las cuerdas del instrumento iban rompiéndose una tras otra.

—No se romperá —repitió Hess—, pero aunque se rompiera, el cable tiene flotabilidad negativa y se hundiría. El único problema sería volver a Vladivostok y a la flota del Pacífico después de perder un cable hidrófono. Nuestro viaje ya ha sido lo bastante desastroso, capitán. No necesitamos más desgracias.

—¿Por qué no responde Morgan a nuestras llamadas? —preguntó Marchuk.

—Ya te he dicho por qué. Exceptuando la radio, el *Eagle* navega con normalidad. Todo lo demás son imaginaciones nuestras. —Hess perdió la paciencia—. Me voy abajo; quizá pueda recoger un poco el cable. —Se detuvo ante Arkady—. Explícale al capitán que Zina Patiashvili no se colocaba en la barandilla de popa cada vez que se acercaba el *Eagle* para lanzar besitos. Resulta que ya los recibía en abundancia de nuestro propio radiotelegrafista. Si Zina estuviera aquí en este momento, la mataría yo mismo.

El ingeniero eléctrico de la flota salió por el puente de gobierno. Antes de que la puerta se cerrara de golpe, entraron unos copos de nieve que se fundieron enseguida.

—La cosa tiene gracia —comentó Marchuk—. Después de pasar tanto tiempo en dique seco para que instalaran el cable, ahora resulta que es lo único que se rompe.

El capitán se apoyó en el mostrador. Puso afectuosamente una mano en un compás repetidor, lo abrió y volvió a cerrarlo.

—No paro de pensar en que las cosas cambiarán, Renko, que la vida puede ser honrada y directa, que hay bondad y dignidad en cualquier persona dispuesta a trabajar de firme. No es que la gente sea perfecta; tampoco yo lo soy. Pero es buena. ¿Soy un imbécil? Dime, cuando lleguemos a Vladivostok, ¿les contarás lo mío con Zina?

—No. Pero irán al restaurante donde Zina trabajaba, mostrarán fotos de los oficiales y de la tripulación y la gente de allí te reconocerá.

—Así que, de una u otra forma, soy hombre muerto.

Arkady pensó que no, que el muerto era él, de una u otra forma. Karp y sus hombres le buscarían hasta encontrarlo. Marchuk se veía atrapado en el drama más significativo de un cable arrastrado. ¿Cómo podía él, Arkady, explicar por qué Karp quería atacarle, si no quedaba ninguna prueba del contrabando? En el mejor de los casos, le tomarían por loco, y lo más probable era que le colgasen por lo de Volovoi y el aleuta.

—¿Sabes cómo entregaron este buque? —preguntó Marchuk—. ¿Sabes en qué estado se encuentran todos los buques que entregan los astilleros?

—¿Como nuevos?

—Mejor que nuevos. El *Estrella Polar* fue construido en unos astilleros polacos. Cuando lo entregaron estaba completo, había de todo: cubertería, ropa blanca, cortinas, luces, todo lo que hacía falta para zarpar en el acto. Pero los barcos nunca zarpan inmediatamente. El KGB sube a bordo. Gente del Ministerio sube a bordo. Se llevan la cubertería nueva y en su lugar dejan otra vieja, se llevan la ropa blanca y las cortinas, y sustituyen las bombillas que dan mucha luz por otras que pueden echarte a perder la vista. Exactamente igual que si estuvieran robando en una casa. Arrancan las cañerías buenas y en su lugar ponen otras de plomo. Hasta se llevan los colchones y los pomos de las puertas. Sustituyen lo bueno por mierda. Luego entregan el buque a los pes-

cadores soviéticos y les dicen: «¡A zarpar, camaradas!»
Éste era un buque bonito, un buen buque.

Marchuk inclinó la cabeza, dejó caer la colilla del
cigarrillo en cubierta y luego la pisoteó.

—De modo, Renko, que ya sabes por qué el buque
navega tan despacio. ¿Había algo más?

—No.

El capitán se quedó mirando fijamente el parabrisas
brillante y cegado.

—Es una lástima lo del *Eagle*. La empresa conjunta
es una buena cosa. El otro camino lleva de vuelta a la
caverna, ¿verdad?

28

Arkady echó a andar por el pasillo de la caseta del puente sin saber a dónde se encaminaba. No podía ir sencillamente a su camarote y esperar. En el baile correría peligro. Era el tipo de situación carcelaria que mejor se le daba a un *urka* como Karp. Las luces se apagarían, y cuando volvieran a encenderse Arkady habría desaparecido rampa abajo metido en un saco lastrado. O le encontrarían en un compartimiento vacío, con una lata de pintura al lado, víctima obvia de esnifar vapores. El suceso se utilizaría para dar lecciones de moral.

—Nunca terminamos la partida —dijo Susan.

Arkady retrocedió un paso ante la puerta abierta del camarote de Susan. Había pasado por delante sin darse cuenta porque el camarote estaba a oscuras.

—No temas —dijo ella. Encendió las luces del techo el tiempo suficiente para que Arkady pudiese ver los alambres desconectados que colgaban de la radio y la base de la lámpara de mesa. Susan se sentó en la litera de abajo, el cabello húmedo y despeinado como si acabara de salir de la ducha. Llevaba los pies descalzos y vestía unos tejanos y una holgada camisa de la misma tela. Sus ojos castaños parecían haberse vuelto negros. Tenía en la mano un vaso lleno hasta el borde. El camarote olía a whisky escocés. Apagó la luz usando el interruptor que había al lado de la litera—. Cierra la puerta.

—Creía que nunca cerrabas la puerta cuando te visitaba algún soviético.

—Siempre hay una primera vez. En los buques soviéticos nunca se celebran bailes improvisados, pero he oído decir que estáis dando uno ahora mismo. Allí han ido todos mis muchachos, de modo que ésta es una noche de primeras veces.

Arkady cerró la puerta y, a tientas, buscó una silla que había visto junto a la litera. Susan encendió la lámpara de la litera, una bombilla de veinte vatios que no daba mucha más luz que una bujía a punto de apagarse.

—Por ejemplo, me he dicho a mí misma que follaría con el primer hombre que cruzara mi puerta. Entonces, Renko, entras tú y cambio de parecer. El *Eagle* está en apuros, ¿no es verdad?

—Sé de buena fuente que dejará de nevar.

—Perdieron el contacto por radio hace una hora.

—Todavía los tenemos en el radar. No están muy lejos de nosotros.

—¿Y...?

—Y probablemente tienen la antena de radio cubierta de hielo. Ya sabes lo que pasa en estos parajes.

Susan le puso un vaso en la mano y lo llenó de whisky hasta los bordes.

—Recuerda: el primero que derrame el whisky recibe unos cuantos golpes.

—¿Otra vez el jueguecito noruego? —Arkady frunció el ceño.

—Sí. Por algo les llaman cabezas redondas.

—¿Hay alguna versión norteamericana?

—Te pegan un tiro —respondió Susan.

—Ah, una versión corta. Tengo una idea diferente. ¿Por qué no acordar que el primero que derrame líquido diga la verdad?

—¿Ésa es la versión soviética?

—Ojala pudiera decirte que sí.

—No —dijo Susan—, puedes tener cualquier cosa excepto la verdad.

—En tal caso —Arkady bebió unos sorbos— haré trampa.

Susan respondió tomando un trago. Le llevaba mucha delantera, aunque no parecía bebida. La luz de la litera proporcionaba más corona que iluminación. Sus ojos aparecían ensombrecidos, pero no suavizados.

—No habrás estado escribiendo notas de suicidio, ¿eh? —preguntó Susan.

Arkady dejó su vaso en el suelo para poder sacar un cigarrillo.

—Enciende uno para mí —pidió ella.

—Eso de las notas de suicidio es todo un arte —Arkady encendió dos Belomor con una sola cerilla y puso uno en la mano de Susan. Sus dedos eran suaves, sin la aspereza y las cicatrices producidas por limpiar pescado frío.

—¿Hablas como experto?

—Como estudiante. Las notas de suicidio son una rama de la literatura que se olvida con demasiada frecuencia. Hay la nota pensativa, la amargada, la que expresa culpabilidad, pero raramente se encuentra una nota cómica porque existe siempre cierta formalidad. Normalmente el autor o la autora firma con su nombre, o concluye la nota de alguna forma: «Te quiero», «Es mejor así», «Consideradme un buen comunista».

—Pues Zina no lo hizo.

—Y generalmente la nota se deja en algún sitio donde la encuentren al mismo tiempo que el cadáver. O la encuentren al descubrir que alguien ha desaparecido.

—Zina tampoco hizo eso.

—Y siempre, porque se trata del último testamento de quien la escribe, no le importa utilizar toda una hoja de papel. No un pedacito, ni media página de una libreta..., nada de eso para la última carta de su vida. Lo cual me recuerda algo: ¿qué tal va lo que escribes? —Arkady miró la máquina y los libros de Susan.

—Me encuentro bloqueada. Pensé que un buque sería el lugar perfecto para escribir, pero... —Miró fijamente el mamparo, como si estuviese contemplando algún recuerdo lejano y borroso—. Hay demasiada gente, poquísimo espacio. No, eso no es justo. Los escritores soviéticos escriben siempre en pisos comunales, ¿no es cierto? Yo tengo este camarote para mí sola. Pero es como tener, por fin, la oportunidad de escuchar tu propia concha marina y encontrarte con que no se oye nada.

—Me parece que en el *Estrella Polar* sería difícil oír algo en una concha marina.

—Cierto. ¿Sabes? Eres extraño, Renko, muy extraño. Recuerda aquel poema, el que...

—¿«*Dime cómo te besan los hombres, / dime cómo besas tú*»?

—Ése es. ¿Recuerdas la última línea? —preguntó Susan y recitó:

> *Oh, ya veo, su juego es que sabe*
> *íntimamente, ardientemente,*
> *que nada hay de mí que él quiera,*
> *así que nada tengo que rechazar.*

—Ése eres tú —concluyó—. De todos los hombres que hay en este buque, eres el único que no quiere nada en absoluto.

—Eso no es verdad —rechazó Arkady, pensando que quería seguir viviendo; quería ver el final de la noche.

—¿Qué quieres? —preguntó ella.

—Saber qué le ocurrió a Zina.

—¿Qué quieres de mí?

—Tú fuiste la última persona que vio a Zina antes de que desapareciese. Me gustaría saber lo que dijo.

—¿Ves a qué me refiero? —Susan rio quedamente, más de sí misma que de otra cosa—. De acuerdo. ¿Lo que dijo? ¿Sinceramente?

—Prueba a ver.

Susan bebió un sorbo más prudente.

—No lo sé. Este juego se vuelve peligroso.

—Te diré lo que creo que te dijo. Creo que sabía lo que el *Estrella Polar* remolcaba cuando no subíamos redes, y que podía proporcionarte información acerca del puesto desde donde se controlaba el cable.

Susan se encogió de hombros.

—¿Qué cable? ¿Se puede saber de qué estás hablando?

—Por eso Morgan está donde está y por eso tú estás aquí.

—Hablas igual que Volovoi.

—No es un juego fácil.

El whisky escocés era bueno; hacía que incluso una *papirosa* tuviera un sabor dulce, de caramelo.

—Puede que seas un espía —dijo Susan.

—No, carezco de una visión del mundo. Me siento más cómodo en una escala menor, más humana. Y diría que tú eres una aficionada, que no eres una profesional. Pero embarcaste en este buque, y si Morgan dice que te quedes en él, te quedas.

—Pues yo sí tengo una visión del mundo. No creo que Zina estuviera tan desesperada como para dejar un barco norteamericano.

—Zina...

Se interrumpió y aguzó el oído. No se oía ruido de botas en el pasillo, sino de botas que de pronto se detenían ante la puerta. Al pasillo daban seis camarotes y había escaleras en ambos extremos, unas para subir al puente y otras para bajar a la cubierta principal. Otros pies calzados con botas bajaron corriendo las escaleras y se detuvieron.

La puerta del camarote de al lado se abrió, luego volvió a cerrarse. Otra puerta se abrió en el otro lado del pasillo. Alguien llamó a la puerta de Susan.

—¿Susan?

Era Karp.

Susan vio cómo Arkady apagaba su cigarrillo y se preguntó si era de miedo la expresión que había en sus ojos. Arkady parecía dudar. En los ojos de Susan había fascinación.

La segunda llamada fue más fuerte.

—¿Estás sola? —preguntó Karp a través de la puerta.

—Vete —dijo ella, sin apartar los ojos de Arkady.

El pomo de la puerta parecía a punto de saltar, pero resistió la presión. Arkady pensó que al menos era una puerta de metal. En los bloques de viviendas que se construían en la Unión Soviética las puertas y sus marcos eran tan fáciles de derribar a puntapiés, que los cerrojos eran simplemente decorativos. Susan se levantó, tomó de la litera de arriba una cinta y la casete y puso algo de James Taylor, muy bajito.

—¿Su-san? —volvió a llamar Karp.

—Vete ya o se lo diré al capitán —replicó Susan.

—¡Abre! —ordenó Karp. Golpeó la puerta, probablemente utilizando sólo un hombro, y el pestillo estuvo en un tris de saltar.

—Espera —dijo Susan, y apagó la luz de la litera.

Mientra Arkady se colocaba con la silla en un rincón donde ninguno de los dos fuera visible, Susan, con el vaso en la mano, cruzó el camarote y abrió un poco la puerta. A través del espejo de encima del lavabo, Arkady vio que se había colocado directamente enfrente del reflejo de Karp. El capataz, cuya estatura aventajaba en una cabeza a Susan, miró por encima de ésta hacia el interior del camarote. Bajo la tenue luz del pasillo, el resto de su equipo de cubierta se apretujaba como una manada de lobos detrás del jefe. El camarote estaba oscuro, y Arkady tenía la esperanza de que eso les impidiese verle.

—Me pareció oír voces —dijo Karp en tono preocupado—. Queríamos asegurarnos de que no ocurría nada malo.

—Algo malo ocurrirá —dijo Susan— si voy a ver al capitán y le digo que su tripulación se mete en mi camarote.

—Te ruego que nos perdones. —Karp parecía estar mirando directamente a Arkady mientras hablaba con Susan—. Lo hemos hecho por tu propio bien. Ha sido un error. Perdónanos, por favor.

—Estáis perdonados.

—Es agradable. —Karp seguía con un pie en la puerta mientras escuchaba la música que sonaba quedamente, un hombre que cantaba acompañado por una guitarra. Finalmente, bajó la cabeza para mirar a Susan, y su sonrisa de aprecio se transformó en una expresión preocupada—. Su-san, no soy más que un marinero, pero tengo que advertirte.

—¿De qué?

—De que es malo beber a solas.

Cuando Susan cerró la puerta, Arkady permaneció quieto. En el exterior las botas se alejaron, demasiado al unísono. Escuchó cómo Susan cruzaba el camarote y subía el volumen de la casete, aunque las palabras resultaban curiosamente melifluas y sin sentido. Oyó que dejaba el vaso sobre la mesa; por el ruido adivinó que estaba vacío. Después de pasar seis meses en un espacio reducido, la muchacha sabía orientarse incluso a oscuras. Volvió a cruzar el camarote y notó que los dedos de Susan se posaban en sus sienes, donde empezaba a brotar el sudor.

—¿Te andan buscando a ti?

Arkady le tapó la boca con una mano, suavemente, convencido de que aún había alguien en el pasillo. Susan le tomó la muñeca y metió la mano dentro de su camisa.

Su seno era pequeño. Arkady sacó la mano para desabrocharle el resto de la camisa. Cuando Susan atrajo la cabeza de Arkady hacia ella, él notó que el resto del cuerpo de la muchacha se suavizaba y se relajaba. La besó en la cara y la levantó hacia él. Si era posible retroceder hasta aquel momento en Dutch Harbor, en que él se había ido repentinamente, allí estaban en ese momento.

Susan parecía ingrávida. El resto del mundo se volvió silencioso, como si la cinta estuviera sonando en otro camarote y el hombre que escuchaba desde el pasillo se encontrara en otro buque en otro mar. La camisa y los pantalones cayeron a los pies de Susan sin hacer ruido. ¿Era aquélla la sensación que producían las mujeres? ¿Los cabellos húmedos en la nuca? ¿Los dientes que mordían al mismo tiempo que cedían los labios? ¿Cuánto tiempo había transcurrido desde la última vez?

La chaqueta y demás prendas de Arkady también cayeron al suelo, como una piel vieja. Quizás aquello era estar vivo. El corazón latiendo con violencia en el pecho, un segundo corazón respondiendo desde fuera, estar doblemente vivo... El cuerpo de Arkady era como otro hombre que hubiese permanecido encerrado y ahora recuperara la libertad, controlara la situación. Se sintió arrastrado. Susan se aferraba a él, se encaramaba a él, le envolvía con su cuerpo. Se tambalearon hasta chocar con el mamparo, y luego él estuvo dentro de ella.

¿En qué momento cambia el antagonismo y se transforma en deseo? El calor ¿es tan intercambiable o sólo disimulado? ¿Por qué las sospechas llevan consigo sus propias respuestas? ¿Cómo sabía que ella iba a tener aquel sabor?

—Supe que estabas en apuros —susurró la muchacha— cuando oí hablar de lo ocurrido a Volovoi y a

Mike, y lo primero que pensé fue: «¿Cómo está Arkady?»

Se apretó contra él como si se estuviera muriendo, abrazándole con más fuerza mientras él seguía dentro de ella. Arkady también la abrazaba, ayudándola a moverse. De pie, eran como dos personas caminando por una cuerda floja en la oscuridad, tan arriba que preferían la oscuridad.

—Susan...

—Otra primera vez —le dijo ella al oído—. Es la primera vez que me llamas por mi nombre.

Lentamente se arrodillaron y luego Susan se tumbó boca arriba. Arkady notó que sus ojos castaños estaban muy abiertos, mirándole. Ojos de gato, ojos nocturnos. Las piernas de la muchacha se abrieron como alas.

Del mismo modo que él la levantara cuando estaban de pie, ahora era ella la que le llevaba, tanto encima como más adentro, hacia la antorcha invisible de la oscuridad, como si el frío metal del suelo fuese agua caliente.

—Me gusta el nombre —susurró Arkady—. Susan. Su-san. ¿Fue por Susana y los viejos?

—Creo que fue una virgen. ¿Conoces la Biblia?

—Conozco un buen relato en el que hay elementos de voyeurismo, de conspiración... —Se interrumpió para encender su cigarrillo con el de la muchacha—. Seducción y venganza.

Yacían en la litera de Susan, la cabeza apoyada en la almohada y en otra hecha con mantas. Hacía frío, pero Arkady no lo notaba. La casete se encontraba ahora en el suelo, de cara a la puerta. Cada vez que la cinta terminaba, Susan le daba la vuelta y volvía a empezarla.

—Eres un detective extraño. ¿Te gustan los nombres?

—Tenemos el de Ridley. El enigmático, alguien lleno de enigmas.* ¿Morgan? ¿No hubo un pirata que se llamaba Morgan?

—¿Karp?

—Un pez, un pez grande. Una carpa.

—¿Y Renko? ¿Qué significa?

—Hijo de... Fedorenko sería hijo de Fedor. Yo soy simplemente hijo de... algo.

—Demasiado vago. —Susan le acarició los labios con un dedo—. Un detective más extraño a cada minuto que pasa. Aunque también yo soy una virgen extraña. Los dos formamos una pareja perfecta.

«Al menos por una noche», pensó Arkady. La puerta era una delgada línea de luz en la oscuridad. Si Karp seguía esperando fuera, sus hombres estarían probablemente en cubierta. Podían tratar de mirar por la portilla, pero no verían más que la cortina.

Arkady recogió su vaso.

—No terminamos el juego.

—¿De ser sinceros? Mírame. ¿Esto no te parece lo bastante sincero? Seré más sincera. Tenía la puerta abierta por si pasabas casualmente. Me pones furiosa. —Bajó la voz y dijo—: Mejor dicho, me ponías furiosa. Luego reconocí ante mí misma que este ritual de animosidad entre nosotros se debía a que eras la última persona hacia la que quería sentirme atraída.

—Quizá hagamos una perfecta pareja de polillas.

* Juego de palabras intraducible. Ridley se parece a *riddle*, palabra inglesa que significa «enigma». *(N. del T.)*

Pero Arkady sabía que era algo más. Desde hacía tiempo estaba volviendo a la vida, y al abrazarla se encontró con que por fin estaba vivo del todo, como si el calor de Susan hubiera derretido el último cerrojo helado que había en su interior. Aunque estaban atrapados en un pequeño camarote de acero en medio del hielo, estaba vivo, aunque fuera por una sola noche. ¿O era aquélla la explicación lógica de una polilla?

—Me reclutó en Atenas —dijo Susan.

—¿Morgan?

—George, sí. Yo estaba siguiendo un curso de griego para licenciados. El griego era la pasión de mi vida... Al menos eso creía yo en aquel entonces. George era el capitán de un yate que pertenecía a algún árabe rico, de Arabia Saudí. El árabe le ponía telegramas a George ordenándole que le esperase en tal o cual puerto. El tipo nunca se presentaba, pero George tenía que llevar el barco de Chipre a Trípoli y luego otra vez a Grecia. Me reclutó cuando finalmente me di cuenta de que no había ningún árabe.

»El estudio de la cultura eslava era mi otra gran pasión. George dijo que yo tenía talento para los idiomas. Él no lo tiene, aunque habla el árabe pasablemente. Me pagó la escuela en Alemania. Le veía en Navidad y durante una semana en verano. Cuando salí de la escuela, sin embargo, dijo que se había privatizado, que se habían terminado las peleas de gobiernos.

»Tenía una pequeña compañía naviera en Rodas, una compañía cuya especialidad era burlar embargos. Cambiábamos las etiquetas de conservas sudafricanas, naranjas de Israel, software de Taiwán. Siempre teníamos compradores de Angola, Cuba, la URSS. George decía que los comunistas confían en ti mientras obtengas beneficios, y que confiarán todavía más si les concedes comisiones ilegales.

»Me pareció que la cosa tenía sentido. George ya no necesitaba obtener ninguna autorización de nadie. Ninguna comisión supervisora, nada de papeleo; sólo almorzar cada dos semanas en Ginebra con alguien procedente de Langley.* George tenía que visitar el banco de todos modos, de manera que resultaba cómodo.

»George es listo. Fue el primero en fijarse en la empresa de pesca y en las posibilidades que los soviéticos tenían aquí, porque estaba seguro de que vosotros hacíais lo mismo que él. Liquidó la compañía en una semana y se trasladó a Seattle. Encontró muchos barcos disponibles. Creo que eligió deliberadamente uno malo para no llamar demasiado la atención. Desde luego, hubiera podido contratar una tripulación mejor.

»Así que conozco a George desde hace cuatro años y trabajo para él desde hace tres. Estuve en Alemania un año, otro lo pasé trabajando en Rodas y llevo otro en buques soviéticos. En todos esos años él y yo hemos estado realmente juntos durante seis meses en total. Dos días juntos en los últimos diez meses. Resulta demasiado difícil permanecer enamorada de alguien de esta forma. Acabo esperando que aparezca alguien como tú. ¿Te parece eso suficiente sinceridad?

¿Eran los buques iguales que las mujeres o las mujeres iguales que los buques? ¿Algo para aferrarse durante un sueño?

* En Fort Langley tiene su cuartel general la CIA. *(N. del T.)*

— 475 —

Arkady oyó voces norteamericanas en el pasillo, voces cansadas a causa de lo avanzado de la hora y del baile, hombres que con pasos inseguros volvían a sus camarotes. Arkady no tenía reloj.

Pasó suavemente la mano por la mitad de la frente de Susan como si estuviese trazando su perfil. Antes le había parecido delgada y triangular, pero ahora pensaba que era el marco apropiado para una boca tan móvil y unos ojos separados, la única cara que hacía juego con el corte tan infantil de sus cabellos. Cuando los dedos cruzaron el estómago de la muchacha, ella se volvió hacia él, un bricbarca cálido, envolvente, con una vela dorada.

—Zina mencionó haber visto algo en el agua —dijo Arkady.

—También mencionó a un oficial de la Armada al que vio a bordo, el radiotelegrafista.

Susan yacía con la cabeza apoyada en el pecho de Arkady. Compartían un Winston, uno de los de la muchacha.

—¿Creías que era una provocadora?

—Al principio. Desde luego, le dijo a Volovoi que había fumado hierba con Lantz, lo justo para tenerle excitado.

—Lo justo para que él le permitiera circular por todo el buque —dijo Arkady.

Le devolvió el cigarrillo y apoyó la mano en el punto donde la mandíbula se encontraba con el cuello.

—Zina era demasiado alocada para fingir. Demasiado lista —dijo Susan—. Los hombres nunca se daban cuenta de ello.

—¿Los manipulaba?

—A Volovoi, a Marchuk, a Slava. No sé a cuántos más. Puede que a todo el mundo menos a ti.

—¿Hablaba de Vladivostok, de su vida allí?

—Sólo de servir las mesas y pararles los pies a los marineros.

—Entonces, ¿por qué se embarcó en el *Estrella Polar*? —preguntó Arkady—. Fue huir del fuego para caer en las brasas.

—Lo mismo me preguntaba yo. Era su secreto.

—¿Hablaba de un hombre de Vladivostok?

—De Marchuk y el radiotelegrafista.

—¿De armas de fuego?

—No.

—¿De drogas?

—No.

—En tal caso, ¿qué crees tú que hacía Zina cada vez que se reunía contigo junto a la barandilla de popa?

Susan rio.

—Nunca te cansas de hacer esta pregunta, ¿verdad?

—No. —Sintió que el pulso empezaba a ir más aprisa en el cuello de Susan—. Nunca me canso de las buenas preguntas. ¿Sería por el pescado? ¿Por qué sólo le interesaba el pescado procedente del *Eagle*?

—Los hombres y no el pescado —dijo Susan—. Mike iba en el *Eagle*.

Arkady se imaginó a Zina de pie junto a la barandilla de popa, saludando con la mano al pesquero norteamericano. ¿Tenía importancia saber quién respondía a su saludo?

—Morgan iba en el *Eagle* —dijo Arkady.

—Lo único que Morgan necesitaba de Zina era la

confirmación de que había algo como el cable. Zina no podía proporcionarle detalles. Por lo demás, a Morgan no le era útil.

—¿Qué quería ella de él? —preguntó Arkady.

—Demasiado.

—¿Es eso lo que le dijiste la noche del baile? ¿Fue lo que le dijiste momentos antes de que desapareciera?

—Intenté explicarle que para George ella no era nada valioso.

—¿Por qué no? —Al ver que Susan no contestaba, Arkady preguntó—: ¿Qué querías decir al afirmar que Zina no hubiese querido abandonar un barco norteamericano?

—Quería desertar.

Arkady apoyó la mano en el hombro de Susan. Pensó que era lo más silencioso, como una almohada en la Luna.

—¿Quieres irte del *Estrella Polar*? —preguntó Susan.

—Sí.

Arkady oyó que contenía la respiración antes de decir:

—Yo puedo ayudarte.

Arkady tenía un cigarrillo en una mano y una cerilla en la otra, pero no lo encendió. Concentró su atención en el suave temblor del pecho de Susan contra su mejilla.

—¿Cómo?

—Necesitas protección. Puedo pedirle a Marchuk que te nombre intérprete. En la factoría malgastas tu talento. De esta manera podremos pasar más tiempo juntos.

—Pero ¿cómo puedes ayudarme a abandonar el *Estrella Polar*?

—Encontraremos alguna forma.

—¿Qué tendría que hacer yo?

—Nada. ¿Quién es Hess?

Arkady rascó la cerilla, una llamarada amarilla en la mano, y dejó que el primer vapor sulfuroso se quemara.

—¿Deberíamos dejar de fumar?

—No.

Aspiró. Humos ásperos de tabaco, soviético otra vez.

—Es nuestro Morgan. Otro pescador.

—Tú viste el cable, ¿no es cierto?

—Estaba cubierto. No pude ver mucho.

—Pero estuviste allí.

Antes de apagar la llama de un soplo, alargó la mano hacia el suelo para tomar el vaso. Estaba medio lleno; lo último que quedaba del whisky.

—¿Deberíamos dejar de beber?

—No. Vuelve y echa otro vistazo.

—Hess no me dejará entrar otra vez. —Apagó la llama y bebió la mitad del whisky.

—Entra. Pareces capaz de ir a donde se te antoje en este buque.

Arkady le pasó el vaso.

—Hasta que Karp me atrape.

—Hasta entonces, sí. —Susan apuró el vaso y miró hacia otro lado—. Entonces podremos sacarte de un modo u otro.

Arkady se apoyó en un codo como si pudiera verla.

El tacto de los cabellos de Susan seguía siendo húmedo. Arkady le volvió la barbilla hacia él.

—¿De un modo u otro? Eso ¿qué quiere decir?

—Justamente lo que he dicho.

La botella estaba vacía, y los Winston se habían convertido en un manto de humo que flotaba en el aire. Era como si Arkady y Susan se hubieran consumido y ahora fuesen humo.

—Te quiero dentro y no fuera —dijo ella.

La lámpara de la litera daba poca luz, pero Arkady pudo ver que Susan le estaba mirando y también pudo verse a sí mismo reflejado en sus ojos. Dentro de ella y fuera.

—¿Hess mencionó la longitud? —preguntó Susan—. ¿El número de hidrófonos? ¿El alcance? Tiene ordenadores y software. Sería estupendo si pudieras traerme un disquete; mejor aún si fuese un hidrófono.

Arkady encendió un Belomor.

—¿No lo encuentras aburrido? —preguntó—. ¿El espionaje nunca te parece como una interminable partida de naipes?

—George verificó tus antecedentes cuando estábamos en Dutch Harbor. Tiene mucha mano allí. Quería saber si eras de fiar. —Susan tomó el cigarrillo—. El FBI dice que no se puede confiar en ti.

—Lo mismo dice el KGB. Al menos en algo están de acuerdo.

—¿No tienes una buena razón para desear salir?

Susan tenía los ojos muy abiertos e intentaba verle a la luz de las chipas de las *papirosi*, la hoguera de los conspiradores rusos.

—En Dutch Harbor insinuaste que tal vez Morgan y yo habíamos asesinado a Zina los dos juntos. ¿Te atraen los asesinos? —preguntó Arkady.

—No.

—Entonces, ¿por qué lo dijiste? ¿Ése es el hombre en quien quieres que confíe?

—No fue culpa de George.

—¿De quién fue, entonces? —Como Susan no respondía, Arkady dijo—: Tú y Zina estabais en la cubierta de popa. En la cantina seguían bailando. El buque subía y bajaba en la oscuridad, con el *Eagle* amarrado a él. Junto a la barandilla le dijiste que pedía demasiado. ¿Qué te respondió ella?

—Dijo que no podía pararle los pies.

—Pues alguien lo hizo. ¿Te enseñó una bolsa de plástico?

—¿Una bolsa?

—Dentro había una toalla y algunas prendas de vestir. Tomó prestado un gorro de baño de una de sus compañeras de camarote. Nunca lo devolvió.

—No. Además, tú eres diferente, Arkady. Tú eres un factor conocido, y si puedes traerme algo de Hess, podremos ayudarte realmente. En casa no tienes nada, ¿verdad? ¿Para qué regresar?

—¿De veras podéis ayudarme? ¿De veras podéis hacer que desaparezcamos de aquí y nos encontremos paseando por una calle, sentados en un café o echados en la cama en el otro lado del mundo?

—Debes tener esperanza.

—Si quieres ayudarme, dime qué hacía Zina en la barandilla todas las otras veces. Antes de que supiese algo referente a Morgan o a un radiotelegrafista o a un cable, ¿por qué se situaba junto a la barandilla?

Susan apagó la lámpara.

—Es curioso, toda la noche ha sido como hacer manitas sobre una llama.

—Dímelo.

Durante un minuto Susan permaneció callada en la oscuridad, y luego dijo:

—Yo no lo sabía. No lo sabía con certeza. Al principio pensé que, sencillamente, quería mostrarse amistosa, o que Volovoi le hacía colocarse allí. A veces te das cuenta de que hay una pauta en lo que te rodea, pero no acabas de adivinar en qué consiste. Después de que nos hiciéramos amigas, dejé de fijarme, porque me gustaba que estuviese allí. Hasta que te presentaste tú no volví a hacer preguntas, y hasta Dutch Harbor no lo supe con seguridad, cuando me dijeron que tenía que volver al *Estrella Polar* y ayudar a que la cosa no trascendiera. Teníamos que procurar que el equipo siguiera unido y hacer frente a los problemas a medida que fueran surgiendo. Ajustarse y resolver. Eso es lo malo de trabajar en el sector privado. No cuentas con apoyo ni nadie te saca de apuros. En vez de ello, te comprometes, y las manos que contratas para que hagan el trabajo sucio están mucho más sucias. George es un fanático del control que ha perdido el control. Limpiará lo que esté sucio. Es indestructible, a diferencia de nosotros. Adivinó antes que yo lo que Zina hacía en la barandilla, y si dice que se ocupará de su bando, lo hará. Él no la mató, eso te lo puedo asegurar.

—¿Por qué llegaste a creer que yo la había matado?

—Porque resultabas tan inverosímil. ¿Un investigador salido de la factoría? Y porque aquella noche Zina dijo que iba a volver.

—¿A volver? —Arkady pensó en la chica que nadaba en la bahía de Vladivostok, tomaba prestado un gorro para ducharse, cerraba una bolsa con esparadrapo... Una y otra vez, no le encontraba sentido. Había dos Zinas: la Zina que soñaba con Mike y escuchaba a los Rolling Stones y la Zina de las cintas secretas. Si Zina hubiera desertado al *Eagle*, se habría llevado las cintas y habría dejado una falsa nota de suicidio en vez de páginas con notas de práctica. Y no hubiera incurrido en el error de simular un suicidio cuando estuviera cerca algún barco norteamericano—. ¿Desde dónde?

Cuando Susan volvió a hablar parecía agotada.

—George dijo que necesitaba algo más que pescadores, y eso fue lo que obtuvo. Sencillamente, necesita un poco de tiempo para controlar a la tripulación. No sabía nada de Zina. No podía hacer nada en relación con Mike y Volovoi; sólo se sorprendió al no encontrarte allí también.

Arkady pensó en Karp.

—Díselo a Marchuk.

—No puedo repetir nada de todo esto. Negaré todas las palabras, y tú lo sabes.

—Sí —tuvo que reconocer Arkady.

—No era más que un juego. Un juego de «¿Y si...?».

—¿«Y si no amanece?», por ejemplo.

La mano de Susan buscó la suya.

—Ahora responde a una pregunta: si pudieras echar a correr en este mismo instante, si pudieras desaparecer del *Estrella Polar* e irte a Norteamérica, ¿lo harías?

Arkady escuchó su propia respuesta, interesado en ella como si sólo se tratara de un juego.

—No.

En el angosto espacio de la litera, sus cuerpos dormidos se abrazaban mientras el *Estrella Polar* se alzaba sobre el ángulo de su proa reforzada y volvía a caer, aplastando el hielo a su paso. El ruido quedaba amortiguado; no era mucho más fuerte que el de un viento que refrescara la piel o de unos truenos alejándose más y más.

Arkady apartó la cortina de una portilla de un gris luminoso. No era el brillo de la nieve, sino algo más denso y más suave. El amanecer, un nuevo día en el mar de Bering.

—Nos hemos detenido.

El ruido de acero rozando el hielo había cesado, aunque a través de sus pies notaba que las máquinas continuaban en marcha. Encendió y apagó varias veces la lámpara de la litera. No había ningún problema con la electricidad. El *Estrella Polar* parecía suspendido en un vacío, no en silencio él mismo, pero inmóvil y rodeado de silencio.

—¿Y el *Eagle*? —preguntó Susan.

—Si nosotros no vamos a ninguna parte, ellos no

van a ninguna parte. —Recogió los pantalones y la camisa del suelo.

—¿Hay que seguir al líder y, en definitiva, el líder sois vosotros? —preguntó Susan.

—Así es.

—¡Y a eso lo llaman «empresa conjunta»! El *Eagle* no fue construido para navegar por el hielo, y Marchuk lo sabe.

Arkady se abrochó la camisa.

—Ve al cuarto de la radio. Trata de establecer contacto con Dutch Harbor o prueba el canal para casos de apuro.

—Y tú, ¿adónde vas?

Arkady se puso los calcetines.

—Voy a esconderme. El *Estrella Polar* es un buque grande.

—¿Cuánto tiempo podrás permanecer escondido?

—Me lo tomaré como una forma de competición socialista.

Se puso las botas y tomó la chaqueta de la silla. Bajo la luz que penetraba por la portilla, Susan permanecía inmóvil, toda ella inmóvil menos los ojos, que siguieron a Arkady hasta la puerta.

—No vas a esconderte —decidió Susan—. ¿Adónde vas?

Arkady apoyó la mano en el pomo de la puerta y volvió a apartarla.

—Me parece que sé dónde murió Zina.

—¿Todo lo de esta noche ha sido sólo por Zina?

—No. —Arkady se volvió para mirarla cara a cara.

—¿Por qué se te ve tan feliz?

Arkady casi se sentía avergonzado.

—Porque estoy vivo. Ambos estamos vivos. Supongo que no somos polillas.

—De acuerdo. —Al inclinarse hacia delante, la luz la cubrió como si fuese polvo—. Te diré lo que le dije a Zina: «No vayas.»

Pero Arkady ya se había ido.

29

El *Estrella Polar* yacía en el fondo de un pozo blanco. La niebla rodeaba el buque factoría por todos los lados y la luz del sol reflejada por la masa de hielo, y atrapada por brazos de niebla, producía una iluminación que era a la vez indistinta y abrumadora.

El buque relucía porque se había formado hielo en todas las superficies. La cubierta era una lechosa pista de patinaje. La red que rodeaba la pista de voleibol rielaba como una casa construida con cristales; las antenas en lo alto aparecían pesadas como el vidrio. El hielo formaba lentes extras, opacas, en las portillas y daba una capa lustrosa a la madera apilada en la superestructura. El buque parecía un pez que hubiera aflorado a la superficie del Ártico.

—Es el cable que no podía engancharse el que, por supuesto, está totalmente enredado en el fondo del mar —dijo Marchuk. Había llevado a Arkady a un rincón del puente, alejándole del timonel. El capitán no había dormido en toda la noche. Tenía la barba demasiado crecida, y al quitarse las gafas oscuras, los ojos aparecieron enrojecidos—. Tenemos que permanecer totalmente quietos mientras Hess se encuentra abajo, enrollando y desenrollando el cable, tratando de recuperar su espía.

—¿Y el *Eagle*? —preguntó Arkady, como antes hiciera Susan.

Los limpiaparabrisas hacían con eficacia su trabajo y extendían arcos de hielo por los cristales. El buque, en cambio, no iba a ninguna parte, y no había nada que ver salvo una niebla cegadora. Arkady, forzando la vista, calculó que la visibilidad era de cien metros.

—Debes estar agradecido por encontrarte en un buen buque, Renko.

—¿No ha habido ninguna llamada?

—La radio no les funciona.

—¿Tres clases diferentes de radio y otros aparatos, y ninguno de ellos funciona?

—Quizá se les haya caído el mástil. Sabemos que llevaban mucho hielo encima y que el barco daba muchos bandazos. Es posible.

—Manda a alguien allí.

Marchuk buscó un paquete de tabaco en los bolsillos, luego se apoyó en el parabrisas y tosió, lo cual casi era lo mismo que fumarse un pitillo. Después carraspeó.

—¿Sabes qué voy a hacer cuando volvamos? Una cura de descanso. Sin beber, sin fumar. Me iré a un lugar que hay cerca de Sochi, donde te dejan limpio, te duchan con vapor de azufre y te untan con barro caliente. Quiero pasarme por lo menos seis meses metido en ese barro, hasta que huela igual que un huevo podrido; entonces sabes que estás curado. Saldré sonrosado como

un recién nacido. Después pueden pegarme cuatro tiros.
—Miró de reojo al timonel y luego, a través de la puerta que daba al cuarto de navegación, donde el segundo oficial trabajaba seriamente con las cartas. El *Estrella Polar* se encontraba bloqueado por el hielo, pero el buque no había dejado de moverse porque, lenta e inexorablemente, la propia masa de hielo se movía—. Cuando llegas tan al norte, a los aparatos y demás les pasan cosas curiosas. Hay ilusiones que no aparecen sólo ante nuestros ojos. Una señal de radio sube y vuelve rebotando. El magnetismo es tan fuerte, que las señales de dirección de radio quedan absorbidas. No hace falta ir al espacio exterior para encontrar un agujero negro...: lo tenemos aquí mismo.

—Manda a alguien allí —volvió a decir Arkady.

—No me está permitido mientras el cable no haya sido debidamente recogido. Si está enganchado con algo que flote, podría estar debajo mismo del hielo; tal vez hasta podría ser visible.

—¿Quién es el capitán de este buque, tú o Hess?

—Renko. —Marchuk se puso colorado, hizo ademán de sacar las manos de los bolsillos y volvió a meterlas—. ¿Quién es un marinero de segunda clase que debería agradecer que no le hayan encadenado a su litera?

Arkady dio unos pasos hacia la radio. Aunque el *Eagle* se encontraba todavía a dos kilómetros detrás del *Estrella Polar*, el puntito verde en la pantalla era una mancha borrosa.

—No se están hundiendo —dijo Marchuk—. Sólo permanecen bloqueados por el hielo, y el hielo no te devuelve el eco como el metal limpio. Hess dice que no les pasa nada, que sus radios funcionan y que le han echado el ojo a su cable. Ya le oíste decir que somos nosotros los que estamos en apuros, no ellos.

—Y si desaparecen por completo de la pantalla, Hess te dirá que el *Eagle* se ha transformado en un submarino. Susan estará en el puente dentro de un segundo. ¿Qué le vas a decir? ¿Qué les vas a decir a los otros norteamericanos que tenemos a bordo?

—Les haré un análisis completo y franco de la situación en el comedor de oficiales —dijo secamente Marchuk—. Lo principal es tenerles alejados de popa hasta que hayamos recogido el cable.

Tanto el buque factoría como el arrastrero se encontraban bloqueados en la masa de hielo, con la proa hacia el sudeste, en la dirección de los barcos que subían desde Seattle, aunque ninguno de éstos aparecía en la pantalla por mucho alcance que Arkady diese al radar. Ajustó el aparato para tomar la posición del Eagle a trescientos grados.

Marchuk habló en un susurro:

—Si dentro de otra hora el camarada Hess todavía no ha recogido su cable, lo cortaré personalmente y saldremos del hielo. Hará falta tiempo, pues un agua tan fría como ésta es densa, y el cable se hundirá poco a poco. Luego puedo retroceder y liberar al *Eagle*. Te prometo que no voy a permitir que otros pescadores mueran. Yo soy como tú. Quiero que vuelvan a mar abierto.

—No. —rechazó Arkady—. Prefiero que sigan donde están.

Marchuk se volvió de espaldas al ruido de los limpiaparabrisas. A sus pies se alzaba la cubierta de proa, la herrumbre y la pintura verde vestidas con su fantasmal capa de hielo. Más allá de la borda sólo había blanco: no se veía agua, ni cielo, ni un horizonte distinto.

—No puedo permitir que alguien abandone el buque —dijo Marchuk—. En primer lugar, no estoy autorizado. En segundo lugar, sería inútil. ¿Alguna vez has caminado sobre lagos helados?

—Sí.

—Esto no es lo mismo. Esto no es el lago Baikal. El hielo que se forma a partir del agua salada es sólo la mitad de resistente que el de agua dulce; se parece más a la arena movediza que al cemento. ¡Echa un vistazo! Con una niebla como ésta no puedes ver a dónde vas. Al cabo de cien pasos te perderías. Si un loco decidiese internarse en los hielos, primero debería despedirse de todo el mundo. No, no lo permito.

—¿Alguna vez has caminado sobre hielos de aquí? —preguntó Arkady.

Marchuk, la silueta, se inclinó ante el recuerdo.

—Sí.

—¿Y qué tal fue?

—Fue —el capitán abrió los brazos— hermoso.

De un armario que contenía objetos para casos de apuro, Arkady sacó un par de chalecos salvavidas y una pistola de señales. Los chalecos estaban confeccionados con algodón color naranja sobre piezas de espuma de plástico, con bolsillos para silbatos y correas que se ataban en la cintura encima del jersey. La pistola era un anticuado revólver Nagant, con el tambor y el cañón sustituidos por el tubo chato de lanzador de bengalas.

Al parecer, en la cubierta de descarga no había nadie. Al cruzarla, Arkady se dio cuenta, demasiado tarde, de que alguien le estaba observando desde la cabina de la grúa. Pavel era una sombra detrás del cristal de la cabina, excepto en el punto por donde asomaba la cara por una abertura triangular. Pero no reaccionó. Hasta que hubo entrado en la superestructura de popa no comprendió Arkady que con la capucha subida y el bulto de los chalecos debajo de la chaqueta era irreconocible, al menos desde lejos.

—¿Eres tú, Arkady?

Gury se encontraba en el pasillo junto a la cocina, pasándose un *pilmeni* caliente de una mano a otra. Los hombros de su chaqueta de cuero aparecían cubiertos de harina de pasta, como si tuviera mucha caspa.

Arkady se sobresaltó, pero comprendió enseguida que lo que le había sorprendido era la pura normalidad de encontrar a Gury y los vapores de col que salían del comedor. Como no estaban ocupados con la pesca, los tripulantes podían quedarse bajo cubierta, jugando al dominó o al ajedrez, viendo películas, echando siestecillas. El *Estrella Polar* podía verse detenido por alguna razón no explicada, pero raramente se daban explicaciones. La gente notaba que las máquinas funcionaban en vacío; mientras tanto, la vida seguía su curso.

—Tienes que ver esto. Son los raviolis de costumbre, en forma de cagarruta alargada y rellenos de carne, pero... —Gury mordió el *pilmeni*, se tragó la mitad y mostró a Arkady la otra mitad.

—¿Y bien? —preguntó Arkady.

Gury hizo una mueca y acercó el *pilmeni* todavía más a los ojos de Arkady, como si estuviera ostentando un anillo de diamantes.

—No hay carne. No me refiero al «no hay carne» habitual, cuando el relleno consiste en cartílago o hueso. Lo que quiero decir es que este relleno está a años luz de pertenecer a algún mamífero. Esto es harina de pescado y salsa, Arkady.

—Necesito tu reloj.

Gury quedó perplejo.

—¿Quieres saber qué hora es?

—No. —Arkady desabrochó la correa del reloj nuevo que Gury llevaba en la muñeca—. Sólo quiero que me prestes tu reloj.

—¿Prestártelo? Mira, de todas las palabras de la lengua rusa, incluyendo «joder», «prestar» es probablemente la más baja. «Arrendar», «alquilar», «compartir»... son palabras que tenemos que aprender.

—Pues voy a robarte el reloj.

El compás que había en la correa indicaba incluso los grados.

—Eres un hombre honrado.

—¿Vas a denunciar a Olimpiada por adulterar lo que comemos?

Gury tardó un minuto en captar de nuevo la onda.

—No, no. Estaba pensando que cuando volvamos a Vladivostok montaré un negocio, un restaurante. Olimpiada es un genio. Con una socia como ella podría amasar una fortuna.

—Buena suerte. —Arkady se ató el reloj a la muñeca.

—Gracias —Gury hizo una mueca—. ¿Por qué me deseas buena suerte? —Su expresión preocupada aumentó al ver que Arkady echaba a andar hacia la cubierta de descarga—. ¿Adónde vas vestido así? ¿Me devolverás el reloj?

Arkady anduvo por el pasillo que conducía a la cubierta de popa, adoptando deliberadamente la forma de andar de un hombre más grueso que él. No volvió la vista hacia la cubierta de botes por si uno de los hombres de Karp le estaba vigilando. La enseña roja de popa aparecía rígida a causa del hielo. Pocas pisadas habían hollado la reluciente pátina de la cubierta. En el pozo que daba a la rampa de popa se encontraba una pareja de sufridos tripulantes que lucían los brazales rojos de los voluntarios del orden público: Skiba y Slezko con gafas de sol y gorros de piel de conejo. Reconocieron a Arkady cuando le tuvieron cerca. Hicieron ademán de cortarle el paso, pero él les ordenó que se apartaran haciendo un gesto con la mano. Era un gesto que había visto con frecuencia en Moscú, un gesto brusco que se hacía más con la mano que con el brazo, pero suficiente para provocar la respuesta inculcada, un gesto que servía para ordenar a los transeúntes que dejaran paso a alguna caravana de automóviles, para ordenar a los perros que corrieran alrededor de un perímetro, para despedir a los ordenanzas o dispersar a los presos.

—El capitán dio orden de... —dijo Slezko.

—Nadie está autorizado a ... —dijo Skiba.

Arkady tomó las gafas de sol de Skiba.

—Espera —dijo Slezko. Ofreció a Arkady sus cigarrillos Marlboro.

—Camaradas. —Arkady les saludó militarmente—. Consideradme un mal comunista.

Bajó por el pozo. En el descansillo, la plataforma desde donde los capataces solían supervisar la operación de izar las redes, la cuerda estaba pegada a la barandilla por el hielo, y Arkady tuvo que liberarla a puntapiés. Saltó la barandilla y se enrolló la cuerda a la manga. Bajar por la cuerda no fue muy diferente de deslizarse por un carámbano. Aterrizó sobre los talones, que resbalaron en el acto; soltando la cuerda, se deslizó por el resto de la rampa hasta llegar al hielo.

Muy por encima de su cabeza, Skiba y Slezko se apoyaban en la barandilla de popa como un par de armiños asomándose a un precipicio. Arkady se levantó y utilizó la brújula del reloj de Gury para orientarse. El hielo era sólido como la piedra. Arkady echó a andar.

Debería haberse puesto dos juegos de ropa interior, calcetines y botas de fieltro. Por lo menos llevaba unos buenos guantes, un gorro de lana dentro de la capucha y los dos chalecos salvavidas, que proporcionaban un grado sorprendente de aislamiento. Cuanto más caminaba, más calor sentía.

Y menos le importaba. Más que amortiguar la brillantez de la niebla, las gafas la definían de tal modo que Arkady podía ver los velos de vapor blanco que daban vueltas a su alrededor. Una vez había experimentado una sensación parecida al mirar por la ventanilla de un avión que volaba entre las nubes. El hielo era sólido, blanco como lo es el hielo marino cuando el agua de mar se solidifica a causa del frío. Brillante como un espejo, aunque Arkady no podía ver su imagen, sólo una neblina gaseosa congelada dentro de la superficie. Al mirar atrás, vio que el buque se desvanecía en la niebla y pensó que quedaba fuera de lugar. El *Estrella Polar* ya no era un buque en el agua, sino más bien una cuña gris caída del cielo.

Dos kilómetros a buen paso. Veinte minutos, tal vez

media hora. ¿Cuántas personas llegaban a caminar sobre el mar?

Arkady se preguntó si Zina había levantado la mirada desde las olas hacia el flanco gris del buque que se alzaba sobre ella. A él le resultaba mucho más fácil; el agua era lisa, helada, como una cera de alabastro. Al mirar nuevamente atrás, el *Estrella Polar* había desaparecido.

Seguía en una marcación de trescientos grados, aunque la aguja de la brújula oscilaba de un lado al otro. En un punto tan cercano al polo magnético, la atracción vertical era tan fuerte, que parecía que unas cuerdas dieran tirones bruscos a la puntas de la aguja, desplazándola a izquierda y derecha. No había nada más que sirviera para orientarse: ningún rasgo en el horizonte, ni siquiera horizonte, ninguna línea que indicase la separación entre el hielo y la niebla. Todas las direcciones eran iguales, incluyendo arriba y abajo. Blancura total.

Primeramente, Arkady quería examinar los armarios de los camarotes, luego los pañoles y la sala de máquinas. Habían tenido a Zina escondida en alguna parte.

Marchuk tenía razón en lo de las ilusiones. Arkady vio un anticuado disco de vinilo negro, de 78 revoluciones, girando solo y sin producir un sonido en medio del hielo. Era como si su cerebro hubiera decidido llenar el vacío blanco con el primer objeto que pudiera arrancar de su recuerdo. Comprobó la brújula. Quizás había caminado describiendo un círculo. Era algo que ocurría cuando había niebla. Algunos científicos decían que los viajeros se desviaban porque una pierna era más fuerte que la otra; otros citaban incluso el efecto de

Coriolis de la rotación de la Tierra y daban por sentado que, en lo relativo a la dirección que seguían, los hombres no ejercían más control que el viento o el agua.

El disco giraba más velozmente a medida que Arkady se aproximaba, luego se bamboleaba, descontrolado; con sus últimos pasos tembló y se disolvió en un burdo círculo de agua negra como el alquitrán cuyos bordes aparecían teñidos de sangre roja.

A veces un oso polar caía por el respiradero de una foca en el preciso momento en que ésta subía a tomar aire. Los osos recorrían doscientos o trescientos kilómetros de mar helado para cazar. El ruido de un buque rompehielos solía ahuyentarlos, pero el *Estrella Polar* estaba, completamente inmovilizado. Arkady no había oído el ataque, de forma que no era posible que hubiese ocurrido. Por otro lado, no se veían manchas de sangre ni huellas que partieran del agujero. El oso se había sumergido en el agua con su víctima y todavía no había vuelto a la superficie. O nadaba por debajo del agua hacia otro agujero. El hielo parecía haber estallado. A juzgar por la cantidad de sangre que circundaba el agujero, tal vez la foca también había estallado. Sólo uno o dos trozos de hielo flotaban en el agua, señal de que aún había corrientes moviéndose debajo de la masa helada.

De pronto Arkady pensó que morir devorado por un oso sería una forma inesperada de concluir una investigación. ¿La primera vez que ocurriría? En Rusia, no. ¡Qué sorpresa debía de haberse llevado la foca! Arkady conocía la sensación. Volvió a consultar la brújula y continuó su camino.

Delante de él se oyó un fuerte chasquido. Al principio creyó que tal vez era el oso surgiendo a través del hielo; luego se le ocurrió que quizá la masa se estaba escindiendo. En mar abierto, sometida a la acción de mareas y corrientes, el hielo se movía, se rompía y volvía a alinearse. Arkady no tenía ninguna sensación especial de correr peligro. El agua transportaba los sonidos más aprisa y más lejos que el aire seco. La niebla no amortiguaba los sonidos, sino que los ampliaba. Si había una fisura, probablemente estaba muy lejos de allí.

Pensó que ojalá la aguja de la brújula dejase de dar saltos. ¿Cuántos minutos llevaba andando? Veinte, según el reloj. ¿Qué tal era el control de calidad en Japón? No se veía ni rastro del *Eagle*, pero, al mirar hacia atrás, pudo ver, en el límite de la visibilidad, que algo le seguía: una figura tan vaporosa que semejaba una aparición.

Una franja gris de hielo empezó a hundirse bajo sus pies. Se desvió lateralmente en busca de hielo más blanco y volvió a comprobar la marcación de la brújula. El hielo tendía a romperse sobre un eje sudoeste-nordeste, la dirección que no le convenía para llegar a su destino. El fenómeno le ayudó a permanecer alerta. El objeto que tenía detrás avanzaba sin interrupción, a pasos largos, como un oso, pero se trataba de algo erecto y negro.

Arkady ya era consciente de que se había extraviado. O bien se había desviado en una dirección que formaba ángulo con su camino, o se había quedado corto al calcular la distancia que le separaba del *Eagle*. La niebla, al moverse, se desplazaba de izquierda a derecha. Por primera vez reparó en el movimiento lateral de lo que al principio había tomado por un banco estacionario, lo que quizá le había hecho extraviarse también desde el principio. Las nubes se movían asimismo hacia delante, envolviéndole. Detrás de él, ahora a menos de cien metros, a su perseguidor le habían salido piernas, brazos, cabeza y barba. Marchuk. Seguramente Skiba y Slezko no habían perdido un momento en ir de la popa al puesto del capitán, y era muy característico de un siberiano como Marchuk seguirle personalmente. Al cabo de unos pasos, Arkady se encontró envuelto por la niebla y Marchuk desapareció.

El capitán no le había llamado. Ahora lo que quería Arkady era llegar al *Eagle* antes de que Marchuk le diese alcance y le ordenase volver al *Estrella Polar*. Podrían subir al arrastrero juntos, y Arkady tuvo que reconocer que correría menos peligro con Marchuk a su lado. Ridley y Coletti trabajaban con Karp. Probablemente Morgan no colaboraba con Karp, aunque un capitán no podía ser del todo inocente de lo que ocurriese en su propio barco.

Aunque caminaba a ciegas en medio de la niebla, Arkady veía mentalmente sus propias huellas cruzando el hielo en dirección al *Eagle*, más rectas que una flecha. A menos, por supuesto, que ya hubiera pasado cerca del arrastrero y estuviese caminando hacia el círculo ártico.

Volvió a oírse el chasquido, esta vez más claramente. No era el ruido que hacía el hielo al partirse, sino el de un martillo golpeando el hielo, cada golpe seguido de un eco parecido al ruido de cristales rotos. Arkady se dio cuenta de que estaba moviendo la cabeza como si pudiese localizar la procedencia del ruido. Los sonidos podían resultar engañosos bajo la niebla, al dar la impresión de estar demasiado cerca, y Arkady resistió la tentación de echar a correr, porque hubiera sido fácil desviarse en dirección contraria a la debida. La niebla ya pasaba por encima de él como olas tratando de llevárselo. Pensó que había de ser muy valiente para nadar siquiera unos metros en aguas casi tan frías como aquéllas. Había visto a hombres caer de un arrastrero y morir casi al instante, antes de que pudieran sacarles del agua.

De pronto, el ruido de martillazos se hizo más fuerte. El *Eagle* apareció a no más de diez metros de él, alzado y ladeado por el hielo. La niebla que flotaba sobre el barco creaba la ilusión de que éste navegaba rápidamente en aguas embravecidas.

Al abrir camino, el *Estrella Polar* había quedado bloqueado por nieve limpia convertida en hielo. El *Eagle*, que navegaba detrás del buque factoría, se encontraba atrapado por hielo gris que antes era espuma salada y que ahora formaba una especie de estalactitas. El hielo parecía caer como una cascada por las escaleras de la caseta del timón y manar de los imbornales. De la borda colgaban carámbanos que arraigaban en la masa de hielo. Coletti se encontraba en el exterior de la caseta del timón con su soplete en la mano, abriendo agujeros en el hielo que rodeaba las ventanas. La llama del soplete iluminaba su rostro cetrino. La luz en el interior del puente era tenue como la de una bujía, pero Arkady pudo distinguir una figura sentada en la silla del capitán. Ridley hacía saltar a martillazos el hielo que cubría los peldaños del mástil de la radio. En lo alto del mástil, las antenas dipolo habían desaparecido y las antenas de látigo se encontraban dobladas en un ángulo de noventa grados. El hielo colgaba de ellas como jirones de velas y lo mejor que Morgan podría oír de ellas era la electricidad estática. La niebla se movió y de nuevo ocultó al *Eagle*. No le habían visto. Arkady empezó a andar en círculo hacia la popa.

¿Qué delantera le llevaría a Marchuk? ¿Diez pasos? ¿Veinte? El sonido también atraería al capitán. Arkady estuvo a punto de subirse a la rampa de popa antes de verla. Una red aparecía enrollada en la grúa de pórtico arriba, las tiras de plástico negro y anaranjado transformadas en un apagado sudario de hielo. La niebla se veía empujada con tanta fuerza sobre el barco, que dejaba una estela fantasmal, un túnel oscuro en cuyo extremo Marchuk ya era visible. Daba lo mismo, porque ahora el capitán no le ordenaría volver. Todo iba saliendo bien.

Cuando la figura que le seguía se distinguió más claramente de la niebla, Arkady vio que en realidad la barba era un jersey que tapaba la boca del hombre. Karp tiró del jersey hacia abajo al acercarse. Mejor preparado que Arkady, llevaba gafas oscuras y botas de fieltro siberianas. En una mano sostenía un hacha.

Arkady pensó durante un momento en sus opciones. Podía salir corriendo en línea recta hacia el Polo Norte. O desviarse hacia la izquierda y tomar el largo camino de las islas Hawai.

La rampa del *Eagle* era baja pero resbaladiza, y Arkady subió por ella arrastrándose sobre el estómago. En cubierta había pescados y cangrejos cubiertos de hielo. Los carámbanos rodeaban la cubierta de abrigo. En lo alto del mástil de la radio, envuelto en niebla, Ridley había alcanzado la barra del radar, que formaba como una capucha de hielo sólido. El pelo largo y la barba del pescador aparecían cubiertos por la escarcha que se formaba al respirar. Con el cuidado propio de un joyero, Ridley empezó a golpear la barra para que el hielo se desprendiera. Arkady calculó que la distancia entre la rampa y la caseta del timón era de quince metros, pero los más expuestos eran los primeros cinco, hasta la cubierta de abrigo que había a lo largo del costado.

Karp iba acercándose. Empuñando el hacha como un ala de repuesto, parecía cruzar el hielo igual que un planeador.

30

Arkady corrió los pocos pasos que le separaban de las sombras de la cubierta de abrigo. Ya no podía ver el puente, pero desde el puente tampoco podían verle a él. A su espalda, Karp subió por la rampa con los pasos seguros de un marinero de cubierta.

Arkady penetró en la caseta del timón por un secadero que daba a la cocina del *Eagle*. Se quitó las gafas para poder ver bajo la luz tenue que se filtraba por dos portillas cubiertas de hielo: era como visitar un submarino. Vio una banqueta curvada ante una mesa en la que había una especie de salvamanteles que impedía que la vajilla se deslizara. También había cacharros en la balancera de la cocina. En la parte de proa había dos camarotes, unas escaleras que subían al puente y otras que bajaban a la sala de máquinas.

El camarote de babor constaba de dos literas, aunque sólo la de abajo presentaba aspecto de ser usada. Arkady vio inmediatamente que no había ningún armario de estilo soviético donde cupiera un cadáver. En el mamparo había un estante para fusiles, pero estaba vacío. Arkady metió la mano debajo del colchón buscando alguna pistola escondida, o tal vez un cuchillo, o cualquier otra cosa. Debajo de la almohada sucia había un revista con desnudos. Debajo de la litera, un cajón que contenía ropa sucia y más revistas de desnudos, de armas de fuego y de tácticas de supervivencia. Un calcetín contenía un fajo de billetes de cien dólares. Además, encontró una piedra de afilar muy gastada, un cartón de cigarrillos y una caja vacía de munición para escopeta.

—Son de Coletti —dijo Karp al entrar.

Parecía un leñador a punto de internarse en la taiga para pasarse la mañana talando árboles vigorosamente. No llevaba chaqueta ni chaleco salvavidas; sólo un jersey extra, guantes gruesos, botas, gorra y gafas oscuras apoyadas en la frente. Ni siquiera jadeaba.

—¡Me lo has puesto tan fácil! —dijo Karp—. Librarme de ti en el buque resultaba un poco difícil. Aquí sencillamente desaparecerás y nadie notará mi ausencia.

Probablemente el hacha procedía de la abundante selección de material para luchar contra incendios que había en la cubierta de botes del *Estrella Polar*, y Arkady sospechó que Karp la había traído por una razón práctica: para romper el hielo y hacer desaparecer un cadáver. Como de costumbre, el plan del capataz de descarga poseía la virtud de la sencillez. Desde el exterior llegaban los ruidos de la guerra incesante contra el hielo, martillazos que parecían más propios de una fundición que de un barco. Los norteamericanos seguían sin enterarse de que tenían intrusos a bordo.

—¿Por qué has venido? —preguntó Karp.

—Estaba buscando señales de Zina.

Arkady llevaba la pistola de señales en el bolsillo de

la chaqueta. La bengala resultaría deslumbradora en un camarote pequeño. Movió la mano hacia la pistola, pero Karp la apartó con el hacha.

—¿Otra investigación?

—No, es sólo cosa mía. Nadie más lo sabe. Aparte de a mí, a nadie más le importa siquiera.

Tenía dormida la muñeca que acababa de recibir el golpe con el hacha y pensó que su situación era igual que verse acorralado por un lobo.

—Siempre que muere alguien sueles acusarme a mí —dijo Karp.

—Te llevaste una sorpresa al encontrarla en la red. Hubieras podido tratar de esconderla entre el pescado para arrojarla luego al mar. En vez de ello, cortaste la red y el cuerpo cayó al suelo. No lo sabías. Anoche en la rampa seguías sin saberlo.

Moviéndose despreocupadamente, el hacha volvió a apartar la mano de Arkady del bolsillo. No era justo morir sintiéndose tan impotente, pero el pánico le estaba obturando el cerebro.

—No me vengas con evasivas —dijo Karp.

Arkady tenía demasiado miedo para andarse con evasivas.

—¿No quieres saber quién la mató?

Ahora sí eran evasivas.

—¿Por qué debería saberlo?

—Tú la trajiste —dijo Arkady—. Seguramente yo era más inteligente cuando estaba en Moscú. Durante mucho tiempo ni siquiera fui capaz de comprender cómo se las arregló Zina para que la destinasen al *Estrella Polar*. Fue por medio de Slava, desde luego. Pero ¿quién hizo que Zina se fijara en él cuando Slava estaba navegando en la bahía? ¿Quién se había embarcado con Slava antes de entonces?

—Toda una tripulación.

—Pero sólo tres personas embarcaron en el *Estrella Polar*: Marchuk, Pavel y tú. Tú le viste desde el muelle.

—El hijo de papá en su barquito de juguete. Su padre era la única manera de embarcar en un buque de verdad.

—Con Slava, Zina se hizo la inocente. Por eso nunca le llevó a tu piso.

Karp se quitó las gafas de sol.

—¿Sabías que el hombre era yo?

—Alguien con dinero, fusiles, el valor necesario para traficar con drogas. —Arkady hablaba rápidamente; era maravilloso ver lo que la adrenalina podía hacer por la capacidad de atar cabos—. El único hombre del *Estrella Polar* que responde a esa descripción eres tú. Dado que Zina ganaba dinero en el Cuerno de Oro, vendría solamente para obtener algo que era mejor que los rublos. Os mantuvisteis apartados a bordo, pero no tanto como tú dijiste. Me dijiste que sólo la veías en el comedor, pero cada vez que el *Eagle* traía una red la veías en la cubierta de popa. Antes de que conociera a alguien de un arrastrero, Zina esperaba la llegada del *Eagle* junto a la barandilla. Era tuya.

—En efecto —dijo Karp con orgullo—. No eres tan tonto.

Arkady se imaginó a los norteamericanos que estaban arriba, rodeados por la electricidad estática de la radio, el martilleo sobre el hielo. Él y Karp hablaban en voz baja, igual que conspiradores; nadie sabía que se encontraban a bordo.

—El temor de Volovoi —dijo Arkady—. El tema de su vida era el contrabando. Tenía que inspeccionar todos los paquetes, incluso uno arrojado de un barco soviético a otro. El lema es... ¿cuál?

—Vigilancia. —Karp sonrió a su pesar. Alzó el hacha y se la echó sobre el hombro—. No apartes las manos de donde yo pueda verlas.

—Lo único que no podía impedir era que la red entrara y saliese. ¿Cómo sabías que ibas a recibir un paquete?

—Muy sencillo —contestó Karp—. Ridley hacía señales con la mano si iban a entregar algo aparte de pescado, y las señales las hacía Coletti si no iban a entregar nada. Yo miraba en qué parte de la barandilla se encontraba Zina, si estaba a estribor o a babor. Luego les decía a los hombres que trabajaban en la rampa que la red parecía pesar mucho o lo contrario.

—En caso de que pareciera pesar mucho, ¿encontraban un paquete impermeabilizado en la red?

—Tú servirías para esto. Pavel cortaba la cuerda que lo sujetaba y lo escondía debajo de su chaleco salvavidas. Luego hacíamos señales a Ridley si a cambio les enviábamos otro paquete. Oye, Renko, ¿a qué viene tanto preguntar? No vas a salir vivo de aquí.

—Cuando ni eso te preocupa, puedes aprender mucho.

—Sí.

Karp comprendió que la idea tenía su mérito.

—Además, me interesa Zina —añadió Arkady.

—Zina siempre interesaba a los hombres. Era como una reina.

La mirada de Karp se desvió hacia arriba, donde se

oía el coro de martillazos, y luego volvió a posarse en Arkady, que nunca había sentido sobre sí unos ojos tan atentos.

—¿Hubieses podido darme alcance en el hielo? —preguntó Arkady.

—De haber querido, sí.

—Hubieses podido matarme hace un minuto, hace diez minutos.

—En cualquier momento.

—Entonces es que tú también quieres saber qué le pasó a Zina.

—Sólo quiero saber qué quisiste decir anoche en la rampa al afirmar que arrojaron a Zina al agua.

—¿Por pura curiosidad?

Karp presentaba la quietud metálica de una estatua. Tras una larga pausa, dijo:

—Sigue, camarada investigador. Zina estaba en el baile...

—Zina fue y flirteó con Mike, pero no se despidió de él cuando le trasladaron de nuevo al *Eagle*, porque ella había ido a la cubierta de popa cuarenta y cinco minutos antes. Allí fue vista por Marchuk, Lidia y Susan. Treinta minutos antes de que Mike pasara al *Eagle*, Zina no volvió a ser vista en el *Estrella Polar*. Cuando Mike transbordó al *Eagle*, Zina ya había muerto. —Arkady sacó lentamente un papel de su chaqueta y lo desdobló para mostrárselo a Karp. Era una copia del reconocimiento físico—. Murió de un golpe en la parte posterior de la cabeza. La acuchillaron para que no flotase. Luego la escondieron en alguna parte de este barco, doblada y apretujada en algún espacio reducido que le dejó unas señales regulares en el costado. Eso es lo que he venido a buscar..., ese espacio. Un armario, una trastera, una bodega, un depósito.

—Un trozo de papel. —Karp le devolvió la hoja.

—Ese espacio está aquí o no está. Tengo que mirar en el otro camarote —dijo Arkady, aunque no se atrevió a moverse.

Karp acarició pensativamente el mango del hacha. La hoja de un solo filo giró reflexivamente, como una moneda. Karp abrió la puerta.

—Buscaremos juntos.

Al cruzar la cocina, Arkady oyó cómo los martillos pegaban con fuerza, como si los norteamericanos pretendieran abrirse paso a golpes para volver a casa. Sabía que el hacha estaba presta para descargar sobre él por detrás, y notó que el sudor le resbalaba por el espinazo.

Karp le hizo entrar en el camarote de estribor. La litera estaba cubierta con una manta. En un estante con barandilla había libros de filosofía, electrónica y mecánica diésel. Del mamparo colgaba una funda de pistola y el retrato de un hombre que sacaba la lengua. El hombre del retrato era Einstein.

—Ridley —dijo Arkady, contestándose a sí mismo.

—Zina desapareció del *Estrella Polar*... Luego, ¿qué? —preguntó Karp.

—Recuerda que tú le señalaste a Slava cuando Slava estaba navegando en su barca de vela —Arkady habló más de prisa.

El cajón de la litera de Ridley contenía ropa limpia y pulcramente doblada; pulseras de cuero y pendientes de plata; fotos de Ridley esquiando con dos mujeres, brindando con una tercera; libros de plegarias hindúes; naipes; un juego de ajedrez electrónico; un alfiler de solapa en forma de Minnie Mouse. Arkady puso los naipes boca arriba, los barajó y luego los extendió sobre la cama.

—Yo la quería en el buque y Bukovsky tenía influencia. ¿Y qué?

—A Zina le gustaba visitar a los hombres en sus barcos, y a una nadadora tan fuerte como ella debió de parecerle fácil dar unas cuantas brazadas hasta el *Eagle* cuando estaba amarrado al *Estrella Polar*. Sencillamente se metió en el agua desde la rampa de popa del buque, con el gorro de baño de la camarada Malzeva en la cabeza, los zapatos y una muda en una bolsa de plástico negro atada a una muñeca. Probablemente era invisible desde la barandilla.

—¿Por qué había de hacer una cosa así?

—Era su método. Pasaba de hombre en hombre y de barco en barco.

—No, eso no responde a mi pregunta —objetó Karp—. No se hubiese arriesgado sólo para una visita. Así pues, ¿por qué lo hizo, camarada investigador?

—La misma pregunta me planteé yo.

—¿Y...?

—No lo sé.

Karp usó el hacha como una mano larga para empujar a Arkady contra la pared.

—Mira, Renko, te equivocas al decir que Zina iba a dejarme.

—Se acostaba con otros hombres.

—Para utilizarlos; eso no significaba nada. Pero los norteamericanos eran socios, y eso es diferente.

—Zina estuvo aquí.

—Ahora que miro a mi alrededor, no veo ningún

espacio como el que tú dices que usaron para esconderla. Ni señal de Zina —Karp miró el cajón abierto—. Si esperabas encontrar una pistola, olvídalo. En este barco todo quisque lleva la pistola encima en todo momento.

—Tenemos que seguir buscando —dijo Arkady.

Recordó la lucha que había sostenido con Karp en el búnker; el último lugar donde quería esquivar un hacha era el reducido espacio de uno de los camarotes de un arrastrero.

Karp se fijó en los naipes extendidos sobre la litera y, sin bajar el hacha, los examinó de un lado a otro.

—No te muevas —advirtió. Dejó el hacha para tomar los naipes y examinarlos detenidamente. Cuando hubo terminado, volvió a juntarlos y los guardó en el cajón. Sus ojillos retrocedieron en su rostro blanco y afligido. Durante un momento, Arkady creyó que Karp iba a caer al suelo. En cambio, tomó de nuevo el hacha y dijo—: Empezaremos por la sala de máquinas.

Al abrir la puerta que daba a la cocina, sobre sus cabezas comenzó otro ataque furioso contra el hielo. El capataz se limitó a mirar hacia arriba, como si el ruido fuera de un chubasco.

Los dos motores diésel del *Eagle* palpitaban sobre sus bases de acero, un motor principal de seis cilindros y otro auxiliar de cuatro. La sala era el dominio de Ridley, el cálido interior del barco debajo de la cubierta, un lugar donde había que caminar con cuidado para sortear árboles y poleas, generadores y bombas hidráulicas, válvulas y tuberías. Las tuberías bajas, los recubrimientos de las cintas y todas las demás posibilidades de peligro estaban pintadas de rojo. El pasillo entre los motores era de planchas cuadriculadas.

Mientras Karp echaba un vistazo, Arkady se metió en el espacio delantero, un taller de reparaciones en el que había herramientas, correas, una mesa con un filete de rosca y un torno, un estante con sierras y taladradoras. Había también una puerta que parecía corresponder a una unidad de refrigeración, aunque, teniendo en cuenta que el *Eagle* entregaba sus capturas al *Estrella Polar*, ¿para qué necesitaría la refrigeración? Al abrir la puerta, no pudo por menos de reír. Apilados hasta la cintura había ladrillos resinosos de un kilo, de color entre caoba y marrón, de cáñamo manchuriano, *anasha*. Bueno; era la forma de trabajar de las compañías importantes. Como el rublo no era una moneda fuerte, los negocios internacionales se hacían siempre a base de trueques. Gas soviético, petróleo soviético; ¿por qué no *anasha* soviética?

En el angosto espacio de proa de la unidad de refrigeración había una mesa y una silla, auriculares y un osciloscopio, un amplificador y un corrector, una unidad principal, una consola dual y una hilera de disquetes. Se parecía mucho al puesto de Hess, con la salvedad de que los aparatos eran más relucientes y más compactos y llevaban nombres como EDO y Raytheon. Desde luego, debajo de la mesa había una semiesfera de fibra de vidrio. Arkady tomó un disquete de la hilera; la etiqueta decía: «Menú de Bering. SSBN-Los Ángeles. Navíos de los EE.UU. *Sawtooth*, *Patrick Henry*, *Manwaring*, *Ojai*, *Roger Owen*.» Arkady echó una ojeada a los otros disquetes; las etiquetas decían «SSBN-*Ohio*», «SSGN»,

«SSN».* Sobre la mesa había una tablilla con un papel dividido en columnas cuyos encabezamientos decían: «Fecha», «Barco», «Posición», «Hora de transmisión», «Duración». La última transmisión había sido del *Roger Owen* el día anterior. Arkady abrió el cajón de la mesa. Dentro había diversos manuales y esquemas. Los hojeó. «Simulador acústico...» «Cable de remolque recubierto de polietileno con sección acústica y módulo de aislamiento de vibraciones...» «El tambor del cabrestante cruza axialmente...» Había un libro con unas letras rojas que decían: «Prohibido sacar este libro de esta oficina.» El subtítulo rezaba: «Reserva. Retirados de servicio. Desmantelados – 1/1/83.» Bajo el encabezamiento correspondiente a los submarinos vio que el *Roger Owen* había sido desguazado un año antes, y que el *Manwaring* y el *Ojai* habían sido retirados de servicio.

Los contornos de una broma maravillosa empezaban a adquirir forma. Los aparatos electrónicos se parecían a los de Hess, con una única diferencia: en el extremo del cable de Morgan no había un hidrófono para escuchar, sino un transmisor acústico impermeabilizado que rastreaba sonidos como un señuelo. Los disquetes eran registros, y todos los submarinos que aparecían en ellos habían sido retirados de servicio o desmantelados. Morgan y Hess daban vueltas por el mar de Bering, un espía enviando señales falsas para que otro espía las recogiera triunfalmente. Sin duda Hess

---

* Letras que utiliza la Armada estadounidense para designar lo siguiente: SSBN, submarinos dotados de misiles balísticos de la flota nuclear; SSGN, submarinos nucleares dotados de misiles dirigidos; SSN, submarinos nucleares en general. *(N. del T.)*

creía que los submarinos norteamericanos pululaban como bancos de peces. Arkady dejó el libro en su sitio, pero se guardó los disquetes en el bolsillo. Desde la sala de máquinas, Karp no le prestaba la menor atención, como si a esas alturas nada de cuanto hiciera Arkady tuviese importancia.

Volvieron juntos al secadero, donde había humedad y botas e impermeables colgados. Luego salieron nuevamente al exterior. Al amparo de la cubierta de abrigo había rollos de red cubiertos de hielo, sacos de boyas, una mesa de soldador con un torno, pañoles y bidones llenos de palas y arpeos. Los martillazos habían cesado, pero ya era imposible parar a Karp. El *Eagle* tenía bodegas para pescado que no había utilizado jamás desde que empezara a transbordar redes a los buques factoría. Karp usó el hacha para quitar el hielo que cubría las bodegas. El hielo saltaba en fragmentos que parecían prismas. Tuvo que valerse de un arpeo para levantar la escotilla. Después de tanto esfuerzo, resultó que la bodega estaba vacía.

Arkady se concentró apresuradamente en los pañoles situados debajo de la cubierta de abrigo. Del primero sacó cabos sueltos y bloques de madera; del segundo, perneras de caucho, guantes, impermeables rotos, tela embreada. Seguramente el pañol había contenido cable de acero, pues en el fondo quedaba una mezcla de residuos de lubricante y herrumbre. Un ataúd. Se veían claramente las señales que dejaran las rodillas y los antebrazos de Zina. En un lado había una hilera de seis tuercas, separadas por unos cinco centímetros, que le habían producido las magulladuras en el costado.

—Ven y mira esto —susurró Arkady.

Karp se inclinó hacia el interior del pañol y sacó un mechón de pelo rubio con las raíces oscuras. Al alargar la mano para tomarlo, Arkady notó que algo le rozaba el cuello.

—¿Qué estáis haciendo aquí? —Ridley apretó la fría boca de la pistola con más fuerza contra la cabeza de Arkady en el mismo momento en que Coletti cruzaba la puerta con una escopeta de dos cañones.

—¿Qué es esto? ¿Una visita no oficial?

Morgan se encontraba en la mitad de la escalera que descendía desde la caseta del timón. Ridley y Coletti estaban hinchados a causa de las cazadoras que llevaban debajo de los impermeables. Tenían la mano izquierda voluminosa debido a los gruesos guantes, a la vez que llevaban la derecha desnuda para que cupiera en el guardamonte. La boca aparecía irritada y cubierta de escarcha por el aliento, rostros apropiados para un barco envuelto en blanco. Morgan, en cambio, con su chaleco acolchado y su gorra, daba la impresión de que acababa de salir de un clima diferente. Exceptuando los ojos, en los que había facetas tan cristalinas como el hielo. Colgada de un hombro llevaba un arma automática, un arma militar, cuyo cargador era más largo que el cañón.

—¿Estáis buscando vodka? —preguntó Morgan—. Aquí no lo encontraréis.

—Nos mandan del *Estrella Polar* —dijo Arkady—. Probablemente al capitán Marchuk le agradaría que le llamaseis para decirle que hemos conseguido llegar.

Morgan señaló el mástil. A pesar de los esfuerzos de Ridley, la barra del radar seguía inmovilizada, y las antenas estaban cubiertas de hielo.

—Nuestras radios no funcionan. Además, no tenéis aspecto de ser un grupo de salvamento oficial.

—Resulta que estamos aquí, rompiéndonos el culo para deshelar esta bañera, oímos golpes en cubierta y os encontramos a vosotros fisgoneando como un par de metomentodos. ¿Sabes qué significa «metomentodo»? —Ridley movió el cañón en el cogote de Arkady.

—Me parece que sí.

—Tengo la impresión —dijo Morgan— de que en el *Estrella Polar* nadie sabe que habéis venido. Y si lo saben, no hay forma de que les conste que tú y el capataz de descarga habéis conseguido llegar. ¿Qué estabais buscando?

—A Zina —dijo Arkady.

—¿Otra vez? —preguntó el capitán.

—Esta vez la hemos encontrado, o hemos encontrado el único rastro que queda aquí de ella.

—¿Cuál?

—Unos cabellos. He tomado una muestra de la porquería que hay en el fondo del pañol, y creo que puedo demostrar que concuerda con las señales que hay en sus pantalones. Preferiría llevarme todo el pañol, por supuesto.

—Por supuesto —dijo Morgan—. Bueno; habremos limpiado el cajón antes de que lleguéis al *Estrella Polar*. En cuanto a los cabellos, podrías haberlos encontrado en cualquier parte.

Lo que podía ver Arkady del arma de Ridley era el tambor de un revólver de gran calibre, un revólver de cowboy. La forma de apuntar a la base del cráneo era igual que la utilizada en los casos de Mike y de Zina, pero quien los había matado era un artista del cuchillo.

Karp no le ayudaba ni pizca, pues permanecía inmovilizado, persiguiendo con ojos desesperados una conversación que no entendía, el arpeo colgando de su mano fláccida.

—Piensa en la situación —dijo Ridley a Morgan—. Nosotros tenemos mucho que perder y tú también.

—¿Te refieres a la *anasha*? —preguntó Arkady.

Ridley hizo una pausa, luego miró a Coletti y comentó:

—Han estado abajo.

—De aquí no paso —anunció Morgan a Ridley—. No voy a permitir que mates a alguien en mi presencia.

—Capitán, mi capitán, estamos atrapados en este hielo de los cojones. Renko vuelve y da parte de lo que ha visto, y antes de que nos demos cuenta se presentan cincuenta soviéticos más a fisgonear. Éste es un caso de seguridad nacional, ¿de acuerdo?

—Tú lo único que quieres es proteger tus drogas —replicó Morgan.

—También yo podría hacer alusiones personales —contestó Ridley—. En Dutch Harbor, Renko estuvo tirándose a tu mujer. Te la quitó así, por las buenas. Probablemente desde entonces se la ha estado tirando en el buque grande.

Morgan miró a Arkady. El momento de negar la acusación llegó y pasó.

—¿Qué te parece? —desafió Ridley—. ¡Chúpate ésa! ¿Piensas dejarle volver ahora, capi?

—Ésa es la diferencia entre tú y yo —dijo Morgan—. Yo soy un profesional, mientras que tú eres un gilipollas codicioso.

—También tenemos derecho a nuestra tajada.

Arkady preguntó:

—¿Por qué no descargasteis la *anasha* en Dutch Harbor?

—Mike estaba loco por Zina —explicó Ridley—. Estaba dispuesto a empezar a hablar. Luego, cuando Mike ya había muerto, con todos aquellos aleutas vigilándonos, lo único que queríamos era salir del puerto cuanto antes. Descargaremos en el continente más adelante —Ridley se volvió hacia Morgan—. ¿Conforme, capitán? Todos tenemos intereses diferentes, algunos racionales y otros puramente patrióticos. Lo que falta saber —dijo Ridley en ruso a Karp— es en qué bando estás tú. ¿Estás con Renko o estás con nosotros?

—Hablas ruso —observó Arkady.

—Mejor que el esperanto —repuso Ridley.

—He seguido a Renko para librarme de él —aclaró Karp.

—Adelante, pues —le invitó Ridley.

—Dejad que Renko se vaya solo —ordenó Morgan.

Ridley suspiró y comentó a Coletti:

—¿Quién necesita esas pijotadas del capitán Bligh?*

Arkady quedó sorprendido de la rápida reacción de Morgan. Coletti se volvió, apuntó e hizo fuego, pero sólo dio en la ventana, junto a la escalera por la que Morgan acababa de saltar. Pero mientras Morgan seguía aún en el aire, Coletti disparó el segundo cañón. El chaleco hizo explosión y el capitán cayó sobre cubierta, ensangrentado y bajo una lluvia de plumas.

---

* El capitán Bligh mandaba la *Bounty*, navío de guerra británico a bordo del cual estalló un motín que ha sido popularizado por la literatura y el cine. *(N. del T.)*

—Igual que un pato de mierda. —Coletti abrió la escopeta y cargó de nuevo uno de los dos cañones.

Morgan se retorció contra el cabrestante, tratando de levantarse y alcanzar su propia arma, que se encontraba debajo de él. Tenía un hombro y una oreja destrozados, y señales rojas en la mandíbula.

—Tu turno —dijo Ridley a Karp—. ¿Querías a Renko? Pues aquí lo tienes.

—¿Quién mató a Zina? —preguntó Karp.

Coletti se encontraba junto a Morgan, la escopeta apuntando a la cabeza del capitán, pero se detuvo al oír la voz de Karp.

—Renko nos dijo que se había ahogado —respondió Ridley.

—Sabemos que Zina estuvo aquí —recordó Arkady—. En el baile te fingiste borracho. Volviste temprano al *Eagle* y te quedaste esperando a que ella viniera nadando.

—No —negó Ridley—. Me encontraba mal. Ya te lo he dicho antes.

—Zina te siguió —continuó Arkady—. Encontramos rastros, cabellos suyos. No cabe ninguna duda de que estuvo aquí.

—De acuerdo, volví al barco y, de pronto, ella apareció a bordo. —Aunque Ridley estaba detrás de él, Arkady pudo notar que la escopeta se movía—. Mira, Karp, toda la empresa dependía de que cada cual actuara con normalidad y estuviera en su sitio: los norteamericanos aquí, los soviéticos allí; una empresa conjunta.

—Zina era muy atractiva —dijo Arkady.

—¿Quién la mató? —insistió Karp.

La escopeta de Coletti empezó a apartarse de Morgan.

—Nadie —replicó Ridley—. Zina me expuso un plan descabellado. Llevaba una bolsa y quería que le diese uno de esos trajes especiales para soportar las inclemencias del tiempo. Lo quería para ponérselo cuando volviera a saltar por la borda. Demencial. Quería saltar cuando estuviéramos lejos; luego la recogeríamos a muchas millas de distancia del *Estrella Polar*. Dijo que mientras no echaran en falta ningún chaleco salvavidas o algo por el estilo, la darían por muerta.

—Estoy seguro de que tenéis prendas de esta clase que son excelentes. —El plan de Zina había dejado admirado a Arkady. Ahora veía claramente por qué había ido al *Eagle*—. Hubiera podido dar resultado.

—Karp, me echo la culpa a mí mismo —dijo Ridley—. Le recordé que era tu chica y que tendría que volver al *Estrella Polar* del mismo modo que había venido. Supongo que no lo consiguió.

—Te olvidas de un naipe —advirtió Karp.

—¿Que me olvido de un naipe? —preguntó Ridley tras una pausa.

—La reina de corazones —precisó Karp—. Los coleccionaba de sus amantes.

Coletti estaba exasperado.

—¿De qué cojones estás hablando, Karp?

—No lo sé, pero me parece que tenemos otro mal socio. Cubre a ese mono. —Ridley apartó el arma de la cabeza de Arkady—. Dos tiros.

De debajo de su impermeable sacó un pico para cortar hielo. Cuando Arkady intentó volverse, Ridley le clavó el pico en el pecho.

La fuerza del golpe derribó a Arkady. Quedó sentado contra el pañol y rebuscó debajo de su chaqueta.

Ridley se volvió hacia Karp.

—Zina me sedujo. ¿Quién podía resistirse a Zina después de cuatro meses en el mar? Pero ¿chantajearme para que la ayudara a desertar? —Alzó el arma—. Vosotros vivís en un mundo diferente. Una mierda de mundo diferente.

Arkady disparó una bengala. Había apuntado a la espalda de Ridley, pero la bengala rozó la gorra del mecánico, que empezó a arder como una cerilla.

De un manotazo, Ridley se quitó la gorra encendida. Al girar hacia Arkady, una araña negra voló por encima del hombro del mecánico y le dio en la cara. Era el arpeo de tres ganchos que Karp tenía antes en la mano. Uno de los ganchos se clavó en una mejilla y otro le perforó la oreja. Karp enrolló el cable al cuello de Ridley, cortándole el aire a su alarido. Coletti buscó un ángulo de fuego, pero Karp y el mecánico estaban demasiado cerca el uno del otro. Karp envolvió con el cable el cuerpo de Ridley, como si estuviese uniendo las duelas de un barril. Ridley disparó dos veces su revólver de cowboy y la tercera vez el percutor golpeó una recámara vacía. Ridley dejó caer el arma y miró hacia atrás.

—¡Dios mío! —exclamó Coletti.

Arkady se desclavó el pico. La punta estaba roja, pero el resto del astil había quedado enterrado en los dos chalecos salvavidas que llevaba puestos.

—Sólo te queda un cartucho.

Morgan señaló con la cabeza la escopeta de Coletti. El capitán finalmente había logrado sacar su propia arma y apuntaba con ella a su marinero de cubierta.

Ridley forcejeó mientras Karp le empujaba hacia la borda, rompiendo carámbanos que sonaban como un carillón. A veces un pesquero atrapaba un hipogloso, un pez tan grande como un hombre y que daba unos coletazos tremendos, por lo que había que matarlo cuanto antes atravesándole el cerebro con un pincho. Con los brazos atados fuertemente, Ridley parecía uno de aquellos peces, aunque Karp se estaba tomando su tiempo antes de rematarlo.

Arkady se levantó.

—¿Dónde están la chaqueta y la bolsa de Zina?

—Las arrojamos al mar hace mucho tiempo —dijo Coletti—. Nadie las encontrará jamás. ¿Qué probabilidades había de que subiese en una jodida red?

—Ridley mató a Zina. ¿También a Mike? —preguntó Arkady.

—Yo no fui. Yo estaba en el bar; tengo testigos —repuso Coletti—. ¿Qué más da?

—Sólo quiero estar absolutamente seguro.

Karp lanzó el extremo suelto del cable por encima de la grúa de pórtico de popa, que tenía unos cuatro metros de altura, pescó el cable al vuelo cuando caía por el otro lado y, poco a poco, empezó a izar a Ridley. El mecánico pesaba lo suyo, pero el cable se deslizaba fácilmente, sin fricción, por el hielo que cubría el travesaño. Ridley ya no daba puntapiés.

—¿Cómo estás? —preguntó Arkady a Morgan.

—No tengo nada roto. En el barco hay morfina y penicilina. —Morgan escupió en el suelo—. Perdigones de acero. No son tan malos como los de plomo.

—¿De veras? —Arkady recordó que Susan había dicho que Morgan era invulnerable, y pensó que quizá no era impenetrable, pero sí bastante invulnerable—. Ni siquiera un superhombre puede gobernar un barco con un solo brazo.

—Al capitán y a mí ya se nos ocurrirá alguna solución. —El rostro de Coletti reflejaba el esfuerzo que suponía hacer nuevos cálculos—. Una cosa te puedo decir: yo tengo mejores probabilidades que tú. ¿Hasta dónde crees que te permitirá llegar Karp?

Karp ató el cable alrededor de las palancas hidráulicas de la grúa de pórtico para que Ridley colgara sin rozar la cubierta con los pics. Su cabeza parecía estar desatornillándose de los hombros, moviéndose de este a oeste.

—Éste es un barco norteamericano en aguas norteamericanas —recordó Morgan—. No tienes pruebas de nada, de veras no las tienes.

Al ver que Karp se apartaba un paso de la grúa, Coletti alzó la escopeta.

—Todavía me queda un cartucho —advirtió a Arkady—. Llévate a ese psicópata de aquí.

Karp miró a Coletti como haciendo cálculos, midiendo la distancia que les separaba y las probabilidades de librarse de la perdigonada, pero su fuego ya se había extinguido.

Arkady se acercó a Karp.

—Ahora ya lo sabes.

—Renko —llamó Morgan.

—¿Morgan? —contestó Renko.

—Vuelve al *Estrella Polar* —le apremió Morgan—. Haré que reparen las radios y le diré a Marchuk que todo está controlado.

Arkady miró a su alrededor, contemplando respetuosamente el barco cubierto de hielo, la ventana destrozada, el gorro de Ridley humeando en el suelo, el cuerpo colgando de la grúa de pórtico.

—Muy bien —convino Arkady—. Entonces puedes decirle al capitán Marchuk que van a volver dos pescadores.

31

Arkady sacó los cigarrillos de Slezko, que compartía con Karp. La caminata tenía algunos aspectos de un paseo.

—¿Conoces la canción *Ginger Moll*? —preguntó Karp.

—Sí.

—*¿Por qué te has depilado las cejas, perra? ¿Y por qué te has puesto el gorrito azul, so puta?* —La voz de Karp se alzó al cantar, convirtiéndose en una ronca voz de tenor—. Así éramos Zina y yo. Me trataba a patadas. «Sabes de sobras que estoy loco por ti, me encantaría pasarme toda la vida robando por ti, pero últimamente te estás pasando.»

—Te oí en su cinta.

—Le gustaban mis canciones. Así fue cómo nos conocimos. Yo estaba con unos amigos en el Cuerno de Oro. Cantábamos y lo pasábamos bien, y me di cuenta de que ella me miraba y escuchaba desde el otro lado del restaurante. Me dije a mí mismo: «¡Ésa es para mí!» Se instaló en mi casa una semana después. Se acostaba con todo el mundo, pero los hombres no significaban nada para ella, así que, ¿cómo podía yo sentir celos? Se comportaba haciendo caso omiso de las reglas. Si una debilidad tenía Zina, eran sus ideas sobre Occidente, que para ella significaba el paraíso. Era su único defecto.

—Encontré una chaqueta con piedras preciosas escondidas en el forro.

—Le gustaban las joyas —reconoció Karp—. Pero pude ver cómo se hacía el ama del *Estrella Polar*. No conseguí que la admitiesen a bordo por mucho dinero que les ofreciera. Entonces encontramos a Slava y Zina se encargó de Marchuk. Cuando salimos del puerto, fue abriéndose paso poco a poco. Si te hubiera pretendido, te habría atrapado.

—Ya lo hizo en cierto modo.

La brújula indicaba que andaba directamente hacia el *Estrella Polar*. Un efecto curioso de la niebla era que parecían no avanzar nada. A cada paso que daban se veían envueltos por la misma periferia de niebla, como si entraran continuamente en el mismo lugar.

El dolor del pecho de Arkady se extendió al resto de su cuerpo. ¡Ave, tabaco, el sedante del pobre! Podía ser que Morgan llamara por radio a Marchuk y le dijese que iban a regresar dos hombres, pero ¿quién podría probar que uno de ellos no se había extraviado, tropezado con un oso o pisado hielo quebradizo, desapareciendo de la reluciente faz de la Tierra?

—¿Conociste a Ridley cuando pasó aquellas dos semanas en el buque? —preguntó Arkady.

—La segunda semana me dijo: «La religión es el opio de las masas.» Lo dijo en ruso. Luego añadió: «La cocaína es el negocio de las masas.» Se me ocurrieron algunas ideas en aquel mismo momento. Al volver a Vladivostok, le hablé a Zina de esa oportunidad fantástica y le dije que era una lástima que no pudiera embarcar en el *Estrella Polar*. Pero ella encontró el modo. ¿Qué es el destino? Los pájaros vuelan de un nido en África a una rama en Moscú. Todos los inviernos el mismo nido, todos los veranos el mismo árbol. ¿Es magnético? ¿Los distinguen por el ángulo del sol? Todas las anguilas que hay en el mundo nacen en el mar de los Sargazos, luego cada una de ellas se dirige hacia su corriente de agua predestinada, a veces nadando durante años para llegar. Cuando Zina nació en Georgia, ¿qué la llevó a Siberia, y luego al mar?

—Las mismas cosas que te condujeron a mí —dijo Arkady.

—¿Cuáles?

—El asesinato, el dinero, la codicia.

—Algo más que eso. Algún lugar donde respirar. En este mismo instante tú y yo somos más libres de lo que seremos jamás. Morgan no tomará ninguna medida después de lo que le he hecho a Ridley; él mismo estaba dispuesto a matarle. Yo he tirado al mar el contrabando que llevaba. Hasta ahora no he hecho nada malo.

—¿Y lo de Volovoi? Cuando los de Vladivostok le vean degollado, empezarán a hacer preguntas.

—¡Mierda! No puedo ir por el camino recto aunque quisiera.

—Mala suerte.

Karp arrancó una chupada de su colilla.

—¡Las reglas! Es como la línea azul que ves en la pared en la escuela. Una línea azul en una mierda de pared de yeso. En todas las aulas, en todos los pasillos, en todas las escuelas. Empieza a la altura de los hombros y, a medida que creces, la línea baja hacia el cinturón, pero siempre está allí. Quiero decir que parece extenderse de un extremo a otro del país. En el campo reformatorio, la misma línea. En la oficina de la milicia, la misma línea. ¿Sabes dónde termina? Me parece que en los alrededores de Irkutsk.

—Norilsk, en mi caso.

—Al este de allí ya no hay línea. Tal vez se les acabó la pintura, tal vez no puedes pintar Siberia. ¿Sabes? Lo que más me fastidia es que Ridley se acostara con Zina. Zina siempre tomaba un naipe, una reina de corazones, como si fuera un trofeo. ¿Viste los naipes en la litera de Ridley? Miré toda la baraja, y la reina de corazones no estaba. Así fue cómo supe que Zina estuvo en el *Eagle*.

Arkady se subió la manga de la chaqueta y dio a Karp un naipe con una reina estilizada que llevaba una túnica de corazones.

—La escamoteé antes de extender la baraja —dijo Arkady.

—¡Imbécil!

—Tardaste una eternidad en darte cuenta.

—¡Cerdo! —Karp se detuvo y se quedó mirando fijamente el naipe, sin poder dar crédito a sus ojos—. Tú eres el único hombre al que tenía por honrado.

—No —rechazó Arkady—. No lo soy cuando me encuentro atrapado por un hombre armado con un hacha. De todos modos, dio resultado; averiguamos quién la mató.

—¡Tramposo de mierda pese a todo! —Karp arrojó el naipe lejos de sí.

Siguieron andando.

—¿Te acuerdas del director del matadero? —preguntó Karp—. Sus hijas criaron un reno como si fuera un perrito, y un día el reno se metió en un corral que no era el suyo y las chicas lo buscaron por todo el matadero. ¿Quién es capaz de distinguir un reno muerto de otro? Una de las chicas se fue después de aquello. Era la que me gustaba.

Ante ellos, más pronto de lo que Arkady esperaba y más visible a cada paso, estaba el agujero para respirar. En una superficie sin otros accidentes, aparecía como un charco negro rodeado de hielo rojo, una interrupción sorprendente en la neblina.

De forma automática, Karp aflojó el paso y empezó a mirar a su alrededor.

—Deberíamos habernos emborrachado juntos alguna vez, tú y yo solos.

Tiró la colilla al agua. Arkady tiró la suya también y pensó que estaba contaminando el mar de Bering, que era una infracción más.

—Morgan llamó por radio al *Estrella Polar* y les dijo que esperasen a los dos —le recordó a Karp.

—Eso suponiendo que consiguiera reparar su radio. De todos modos, estos parajes son peligrosos. Una llamada no significa nada.

El agujero era más circular de lo que Arkady recordaba. Tenía sólo dos metros de diámetro, pero daba definición a la niebla. Acababan de alcanzar un polo de inaccesibilidad. Parte del hielo aparecía empapado en sangre, parte teñido de color de rosa. Las aguas negras lamían rítmicamente los bordes. Arkady sospechaba que allí latía un pulso, un pulso que un hombre podía descubrir si observaba durante el tiempo suficiente.

—La vida es una mierda —reflexionó Karp.

Con un puntapié de lado, derribó a Arkady, se sentó a horcajadas sobre su espalda y empezó a retorcerle la cabeza. Arkady se volvió boca arriba y asestó un codazo a la mandíbula de Karp, haciéndole caer.

—Tengo la sensación de que hace una eternidad que trato de matarte —dijo Karp.

—Pues déjalo correr.

—Ahora no puedo —contestó Karp—. De todos modos, he visto a tipos heridos antes de ahora. Creo que estás más grave de lo que piensas.

Golpeó a Arkady en el pecho, directamente sobre la herida, y fue como si uno de los pulmones se hundiera. Arkady no podía moverse, Karp volvió a pegarle y Arkady creyó que todo el aire abandonaba su cuerpo. Karp le obligó a volverse boca abajo, se sentó sobre él y le empujó hacia el borde del hielo.

—Lo siento —dijo, sumergiendo la cabeza de Arkady en el agua.

Burbujas de aire salieron de su boca, como una explosión, y Arkady vio aire plateado en sus pestañas y sus cabellos. El agua estaba increíblemente fría, como hielo recién derretido, salada pero cristalina en vez de negra, ampliando la imagen de Karp cuando se inclinaba hacia delante para hundir más a Arkady. Parecía sentirlo de verdad, como un hombre que estuviera administrando un bautismo desagradable pero necesario. La mano de Arkady salió del agua, agarró el jersey de Karp y tiró de él hacia abajo.

Al echarse Karp hacia atrás, Arkady sacó la cabeza del agua, respirando trabajosamente, empuñando con la otra mano el pico para cortar hielo con que Ridley le había herido, y apretó la punta manchada contra el cuello de Karp, entre la mandíbula y la vena abultada. Karp puso los ojos en blanco al esforzarse por vigilar el astil. Arkady pensó que por qué no le mataba allí mismo, apretando el pico con todo su peso, perforando la vena y apretando más hasta alcanzar la espina dorsal. Se encontraban cara a cara; ¿qué momento podía ser mejor para matarle?

Karp se desplomó sobre un costado. No tenía más heridas que un rasguño, pero parecía haber perdido todas sus fuerzas, como si la gravedad de toda una vida hubiera caído súbitamente sobre su pecho.

—Ya basta —dijo.

—Vas a congelarte. No tardarás mucho —observó Karp. Estaba sentado junto al agua, las piernas cruzadas, descansando con un cigarrillo como un siberiano—. Tienes la chaqueta empapada. Dentro de poco parecerás un bloque de hielo que anda.

—Vamos, pues —apremió Arkady.

Ya era difícil elegir entre el dolor sordo de la herida y los escalofríos.

—Estaba pensando. —Karp no se movió—. ¿Cómo crees que habría sido la vida de Zina de haberse salido con la suya? Es una de esas cosas con las que puedes pasarte soñando el resto de tu vida. ¿Alguna vez has conocido a alguien que se pasara al otro lado?

—Sí, pero no sé cómo le va.

—Al menos puedes preguntártelo. —Karp expulsó una bocanada de humo del mismo color que la niebla; parecía rodeado de un mundo de humo—. He estado pensando. Pavel ya se está cagando como un conejo. Tienes razón: cuando volvamos a Vladivostok, no pararán hasta que alguien hable... Pavel o uno de los otros. Lo mismo da que regreses o no; estoy acabado.

—Confiesa que hacías contrabando —aconsejó Arkady—. Testifica y sólo te echarán quince años por lo de Volovoi, y puede que salgas después de diez.

—¿Con mis antecedentes?

—Has sido capataz principal.

—¿Del mismo modo que tú has sido trabajador en la factoría principal? Ganadores de competiciones socialistas, tú y yo. No, lo considerarán un asesinato con agravantes. No quiero perder mis dientes en un campo de trabajo. No quiero que me entierren en un campo de trabajo. ¿Has visto alguna vez aquellas parcelas pequeñas que hay junto a las alambradas? Unas cuantas margaritas para los desdichados que nunca salieron del campo. Eso no es para mí.

En los cabellos y las cejas de Arkady se había formado hielo. La chaqueta también aparecía cubierta de hielo y, cuando se movía, las mangas crujían como cristales rotos.

—Alaska resulta un poco inalcanzable. Vámonos; ya hablaremos durante el camino de vuelta al buque. Andar nos ayudará a entrar en calor.

—Toma. —Karp se levantó y se quitó el jersey—. Necesitas algo seco.

—¿Y tú?

Karp le ayudó a quitarse la chaqueta y ponerse su jersey. El capataz llevaba otro jersey debajo.

—Gracias —dijo Arkady. Junto con los chalecos salvavidas, el jersey quizá le proporcionaría suficiente aislamiento—. Si andamos con bastante rapidez, puede que consigamos llegar los dos.

Karp quitó el hielo que Arkady llevaba en el pelo.

—Alguien que ha estado en Siberia tanto tiempo como tú debería saber que la mayor parte del calor se pierde por la cabeza. Dentro de un minuto tendrás las orejas congeladas. No se hable más. —Le puso su gorro a Arkady y le tapó las orejas con él.

—¿Qué te quedas tú? —preguntó Arkady.

—Los cigarrillos —Karp sacó el paquete de la chaqueta antes de devolverla—. A veces me preocupas. Tiene que haber uno que esté seco.

Partió un cigarrillo en dos y encendió la mitad seca con la colilla que estaba a punto de tirar. Aunque Arkady experimentaba la sensación de tener la sangre congelada, Karp no parecía sentir frío.

—¡Qué gozada! —expulsó humo—. Uno de los letreros del campamento decía: «Regocijaos en el trabajo!», y otro: «¡El trabajo os hace libres!» Hacíamos cámaras, ¿sabes?... Marca «Nueva Generación». Búscalas.

—¿Vienes?

—El último día en Vladivostok, Zina y yo fuimos de excursión a las afueras de la ciudad, a los acantilados sobre el mar. Allí está aquel faro, en el cabo, que parece un castillo gris a punto de hacerse a la mar, con una luz roja y blanca encima. Es fantástico, Renko. Las olas se estrellan contra los pies del acantilado. Las focas asoman la cabeza a la superficie. Arriba, en el acantilado, los pinos están doblados a causa del viento. Ojalá hubiera llevado una cámara en aquel momento.

Sujetando el cigarrillo entre los labios, Karp se quitó el otro jersey. Daba la impresión de ir vestido todavía debido a los tatuajes de *urka* que le cubrían el torso y los brazos hasta el cuello y las muñecas.

—¿No vienes? —preguntó Arkady.

—O puedes adentrarte en los bosques. No es la taiga; no es lo que la gente espera. Es un bosque mixto...: abetos y arces en las colinas, ríos de corriente lenta, con lirios de agua. Te entran ganas de dormir en el bosque para poder oír al tigre. Nunca ves uno y, de todos modos, es una especie protegida. Pero oír un tigre de noche... nunca lo puedes olvidar.

Karp surgió desnudo de los pantalones y las botas. Se metió la colilla del cigarrillo en la boca. Estaba fumando un rescoldo. Sus tatuajes se hicieron más visibles al enrojecer la piel por efecto del frío.

—No lo hagas —advirtió Arkady.

—Lo principal es que nadie puede decir que alguna vez le hice daño a Zina. Ni una sola vez. Si quieres a alguien, no le haces daño y no huyes corriendo. Tarde o temprano Zina hubiese vuelto.

El aire frío hacía que los tatuajes pareciesen recientes. Dragones orientales trepaban por los brazos de Karp, garras verdes se extendían desde los pies, mujeres azules se abrazaban a sus muslos, y cada vez que exhalaba aliento, el buitre le picoteaba el corazón. Más vívidas eran las cicatrices blancuzcas, las señales que le habían quedado en el pecho al quemarle las acusaciones. Su frente estrecha aparecía cruzada por una franja lívida. El resto de la piel se estaba volviendo roja, los músculos temblando y saltando al reaccionar al frío, dando vida a cada uno de los tatuajes. Arkady recordó lo mal que lo había pasado en la bodega del pescado, pese a ir vestido. A cada segundo era visible que a Karp le costaba más esfuerzo y más concentración pronunciar una palabra, incluso pensar.

—Vuelve conmigo —dijo Arkady.

—Volver ¿a qué? ¿Para qué? Tú ganas. —Los temblores eran ya tan violentos, que Karp apenas podía tenerse en pie, pero dio una última y ardiente chupada al cigarrillo antes de tirar al agua una colilla que no era más que una chispa. Extendió los brazos triunfalmente—. *Sonrío al enemigo con mi expresión de lobo, mostrando los raigones podridos de mis dientes. Ya no somos lobos.* —Sonrió a Arkady, aspiró hondo y se zambulló.

Arkady pudo ver a Karp nadando en línea recta hacia abajo, dando poderosas brazadas, dejando una estela de glutinosas burbujas de aire. Los tatuajes parecían apropiados, más escamas que piel en el agua crepuscular debajo del hielo. Al llegar a unos cuatro metros de profundidad, pareció detenerse un momento, hasta que soltó todo el aire que llevaba en el pecho y descendió hacia el siguiente y más oscuro estrato de agua. Allí, una corriente le atrapó y empezó a ir a la deriva.

En las suelas de los pies de Karp no había tatuajes. Después de desaparecer el resto de su cuerpo, Arkady siguió viendo los pies que todavía nadaban, dos peces claros en las aguas negras.

32

Arkady miró desde arriba hacia el ancho aparato de rodar de la patrullera, los cañones de color gris, los tubos lanzatorpedos. Al parecer, durante toda la noche marineros de la flota soviética del Pacífico habían subido y bajado del *Estrella Polar* para llevarse cajas precintadas que contenían aparatos. Ahora, antes del amanecer, había llegado el momento de que Anton Hess se marchara y, al igual que un actor a medio cambiarse, el ingeniero eléctrico de la flota todavía llevaba una chaqueta de pescador sobre los pantalones planchados con raya al estilo militar.

—Eres muy amable viniendo a despedirte de mí. Siempre creí que demostrarías ser útil si se te ofrecía el incentivo apropiado, el premio idóneo. Y aquí estamos.

—A oscuras —dijo Arkady.

—Fuera de peligro. —Hess apartó a Arkady de la barandilla—. No tienes idea de qué hueso más apetitoso es un fallo del Servicio de Información de la Marina para el KGB. Esto no se les pasará por alto. —Hess terminó su suspiro con una carcajada—. ¿Viste la cara que puso

Morgan cuando liberamos al *Eagle* del hielo? Por supuesto, su barco estaba para desguazarlo. Peor; sabía lo que tú nos habías traído.

En cuanto quedó libre de la masa de hielo, el *Eagle* puso proa hacia Alaska continental, navegando con dificultad, mientras el *Estrella Polar* cancelaba el resto de las operaciones de pesca. El buque dejó a Susan Hightower y a los demás representantes y a Lantz en la lancha del práctico frente a Dutch Harbor.

—Lo único que no entiendo es por qué Susan se reía tanto al irse —comentó Hess—. ¿Tú lo sabes?

—Un chiste entre ella y yo. Le dije que su ayuda había sido muy valiosa. —Después de todo, Susan le había dicho lo que tenía que robar, aunque él hubiera seguido su consejo en otro barco.

Nikolai esperaba dentro de la jaula de transporte con un soldado de infantería de marina. El soldado, una cara de luna entre un uniforme y una boina negros, llevaba un fusil de asalto. El joven radiotelegrafista no parecía feliz; por otro lado, no iba esposado. Durante un momento, Hess pareció poco dispuesto a irse, como cualquier hombre que reflexionara al finalizar un viaje largo y afortunado.

—Renko, comprenderás que tu nombre no puede aparecer relacionado con los disquetes. No queremos mancharlos. Ojalá pudiera compartir el mérito.

—¿Mérito por los sonidos de unos submarinos que fueron desmantelados hace años? Has estado escuchando unos submarinos que ya no existen —dijo Arkady.

—Eso no importa. Morgan ha quedado comprometido. Y esta vez nos hemos llevado el trofeo.

—Unos disquetes donde no hay nada.

—Bueno, como quieras; fantasmas y espectros que silban en la oscuridad. Algunos han hecho carrera con menor motivo. —Hess subió a la jaula y enganchó la cadena de la entrada—. Déjame que te diga una cosa, Renko. Es un asalto tras otro y nunca termina. Volveré.

—Ésa es otra de las razones por las que Susan estaba tan contenta —dijo Arkady—. Ella no volverá.

El buen humor de Hess era indestructible.

—Da lo mismo —Alargó la mano para estrechar la de Arkady—. No deberíamos discutir. Has prestado un buen servicio. Y te has levantado temprano para decirme adiós.

—¡Ca!

—Da lo mismo —insistió Hess.

—Buena suerte. —Arkady estrechó la mano de Nikolai.

Cuando la patrullera se hubo ido, el *Estrella Polar* volvió a cobrar velocidad. De hora en hora aumentaba el número de arrastreros de bajura que se divisaban en el horizonte nocturno. A un kilómetro de distancia aparecían como una deslumbrante sarta de lámparas de pesca, cada barco su propia constelación, una escena diferente de cuando desembarcaran con permiso en Dutch Harbor; entonces había sido una tarde lluviosa, con aquel tipo de humedad que era como una segunda piel hasta el muelle; todos menos Susan, que permanecía de pie en cubierta, sin saludar con la mano, pero sin quitar los ojos del buque que en aquel momento abandonaba.

Arkady pensó que su vida era curiosa, que siempre lo que más le importaba era lo que perdía. Había sentido la mirada de Susan tan intensamente como cuando estaban acostados, a pesar de la creciente distancia que les separaba. Se dijo que tenía algún defecto que le empujaba a comenzar relaciones que en ningún momento llegaban a buen fin.

—El camarada Jonás. —Marchuk se acercó a Arkady.

—Capitán. —Arkady salió de su ensueño—, siempre me ha gustado la pesca nocturna.

—Será de día dentro de un minuto. —Marchuk se apoyó en la barandilla. El capitán se esforzaba por mostrar una actitud despreocupada, aunque por primera vez en todo el viaje vestía uniforme azul, con cuatro galones dorados en las bocamangas y otros galones en la gorra, que semejaban manchas luminosas bajo la luz tenue de cubierta—. ¿Tu corte ha mejorado?

—Resultó estar dentro del nivel de competencia de Vainu —repuso Arkady, aunque procuraba no aspirar hondo—. Siento lo de tu cupo.

—Modificamos el cupo. —Marchuk se encogió de hombros—. Eso es lo que tienen de bueno los cupos. Pero la pesca ha sido abundante. Deberíamos habernos limitado a pescar.

Con el comienzo del amanecer, las lámparas de los arrastreros dieron paso a la imagen normal y corriente de grúas de pórtico y plumas de carga recortándose sobre un fondo de sombras en retirada. Las cadenas rompían la superficie del mar al echar la flota sus redes. Bajo la luz difusa, bandadas de gaviotas volaban de un barco a otro. En el *Estrella Polar*, la tripulación empezaba a hacer acto de presencia en cubierta. Arkady distinguía los cigarrillos encendidos en la cubierta de botes y a lo largo de la barandilla.

—No nos has traído mala suerte —añadió Marchuk—. ¿Sabes que en la radio, cuando hablan de ti, empiezan a llamarte «el investigador Renko»? Quizás eso sea significativo.

A sus pies pasó volando una línea de sombras angulares, el pico preparado para pescar en el seno de la ola que levantaba la proa: eran pelícanos en plena faena.

—Podría significar cualquier cosa —dijo Arkady.

—Cierto.

Los arrastreros rielaban bajo una neblina gris que no era niebla, sino la exhalación normal del mar. Era el momento intermedio en que la mente tenía que completar cada barco, conectando una proa aquí o una chimenea allí, pintándolos, dotándolos de tripulantes, dándoles vida. Arkady alzó los ojos hacia la cubierta de botes, donde Natasha había vuelto la cara hacia el sol naciente, los ojos brillantes, sus cabellos negros enmarcados momentáneamente en oro. A su lado, Kolya consultaba su reloj y Dynka se alzaba de puntillas mirando hacia el este. Junto a la barandilla, Arkady vio a Izrail vestido con un jersey tan limpio de escamas de pescado, que le hacía parecer una oveja corpulenta; Lidia, el rostro bañado en lágrimas; Gury a punto de ponerse las gafas oscuras.

Arkady no se había levantado para despedirse de Hess; hasta ese momento no empezaba a aparecer lo que había esperado durante toda la noche.

Las gaviotas irrumpieron sobre el *Estrella Polar*

como empujadas por la luz que avanzaba como el viento por encima del buque factoría. Las nubes se iluminaron. Las portillas de los arrastreros lanzaban destellos y, por fin, surgiendo de la oscuridad, se alzó la costa baja y verde de casa.